ESTÁS SOLA

ALEXANDRA OLIVA

ESTÁS SOLA

Traducción de
Gabriel Dols Gallardo

PLAZA  JANÉS

Título original: *The Last One*
Primera edición: marzo de 2017

© 2016, Alexandra Oliva
© 2017, Penguin Random House Grupo Editorial, S. A. U.
Travessera de Gràcia, 47-49. 08021 Barcelona
© 2017, Gabriel Dols Gallardo, por la traducción

Printed in Spain – Impreso en España

ISBN: 978-84-01-01720-9
Depósito legal: B-400-2017

Compuesto en Comptex & Ass., S.L.

Impreso en Liberdúplex
Sant Llorenç d'Hortons (Barcelona)

L017209

Penguin
Random House
Grupo Editorial

0

El primer miembro en morir del equipo de producción será el editor. Aún no se encuentra mal y ya no está en la zona del rodaje. Solo estuvo una vez, antes de empezar a grabar el programa, para ver el bosque y estrechar la mano de los hombres a cuyo metraje daría forma; transmisión asintomática. Regresó hace ya más de una semana y está solo en el estudio de montaje; se siente de maravilla. En su camiseta pone: ENTRA CAFÉ, SALE GENIALIDAD. Pulsa una tecla y las imágenes empiezan a pasar por la pantalla de treinta y dos pulgadas que domina su abarrotado cubículo de trabajo.

Los títulos de crédito. Una imagen fugaz de hojas de roble y arce, seguidas de inmediato por una mujer que en su solicitud describía su tez como «moca», y con acierto. Tiene los ojos oscuros y los pechos grandes, contenidos a duras penas por un top deportivo naranja. Su melena es una catarata de rizos morenos, todos ellos colocados a la perfección.

A continuación, panorámica de las montañas, una de las glorias nororientales de la nación, verdes y radiantes en pleno verano. Después, un conejo a punto de salir disparado y, cruzando un campo con paso renqueante, un joven blanco cuyo pelo rapado refleja el sol como la mica. Un primer plano de ese mismo hombre, con sus vivaces ojos azules, que le dan un aspecto serio y juvenil. A continuación, una mujer menuda de ascendencia coreana que lleva una falda azul a cuadros y tiene una rodilla hincada en el suelo. Observa el terreno con un cuchillo en la mano. Tras ella, un tipo alto y calvo con la piel oscura como la de una pantera y barba de una semana. La cámara se acerca: la mujer está desollando un conejo. Lo sigue otro fotograma del hombre de tez oscura, pero esta vez bien afeitado. Sus ojos entre marrones y negros miran a cámara con tranquilidad y confianza, una expresión que dice: «Voy a ganar».

Un río. Un barranco gris salpicado de liquen... y otro hombre blanco, en este caso pelirrojo y despeinado. Trepa por el precipicio. El enfoque del plano está manipulado para que la cuerda que lo sostiene se confunda con la roca, como una mancha vertical color salmón.

El siguiente fotograma muestra a una mujer de piel y melena claras, cuyos ojos verdes brillan a través de unas gafas de montura marrón cuadrada. El editor se detiene en esa imagen. La sonrisa de la mujer y su manera de mirar hacia un lado de la cámara tienen algo que le gusta. Parece más auténtica que los demás. Quizá sea solo que sabe fingir mejor pero, aun así, eso le gusta, le gusta ella en general, porque él también sabe fingir. El equipo de producción lleva diez días de rodaje y esta mujer es la que él ve como «favorita de los fans». La rubia amante de los animales, la estudiante voluntariosa que aprende enseguida y tiene la risa fácil. Tantos enfoques entre los que elegir... si la decisión dependiera solo de él.

Se abre la puerta del estudio y entra un hombre blanco y alto. El editor se pone tieso en la silla mientras el productor se acerca para mirar por encima de su hombro.

—¿Dónde tienes a Zoo? —pregunta el productor.

—Después de Rastreador —responde el editor—. Antes de Ranchero.

El productor asiente con aire meditabundo y da un paso atrás. Lleva una camisa azul impecable, una corbata amarilla de lunares y vaqueros. El editor tiene la piel tan clara como él, pero al sol se pondría moreno. Su estirpe es complicada. De pequeño nunca sabía qué casilla de etnia marcar; en el último censo escogió «Blanco».

—¿Qué hay de Fuerza Aérea? ¿Has añadido la bandera? —pregunta el productor.

El editor se gira con la silla. Iluminado desde atrás por el monitor, su pelo oscuro brilla como una aureola irregular.

—¿Lo decías en serio?

—Completamente —responde el productor—. ¿Y a quién tienes el último?

—Todavía es Nena Carpintera, pero...

—Ahora no puedes dejarla al final.

«... pero ahora mismo estaba trabajando en eso», es lo que el editor intentaba decir. Lleva desde ayer postergando la reordenación de la cabecera y aún tiene que terminar el episodio final de la semana. Le espera una larga jornada. Y una noche larga. Molesto, se vuelve otra vez hacia la pantalla.

—Dudaba entre Banquero y Médico Negro —dice.

—Banquero —afirma el productor—. Confía en mí. —Hace una pausa y luego pregunta—: ¿Has visto los vídeos de ayer?

Tres episodios por semana, prácticamente sin margen de tiempo. Es casi como emitir en directo. Es insostenible, piensa el editor.

—Solo la primera media hora.

El productor se ríe. A la luz del monitor, su dentadura perfecta adquiere un brillo amarillo.

—Hemos encontrado un filón —dice—. Camarera, Zoo y esto... —Chasquea los dedos tratando de hacer memoria—. Ranchero. No acaban a tiempo y Camarera se pone como una loca cuando ven el «cuerpo». —Entrecomilla esa última palabra con los dedos—. Se echa a llorar, hiperventila... y Zoo estalla.

El editor cambia de postura en el asiento, nervioso.

—¿Ha abandonado? —pregunta. Se le acalora el rostro de desesperación. Tenía ganas de montar la victoria de la chica o, lo más probable, su digna derrota en el desenlace. Porque no sabe cómo va a ser capaz de superar a Rastreador. Fuerza Aérea tiene en su contra el esguince de tobillo, pero Rastreador es tan estable, sabe tanto y es tan fuerte que parece destinado a ganar. Es trabajo del editor conseguir que su victoria parezca un tanto menos inevitable y su plan era utilizar a Zoo como herramienta principal para conseguirlo. Le entusiasmaba la idea de presentarlos a los dos juntos, de hacer arte a partir del contraste.

—No, no lo ha dejado —responde el productor dando una palmada en el hombro al editor—. Pero sacó la mala leche.

El editor observa la imagen de Zoo, la bondad de esos ojos verdes. No le gusta ese giro de los acontecimientos. No encaja en absoluto.

—Se pone a gritar a Camarera —explica el productor—, le dice que han perdido por su culpa; en ese plan. Es fantástico. A ver, se disculpa como un minuto más tarde, pero da igual. Ya lo verás.

Hasta el mejor puede venirse abajo, piensa el editor. Esa es la idea que subyace tras el programa, a fin de cuentas: doblegar a los concursantes. Aunque a los doce que superaron la selección les contaron que iba de supervivencia, que era una carrera. Todo eso es cierto, pero... Hasta el título que les dijeron era un engaño. «Susceptible de cambiar», aclaraba la letra pequeña. En la casilla del título no pone *El bosque* sino *A oscuras*.

—En fin, que necesitamos la cabecera actualizada al mediodía —concluye el productor.

—Lo sé —dice el editor.

—Muy bien. Solo quería asegurarme. —El productor pone los dedos como si fueran una pistola y dispara al editor, luego se da la vuelta y se dispone a salir. Se detiene y señala el monitor con la cabeza. El brillo de la pantalla se ha atenuado al pasar al modo de ahorro de energía, pero el rostro de Zoo sigue resultando visible, aunque menos—. Mírala, sonriendo —dice—. La pobre no tenía ni idea de lo que le esperaba. —Se ríe, un sonido suave que expresa algo a medio camino entre la pena y el recochineo, y sale al pasillo.

El editor se vuelve hacia el ordenador, mueve el ratón para iluminar la cara de Zoo y retoma el trabajo. Para cuando termine la cabecera, el aletargamiento empezará a adueñarse de sus huesos. El primer acceso de tos llegará cuando acabe el último programa de la semana, mañana a primera hora. Para cuando anochezca, se convertirá en uno de los primeros puntos de los informativos, un caso destacado antes de la gran explosión. Los especialistas se esforzarán por entenderlo, pero no llegarán a tiempo. Sea lo que sea aquello, permanece latente antes de golpear. Va de pasajero hasta que, de repente, se lanza a por el volante y acelera hacia un barranco. Muchos de los especialistas ya se han contagiado.

También morirá el productor, dentro de cinco días. Estará solo en su casa de trescientos ochenta metros cuadrados, débil y abandonado, cuando suceda. En sus últimos instantes de vida lamerá de forma inconsciente la sangre que le saldrá de la nariz, de tan seca que tendrá la lengua. Para entonces, se habrán emitido los tres primeros episodios correspondientes a la semana del estreno; el último, un paréntesis deliciosamente absurdo para que la gente se quite de la cabeza las últimas noticias. Sin embargo, ellos siguen rodando, aislados en la región golpeada en primer lugar y con más fuerza. El equipo de producción trata de evacuar a todo el mundo, pero están en Desafíos Individuales y se han dispersado. Había planes de emergencia diseñados, pero no preveían aquello. Es una espiral como la de ese juguete infantil: un bolígrafo y una plantilla de plástico para dibujar sobre el papel. Un patrón, hasta que algo patina y... la locura. Chocan la incompetencia y el pánico. Las buenas intenciones dejan paso al instinto de supervivencia. Nadie sabe a ciencia cierta lo que pasó, a pequeña o gran escala. Nadie sabe con exactitud qué salió mal. Pero antes de morir, el productor sabrá una cosa: «Algo ha salido mal».

1

La puerta del pequeño supermercado cuelga torcida y con el marco agrietado. Atravieso el umbral con cautela, sabedora de que no soy la primera en buscar comida aquí. Nada más pasar por la puerta, veo un cartón de huevos por los suelos. Las entrañas sulfurosas de una docena de Humpty-Dumpties, imposibles de reconstruir desde hace tiempo, forman una costra en el suelo. El resto de la tienda no ha corrido mejor suerte que los huevos. La mayoría de los estantes están vacíos y varios expositores han caído al suelo. Me fijo en la cámara colgada en la esquina del techo sin entablar contacto ocular con el objetivo y, cuando doy un paso adelante, me asalta una peste espantosa. Huele a alimentos podridos, a lácteos pasados que se han estropeado en las neveras abiertas y apagadas. Capto también otro olor, que procuro ignorar mientras comienzo mi búsqueda.

Entre dos pasillos, hay una bolsa de tiras de maíz frito esparcido por el suelo. Una huella ha reducido a migas buena parte del contenido. Una huella grande, de talón pronunciado. Una bota de trabajo, creo. Pertenece a uno de los hombres, pero no a Cooper, que afirma que hace años que no lleva botas. A Julio, tal vez. Me agacho y cojo una de las tiras. Si está crujiente, sabré que el responsable ha pasado por aquí hace poco. La aplasto entre los dedos. Está revenida. No me dice nada.

Me planteo comerme la tira de maíz. No como desde la cabaña, desde antes de ponerme enferma, y de eso hace ya varios días, puede que una semana, no lo sé. Tengo tanta hambre que ya ni la siento. Tengo tanta hambre que no controlo del todo las piernas. Para mi sorpresa, no paro de tropezar con piedras y raíces. Las veo e intento sortearlas, creo que voy a superarlas, pero entonces mis dedos topan con ellas y tropiezo.

Pienso en la cámara, en mi marido viéndome rapiñar tiras de maíz frito del suelo de un supermercado de pueblo. No vale la pena. Tienen que haberme dejado algo más. Tiro el aperitivo y me pongo en pie. El movimiento hace que me maree. Me detengo un momento para recuperar el equilibrio y luego continúo por delante del mostrador de la verdura y la fruta. Docenas de plátanos podridos y esferas marrones desinfladas —¿manzanas?— me miran al pasar. Ya sé lo que es el hambre, y me enfurece que hayan permitido que se eche a perder tanta comida solo para dar ambiente.

Por fin, un destello debajo de un estante bajo. Me agacho hasta quedar a cuatro patas; la brújula que llevo colgada al cuello con un cordel se cae y golpea el suelo. Me la guardo entre la camisa y el sujetador deportivo y, al hacerlo, reparo en que el punto de pintura azul celeste que tiene en el borde inferior casi ha desaparecido a causa del roce. Estoy tan cansada que tengo que recordarme que eso no es importante; lo único que significa es que el becario al que encargaron el trabajo usó pintura barata. Me agacho un poco más. Bajo el estante hay un tarro de crema de cacahuete. Una pequeña raja desciende desde la tapa hasta desaparecer detrás de la etiqueta, justo sobre la «O» de ORGÁNICA. Paso el dedo por encima de la marca del cristal pero no noto la grieta. Muy propio de ellos dejarme crema de cacahuete; saben que la odio. Meto el tarro en la mochila.

Las neveras para bebidas de la tienda están vacías, salvo por unas pocas latas de cerveza, que no cojo. Yo esperaba agua. Una de mis botellas está vacía y en la segunda, que llevo colgando en un costado, el líquido chapotea a un cuarto de su capacidad.

A lo mejor se me han adelantado unos cuantos, si se acordaron de hervir toda su agua y no perdieron varios días vomitando a solas por el bosque. Quienquiera que dejase esa huella —Julio, Elliot o aquella asiática con pinta de friki cuyo nombre no recuerdo— se llevó todo lo bueno, y esto es lo que significa ser la última: un tarro rajado de crema de cacahuete.

La única parte de la tienda que no he registrado es la de detrás de la caja. Sé lo que me espera allí. El olor que no reconozco oler: carne putrefacta y excremento animal, con un toque de formol. El olor que quieren hacerme creer que corresponde a la muerte humana.

Me tapo la nariz con la camisa y me acerco a la caja registradora. Su maniquí está donde me esperaba, boca arriba en el suelo detrás del mostrador. A este le han puesto camisa de franela y pantalones militares. Respirando a través de la camisa, bordeo el mostrador y paso por encima del hombre falso. El movimiento espanta a una serie de moscas que echan a volar zumbando hacia mí. Siento cómo sus patas, sus alas y sus antenas tiemblan contra mi piel. Se me acelera el pulso y mi aliento se filtra hacia arriba hasta empañar los bordes inferiores de mis gafas.

Solo es otro Desafío. Nada más.

Veo un cóctel de frutos secos en el suelo. La cojo y retrocedo, a través de las moscas y por encima del maniquí. Salgo por la puerta agrietada y torcida, que se mofa de mí con un aplauso.

—Vete a la mierda —susurro con las manos en las rodillas y los ojos cerrados. Tendrán que censurarlo, pero que se vayan a la mierda ellos también. Las palabrotas no van contra las reglas.

Siento el viento pero no huelo el bosque. Lo único que huelo es la peste del maniquí. El primero no olía tan mal, pero era reciente. Creo que la idea es que este y el que encontré en la cabaña parezcan más antiguos. Me sueno con las manos, a lo bruto, aunque sé que pasarán horas antes de que me libre del hedor. No puedo comer hasta entonces, por mucho que mi cuerpo necesite calorías. Tengo que seguir adelante, poner algo de distancia entre este lugar y yo. Encontrar agua. Me digo todo esto, pero no me quito de la cabeza otro pensamiento: la cabaña y su segundo muñeco, el pequeño, envuelto en una tela azul. El primer Desafío auténtico de esta fase se ha convertido en un recuerdo gelatinoso que mancha mi consciencia, a todas horas.

«No pienses en ello», me digo. La orden es en vano. Durante varios minutos más oigo el llanto del muñeco en el viento. Y entonces —«Basta»— levanto la cara y guardo el cóctel de frutos secos en mi mochila negra. Me la echo a la espalda y me limpio las gafas con el dobladillo de la camiseta de manga larga de microfibra que llevo debajo de la chaqueta.

Después hago lo que llevo haciendo casi a diario desde que Ualabí partió: camino y busco Pistas. «Ualabí», porque, como todos los cámaras, nunca quiso decirme cómo se llamaba y sus apariciones a primera hora de la mañana me recordaban una acampada que hice en Australia hace años. El segundo día, desperté en un parque natural cercano a la bahía de Jervis y me encontré un ualabí de los pantanos gris parduzco sentado en la hierba, mirándome. No habría más de un metro y medio entre nosotros. Me había dormido con las lentillas puestas y, aunque me picaban los ojos, distinguí con claridad la franja de pelaje claro que cruzaba la mejilla del animal. Era precioso. La mirada que recibí a cambio de mi asombro me pareció evaluadora e imponente, pero también del todo impersonal: como el objetivo de una cámara.

La analogía es imperfecta, por supuesto. El Ualabí humano no es ni mucho menos tan bello como el marsupial, y un campista cercano que despertase y gritara «¡Un canguro!» no bastaría para que se alejara dando brincos. Pero Ualabí siempre era el primero en llegar, el primero en apuntarme a la cara con su cámara sin decir buenos días. Y cuando nos dejaron a nuestro aire en el campamento compartido, era él quien reaparecía el tiempo justo para extraer cada una de las confesiones deseadas. Fiable como el amanecer hasta el tercer día de aquel Desafío en Solitario, cuando el sol salió sin él, atravesó el firmamento sin él y se puso sin él, y yo pensé: «Tenía que pasar tarde o temprano». El contrato decía que pasaríamos solos largas temporadas, vigilados a distancia. Estaba preparada para esto, hasta tenía ganas de que llegara el momento: ser observada y juzgada con discreción, en lugar de a la cara. Ahora, en cambio, me llenaría de emoción oír llegar a Ualabí a través del bosque, pisoteando hojas.

Estoy tan cansada de estar sola...

La tarde de finales de verano avanza poco a poco. Los sonidos que me rodean forman capas: el roce de mis pasos cansinos, el repiqueteo de un pájaro carpintero cercano, el rumor del viento que hace cosquillas a las hojas. Esporádicamente, se suma otra ave, cuyo canto es un dulce pip pip pip pipi pip. El pájaro carpintero ha sido fácil, pero a este segundo no lo conozco. Para no pensar en la sed que tengo, me distraigo imaginando a qué clase de pájaro puede pertenecer ese trino. Uno diminuto, creo; de colores vivos. Imagino un ave que no existe: más pequeña que mi puño, con las alas amarillo chillón, la cabeza y la cola azules y un dibujo de ascuas candentes en el vientre. Ese sería el macho, por supuesto. La hembra sería de color marrón apagado, como es habitual en los pájaros.

La canción del pájaro incandescente suena una última vez, a lo lejos, y en su ausencia el conjunto suena más flojo. Regresa mi sed, con una fuerza tremenda. Siento las punzadas de la deshidratación tras las sienes. Agarro mi botella casi vacía, noto su ligereza y el tejido reseco del pañuelo azul que llevo atado alrededor de la tapa. Sé que mi cuerpo puede aguantar varios días sin agua, pero no soporto tener la boca tan seca. Doy un sorbo con cuidado y luego paso la lengua por los labios para atrapar cualquier resto de humedad. Noto sabor a sangre. Levanto la mano y, al bajarla, tengo la base del pulgar manchada de rojo. Al verlo, siento la raja en mi labio superior partido. No sé cuánto tiempo lleva allí.

El agua es mi prioridad. Llevo horas caminando, creo. Mi sombra es mucho más larga que cuando salí de la tienda. He pasado por delante de unas pocas casas, pero nada de tiendas ni de edificios con una marca azul. Todavía huelo el maniquí.

Mientras camino intento pisar las rodillas de mi sombra. Es imposible pero sirve de distracción. Tanta es la distracción que no reparo en el buzón hasta que casi me lo he pasado de largo. Tiene forma de trucha y el número de la casa está hecho con escamas de madera de todos los colores. Junto al buzón arranca un largo camino de entrada, que serpentea entre robles blancos y algún que otro abedul. No veo la casa que debe de estar a la fuerza al final de la avenida.

No quiero ir. No he entrado en una casa desde que un puñado de globos azul celeste me condujo hasta una cabaña que era azul por dentro, tan azul... Luz crepuscular y un oso de peluche, observando.

No puedo.

Necesitas agua. No usarán el mismo truco dos veces.

Arranco a andar por el camino de acceso. Cada paso cuesta una barbaridad y no paro de tropezar. Mi sombra avanza por la derecha, trepando y saltando de un tronco a otro a medida que camino, con una agilidad que contrasta con mi torpeza.

Pronto veo una monstruosidad estilo Tudor, que pide a gritos una mano de pintura color hueso. La casa en ruinas ocupa el centro de un jardín descuidado; es la clase de edificio con el que de pequeña habría jugado a que estaba encantado. Delante hay aparcado un todoterreno rojo que no me deja ver la puerta de entrada. Después de tanto tiempo caminando, el vehículo parece un ente sobrenatural. Nos dijeron que nada de conducir, y no es azul, pero está aquí y a lo mejor eso significa algo. Avanzo poco a poco hacia el todoterreno y, por tanto, hacia la casa. A lo mejor han dejado una caja de botellines de agua en el maletero. Así no tendría que entrar. El coche está manchado de barro seco, el dibujo de salpicaduras insiste en la antigua liquidez de dicha sustancia. Aunque esté seco, no es suciedad sino barro; parece un test de manchas de tinta, pero no distingo ninguna imagen.

Pip pip pip, oigo. Pipi pip.

Ha vuelto mi pájaro incandescente. Ladeo la cabeza para averiguar la dirección del ave y, al hacerlo, capto otro sonido: un suave borboteo de agua corriente. Me invade una sensación de alivio; no tengo que entrar. El único propósito del buzón era llevarme hasta el arroyo. Debería haberlo oído yo solita, pero estoy tan cansada, y tan sedienta... Necesitaba que el pájaro recondujera mi atención de la vista al oído. Me doy la vuelta y sigo el sonido de la corriente de agua. El pájaro vuelve a cantar y con la boca formo la palabra «Gracias». Me escuece el labio partido.

Mientras retrocedo por el camino, pienso en mi madre. Ella también pensaría que mi destino era encontrar el buzón, pero a sus ojos la mano que guía mis pasos no sería la de un productor. Me la imagino sentada en el salón, envuelta en una neblina de humo de tabaco. Me la imagino mirando, interpretando todos mis éxitos como una reafirmación y todas mis decepciones como una lección; apropiándose de mis experiencias, como siempre ha hecho. Porque yo no existiría sin ella, y eso siempre le ha bastado.

También pienso en mi padre, en la puerta de al lado, en la panadería, camelando a los turistas con catas gratuitas y humor rural mientras intenta olvidar a su tabacosa mujer desde hace treinta y un años. Me pregunto si él también me mira.

Entonces veo el arroyo, una corriente mísera y exquisita que queda justo al este del camino de entrada de la casa. Mi atención despierta de golpe y las entrañas me tiemblan de puro alivio. Ansío formar un cuenco con las manos y llevarme a los labios el líquido frío. En lugar de eso, me acabo el agua ya caliente que queda en la botella; medio vaso, tal vez. Probablemente tendría que habérmela bebido antes; hay quien ha muerto deshidratado por ahorrar agua. Pero eso pasa en climas más cálidos, en la clase de sitios donde el sol te arranca la piel a tiras; aquí, no.

Después de beber, sigo el arroyo corriente abajo, para cerciorarme de que no hay residuos problemáticos, animales muertos y demás. No quiero ponerme enferma otra vez. Camino arrastrando los pies durante unos diez minutos, alejándome cada vez más de la casa. Pronto encuentro un claro con un enorme árbol caído en el borde, a unos siete metros del agua, y me dejo llevar por la costumbre de despejar un círculo de terreno y recoger leña. La que encuentro la ordeno en cuatro montones. El de más a la izquierda contiene la que es más delgada que un lápiz y el de más a la derecha, la que es más gruesa que mi muñeca. Cuando reúno la suficiente para que dure unas horas, recojo unas cuantas virutas secas de corteza de abedul, las reduzco a yesca y las coloco sobre un trozo de corteza maciza.

Desengancho un mosquetón que llevo colgando de una presilla del pantalón sobre la cadera izquierda. El encendedor se desliza por la anilla de metal plateado hasta mi mano, que está quemada por el sol y cubierta de suciedad. El aparato parece algo así como una llave y una memoria USB unidas por un cordel naranja; eso fue lo que pensé cuando cayó en mis manos gracias a una combinación de suerte y habilidad después del primer Desafío. Eso fue el Día Uno, cuando siempre detectaba la cámara y todo resultaba emocionante, incluidas las partes aburridas.

Tras un par de golpes rápidos, la yesca empieza a humear. Con delicadeza, la recojo con la mano y soplo, por lo que primero levanto más humo y al final surgen unas llamas minúsculas. Con rapidez vuelvo a enganchar el encendedor a los pantalones y usando ambas manos coloco la yesca en el centro del círculo que he despejado. Cuando añado más virutas de corteza, las llamas crecen y el humo me satura las fosas nasales. Echo a las llamas las ramitas más pequeñas y después las grandes. En cuestión de minutos tengo una hoguera hecha y derecha, aunque es probable que vista a través de la cámara no resulte muy impresionante. Las llamas solo miden unos treinta centímetros, pero eso es todo lo que necesito: no quiero enviar señales, solo calentarme.

Saco de la mochila mi taza de acero inoxidable. Está mellada y algo chamuscada, pero resiste. La lleno de agua y a continuación la acerco al fuego. Mientras espero a que el agua se caliente, me obligo a meter el dedo en la crema de cacahuete y comer. Después de tanto tiempo sin probar bocado, pensaba que hasta mi comida menos favorita me sabría a ambrosía, pero es asquerosa: densa, salada y se me pega al paladar. Tanteo la masa gomosa con la lengua seca, pensando que debo de estar tan ridícula que parezco un perro. En la solicitud debería haberme inventado que tenía alergia; así se habrían visto obligados a dejarme alguna otra cosa. O a lo mejor directamente no me habrían seleccionado. Tengo el cerebro demasiado embotado para plantearme lo que significaría no haber sido elegida, dónde estaría en este momento.

Por fin, el agua rompe a hervir. Concedo a los posibles microbios unos minutos para morir y luego, usando la raída manga de mi chaqueta a modo de agarrador, alejo la taza de las llamas. En cuanto desaparecen las burbujas, vierto el agua hervida en una de mis botellas, que se llena más o menos hasta una tercera parte.

La segunda taza tarda menos en calentarse. Meto el agua en la botella que, después de una tercera ronda de hervir agua, queda llena. Cierro con fuerza el tapón y clavo la botella en el fondo fangoso del arroyo, hasta que el agua fría cubre el plástico casi hasta el borde. El pañuelo azul se mece con la corriente. Para cuando he llenado la segunda botella, la primera está casi fría. Lleno la taza y la pongo a hervir otra vez. Después bebo cien mililitros de la botella ya fresca, y de paso me limpio los restos de crema de cacahuete y me los trago. Espero unos minutos y bebo cien mililitros más. De sorbo en sorbo, me acabo la botella. La taza ya hierve de nuevo, y siento cómo se rehidratan las membranas de mi cerebro. Remite el dolor de cabeza. A lo mejor no es necesario tanto trabajo; el arroyo está limpio y la corriente es rápida, lo que apunta a que el agua debe de ser potable, pero ya me la jugué una vez, y perdí.

Mientras relleno la botella, caigo en la cuenta de que aún no he construido mi refugio, y el cielo encapotado amenaza lluvia. La luz menguante me advierte que no tengo mucho tiempo. Me pongo en pie con un gesto de dolor, pues tengo las caderas entumecidas. Recojo en el bosque cinco ramas pesadas y las apoyo en el lado del árbol caído que queda a sotavento, de mayor a menor, hasta crear un armazón triangular que deja el espacio justo para meterse debajo. Saco de la mochila una bolsa de basura negra, regalo de despedida de Tyler, aunque no por inesperado menos agradecido, y la extiendo sobre las ramas. Mientras recojo brazadas de hojas secas y las apilo sobre la bolsa de plástico, pienso en las prioridades de la supervivencia.

Las reglas de tres: una mala actitud puede matarte en tres segundos; la asfixia puede matarte en tres minutos; el frío, en tres horas; la deshidratación, en tres días; y el hambre, en tres semanas... ¿o son tres meses? Sea como sea, el hambre es la menor de mis preocupaciones. Por débil que me sienta, no ha pasado tanto tiempo desde mi última comida. Como mucho seis o siete días, y eso tirando por lo alto. En cuanto al frío, aunque esta noche llueva, no hará el suficiente para matarme. Si no tuviera un refugio, me mojaría y lo pasaría mal, pero probablemente tampoco correría peligro.

Aun así, no quiero mojarme y pasarlo mal, y por exorbitante que sea su presupuesto, no pueden haber colocado cámaras en un refugio que no existía antes de que yo lo construyera. Sigo recogiendo hojas a puñados y, cuando una araña lobo del tamaño de una moneda se me encarama correteando por la manga, doy un respingo. El movimiento brusco hace que se me vaya un poco la cabeza, como si la tuviera medio despegada. La araña se detiene sobre mi bíceps. La lanzo por los aires de un manotazo y la veo rebotar y caer en el montón de hojas que hay junto al cobertizo improvisado. Se mete dentro, pero no me preocupa mucho; no es demasiado venenosa. Sigo recogiendo hojarasca y pronto dispongo de una capa de treinta centímetros de altura sobre mi cobertizo, y dentro incluso más, a modo de colchón.

Pongo encima de la estructura unas cuantas ramas del suelo extendiendo bien las hojas para que no se vaya todo volando y al volverme veo que del fuego solo quedan las brasas. Esta noche no estoy nada sincronizada. Es la casa, pienso. Todavía tengo el miedo en el cuerpo. Mientras parto ramitas para alimentar las ascuas, miro de reojo mi refugio. Es bajo y endeble, de aspecto chapucero, con ramitas que brotan por todas partes y en todas direcciones. Recuerdo lo esmerada y lenta que era antes al construir mis refugios. Quería que fuesen tan bonitos como los de Cooper y Amy. Ahora lo único que me importa es que sean prácticos; aunque, la verdad sea dicha, los cobertizos de hojas tienen todos más o menos el mismo aspecto, excepto el grande que construimos juntos antes de que Amy se fuera. Aquel era una monada, con un tejado de ramas entrelazadas como si fueran juncos y lo bastante amplio para que cupiésemos todos, aunque Randy dormía fuera, solo.

Bebo un poquito más de agua y me siento junto a mi hoguera resucitada. El sol se ha puesto y la luna está tímida. Las llamas oscilan y una mancha en mi lente derecha las distorsiona como un filtro de estrella.

Es hora de pasar otra noche a solas.

2

El estreno arrancará con el plano de Rastreador junto a un río. Va vestido de negro y tiene la piel oscura, del tono de la tierra arada. Ha pasado años cultivando ese aire de gran felino y ahora irradia sin el menor esfuerzo una sensación de poder y elegancia gatunos. Tiene la cara relajada, pero sus ojos están fijos en el agua, como si buscaran algo en la corriente. La pose de Rastreador presenta una ligera curvatura que inducirá a los espectadores a pensar que está a punto de abalanzarse... ¿sobre qué? En ese momento, Rastreador parpadea mirando hacia el cielo y de repente parece que más bien busque un rincón soleado para echarse una siesta.

Rastreador sopesa sus opciones: intentar cruzar por aquí o buscar un punto mejor corriente arriba. Confía en su capacidad para saltar de piedra en piedra hasta superar los seis metros de anchura del río, que es rápido pero poco profundo, pero hay una roca que le preocupa. Le parece que se mueve con la fuerza de la corriente. A Rastreador no le gusta mojarse, pero admira los poderes transformadores del agua y sonríe de pura admiración.

Los espectadores proyectarán sus propias justificaciones en esa sonrisa. Aquellos a quienes les cae mal Rastreador la tomarán por una muestra de chulería, ya sea por su raza o actitud; sin embargo, de él no han visto todavía nada más que esa imagen, de modo que su antipatía por fuerza responde a un prejuicio. Un productor especialmente estridente verá el plano y pensará entusiasmado: «Parece malvado».

Rastreador no es malvado, y la confianza que demuestra se la ha ganado a pulso. Ha superado desafíos mucho más ominosos que un río rápido y poco profundo, y mucho más naturales que lo que le espera al otro lado de la corriente: el primer Desafío construido.

La orilla opuesta del río también será donde se encuentre por primera vez con sus once rivales. Sabe que hará falta trabajo en equipo, pero no quiere pensar en los demás si no es como competencia. Es lo que vino a decir en una charla de confesionario previa al inicio de la competición, además de muchas otras cosas, pero como concursante más fuerte no se le permitirá una motivación que genere simpatías. El «porqué» de Rastreador no aparecerá en el montaje final, y el vídeo que acompañará a este plano lo mostrará impasible ante una pared blanca, diciendo tan solo: «No he venido a vivir una experiencia. He venido a ganar».

Su estrategia es sencilla: ser mejor que los demás.

Rastreador sigue sin moverse; el plano sobrevuela la corriente embravecida y atraviesa el tupido ramaje hasta el punto donde Camarera mira fijamente una brújula. Lleva unos mallas negras y un sujetador deportivo verde fosforito que resalta su melena rizada y pelirroja, que le llega más abajo de los hombros. Se ha atado un pañuelo morado al cuello como si fuera una bufanda. Mide casi un metro ochenta y es esbelta. Su cintura es diminuta; «Es asombroso que le quepan las tripas dentro», bromeará un trol en internet. Tiene la cara alargada y pálida, y lleva una gruesa capa de base de maquillaje con factor de protección solar 20 para suavizar el cutis. La sombra de ojos le hace juego con el sujetador, y lleva purpurina.

Camarera no tiene que cruzar el río, le basta con usar la brújula para avanzar en dirección sudoeste a través del bosque.

Para ella, eso supone un desafío, y el plano lo refleja a la perfección: Camarera, girando sobre sus talones, examina el extraño instrumento con la cara enmarcada por los rizos. Se mordisquea el labio inferior, en parte porque está confusa y en parte porque cree que el gesto la hace parecer sexy.

—¿El norte es la punta roja o la blanca? —pregunta.

Le han pedido que narre lo que está pensando, y así lo hará. A menudo.

El secreto de Camarera, que no será revelado a los espectadores, es que ella no presentó ninguna solicitud. Fue reclutada. Los responsables querían a una mujer atractiva pero básicamente inútil, pelirroja a ser posible, puesto que ya habían escogido a dos morenas y una rubia, que no era rubia platino, pero sí lo suficiente, porque su pelo se aclararía con el sol. Sí, pensaron; una pelirroja guapa completaría el elenco.

—Vale —dice Camarera—, la punta roja es más afilada. Eso tiene que ser el norte. —Gira en círculo y vuelve a morderse el labio. La aguja se detiene en la N—. Y yo tengo que ir al... sudeste. —Y aunque los puntos cardinales están indicados con claridad en la brújula, recita con voz cantarina—: «Nunca Sorbas Esas Ostras».

Arranca a caminar en dirección al sur y al cabo de un momento vuelve a mascullar su regla mnemotécnica y se desvía un poco hacia la derecha. Unos pasos más adelante, se detiene.

—Un momento —dice. Mira la brújula, deja que la aguja se pare y se vuelve hacia la izquierda. Al fin, se pone a caminar en la dirección correcta. Se ríe un poquito y concluye—: Tampoco es tan difícil.

Camarera sabe que tiene pocas posibilidades de ganar, pero no ha venido para eso. Lo que quiere es dejar huella: en los productores, en los espectadores, en quien sea. Vale, trabaja a jornada completa en un restaurante de tapas, pero debutó en un anuncio de caramelos cuando tenía seis años y se considera en primer lugar actriz, en segundo modelo y en tercero camarera. Caminando entre los árboles, le ronda un pensamiento que no expresará en voz alta: esto tiene que ser su trampolín a la fama.

De vuelta en el río, Rastreador decide que la roca supone un riesgo relativamente pequeño y que más vale obstáculo conocido que obstáculo por conocer. Coge carrerilla. El editor pasará las imágenes a cámara lenta, como si aquello fuera un documental sobre naturaleza, y Rastreador, el gran felino que, en secreto, cree haber habitado en una vida anterior. Los espectadores comprobarán la longitud y la potencia de su zancada. Verán —algunos ya se habrán fijado antes, pero un primer plano captará la atención de los demás— su calzado extraño aunque reconocible gracias al logotipo amarillo, un chillón detalle de color que destaca en la figura por lo demás oscura de Rastreador. Verán cómo sus dedos enfundados por separado se agarran a la piedra. Constatarán su equilibrio y velocidad, el control que ejerce Rastreador sobre su propio movimiento, y algunos pensarán: Tengo que comprarme un par de esos. Sin embargo, el calzado de Rastreador no hace más que acentuar su control, que se manifiesta de un modo maravilloso cada vez que salta de una piedra a otra, pasando por encima de las aguas revueltas. Su cuerpo parece más largo en movimiento que cuando estaba quieto, como también les ocurre a los felinos.

Aterriza con el talón derecho sobre una piedra inestable, que se balancea hacia delante. Es un momento importante. Si Rastreador cae, se convertirá en un personaje. Si sigue adelante sin problemas, se convertirá en otro. El proceso del casting ha terminado, pero solo oficialmente.

Rastreador extiende los brazos para mantener el equilibrio, dejando a la vista el pañuelo rojo que lleva enrollado en la muñeca derecha como un brazalete, y protagoniza un insólito momentazo de lo más gracioso; se tambalea. Enseguida acompasa su movimiento al de la roca y salta al siguiente punto de apoyo, que es estable. Segundos más tarde, está en la otra orilla, con la respiración un tanto acelerada por el esfuerzo y seco desde la cabeza afeitada hasta los independientes dedos de los pies, seco por todas partes a excepción de una ligera humedad en las axilas que los espectadores no ven. Se ajusta las correas de su estilizada y casi vacía mochila negra y luego se adentra en el bosque, hacia el Desafío.

El tambaleo será eliminado del montaje final. Hay que presentar un Rastreador invulnerable, imparable.

Entretanto, Camarera tropieza con una raíz que sobresale del suelo y deja caer la brújula. Se agacha doblando la cintura para recogerla y la gravedad le concede lucir escote, que es lo que ella quería.

Dos extremos de un espectro convergen.

A medio camino entre ambos extremos, Ranchero lleva un sombrero de vaquero que parece casi tan curtido como su rostro mal afeitado, y recorre el bosque con paso desenfadado. Lleva su pañuelo amarillo y negro alrededor del cuello, como corresponde a un buen vaquero, listo para taparse la boca y la nariz si se levanta una tormenta de polvo. Se encuentra a miles de kilómetros de su caballo appaloosa moteado, pero de sus botas de montar de cuero sobresalen sendas espuelas. Las espuelas son una concesión a la cámara que el productor proporcionó a Ranchero sobre el terreno. Al aceptarlas, Ranchero hizo rodar una con el dedo. El filo estaba romo, pero a fin de cuentas era un filo. Tal vez resultara útil, pensó. También le dieron un poncho a rayas, pero se negó a ponérselo. «¿Qué será lo siguiente? —preguntó—. ¿Queréis que me pasee con una pila de tortillas de maíz y un chile?»

Los antepasados de Ranchero tiempo atrás fueron tachados de «mestizos» y despreciados en gran parte por los poderosos. Su abuelo cruzó la frontera de noche y encontró trabajo paleando estiércol y ordeñando vacas en un rancho de propiedad familiar. Años más tarde, se casó con la hija del jefe, que heredó el negocio. Su hijo, de piel más clara, contrajo matrimonio con una costurera morena de Ciudad de México. La tez de Ranchero posee el tono ligeramente tostado que resultó de ese enlace. Tiene cincuenta y siete años, y sus greñas, que le llegan hasta la barbilla, presentan el mismo contraste de blanco y negro que sus creencias sobre el bien y el mal.

No existen obstáculos entre Ranchero y el Desafío. La capacidad, o la falta de ella, no es su rasgo definitorio. Lo que se exhibe es su orgullosa zancada de vaquero. Su carácter queda definido en cuestión de segundos.

Nena Asiática no es tan fácil de encasillar. Va vestida con unos pantalones de color caqui y una camisa azul a cuadros. Tiene el pelo largo y liso, recogido en una sencilla cola de caballo negra azabache, que contrasta con el pañuelo amarillo fosforito que lleva atado a modo de diadema, anudado en la nuca. Nena Asiática solo lleva el maquillaje que la obligaron a ponerse: la raya de los ojos, para alargarlos aún más, y un toque de pintalabios rosa brillante.

Echa un vistazo a la zona despejada que encuentra al dejar atrás los árboles. Ve que hay un hombre esperando en el centro del claro.

Detrás de ese hombre, al otro lado del claro, Fuerza Aérea avanza hacia la luz del sol.

Para su candidato militar, los productores buscaban algo clásico, y el hombre al que escogieron cumple a la perfección con ese cometido: pelo rubio cortado a cepillo que brilla al sol, ojos azul claro, un mentón fuerte y perpetuamente adelantado. Fuerza Aérea lleva vaqueros y una camiseta de manga larga, pero camina como si vistiera el uniforme de gala. Su postura erguida como el palo de una escoba hace que parezca más alto del metro setenta y tres que mide. Su pañuelo azul marino, de un tono más oscuro que el azul oficial de la Fuerza Aérea, va anudado en torno a la cintura sobre la cadera izquierda.

Promocionarán a Fuerza Aérea como piloto, pero su presentación pasará por alto un detalle importante: no se mencionará en ningún momento qué es lo que pilota. La mayoría de los espectadores supondrá que se trata de aviones de combate, que es lo que se espera que supongan, pero Fuerza Aérea no es piloto de combate. Cuando vuela, transporta cargamentos: tanques y munición, baterías y bobinas de metal, revistas y chocolatinas para reponer los estantes de los centros comerciales que Estados Unidos tienen a bien construir para los hombres y mujeres que ha desplegado por el mundo. Es un Papá Noel sin tripa, que trabaja todo el año llevando provisiones de parte de tía Sally. En un cuerpo en el que los pilotos de combate son semidioses y los de bombardero conducen el propio sol, el suyo es un trabajo sin pena ni gloria.

Fuerza Aérea y Nena Asiática coinciden en el centro del claro, se saludan con la cabeza y se detienen ante el hombre que los espera allí. El presentador. No se sabrá nada de él hasta que hable y no hablará hasta que no se hayan reunido los doce concursantes.

Rastreador aparece sigiloso por entre los árboles que quedan a la espalda del presentador. Ranchero llega por el este, y con él un varón blanco y pelirrojo de treinta y tantos años con un pañuelo verde lima. No tardan en surgir concursantes de todas partes. Una mujer blanca que ronda los treinta años, con el pelo claro, gafas y un pañuelo azul celeste atado a la muñeca. Un hombre negro de mediana edad, uno blanco que es casi un adolescente, un asiático que podría pasar por menor de edad aunque en realidad haya cumplido los veintiséis. Un blanco de treinta y tantos y una hispana cuya edad resulta irrelevante porque no es demasiado mayor y sus pechos son enormes y reales. Todos llevan a la vista un pañuelo de un color único. La última en aparecer es Camarera, que se sorprende al encontrar tanta gente ya reunida. Se mordisquea el labio inferior y Fuerza Aérea siente una punzada de atracción.

—Bienvenidos —dice el presentador, un famosillo de segunda fila que a sus treinta y ocho años tiene la esperanza de reflotar su carrera... o por lo menos de saldar la deuda que ha contraído por culpa del juego. Posee un atractivo insulso y tiene el pelo y los ojos castaños. Varios blogs de moda han descrito su nariz como «aquilina», y él finge que entiende el significado. Lleva ropa de montaña y, todas las veces que salga hablando, el plano mostrará la parte superior de su pecho, donde se anuncia con orgullo un patrocinador—. Bienvenidos —repite, con una voz más grave que rebosa masculinidad, y decide que cuando graben el saludo verdadero, pondrá esa voz—. Bienvenidos a *El bosque*.

Un suave zumbido capta la atención de los concursantes; Fuerza Aérea es el primero en darse la vuelta.

—Hostia puta —suelta, un exabrupto poco habitual en él que encabezará la lista de palabrotas censuradas.

Los demás se vuelven. Detrás del grupo, un dron de metro y medio de envergadura con un teleobjetivo en el centro planea a la altura de sus ojos. La sorpresa suscita una predecible retahíla de exclamaciones de asombro y tacos, y un «Mola» de la mujer de pelo claro.

El dron se eleva en silencio hacia el cielo a toda velocidad. Al cabo de unos segundos ya está lo bastante lejos y es lo bastante sigiloso para resultar casi invisible.

—¿Adónde ha ido? —susurra Camarera.

Para cuando termina de formular la pregunta, Rastreador es el único que todavía distingue el aparato entre las nubes y el cielo.

—Es uno de los muchos ojos que os estarán observando —explica al grupo el presentador. Su voz insinúa muchas cosas, aunque la verdad es que solo hay un dron y como los concursantes pasarán la mayor parte del tiempo bajo los árboles, se usará más que nada para planos generales. —Y, ahora, empecemos —dice el presentador—. A lo largo de las siguientes semanas, pondréis a prueba vuestras habilidades y llevaréis al límite vuestra capacidad de resistencia. Sin embargo, tenéis una salida. Si alguna vez un Desafío os parece demasiado duro o no podéis soportar otra noche acribillados por los mosquitos, basta con que digáis *Ad tenebras dedi* y se acabó. Recordad esa frase; es vuestro pasaporte de salida. —Mientras habla, entrega una tarjeta a cada concursante—. El único que tenéis. Os lo damos por escrito para que lo memoricéis. *Ad tenebras dedi.* Que os quede claro: una vez que pronunciéis esta frase, ya no hay vuelta atrás.

—¿Qué significa? —pregunta Ranchero.

—Ya descubriréis su significado —responde el presentador.

Médico Negro es más bajo y corpulento que Rastreador, y lleva perilla. El pañuelo amarillo mostaza le cubre la cabeza. Levanta una de sus cejas salpicadas de canas mientras lee la tarjeta que tiene en la mano. Después, una confesión en primer plano, con árboles de fondo y barba de varios días alrededor de la perilla.

—Es latín —dice el yo futuro de Médico Negro—. «A la noche me rindo.» O «a la oscuridad», no estoy seguro. Es un poco pretencioso dadas las circunstancias, pero me alegro de que haya una frase de seguridad. Reconforta saber que existe una salida. —Hace una pausa—. Espero que todo el mundo la recuerde.

A continuación, el presentador, sentado en una silla plegable de lona junto a una hoguera encendida aunque es de día, se dirige directamente a los espectadores.

—Los concursantes no lo saben todo —dice, en voz baja e inclinando la barbilla para invitar al público a compartir su secreto. Su lenguaje corporal dice: Ahora estamos todos en el ajo—. Ellos saben que no se expulsa a nadie mediante votaciones, que esto es una carrera, o más bien una serie de pequeñas carreras durante las cuales acumulan ventajas y desventajas. Lo que no saben es que en esta carrera no hay línea de meta. —Se inclina hacia delante—. El juego continuará hasta que solo quede una persona, y la única salida es abandonar. —Nadie sabe cuánto durará el programa, ni los creadores ni los concursantes. Sus contratos estipulaban que «no menos de cinco semanas y no más de doce», aunque una nota a pie de página en letra pequeña permite alargarlo a dieciséis semanas en circunstancias excepcionales—. *Ad tenebras dedi* —dice el presentador—. No hay otra salida. Y en este sentido, los concursantes están realmente *A oscuras.*

A continuación se suceden una serie de confesiones, todas ellas con imágenes genéricas de la naturaleza como telón de fondo.

Camarera, que sabe que su única oportunidad de embolsarse algo es ganarse el título de favorita de los fans, comenta:

—¿Qué haré primero si gano el millón de dólares? Ir a la playa. Jamaica, Florida, no sé, algún sitio que sea muy bonito. Me llevaría a mis mejores amigas y pasaríamos todo el día en la playa, tomando cosmopolitans y cualquier bebida de la carta que acabe en «-tini».

—Yo estoy aquí por el dinero —confiesa Ranchero, con un sincero encogimiento de hombros—. No sé qué nos tienen preparado, pero no tengo ninguna intención de pronunciar esas palabras. He dejado a mis hijos en casa ocupándose del rancho, pero quiero que vayan a la universidad y no hay forma humana de pagarla y a la vez de permitirme perderlos como trabajadores. Por eso estoy aquí, por mis hijos.

La mujer de pelo claro y gafas marrones. En el vídeo de su solicitud sostenía en la mano un lagarto amarillo cubierto de pinchos, y el editor ve en ella algo más que su pelo.

—Sé que suena ridículo —dice—, pero yo no he venido por el dinero. A ver, no le haré ascos a un millón de dólares, pero me habría apuntado aunque no hubiese premio. Casi he cumplido los treinta años, llevo tres casada... Es hora de dar el siguiente paso. —Zoo suelta el aire nerviosa—. Hijos. Ha llegado el momento de tener hijos. Mis amigos y conocidos con hijos dicen que ya nada es lo mismo, que te cambia la vida, que pierdes todo el tiempo que tenías para ti misma. Estoy preparada para eso, no me importa ceder parte de mi individualidad y, por qué no, mi cordura. Pero antes de que eso suceda, antes de cambiar mi nombre por el título de «Mamá», me apetece una última aventura. Por eso he venido y por eso no pienso rendirme, pase lo que pase. —Sostiene en alto el trozo de papel que contiene la frase de seguridad y lo rasga por la mitad. La acción es simbólica, porque ya ha memorizado la frase, pero no por dramático el gesto deja de ser sincero—. O sea que aquí me tenéis —añade dirigiendo a la cámara una astuta mirada intensa y una sonrisa oculta tras su expresión seria.

3

Permanezco tumbada en mi refugio hasta bien entrada la noche, pero no puedo dormir por culpa de la tensión que siento en todo el cuerpo: las piernas, los hombros, la espalda, la frente, los ojos. El puente de los pies rabia de dolor, como si la presión del movimiento los mantuviera callados durante la jornada. Mi cuerpo rehidratado palpita, transformado y reclamando algo más.

Al final, empujo la mochila hacia fuera para sacarla de mi refugio, salgo a rastras y me adentro en la noche. Las hojas crujen bajo mis manos y rodillas, y los cordones de las botas reptan como serpientes. El aire frío me pellizca las mejillas. Me detengo y oigo grillos y ranas que croan. El arroyo, el viento. Me parece oír la luna escondida. Me levanto sin ponerme las gafas, que llevo plegadas sobre una de las correas de la mochila. Sin ellas, lo que veo es un borrón pixelado de grises alternos. A la altura del pecho, las palmas de mis manos están pálidas, con los bordes casi nítidos. Me froto la base del anular izquierdo y revivo la inquietud que sacudió mi corazón al quitarme la alianza de oro blanco. Recuerdo que la metí en su estuche forrado de terciopelo, que luego guardé en el primer cajón de mi tocador. Mi marido estaba en el baño, recortándose la barba para reducirla a esa sombra uniforme que tanto me gusta. En el trayecto en coche al aeropuerto habló más que yo, toda una inversión de papeles. «Estarás espectacular —me dijo—. Me muero de ganas de verlo.»

Más tarde, durante el corto vuelo a Pittsburgh, me tragué las lágrimas y apreté la frente contra la ventanilla, para compartir mis nervios con el cielo y no con el desconocido que roncaba a mi izquierda. Antes no me costaba tanto partir, pero las cosas habían cambiado después de conocer a mi marido. Antes —cuando dejé Stowe para ir a la universidad, aquel verano viajé de albergue en albergue por toda Europa Occidental con la mochila a cuestas, o los seis meses en Australia después de licenciarme por la Universidad de Columbia— la emoción siempre atemperaba el miedo lo suficiente para inclinar la balanza. Partir siempre inspiraba temor, pero nunca me resultaba difícil. Sin embargo, esta vez dejaba atrás no solo la familiaridad, dejaba atrás la felicidad. Existe una diferencia, cuya magnitud no había previsto.

No me arrepiento de haber ido a Nueva York, Europa o Australia. No estoy segura de que me arrepienta de haber venido aquí, pero sí lamento haber dejado mi anillo de casada, a pesar de las instrucciones que nos dieron. Sin la alianza, el amor que dejé parece muy lejano y nuestros planes, irreales.

En el aeropuerto, él me prometió el galgo retirado que hemos estado planteándonos adoptar desde que compramos la casa. «Encontraremos uno bueno cuando regreses —dijo—. Moteado, con uno de esos nombres ridículamente largos que tienen los perros de carreras.»

«Ha de entenderse con los niños», repliqué yo, porque era lo que tenía que decir, el motivo que había aducido para partir.

«Lo sé —contestó él—. Exploraré el terreno mientras no estás.»

Me pregunto si estará explorando el terreno ahora mismo. Trabajando hasta tarde aunque sea rebuscando en Petfinder o comprobando la página web de la asociación de rescate de galgos que vimos en el mercado unas semanas antes de mi partida.

O a lo mejor por fin se ha animado a tomar una copa con el nuevo, ese que siempre dice que se le ve un poco colgado.

Tal vez está sentado en casa a oscuras, pensando en mí.

Sola en la noche gris mientras veo cómo el viento agita las hojas, lo necesito. Necesito sentir cómo late su pecho contra mi mejilla mientras se ríe. Necesito oírlo quejarse de que tiene hambre o le duele la espalda, para poder dejar a un lado mi malestar y ser fuerte por los dos en lugar de únicamente por mí misma.

Aquí fuera no tengo nada de él salvo recuerdos, y cada noche me parece menos real.

Pienso en mi última Pista. «Hogar, dulce hogar.» No es un destino, porque no creo que pretendan hacerme caminar los casi trescientos veinte kilómetros que me separan de casa, sino una orientación. Una provocación.

Me ruge el estómago, más alto que los grillos o las ranas y de pronto me da por recordar lo que es pasar hambre, en vez de reconocer sin más que debería comer. Agradecida por la distracción, saco de la mochila el cóctel de frutos secos y lo abro. Vuelco en la palma de mi mano alrededor de cien calorías en frutos secos variados. Una cantidad patética, un puñado pero suficiente para un crío. Retuerzo la bolsa para cerrarla y la guardo en el bolsillo de la chaqueta. Me como primero las pasas rancias, emparejándolas con cacahuetes, almendras y anacardos partidos. Los cuatro caramelos de chocolate los guardo para el final. Los deposito sobre mi lengua juntos, los aprieto contra el paladar y siento cómo se resquebraja su fina cobertura.

En otro tiempo pensaba que necesitarle tanto era una debilidad, que cualquier concesión que me restara independencia era una traición a mi identidad, una renuncia a la fuerza que siempre he utilizado como impulso para alejarme de lo acostumbrado y adentrarme en lo desconocido. De un pueblo remoto a la ciudad; de la ciudad al extranjero. Siempre buscando... hasta que lo conocí: un ingeniero eléctrico tranquilo y atlético con un salario de seis cifras, cuando yo pasaba apuros para llegar a cuarenta mil al año explicando las diferencias entre mamíferos y reptiles a un hatajo de colegiales gritones e incapaces de parar quietos. Tardé dos años en reconocer que eso a él no le importaba, que nunca me restregaría por la cara esa diferencia de ingresos. Para cuando dije «Sí, quiero», entendía que existe una diferencia entre la renuncia y la cooperación, y que confiar en otra persona exige un tipo de fuerza distinto.

O a lo mejor eso es solo lo que necesito decirme a mí misma.

Un fragmento de cobertura de chocolate se me clava en las encías y casi me hace daño antes de fundirse. Noto un sabor a chocolate con leche barato, un regusto dulce más que un sabor real. Me doblo por la cintura para estirar los gemelos. Una mata de pelo enredado que en otros tiempos fue una cola de caballo cae sobre mi hombro, y los dedos se me quedan a treinta centímetros de los pies. Hace años que casi nunca consigo tocarme los dedos de los pies sin doblar las rodillas, pero tendría que ser capaz de acercarme más. No llegar ni a los tobillos lo considero un fracaso y, por extraño que parezca, una infidelidad. Todas las noches, durante las semanas previas a mi partida, mi marido y yo celebrábamos «sesiones estratégicas» arropados en la cama, devanándonos los sesos para encontrar maneras de mejorar mis posibilidades. Los estiramientos eran una de las ideas que siempre salía a colación: la importancia de mantenerse en forma. Me doy un golpecito en las espinillas y me digo que, a partir de ahora, cada mañana y cada noche buscaré un hueco para estirar. Por él.

Quería hacer algo gordo. Eso es lo que le dije el invierno pasado, la afirmación con la que empezó todo. «Una última aventura antes de que empecemos a intentarlo», le dije.

Él lo entendió, o por lo menos eso dijo. Estuvo de acuerdo. Fue él quien encontró el enlace y me sugirió que mandase una solicitud, porque me gusta la naturaleza y una vez dije que me encantaban los cobertizos construidos con hojas y ramas. Así que me ofrecía una solución, como siempre, porque las personas de mentalidad matemática creen que todos los problemas tienen solución. Y aunque me cueste cada vez más sentirlo, sé que me observa. Y sé que está orgulloso de mí; he tenido mis momentos malos, pero hago cuanto puedo. Lo intento. Y sé que cuando vuelva a casa, la distancia que noto ahora se esfumará. Seguro.

Aun así, me gustaría tener mi alianza.

Regreso a rastras al refugio. Horas más tarde, cuando veo que el cielo se ilumina poco a poco a través de la abertura de mi cobertizo, me doy cuenta de que no he dormido; aunque recuerdo un sueño, de modo que debo de haber echado alguna cabezadita. Había agua; yo estaba en un muelle o un barco y se me caía mi bebé, que se retorcía, gorjeaba y no acababa de encajar en mis brazos. Pero, para empezar, ¿qué hacía yo con un bebé? Se me escurría de las manos y mis piernas se negaban a moverse, y lo veía hundirse lentamente en las profundidades, sacando burbujas por la boca mientras emitía un gritito que parecía una radio mal sintonizada, y yo lo miraba, impotente e insegura.

Agotada, salgo del refugio y reavivo el fuego. Mientras se calienta el agua, me como lo que queda del cóctel de frutos secos, contemplo las llamas y espero a que el sueño se evapore, como lo hace siempre.

Estaba en la universidad cuando empecé a tener pesadillas en las que mataba por accidente a hijos concebidos por accidente. En cuestiones de sexo era una novata y cada experiencia me implicaba una preocupación por si el preservativo se rompía. Un polvo de una noche dejaba como secuela semanas de sueños esporádicos en los que olvidaba a mi hijo recién nacido en alguna parte, como el interior de un coche a pleno sol o una mesa, desde la que caía rodando a un suelo de cemento cuando yo no miraba. Una vez, uno se me resbaló de las manos sudadas desde la cima de una montaña y lo vi caer por el precipicio hasta la carretera, y desde tan arriba parecía un gusano. Era peor cuando salía en serio con alguien, cuando no era un rollo de una noche sino un acto de amor, o por lo menos de afecto. Las pesadillas se volvieron menos frecuentes hacia mis veinticinco años y cesaron por completo casi un año después de conocer a mi marido, la primera persona con la que he llegado a pensar que algún día podría estar preparada.

Se reanudaron la noche después del Desafío de la cabaña. No las tengo todas las noches, por lo menos que yo recuerde, pero la mayoría sí. A veces también cuando estoy despierta. Ni siquiera tengo que cerrar los ojos; basta con que me desconcentre y lo veo. Siempre «lo». Siempre un niño.

Después de llenar mis botellas, desmonto el cobertizo a patadas y apago el fuego. Luego tomo la carretera rural agrietada por las inclemencias que llevo días siguiendo rumbo este. Me cuelgo la brújula del cuello y compruebo la dirección de mi avance de vez en cuando.

Llevo una hora o más caminando cuando una punzada de dolor en el hombro me recuerda que no he hecho estiramientos. Unas pocas horas durmiendo más o menos han bastado para que olvidase mi promesa. Articulo la palabra «Perdón» con los labios, mirando hacia arriba. Bajo los hombros, los echo hacia atrás y enderezo la postura mientras camino. Esta noche, pienso. Esta noche estiraré hasta el último de mis doloridos músculos.

Doblo una curva de la calzada y veo ante mí un turismo plateado mal aparcado, con todos los neumáticos menos el trasero izquierdo fuera del arcén, en el suelo de tierra. Sigo con desazón las marcas de su derrapada; la botella de agua me golpea la cadera. Es evidente que alguien ha colocado allí el coche. Debe de contener víveres o una Pista.

Se me encoge el estómago. Intento que no se me noten los nervios en la cara; no veo las cámaras, pero sé que están escondidas entre las ramas de los árboles, y probablemente en el propio vehículo. Seguro que tienen uno de esos drones de vigilancia planeando ahí arriba.

Eres fuerte, me digo. Eres valiente. No te da miedo lo que pueda contener este coche.

Miro por la ventanilla del conductor. El asiento está vacío, y en el del copiloto solo hay restos de comida rápida: papeles manchados de grasa, un vaso de plástico tamaño cubo con una pajita mordisqueada que sale a través de la tapa manchada de marrón. Hay una manta arrugada sobre el asiento de atrás y una neverita roja encajonada detrás del sitio del copiloto. Pruebo la puerta trasera; el sonido que emite al abrirse es algo que no oigo desde hace semanas: el chasquido de la manecilla y el desbloqueo del seguro, una secuencia tan característica y a la vez tan habitual. Lo he oído miles de veces, decenas de miles. Es un sonido que he llegado a relacionar con el hecho de partir de algún sitio, una asociación de ideas inconsciente hasta ahora, porque en el momento en que abro esa puerta y oigo ese mecanismo, siento cómo mi miedo se transforma en alivio.

Te vas. Vas a salir de aquí. Te vas a casa. No son pensamientos, sino consuelos sin palabras que me ofrezco a mí misma. Estás acabada, me dice mi cuerpo. Es hora de irse a casa.

Entonces me golpea el olor y, al cabo de un segundo, entiendo el motivo.

Me alejo a trompicones de un maniquí en descomposición. Ahora veo su forma vagamente humana bajo la manta. Es pequeño. Minúsculo. Por eso no lo he visto desde la ventanilla. La bola que tiene por cabeza estaba apoyada contra la puerta y ahora cuelga un poco por el borde del asiento, y de debajo de la manta asoma un mechón de cabello castaño oscuro. Los bultos diseñados para pasar por pies solo llegan hasta la mitad del asiento.

No es la primera vez que fingen que se trata de un niño, pero sí la primera que fingen que es un niño abandonado.

—Vale —susurro—. Esta mierda empieza a estar muy vista.

Pero no es verdad; cada maniquí es tan horrible y espantoso como el anterior. Ya van cuatro, cinco si contamos al muñeco, y no sé por qué, cómo encajan, qué significan. Cierro de un portazo y eso, el sonido que asocio a una llegada triunfal, aviva aún más mi cólera. He golpeado la cabeza del maniquí tamaño infantil y he pillado con la puerta un mechón de pelo castaño.

¿Será pelo real? ¿Es posible que una mujer, en alguna parte, se rapara la cabeza pensando que sus hilos de queratina insuflarían confianza a un niño que estuviera luchando contra el cáncer, solo para que acabaran formando parte de este juego macabro? ¿Estará mirando la donante y reconocerá que ese pelo es suyo? ¿Sentirá el impacto de la puerta del coche contra su propia cabeza?

Basta.

Me dirijo al otro lado del coche, respiro hondo, contengo el aliento y abro la puerta. Saco la nevera de un tirón y cierro dando un portazo. El sonido resuena en mi cráneo.

Con la nevera en la mano, me siento en el suelo delante del coche y me apoyo en el parachoques. Noto como si tuviera los dientes de arriba soldados a los de abajo, y al tocarse tiemblan con la fuerza. Cierro los ojos e intento relajar la mandíbula.

El primer cadáver falso que vi fue al final de un Desafío en Equipo. El tercero, creo. Quizá fuese el cuarto; me falla la memoria. Estábamos Julio, Heather y yo siguiendo las indicaciones: gotas rojas en algunas piedras, la huella de una mano en el barro, un hilo enganchado en unas zarzas. Tuvimos que volver sobre nuestros pasos y perdimos el rastro cuando cruzó un arroyo. Heather trastabilló y se mojó, y luego tropezó con un tocón o algo así y empezó a quejarse de un golpe en un dedo como si se hubiera roto la pierna. Perdimos un montón de tiempo y, al final, el Desafío. El grupo de Cooper y Ethan llegó el primero, por supuesto. Aquella noche, Cooper me contó que habían encontrado su objetivo con una herida falsa en la cabeza, sentado cerca del borde de la cornisa de piedra. Recuerdo la cólera de su voz y cuánto me sorprendió oírla. Pero lo entendí.

Nosotros vimos cómo caía nuestro objetivo dando tumbos por el barranco.

Vi el arnés que llevaba bajo la chaqueta; vi la cuerda. Pero aun así...

Nos enviaron abajo, donde encontramos un amasijo contorsionado y recubierto de sangre de bote. No parecía muy real, por lo menos aquella primera vez, pero de todas formas nos impactó. El maniquí de látex y plástico llevaba unos vaqueros y nos ordenaron que le sacásemos la cartera. Heather lloró. Julio se cubrió el corazón con el sombrero y murmuró una oración. Me lo dejaron a mí. Después de coger la cartera tenía los nervios a flor de piel, y la histeria de Heather fue la gota que colmó el vaso. No recuerdo con exactitud lo que le grité, pero sé que usé la palabra «Barbie», porque luego pensé que era un calificativo extraño, incluso viniendo de mí. Recuerdo que todos se quedaron mirándome con cara de pasmo. Me había esforzado mucho por resultar simpática, para que los espectadores me apoyaran, para que me votasen. Pero todo tiene un límite.

Al dejar atrás aquel Desafío, pensé que por fin entendía de qué eran capaces. Creí entender lo lejos que estaban dispuestos a llegar. Y supe que debía hacerlo mejor. Pedí disculpas a Heather con la máxima sinceridad posible, teniendo en cuenta que creía todo lo que le había dicho y lo único que lamentaba era haberlo dicho, y me armé de valor hasta sentirme preparada para cualquier cosa.

Noto que me endurezco día tras día. Incluso cuando me asusto y me ablando, cuando se resquebraja mi fachada, me da la impresión de que siempre vuelvo reforzada, como un músculo que se fortalece con el uso. Lo odio. Odio ser dura y ese odio me endurece más todavía. Odio estar ya quitándome de la cabeza el maniquí infantil para pensar en la nevera.

Pulso el botón y tiro del asa para retirar la tapa.

Una bolsa de plástico transparente llena de moho verdiblanco. Debajo, un cartón de zumo: arándanos y granada. Saco el tetrabrik y cierro la nevera. Me da la impresión de que debo volver a dejarla en el coche, al igual que todas las mañanas escampo los componentes de mis cobertizos improvisados, para que todo vuelva a su lugar natural. Pero esto es diferente, porque ni la ubicación del coche ni la nevera tienen nada de naturales. Me levanto y empujo la nevera con el pie contra el parachoques delantero. Acto seguido, con el cartón de zumo en la mano, me pongo en marcha.

Me pregunto si llegaré a casa sin topar con una barrera o descubrir otra Pista, si me dejarán llegar tan lejos. ¿Me habrán despejado un pasillo hasta la costa? Incluso eso me parece posible a estas alturas. O tal vez... Tal vez ni siquiera me dirijo hacia el este. Quizá la salida y la puesta del sol no sean más que un truco de salón. A lo mejor la brújula está trucada, y mi norte magnético en realidad es una señal controlada a distancia que me dirige hacia una espiral de ignorancia.

Quizá nunca llegaré a casa.

A oscuras: ¿Predicciones?

¡Este programa es lo nunca visto! Empezaron a grabar ayer y el primer episodio se estrena el lunes. ¡El lunes! Y está detrás la productora que creó *Monte Cianuro*, o sea que sabemos que los efectos especiales van a ser UNA PASADA. Su página web dice que el *reality* «es una experiencia a una escala sin precedentes». Claro que su trabajo es hinchar el globo, pero al menos yo estoy emocionado. ¿Qué pensáis vosotros?

enviado hace 38 días por LongLiveCaptainTightPants

114 comentarios

mejores comentarios

ordenados por: **popular**

[-] CharlieHorse11 hace 38 días

Yo apuesto a que esto será *Monte Cianuro 2*. ¡Los volcanes que escupen ácido se extienden! ¡Bruuuuuuum!

> [-]HeftyTurtle hace 38 días
>
> Por lo que he leído, tienen un presupuesto similar. Se habla de nada menos que cien millones de dólares.

> > [-]CharlieHorse11 hace 38 días
> >
> > *Monte Cianuro* costó el doble. No quiero la mitad de volcanes de ácido. Quiero TODOS los volcanes de ácido.

> > > [-] LongLiveCaptainTightPants hace 38 días
> > >
> > > ¿Fuente?

> > > > [-] HeftyTurtle hace 38 días
> > > >
> > > > Aquí. No es oficial, pero parece de fiar.

> > > > > [-] LongLiveCaptainTightPants hace 38 días
> > > > >
> > > > > Ostras, sí. ¡Ahora estoy más emocionado todavía!

[-] JT_Orlando hace 37 días

¡Habéis visto los contratos que se filtraron ayer? ¡98 páginas! Los participantes han tenido que firmar auténticas locuras. No he podido leerlo todo, pero de lo que he visto lo que más me gusta es que han tenido que aceptar «Todos los riesgos que surjan de la práctica de una actividad física intensa en zonas agrestes de difícil acceso para los servicios de emergencias, donde las condiciones cambian y es posible que los peligros no resulten fáciles de identificar, donde el tiempo es impredecible y se producen desprendimientos de rocas». Además, «riesgos procedentes de flora y fauna peligrosas, incluidos los que se deriven de encuentros con osos, coyotes, serpientes venenosas y otros animales autóctonos». El texto completo está <u>aquí</u>.

[-] DispersingSpore hace 37 días

Me gusta la «aguda presión mental derivada de la soledad, períodos prolongados de hambre y cansancio y otras condiciones de estrés psicológico».

[-] Hodork123 hace 37 días

Son autorizaciones normales y corrientes, fruto de la excesiva afición de nuestra sociedad a las querellas. Hacen que suene mucho más peligroso de lo que es, digo yo.

[-] DispersingSpore hace 37 días

«Si no te gusta, lárgate, rojo.»

[-] Hodork123 hace 38 días

¿Otro *reality* de supervivencia? Claro, justo lo que necesitábamos.

[-] Coriander522 hace 38 días

Ojo, spoilers: en realidad es un concurso de canto.

[-] CoriolisAffect hace 38 días

Tengo un amigo que es cámara del programa. CaptainTightPants tiene razón en lo del calendario: es una locura. Y mi amigo dice que habrá cosas que te ca-gas de fuertes. Estad atentos.

[-] NoDisneyPrincess hace 38 días

¿Zombis?

[-] CoriolisAffect hace 38 días

Como dicen, podría contártelo, pero entonces tendría que matarte.

[-] NoDisneyPrincess hace 38 días

¡¡¡¡ZOMBIIIIIIS!!!!

[-]LongLiveCaptainTightPants hace 38 días

¡Guay! Tendrías que convencer a tu amigo de que montara un ESPACIO DE DISCUSIÓN cuando pueda para preguntarte cosas. Me encantaría saber lo que pasa entre bastidores.

[-] Coriander522 hace 38 días

¡Eso!

[-] CoriolisAffect hace 38 días

Veré qué puedo hacer.

...

4

Las reglas de vuestro primer Desafío son sencillas —dice el presentador, plantado en mitad del campo bajo la intensa luz de la tarde—. Todos tenéis un pañuelo y una brújula identificados con el color, o colores, que os hemos asignado. Mientras dure esta aventura, todo aquello que esté específicamente destinado a vosotros irá señalado con esos colores. Empezando por... —Gira de un lado a otro para indicar una serie de pequeños postes pintados que están repartidos por todo el campo—... estos.

—¿Palos? —murmura Nena Asiática para nadie en particular—. ¿Para qué sirven?

El presentador le manda callar con un susurro, se cuadra y prosigue:

—Usando la brújula, tendréis que orientaros para encontrar una serie de puntos de control y, en última instancia, una caja que contiene un paquete envuelto. No abráis ese paquete. —Sonríe, pasea la mirada por la hilera de concursantes y luego mete los pulgares en los bolsillos delanteros, adoptando una postura relajada que da a entender que él sabe algo que los concursantes ignoran, lo que es cierto, por supuesto. Es privilegio de él saber muchas cosas que ellos desconocen—. Encontrad vuestro color y tomad posiciones —dice.

Camarera ya tiene la brújula en la mano, al igual que otros dos participantes: Rastreador y Zoo. Esta no necesitaba usar la brújula para llegar al punto de encuentro, pero de todas formas la ha sacado de la mochila en cuanto se ha empezado a grabar. Además ha sonreído al hacerlo, y sin dejar de sonreír ha caminado, con el innecesario aparato en la mano, en dirección norte y a unos grados a la derecha, siguiendo el sendero que le habían dicho que lo llevaría hasta el primer Desafío. Todavía sonríe mientras mira otra vez la mancha de pintura que ha visto nada más llegar: azul celeste. Es esa sonrisa fácil la que tantas simpatías le ha granjeado entre sus compañeros de trabajo y entre los estudiantes de la reserva natural y del centro de rehabilitación donde trabaja; no es un zoo, pero se acerca bastante. Es esa sonrisa fácil la que, según sospechan los productores, le granjeará las simpatías del público.

Zoo ve su poste. Acelera el paso; casi va dando saltitos. Hizo un curso de orientación unos meses atrás. Sabe que debe alinear rojo y norte y pegarse la brújula al pecho. Sabe que debe contar el primer paso como «y» y el segundo como «uno». Cree que será divertido poner en práctica lo que ha aprendido. De momento, la experiencia está siendo fantástica. Corre a recoger sus instrucciones, que están en una bolsa de plástico junto al poste azul claro.

Un joven blanco y desgarbado con el pelo castaño se cruza en el camino de Zoo.

—Perdona —dice Animador, con un tono impertinente que deja entrever su nerviosismo.

Odia la naturaleza, y odia que el color del pañuelo, que lleva doblado en la camisa como si fuera un pañuelo de bolsillo metido en una americana, sea rosa. Se presentó como candidato al programa porque lo incitó la voladora de su equipo, que debería ser quien estuviera allí, porque es la persona más valiente que conoce. Animador no esperaba que lo seleccionasen y aceptó la oferta porque no tenía nada mejor con que ocupar el verano entre el segundo y tercer año de universidad, y porque ¿cómo iba a rechazar la posibilidad de ganar un millón de dólares, por remota que fuese? Para cuando descubrió que no se empezaría a grabar hasta mediados de agosto y que tendría que tomarse un semestre libre, ya estaba comprometido.

Los creadores del programa coinciden en que el tono hostil con que Animador habla a los concursantes más optimistas retrata a la perfección el personaje que le han asignado: el varón afeminado que se encuentra tan fuera de su elemento que más parece una caricatura que un hombre. Cuando le pregunten al respecto, el productor argüirá que se limitaron a desarrollar la historia proporcionada por esa escena inicial. Razonamiento circular. Ellos eligen la escena, eligen el momento, ese destello de una de las muchas facetas de la personalidad de ese joven, que podría haber sido muchas cosas —miedoso, servicial, inquisitivo— pero en cambio es un borde.

Tomando posiciones ante un palo naranja, no muy lejos de Animador, está Biología, una chica que lleva su pañuelo a modo de cinta para el pelo con el nudo sobre la oreja. Biología también es homosexual; ya lo veis, es justo, dirán: está permitido que os apoyéis. Pero Biología, que enseña ciencias de la naturaleza en un pequeño instituto público, es una lesbiana de la variedad menos amenazadora: es curvilínea y femenina, y lleva con discreción su sexualidad. Tiene la melena larga, oscura y ensortijada, y la piel morena y bien hidratada. Si un hombre heterosexual la imaginara con otra mujer, probablemente se imaginaría a él también presente.

Fuerza Aérea se sitúa delante de un poste azul oscuro entre Biología y Animador. Mira a Biología de arriba abajo y después observa a Animador, que suspira e intenta sacudirse los nervios agitando los dedos. Hace años que en el Ejército estadounidense se revocó la política del «No preguntes, no cuentes», y Fuerza Aérea no da por sentado que Animador sea inexperto en las habilidades que serán necesarias las semanas venideras. En realidad, lo primero que piensa es: Apuesto a que es un infiltrado del programa.

Los concursantes cogen sus instrucciones. El presentador gesticula para captar su atención mientras los cámaras se posicionan con esmero para no aparecer en los planos de sus compañeros. Varios minutos se reducen a unos segundos. El presentador grita:

—¡En marcha!

Rastreador arranca a caminar a grandes zancadas y con la vista fija en un objeto lejano. Ranchero recupera su paso relajado. Zoo se sonríe y empieza a contar para sus adentros mientras avanza sujetando la brújula perpendicular al pecho. Animador mira a su alrededor y luego estudia el mapa y la brújula, indeciso. Camarera gira sobre sus talones y establece un breve contacto visual con Biología, que se encoge de hombros.

A todos ellos los observa Ingeniero. Lleva un pañuelo de rayas granates y marrones alrededor del cuello, como Ranchero, pero a este joven chino-americano larguirucho y con gafas le queda distinto. Ingeniero no ha actuado con prisas en su vida, salvo alguna que otra noche en la universidad, cuando una generosa dosis de alcohol le cambió el talante. Una vez cruzó el campus desnudo. Eran las cuatro de la madrugada y, aparte del amigo que le retó a hacerlo, solo le vieron dos personas. Ingeniero se enorgullece de ese recuerdo, de la espontaneidad que demostró en aquel momento. Le gustaría ser espontáneo más a menudo. Por eso está aquí, respondiendo a la madurada decisión de someterse a una situación que exigirá espontaneidad. Quiere aprender.

Ingeniero contempla sus instrucciones: una lista de puntos.

—Ciento treinta y ocho grados —dice—. Cuarenta y dos pasos.

Mueve la brújula hasta alinear una pequeña marca muy cercana al indicador de los ciento cuarenta grados con la flecha de dirección. No sabe cuánto mide un paso en teoría, pero experimentará hasta tenerlo claro, como pronto sucederá.

Los doce concursantes se dispersan como moléculas de gas para llenar el espacio del campo.

Rastreador se detiene en el linde del bosque, escudriña las ramas que tiene encima de la cabeza y salta con fuerza hasta agarrarse con ambas manos a una gruesa. Luego se sube a pulso al árbol. Todos los concursantes que están de cara hacia él —siete en total— se paran a mirar, pero Zoo y Fuerza Aérea serán los únicos que se mostrarán a los telespectadores. Zoo abre los ojos como platos, impresionada. Fuerza Aérea alza una ceja y sacude la cabeza, no tanto.

Rastreador se deja caer del árbol y aterriza con suavidad en la hierba. Lleva en la mano una bandera roja. No quiere dejar rastro, ni siquiera el rastro que debe seguir. Se pone derecho, se guarda la bandera en el bolsillo, consulta las instrucciones y la brújula y se dirige hacia el segundo punto de control.

Médico Negro tiene problemas para encontrar su primer punto de control. Comete dos errores.

El primero: después de orientar la brújula hacia los sesenta y dos grados designados y volverse en esa dirección, baja la vista al suelo y arranca a caminar. No quiere que se le pase por alto la bandera si está oculta entre la hierba alta. Una preocupación razonable para un hombre razonable. Pero es un hecho demostrado, por bien que inexplicable, que las personas son incapaces de caminar en línea recta con los ojos vendados, y al fijar la vista en la hierba, prácticamente es como si Médico Negro se estuviera poniendo una venda. Con cada paso se desvía un poquito hacia la derecha, lo suficiente para perder el rumbo.

Su segundo error: cuenta cada paso por separado, en vez de respetar la cadencia «y uno, y dos» que se usa en pruebas de orientación. Cuando Médico Negro llega a su punto de destino teórico, no ve nada salvo más hierba y arbustos bajos. Hace una pausa para observar a los demás y advierte que Fuerza Aérea y Ranchero encuentran sus banderas. Ve que Zoo da con su bandera. Observa que los tres las han localizado en el límite del campo, mientras que él se ha quedado a medio camino. Toma su posición, fija la vista en un árbol y camina en línea recta hacia él.

Encontrará su indicador color mostaza no en ese árbol sino en el de la izquierda, y en los posteriores puntos de control doblará el número de pasos anotados en sus instrucciones.

Biología y Nena Asiática aprenderán de un modo parecido, al igual que Ingeniero y dos individuos blancos que hasta el momento han hecho solo apariciones fugaces: el alto llama la atención por su pelo rojo; el otro, por nada en absoluto.

Camarera y Animador no aprenderán. Deambularán por el campo, cada vez más frustrados. En cuatro ocasiones, Camarera vuelve junto a su indicador morado y arranca a caminar en la dirección más o menos correcta, primero musitando y luego chillando «Uno, dos, tres, cuatro...». En el cuarenta y siete se detiene, gira sobre sí misma y levanta las manos hacia el cielo. Con tanto paseo arriba y abajo ha dejado marcado un círculo en la hierba.

Se sienta en el suelo y Animador, que anda igual de perdido, abandona su camino y se le acerca.

—Creo que lo estamos haciendo mal —dice.

—No me digas. —Camarera se lo quita de encima con un gesto de la mano. Animador podría caerle bien en la vida real, pero aquí es un claro lastre. Sabe que nadie la ayudará si él anda cerca, también necesitado de ayuda.

El presentador brilla por su ausencia en el plano. Tiene instrucciones de mantenerse al margen. Está mirando el teléfono, porque espera un mail de su agente.

Rastreador ha llegado a su cuarta bandera y va en cabeza. Fuerza Aérea, Ranchero y Zoo han encontrado tres por barba. Biología está debajo de la segunda, mirando y mirando, hasta que la ve, sonriendo.

Los éxitos se suceden con rapidez; hay mucho que enseñar en el estreno, y no son los éxitos lo que quieren ver los espectadores.

Ingeniero tropieza y se apoya en un árbol para no caer; una rama lo golpea en la cara. Retrocede y se frota la zona afectada.

Pasados veintitrés minutos —o, según se mire, ocho incluido un corte publicitario— Rastreador encuentra su caja roja. La abre y ve un paquete envuelto en papel del mismo color y una nota. La lee tan solo a modo de confirmación: ha deducido cuál es la meta del Desafío a partir de los puntos de control. Dos minutos más tarde, sale al campo despejado por segunda vez.

Camarera y Animador lo ven y por un instante Rastreador parece sorprendido. No puede creer que ese par le haya ganado.

—No fastidies —dice entonces Animador. Y Rastreador comprende que todavía no han salido siquiera del claro.

—Bien hecho —dice el presentador, que reaparece desde la dimensión desconocida que hay fuera del encuadre. Le da la mano a Rastreador—. Descubrirás cuál es tu recompensa cuando hayan regresado todos. De momento, tienes dos opciones: puedes relajarte o puedes ayudar a otros que lo necesiten. —Señala con la cabeza a Camarera y Animador. La primera es víctima del pesimismo, mientras que el segundo muestra una frustración rayana en la furia.

—Eh —dice Rastreador, su primera palabra ante las cámaras al margen de las entrevistas previas al rodaje. No quiere ayudar a sus competidores, pero ambos resultan tan patéticos que le cuesta creer que puedan llegar a convertirse en una amenaza—. Contad un paso por cada dos que deis y mantened plana la brújula —les ordena, conocedor de los fallos típicos de los principiantes—. Y mirad al frente, no a vuestros pies.

Camarera abre los ojos como platos, como si realmente se hubiera abierto un nuevo mundo ante ella; Animador corre hacia su poste rosa.

Fuerza Aérea sale al campo. Unos treinta metros a su derecha y apenas unos segundos más tarde, Zoo hace lo mismo. Los dos llevan en las manos una caja de color, cada una de un tono azul diferente.

—¡El primero que llegue hasta mí! —anuncia el presentador. Zoo y Fuerza Aérea salen disparados hacia él.

Fuerza Aérea cobra ventaja sin mucho esfuerzo y, entonces, mete el pie derecho en un hoyo y da un brinco a la pata coja cuando siente el dolor en el tobillo torcido. Afloja el paso, para no forzar el pie. Zoo no se da cuenta; está volcada en su esprint. Llega hasta el presentador muy por delante de Fuerza Aérea.

—¡La he encontrado! —grita Camarera desde el otro extremo del campo. Al cabo de un momento Animador también halla su primera bandera.

—¿Esos dos empiezan ahora? —pregunta Zoo, jadeando y subiéndose las gafas.

Rastreador asiente mientras la observa. Parece bastante en forma. Una competidora, quizá. Ha reparado en la repentina cojera de Fuerza Aérea y, aunque no lo descarta aún, ha descendido un peldaño en sus valoraciones.

La petaca del micrófono de Zoo se le clava en los riñones después de la carrera. La recoloca y se vuelve hacia Fuerza Aérea.

—¿Estás bien?

El piloto mascalla que sí. El presentador intenta decidir si debe llamar a un técnico de emergencias. Es evidente que a Fuerza Aérea le duele el tobillo, pero también es evidente que intenta disimular ese dolor. Y sigue en pie. El presentador tiene instrucciones de reservar la ayuda médica para las emergencias; y aquello, decide, no es una emergencia. Sin que haya necesidad, informa a Zoo y a Fuerza Aérea de que han quedado segunda y tercero, y después se queda plantado en su sitio, esperando a los demás mientras los tres primeros intercambian nombres y hablan de trivialidades, lo que no se mostrará en pantalla. Zoo es la que más habla.

El siguiente en llegar es Ranchero, con una hoja de roble atravesada en su espuela derecha. Lo sigue de cerca Biología. Cinco minutos más tarde aparece Ingeniero, y luego Médico Negro, que parpadea sorprendido al salir al campo. No se había dado cuenta de que las instrucciones, en la práctica, le estaban haciendo trazar un gran círculo. Nena Asiática y el pelirrojo corren para ver quién queda octavo.

Gana el pelirrojo, que se encorva para recuperar el aliento. Usa ropa de abrigo normal y corriente, con el pañuelo verde lima atado sobre el codo como un torniquete. Pero lleva unas botas de estilo gótico y una cadena con una cruz de oro macizo que cuelga junto a su brújula. La cámara hace un zoom sobre la cruz y luego aparece una declaración pregrabada, porque el plano en cuestión no basta para captar la esencia de ese hombre.

Va vestido con lo que parece ser, y es, una toga negra de licenciado, con un cuello blanco cosido a mano. Lleva el pelo cobrizo engominado y ondulado hacia arriba como si fueran llamas.

—Existen tres indicios de posesión demoníaca —explica Exorcista. Tiene una voz chillona, de tenor vanidoso. Levanta el índice hacia el techo y prosigue—: Una fuerza anormal, como que una niña pequeña vuelque un todoterreno, que es algo que he visto. —Un segundo dedo se suma al primero—. Comprender de repente ciertas lenguas que el individuo no debería conocer. Latín, suajili y demás. —Tres dedos—. Tener conocimiento de asuntos ocultos... como el nombre de un desconocido o saber qué hay encerrado en una caja fuerte sin que exista ningún motivo para saberlo de antemano. —Encoge los dedos, los mete por debajo del cuello de su toga y saca la cruz dorada—. El rechazo a lo sagrado se da por supuesto, claro está. He visto humear carne al contacto de la cruz. —Acaricia el amuleto con el pulgar—. No soy un exorcista «oficial», solo un lego que hace cuanto puede con las herramientas que tiene a su disposición. Según mis cálculos, he expulsado a tres demonios auténticos de este plano mortal y he ayudado a unas dos docenas de personas que se creían poseídas a desterrar un demonio interno de un carácter más metafórico.

Sonríe y se aprecia algo en sus ojos: algunos dirán que no se cree lo que dice, que interpreta un papel; otros opinarán que su delirio es genuino; unos cuantos casos especiales verán su propia realidad en la que él proyecta.

—Es mi vocación —concluye.

En el campo, Exorcista resopla, se seca el sudor de la frente con la manga y se endereza. Aquí parece una persona normal y corriente, pero le han asignado el papel de comodín, porque sus excentricidades servirán de relleno en caso de necesidad y pondrán a prueba la paciencia de los demás concursantes. Él lo sabe y se ha metido en ese papel. Cuenta con que los espectadores aprecien la variedad de locura que se le da mejor. Los otros descubrirán lo peculiar que es al cabo de una hora, más o menos, y todos y cada uno de los concursantes tendrán un pensamiento, no idéntico pero sí parecido, que vendrá a decir: ¿Cuánto tiempo dices que tengo que pasar en el bosque con este chalado?

Unos minutos después del gran final de Exorcista, llega Banquero, el último de los concursantes en salir en primer plano. Tiene los ojos y el pelo de un castaño apagado, y una nariz parecida a la del presentador, pero más grande. Se ha puesto el pañuelo blanco y negro en el pelo a modo de cinta ancha, y la lleva algo torcida. Banquero está de relleno; su trabajo en sí mismo pondrá en su contra a muchos espectadores, que pensarán que no necesita el dinero ni lo merece, que su presencia en el programa es sintomática de la avaricia infinita que caracteriza a su profesión. Es un estafador y un parásito, tan falto de escrúpulos como el peor oportunista.

Pueden encasillar a Banquero en ese estereotipo, pero no encaja con él. Se crió como el primogénito de una pareja judía de clase media. Muchos de los compañeros de su infancia pasaron la adolescencia sumidos en un letargo de porros y apatía, pero Banquero trabajó duro, estudió y se ganó la matrícula en una universidad prestigiosa. La empresa para la que trabaja desde que se sacó el máster en Administración de Empresas salió airosa de la recesión, no contribuyó a causarla. La compañía dona a organizaciones benéficas una cantidad equivalente a la aportación de Banquero, y de todos los demás empleados, y no solo pensando en las desgravaciones. Banquero está cansado de defender su carrera. Está aquí para tomarse un descanso, para ponerse a prueba sí mismo y aprender nuevas habilidades, para escapar de paso de las iras antielitistas de quienes dicen que quieren que sus hijos reciban la mejor educación y escojan profesiones gratificantes pero luego critican a cualquier adulto que sea el resultado maduro de un niño que logró exactamente eso.

Veintiocho minutos en tiempo real después de que Banquero termine, Camarera encuentra el camino de vuelta al campo. El presentador dormita bajo una sombrilla. La mayoría de los concursantes están charlando, aburridos y acalorados bajo el sol. Acogen con tibieza la llegada de Camarera.

—Esperaba que esto fuese más emocionante —dice Nena Asiática.

—Yo igual —coincide Biología.

Rastreador tiene los ojos cerrados, pero está escuchando. Unos cinco minutos más tarde, Animador llega al campo, enfurruñado y con su caja rosa. Nadie lo saluda. Hasta Camarera tiene la impresión de que lleva esperando una eternidad.

El productor despierta al presentador, que se alisa la camisa, se pasa la mano por el pelo y luego se pone en pie con gesto severo ante los concursantes, que se están colocando en fila en silencio según el orden en que han terminado.

—Se acerca la noche —dice el presentador. Una afirmación siempre cierta, pero que a Rastreador le parece extraña; tiene un agudo sentido del tiempo y sabe que no son ni las tres. El presentador prosigue—: Va siendo hora de hablar de suministros. Para sobrevivir en la naturaleza hay tres necesidades principales: refugio, agua y comida. Todos tenéis un paquete envuelto con el símbolo de una de esas necesidades. —Los espectadores verán una sucesión de grabados que muestran una tienda de campaña minimalista (como una «A» mayúscula pero sin barra horizontal), una gota de agua y un tenedor de cuatro púas—. Las reglas del juego son sencillas: podéis quedaros vuestro paquete o cambiarlo por el de otro... sin saber lo que contiene. A excepción de nuestro ganador —dice el presentador señalando a Rastreador—, que tiene la ventaja de abrir tres artículos antes de tomar una decisión; y nuestro perdedor —añade, volviéndose hacia Animador—, que no podrá elegir.

Viene a ser como un intercambio de regalos navideños, con el aliciente de que la vida de un concursante podría depender del presente que escoja... o eso querrían hacer creer los productores a los espectadores. Lo más irónico es que, a pesar de que nadie se lo creerá, por lo menos en un caso acabará siendo cierto.

—Otro beneficio que se lleva nuestro ganador es el siguiente —dice el presentador cogiendo de una mesa una manta térmica doblada, plateada y roja (¿Cómo ha llegado eso allí? El sufrido becario se aleja correteando) y entregándosela a Rastreador—. Toda tuya y solo tuya, no vale robar. Empecemos.

Rastreador abre los siguientes artículos: las pastillas de yodo de Zoo, las botellas de agua marca Nalgene de Médico Negro (dos, llenas) y el equipo de pesca de emergencia de Ingeniero. Coge las botellas y cede su paquete, que lleva el sello del refugio, a Médico Negro, que acepta el trueque con buen talante. A Médico Negro le dan miedo los patógenos; quiere el yodo, mucho más provechoso que dos litros de agua potable.

La siguiente es Zoo; escoge el pequeño paquete de Exorcista, que lleva la marca del refugio. Su desparpajo induce a creer que es una elección arbitraria, pero no lo es. Zoo supone, con acierto, que la mayoría de sus contrincantes se centrarán en la comida y el agua. Ella sabe cómo purificar el agua y también supone, de nuevo con acierto, que habrá más oportunidades de procurarse sustento en el futuro. Nadie robará el encendedor robado y todavía envuelto que tiene ahora.

Fuerza Aérea confía en que puede sobrevivir con lo que ya lleva cada uno de los concursantes: una brújula, un cuchillo, una botella de litro, un kit individual de primeros auxilios, un pañuelo con los colores que les han asignado y una chaqueta de su propia elección. Se queda su caja azul oscuro con el símbolo del tenedor. Ranchero roba el artículo de Camarera, con el símbolo de agua. Nena Asiática coge la comida de Fuerza Aérea, aunque su paquete posee más o menos el mismo tamaño y también va marcado con un tenedor: puro y simple coqueteo. Ingeniero se queda su equipo de pesca discretamente, pensando en lo que podría construir. Médico Negro reclama las pastillas de yodo con codiciosa emoción; a nadie le importa. Exorcista coge las dos botellas de Rastreador, al que devuelve su paquete original, que aún no está abierto. Ahora Rastreador tiene una manta y un misterio. Biología se queda su comida. Banquero intercambia su objeto triangular con el símbolo de agua por las botellas llenas. Llega el turno de Camarera, que tiene sed. Ella también roba las botellas y entrega a Banquero su paquete de refugio de tamaño bolsillo. Animador se queda con el artículo con el que entró en el campo. Es plano y rectangular, y se arruga cuando lo aprieta. Se pregunta si será otra manta. En ese caso, es más delgada que la otra.

Todo eso se comprime en treinta segundos. «No es justo», piensan los espectadores que se molestan en pensar. Los concursantes que han acabado antes en la práctica estaban en desventaja, y el penúltimo en llegar tenía asegurado el artículo que más le gustase.

No hay que preocuparse, porque llega el golpe de efecto.

Se ordena a los concursantes que desenvuelvan sus premios. Zoo emite un emocionado «¡Sí!» al descubrir su encendedor. Nena Asiática sonríe ante un paquete de doce chocolatinas. Ranchero asiente con frialdad al enseñar una taza de metal con asas plegables, que es lo bastante grande para utilizarse a modo de olla. Animador suelta un improperio cansino al ver su reducido montón de bolsas de basura negras. Fuerza Aérea se encoge de hombros ante un paquete de col liofilizada. Biología abre su caja de barritas de proteínas y lee ceñuda la larga lista de ingredientes. Camarera mira por encima del hombro y pregunta:

—¿Esas llevan gluten?

Biología alza las cejas, pero Exorcista ataja su respuesta con una carcajada que parece una llamarada. Tiene en las manos una varita de zahorí de tres puntas. La sostiene en alto y la dirige por el aire. Después mira directamente a los ojos de los telespectadores y dice:

—Qué apropiado.

Los otros once concursantes se apartan un poco, de forma visible y como un solo hombre.

La vara de zahorí era en un principio para Banquero. Este la había tomado por un tirachinas, pero ahora lo entiende, aunque, como pulla, es más sutil que la mayoría. Señala con la cabeza la vara de zahorí y a continuación agita la caja de cerillas impermeables que acaba de desenvolver.

—No me puedo quejar —dice.

El presentador se adelanta hasta ocupar el centro de la imagen, en primer plano.

—Aunque en última instancia todos tendréis que construir vuestros propios campamentos y sobrevivir por separado, esta noche toca acampar en grupo y mañana habrá un Desafío en Equipo. Para formar los equipos, nuestros tres primeros clasificados. Capitanes, cada uno de los miembros de vuestro equipo aportará los víveres y utensilios que tiene ahora, y aunque conservarán la propiedad de esos artículos cuando amanezca mañana, por esta noche son vuestros. —Hace una pausa para dejar que asimilen lo que acaba de decir y luego lo detalla con una aviesa sonrisa—. Concursantes, si vuestro capitán quiere usar, comer o... beber vuestro premio, no podéis negaros.

—Venga, hombre —protesta Camarera. La cámara hace un zoom en su cara de horror; no quiere compartir su agua.

Rastreador, Zoo y Fuerza Aérea dan un paso al frente y forman sus equipos, uno a uno. La primera opción de Rastreador, que tiene en la mano una linterna que ni ha desenvuelto ni quiere, resulta desconcertante: Ranchero y su taza metálica. ¿Una taza de metal cuando podría llevarse agua extra, cerillas o las píldoras de yodo? Eso exige una explicación. Más tarde, le dirán que se siente y afronte una única pregunta, cuya respuesta se insertará ahora para los telespectadores: «No me gusta el sabor del yodo. Prefiero hervir el agua para bebérmela».

Zoo elige a Ingeniero y su equipo de pesca. Huelgan explicaciones; en las entrañas del río centellean las truchas. Fuerza Aérea escoge a Médico Negro porque parece competente y, aunque le encantaría echar mano al agua limpia y transparente de Camarera, su incompetencia parece un precio demasiado alto por ella. Prosigue la selección y al final se presentan a los telespectadores los equipos, con su material a modo de subtítulos.

Equipo Uno: Rastreador (manta térmica, linterna), Ranchero (taza metálica), Biología (barritas de proteínas) y Banquero (cerillas).

Equipo Dos: Zoo (encendedor), Ingeniero (equipo de pesca), Camarera (botellas llenas de agua) y Nena Asiática (caja de chocolatinas).

Equipo Tres: Fuerza Aérea (col liofilizada), Médico Negro (pastillas de yodo), Animador (bolsas de basura ultrarresistentes) y Exorcista (vara de zahorí).

Es demasiada información; pocos espectadores serán capaces de recordar quién tiene cada cosa. El presentador ni siquiera lo intenta; está cansado y tiene ganas de tomarse un respiro.

—Genial —dice—. Vuestra base para esta noche es este campo. Podéis montar aquí el campamento o por aquí cerca, en el bosque; vosotros elegís. Os veré a todos al amanecer en vuestro primer Desafío en Equipo. —Asiente con solemnidad y luego declama—: Acampad.

Mientras los tres grupos se dispersan, el dron llega zumbando al campo. Todos alzan la vista, menos Rastreador. Exorcista guiña un ojo y se echa al hombro la vara de zahorí. Rastreador conduce a su equipo hacia el extremo norte del campo. Zoo se queda la parte occidental y Fuerza Aérea, la oriental. Médico Negro repara en que su líder renquea y pide permiso para examinarle el tobillo.

—Un esguince —anuncia, y parte en busca de una muleta.

Del proceso de montar el campamento propiamente dicho, se muestra poco. Rastreador y Fuerza Aérea saben lo que se hacen, y los campamentos de sus equipos cobran forma con rapidez una vez que han repartido las tareas.

Zoo está menos acostumbrada a mandar. Su primera orden es una pregunta:

—¿Qué os parece si...?

Pero nadie la escucha. Camarera se queja de que tiene frío; Nena Asiática la riñe:

—Tendrías que haberte puesto una camisa.

Ingeniero investiga su equipo de pesca: un palo de cometa en torno al cual hay enrollado hilo de pesca en lugar de un cordel. El mango no se ajusta a su mano; es de tamaño infantil. Tres anzuelos, dos plomos, dos pares de anillas pequeñas denominadas «emerillones» que Ingeniero no entiende todavía. Zoo observa mientras Ingeniero desenrolla un tramo de hilo y comprueba su resistencia. La pregunta queda en el aire, sin final y sin respuesta.

El equipo de Rastreador tiene una hoguera encendida en cuestión de unos segundos televisivos, lo que equivale a unos veinte minutos de tiempo real. El grupo de Fuerza Aérea dispone de un refugio unos instantes más tarde, después de unos anuncios, y Animador se queda de piedra al descubrir que sus bolsas de basura son esenciales para impermeabilizar el cobertizo improvisado.

Zoo intenta una nueva aproximación. Se agacha al lado de Ingeniero.

—¿Por qué no haces una prueba en el río? —le pregunta—. A ver si consigues que funcione. —Ingeniero observa la sonrisa suplicante de su líder y ve reflejado en ella su propio entusiasmo. Zoo se dirige a las otras—. Tengo el encendedor —les dice—, o sea que yo me ocupo del fuego. ¿Por qué no os ocupáis vosotras dos de montar un refugio?

Nena Asiática aparta a Camarera con la mano.

—Ya me encargo yo —contesta.

Espoleada a ponerse en acción, revela una faceta nueva de su identidad: Nena Asiática Carpintera. Hábil ebanista, monta el refugio con confianza. Aunque el armazón carece de clavos y no ha medido ninguno de los componentes, irradia resistencia. No solo eso, sino que irradia belleza, porque el cerebro humano está adaptado para ver belleza en la simetría. Hasta el productor, que tiene un carácter tan avinagrado que su sentido de la belleza se ha marchitado como un limón reseco, reconocerá que el estilizado y simétrico cobertizo posee cierto atractivo bucólico. La identidad se contrae, mudando un rasgo definitorio por otro, y Nena Carpintera se une al elenco de concursantes.

Para cenar, Rastreador reparte una de las barras de proteínas de Biología a cada uno de los miembros de su equipo. A Biología no parece importarle, y en este caso las apariencias no engañan. Las barritas, en efecto, no tienen gluten, pero sí sucralosa, que le revuelve el estómago. Se come una, pero solo porque un estómago revuelto es un poco mejor que uno vacío. Rastreador deja a Ranchero a cargo de terminar el refugio, se aleja al trote y desaparece entre los árboles como un espectro. Un espectro muy veloz; el cámara no puede mantener el ritmo. Varios dispositivos de grabación instalados en los árboles cada treinta metros captan imágenes fugaces en las que talla y monta una serie de pequeñas trampas, con las que espera cazar el desayuno durante la noche. A él tampoco le gustan las barritas de proteínas; le saben a industrialización.

En el río, Ingeniero engancha un anzuelo al hilo y pone de carnada una lombriz que encuentra debajo de una piedra. Lanza el gusano y no tarda en perderlo. Luego se saca del bolsillo un plomo y uno de los juegos de anillas, arranca el anzuelo y ata el emerillón. A continuación engancha tanto el anzuelo como un plomo. El peso y el anzuelo así juntos no lo convencen demasiado, pero lo intenta.

Bastante después de que el refugio esté montado y el sol

haya empezado a ponerse, Zoo lo encuentra a la orilla del río, todavía haciendo experimentos y ajustes. Entre el emerillón y el anzuelo hay varios palmos de hilo.

—¡Caramba! —exclama ella—. Has conseguido convertir eso en algo con lo que poder pescar.

Ingeniero se siente henchido de orgullo. Tiene los nudillos pelados de sujetar ese mango tan estrecho.

—Creo que la siguiente variable será ajustar el cebo.

—Buena idea. Mañana, por eso, o no encontraremos el camino de vuelta al campamento.

Su equipo se conforma con la cena con la que sueña cualquier niño: todo el chocolate que puedan comer, y más aún.

Al este, Fuerza Aérea rehidrata y comparte su col, y después se adentra renqueando en el bosque con la ayuda de un bastón para montar unas cuantas trampas, algo que no practica desde la instrucción básica. Médico Negro lo sigue para aprender cómo se hace.

—Si tuviésemos el hilo de pesca, podríamos poner señuelos —le explica Fuerza Aérea.

—La próxima vez —responde Médico Negro. Las trampas de Fuerza Aérea no funcionarán, pero su construcción no es en vano: se está formando nuestra primera alianza.

La noche cae sobre los campamentos. Todos están agotados en mayor o menor grado, pero Camarera es la más exhausta. Lleva horas tiritando, incluso con la fina chaqueta de licra cerrada con cremallera sobre el sujetador deportivo. Se acurruca junto al fuego, porque todavía no tiene confianza con sus compañeros de equipo para compartir el calor corporal.

—Aquí dentro hace más calor —dice Zoo, envuelta en su abrigo de forro polar.

Camarera sacude la cabeza. Un cámara la observa y graba su malestar; él desea poder prestarle su chaqueta, que abriga más. Cuando Camarera se coloca de espaldas al fuego, el cámara está a punto de llamarle la atención sobre su pelo, pero ella se lo pasa por encima del hombro sin que le digan nada. Camarera preferiría que el cámara dijera algo o se fuese. Sabe que ella debería decir algo, no a él sino a sus compañeros, o por lo menos para sí misma, pero tiene demasiado frío, está demasiado cansada. La noche avanza. Acaba el turno del cámara, que se retira al campamento del equipo de producción, mucho más elaborado, que se encuentra en un segundo claro medio kilómetro más al sur. Allí tienen tiendas de campaña y barbacoas, neveras llenas de carne, leche y cerveza, mosquiteras. Los operadores asignados a los otros dos equipos también se retiran. Quedan unas cámaras fijas para observar a los concursantes.

A esas no les importa que Camarera pase frío o que a Fuerza Aérea le duela el tobillo. Graban a Ranchero cuando sale del refugio para hacer un pis y los interminables temblores de Camarera, pero se pierden más de lo que registran. Se pierden a Banquero ofreciendo a Biología su mullida chaqueta para que la use como almohada y cómo se le relajan las facciones de puro alivio cuando ella la rechaza con educación. Se pierden a Zoo, Ingeniero y Nena Carpintera intercambiando sus historias personales entre susurros como si se tratara de cuentos para dormir. Se pierden los labios de Exorcista cuando recita una sincera plegaria aovillado en la esquina del cobertizo de su equipo.

Más que nada, graban llamas que se consumen.

5

El cielo tiembla. Lo primero que pienso es que se trata de un dron que va a estrellarse, y eso es algo que no quiero perderme. Alzo la vista y levanto un brazo para que el sol no me deslumbre. En vez de un dron desmontándose, veo un avión que atraviesa el cielo azul dejando una tenue estela blanca. Tardo un momento en asimilar la imagen, el sonido, la impresión de sentir mi pequeña presencia humana abrumada hasta tal punto. Es el primer avión que veo desde que empezamos a grabar. No sé si se debe a que antes no prestaba atención o a que no me ha sobrevolado ninguno.

En cualquier caso, esto es importante: significa que no controlan lo que me rodea en todos sus aspectos. Es un magro consuelo, pero me asalta como una revelación. Siento retroceder mi aislamiento. Por primera vez en mucho tiempo, no soy «la» sino «una». Una persona más entre otras muchas. Pienso en los hombres y las mujeres que tengo encima. El avión es enorme; debe de transportar centenares de pasajeros, todos sentados bajo los pequeños bulbos del aire acondicionado, echando una cabezadita, leyendo o viendo películas en el iPad. A lo mejor uno o dos lloran, asustados por la enormidad del viaje que han emprendido.

Me quedo quieta, con el cuello inclinado hacia atrás, hasta

que el avión se pierde de vista y su estela se desvanece. Espero que alguno de los pasajeros se dirija a casa. Que haya por lo menos una persona a bordo de ese avión que sepa lo que es el amor desinteresado y esté regresando a él.

Las horas siguientes me resultan más llevaderas que las anteriores, aunque estoy muerta de hambre. Llego a un arroyo unas horas antes del anochecer y decido acampar temprano para intentar cazar unas proteínas. Llevo en la mochila los fragmentos de la trampa en forma de cuatro que tallé durante la acampada en grupo, y ahora que tengo algo más que piñas que poner como señuelo, a lo mejor hasta funciona.

Cojo el trío de palos y los coloco bajo un árbol alto. Tardo un minuto en deducir dónde va cada vara y después alineo las muescas, tratando de mantenerlas estables y en equilibrio. En cuanto consigo que la trampa conserve su característica forma picuda sujetando con dos dedos el nexo superior, unto la punta del palo central con crema de cacahuete y pongo encima un tronco pesado en el lugar de mi mano. Es un mecanismo precario, pero así tiene que ser, y se sostiene.

Hiervo varias tandas de agua y construyo mi refugio, echando vistazos periódicos a la trampa. El señuelo espera a la sombra del tronco, intacto. La penumbra se extiende por el bosque y espero sentada junto al fuego, intentando ahuyentar los pensamientos que de inmediato me vienen a la mente. Lo odio. Necesito mantenerme ocupada, de modo que decido tallar una segunda trampa. Busco palitos del tamaño adecuado, más o menos de un centímetro de grosor y treinta de largo, y empiezo a tallar. Solo son cuatro muescas y dos puntas afiladas, pero tienen que estar perfectamente alineadas. El trabajo me cuesta más de lo que me hubiera gustado, pues el cuchillo que me asignaron está a estas alturas tan romo que dudo incluso que sirva para cortar mantequilla, y cuando acabo, me duelen las manos y tengo ampollas en los dedos. Dejo los palos en el suelo junto a las raíces de un árbol y me dirijo hacia el arroyo para recoger una losa larga y plana que sirva de peso para la trampa.

Me quito las botas y los calcetines y me meto en el agua. Los guijarros me masajean los pies, un dolorcillo. Cuando levanto la piedra, pienso que sería incapaz de hacer nada de todo esto si no formara parte del programa. Esta aventura que pedí no es lo que me esperaba ni lo que quería. Pensaba que me sentiría poderosa, pero lo que estoy es exhausta.

Tiro de la piedra para ponerla derecha. Es demasiado pesada para levantarla, de modo que la arrastro, primero hasta la orilla y luego hasta el árbol, dejando un rastro de quince centímetros de anchura a través de mi campamento. Recuerdo un camino mucho más ancho que serpenteaba entre unos árboles y llevaba desde un buzón cuajado de globos azules hasta una cabaña con más globos atados a la puerta. La cabaña en sí también era azul, tal vez, no estoy segura. A lo mejor solo tenía acabados en azul. Y había tantos globos... Cada vez que lo evoco, recuerdo más. Los globos no eran todo: una botella en el fregadero, un puñado de paquetes envueltos encima de la mesa. Todo azul. Hasta la luz del dormitorio parecía azul cuando lo encontré... cuando encontré aquello.

No me rendí entonces. No me rendí cuando me puse enferma más tarde, a pesar de los días que pasé temblando y alimentando el fuego, hirviendo agua sin parar porque estaba perdiendo fluidos y no había hervido el agua de grifo en la cabaña, y aquello debió de ser lo que me hizo enfermar. Vómito y diarrea, un frío intenso e incesante.

Dejo caer la losa junto al árbol.

Nada puede ser peor que lo que ya me han hecho pasar. Si pudiera elegir otra vez, jamás escogería esto, pero ya estoy aquí, soy una mujer de palabra y me prometí que no me rendiría.

Vuelvo a ponerme las botas y me arrodillo para montar la segunda trampa. Mientras pruebo el palo de apoyo, oigo un golpe apagado a mis espaldas. Me vuelvo; algo ha hecho saltar la primera trampa. Me parece ver movimiento, pero para cuando llego la ardilla está muerta, con la mitad superior del cuerpo hundida en la tierra bajo el tronco. Entre sus peludos párpados se entrevé una finísima rendija negra. Nunca me han gustado mucho las ardillas comunes; prefiero las listadas, con sus aerodinámicas rayas negras. Cuando tenía seis o siete años me pasé un verano entero tumbada entre los arces y los abedules que había detrás de casa de mis padres, con la esperanza de que una ardilla listada me tomara por un tronco. Ardía en deseos de sentir el tacto de sus patitas sobre mi piel. Eso no llegó a pasar nunca, pero una vez se me acercó una hasta que quedamos cara a cara. Y entonces me estornudó en las narices y desapareció. Como por arte de magia, le expliqué a mi marido en nuestra primera cita. Puf. Una anécdota que he contado tantas veces que ya no sé si es verdad.

A las ardillas grises, en cambio, las asocio con las ciudades, la sobrepoblación y la basura. Aun así, me siento mal al levantarla por la cola. Matar mamíferos es duro, aunque sean ardillas y aunque sea para comer.

—Lo siento, pequeñina —digo.

Cooper era capaz de desollar y limpiar una ardilla en menos de un minuto. Una vez lo cronometramos cantando los segundos en voz alta. Yo por lo general me ocupaba del fuego. He cocinado ardilla, pero nunca he despellejado una.

No parecía demasiado difícil.

Estiro el animal boca abajo sobre un tronco. Cooper empezaba con una incisión bajo la cola, de modo que sigo su ejemplo y hago fuerza para atravesar la piel con mi cuchillo romo. Sierro la base de la cola. Y entonces llego a la parte que siempre me dejaba asombrada por su facilidad: piso la cola con el pie, bien fuerte, agarro las patas traseras de la ardilla y tiro hacia arriba.

Sale disparado un chorro rojo cuando la ardilla se parte por la mitad y yo tropiezo hacia atrás. El movimiento brusco hace que me maree; me siento como si viajara en una balsa, mecida por la estela de un barco. Sujetando con fuerza el pedazo de ardilla que se me ha quedado en la mano, hinco una rodilla y respiro hondo y despacio tres veces.

No sé qué he hecho mal. Cuando Cooper tiraba, el pellejo de su ardilla siempre se desprendía a la primera, como una piel de plátano.

Da lo mismo lo que haya hecho mal, necesito salvar el máximo de carne. Observo la carcasa que cuelga de mi mano derecha. Una agradable sorpresa: no se ha partido por la mitad. Me he llevado todo menos la cola. Eso es corregible, con algo de paciencia.

Vuelvo al tronco y veo ahí encima la cola arrancada, un bulto peludo, blanco y gris. Me viene una imagen a la memoria: Randy, con su pelo rojo sudado y de punta, como si fuera un personaje de *anime*, el pañuelo verde bilis atado a la frente y una cola de ardilla colgando sobre cada oreja. Lo veo danzando como un loco alrededor de la hoguera, con esas orejeras peludas aleteando mientras aúlla, en teoría imitando a un lobo, aunque parece el grito de un simple comediante.

Me siento en el tronco, tiro al suelo la cola e intento concentrarme. Randy no importa. Lo único que importa ahora mismo es desollar esta ardilla. A lo mejor le he hecho un corte demasiado profundo o he tirado demasiado deprisa, no lo sé, pero creo que sí sé qué hacer a continuación. Introduzco los dedos deslizándolos por encima del músculo y separo la piel poco a poco. Tardo una eternidad. Es probable que lo esté haciendo mal, pero al final el pellejo queda arremangado hasta las patas delanteras de la ardilla. Sitúo la hoja del cuchillo sobre el punto central de una de esas patas y luego me apoyo encima y hago fuerza. El hueso se parte y el cuchillo se clava en el tronco; tengo que sacarlo de un tirón. Las tres patas siguientes y el cuello no me cuestan tanto. Tengo las manos resbaladizas y doloridas, pero ya casi he acabado. Solo me falta destriparla. Doy la vuelta al cuerpo para dejarlo panza arriba y giro el cuchillo para colocar la hoja mirando hacia mí.

No perforar los órganos internos. Eso lo sé, por lo menos.

Introduzco la punta del cuchillo en la parte superior del pecho y empiezo a bajar; doy minúsculos tirones, cortando la piel desde dentro como si deshiciera una sutura. Esta vez no meto la pata. Abro el vientre, introduzco los dedos, agarro el esófago, los pulmones y todo lo que queda a su alcance, y estiro. Las entrañas salen de una vez, un sistema cohesionado que tiro al suelo. La nudosa columna vertebral de la ardilla se deja entrever en el interior de la cavidad.

Camino hasta el arroyo y me limpio la sangre de ardilla de las manos y las muñecas, hundiendo los dedos hasta el fondo para frotarlos en el lodo. Después troceo el animal y lo pongo a hervir en mi taza. Ojalá tuviera sal y pimienta, y de paso unas zanahorias y cebolla. Si me sintiera con fuerzas, buscaría flores de zanahoria, pero no he visto ninguna y no me veo en condiciones de identificar plantas ahora mismo, sobre todo cuando hay unas parecidas que son venenosas.

Mientras se cocina la ardilla, recojo las partes incomestibles y las dejo lejos del campamento. No mucho, a unos quince metros. Debería enterrarlas pero no lo hago. Estoy cansada y son poca cosa; formo un montoncito y vuelvo a lavarme las manos. Dejo que hierva la ardilla hasta que la carne se desprende del hueso cuando la toco, momento en que retiro la taza del fuego y pincho un pedazo. Quema, de modo que la sostengo entre los dientes hasta que puedo masticarla sin escaldarme la lengua. La carne casi no sabe a nada, pero no es crema de cacahuete. Habrá un cuarto de kilo de carne, puede que menos. Engullo hasta la última hebra y, cuando el caldo se enfría lo suficiente, también me lo bebo. Para cuando oscurece, lo único que queda de la ardilla es un montoncito de huesos pelados, que tiro al bosque.

Con el estómago lleno, podría dormir un mes de un tirón, pero antes estiro los brazos y las piernas y luego me pongo derecha y me inclino hacia un lado y hacia otro, en cumplimiento de mi promesa. Apago el fuego con agua, me agacho para meterme en el refugio y cuelgo las gafas del lazo superior de la mochila. Satisfecha, el sueño se apodera poco a poco de mí.

Me despierta un resoplido. Adormilada, pienso por un momento que se trata de la respiración de mi marido. Me muevo para sacudirlo, y algo me pincha la mano. Despierto de golpe, recuerdo dónde estoy y veo la ramita que me ha arañado.

Algo se mueve fuera del refugio. Me concentro en el sonido: un jadeo potente, un hocico que husmea y el crujido de unos pasos. Tendría que haber enterrado los despojos de la ardilla. Un oso negro los ha encontrado y ahora quiere de postre mi crema de cacahuete. Por el sonido, el animal es demasiado grande para no ser un oso. Empuja el lateral del cobertizo con el morro; las hojas se agitan y se cuela un fino rayo de luna cerca de la entrada. Odio la crema de cacahuete más que nunca.

Pero no estoy asustada, lo digo en serio. En cuanto deje claro que no soy una presa, el oso se retirará. No tendré ningún problema, a menos que esté acostumbrado a ver personas, e incluso en ese caso lo más probable es que se vaya en cuanto me ponga derecha y grite un poco. A los animales salvajes no les gustan los escándalos.

Estiro el brazo hacia la mochila, despacio y en silencio, trepando con los dedos hasta las gafas, mientras los músculos de los hombros protestan y me pinchan, entumecidos.

Un gruñido largo; un aliento cálido y húmedo. Un borroso hocico entre gris y pardo del que gotea una espuma blanca y espesa a un metro de mi cara. Siento el siguiente latido de mi corazón como un martillazo. Incluso a oscuras y sin gafas, la agresividad y los espumarajos de la enfermedad son inconfundibles. Apostado ante la única salida de mi refugio no hay un oso, sino un lobo rabioso.

Los únicos animales con la rabia que he visto han sido mapaches y un puñado de murciélagos escuálidos, y además enjaulados... o muertos, a la espera de la necropsia. Ninguno supuso un peligro, en realidad, a diferencia de este: un lobo del tamaño de un oso, de una casa. Un lobo gigante resucitado de la extinción con el único fin de arrancarme el gaznate.

Siento terror, como si me atenazaran las venas, cuando la bestia gruñe y agacha la enorme cabeza. Un goterón de saliva cae desde sus ostensibles dientes y aterriza sobre mi mochila.

La agarro al mismo tiempo que el lobo se abalanza sobre mí. No soy de grito fácil. Montañas rusas, casas encantadas, un todoterreno embistiéndome tras saltarse un semáforo en rojo... Nada de eso me ha hecho gritar nunca, pero ahora sí que grito. El alarido me tensa la garganta y la presión del lobo contra la mochila tensa el resto de mi cuerpo. Oigo un chasquido de fauces que se cierran, siento algo húmedo —sudor mío, saliva suya, sangre no, por favor, sangre no— y veo el color negro de la mochila y destellos de pelaje y dientes. Estoy encogida detrás de la mochila, acurrucada al fondo del refugio, con los hombros pegados al techo.

El lobo retrocede, tan solo un paso o dos, y se balancea de un lado a otro, trastabillando. Vuelve a gruñir.

Y aunque apenas puedo respirar, un pensamiento me asalta: es imposible que le gane una pelea a un lobo rabioso en un espacio reducido como este. Es imposible que le gane una pelea a un lobo rabioso en general, y menos en estas condiciones. Pero tengo que hacerlo; tengo que llegar a casa. Lanzo la mochila contra el lobo y con el cuerpo empujo con fuerza la pared de mi refugio. Con un chillido, la atravieso. El revestimiento de bolsas de basura resiste y luego cede, diseminando ramas y hojas. Cuando paso los hombros por el hueco, el cobertizo empieza a desplomarse a mi alrededor... y siento un tirón violento en la pierna.

El lobo me ha cogido el pie. Siento la presión del mordisco a través de la bota, el pinchazo. Como cebo enganchado al sedal, algo me estira hacia abajo, abajo, abajo.

Lo único que veo son las lágrimas que bañan mis ojos. La luz de las estrellas centellea en el líquido, que no aumenta el detalle sino el esplendor etéreo de un mundo que no estoy preparada para abandonar.

Pataleo. Pataleo y grito y araño la tierra. Lucho por avanzar entre los restos del refugio, que lo cubren todo. Mi pie libre alcanza un cráneo; siento el impacto a través del talón de la bota como si golpeara cemento, y de repente mi otro pie también queda libre. Repto hacia donde asoma la luz que anuncia el amanecer, la hierba desigual y el borboteo del arroyo. Detrás de mí, el lobo se revuelve cuando el cobertizo se derrumba encima de él.

Me pongo en pie ayudándome con las manos y agarro una rama gruesa, con la que golpeo la silueta del lobo, que asoma su afilado hocico entre las hojas. Noto el golpe seco del impacto, oigo un crujido de hueso o madera, y sigo aporreando. Golpeo una y otra vez, hasta que me quedo sin aliento, hasta que las hojas están oscuras y aplastadas. Golpeo mientras me queda adrenalina, un instante eterno, y luego me abandonan todas las fuerzas. Retrocedo a trompicones, con el garrote colgando entre las rodillas. Entre los restos de mi refugio se distingue un pelaje inmóvil y un resplandor líquido.

Me duele todo. No es entumecimiento, sino auténtico dolor. Un dolor que es como la muerte.

Mi pie.

Me desplomo en el suelo en mi precipitación por comprobar si estoy herida.

Me duelen todos los nervios, tanto que no sé aislar los detalles, no distingo el miedo de la lesión física. Me palpo la pierna y noto un hormigueo y una hinchazón, pero no encuentro ningún rasguño en la piel. El dobladillo de la pernera izquierda está rasgado y mojado, pero no de sangre, o eso creo.

La bota se me ha salido. Paso las manos por el calcetín de lana, que sigue en su sitio. Ramitas y hojas me pinchan los dedos. No hay agujeros.

Estoy bien.

Si todavía conservara el hábito de quitarme las botas para dormir... No, ni lo pienses.

Levanto las manos para secarme los ojos y veo que tengo los dedos y las palmas cubiertos de saliva del lobo, como una espesa membrana mucosa.

Salgo disparada hacia el arroyo.

Tantos arañazos, tantos cortes minúsculos por donde podría entrar el virus de la rabia... Me froto las manos bajo el agua como una posesa.

Y entonces me quedo paralizada.

¿Y si al frotar introduzco el virus por un corte? ¿Eso es posible?

No conozco la respuesta. Debería conocerla; trabajo con animales, es la clase de información que domino. Pero esto lo ignoro.

Me siento en el agua, temblorosa. Empapada de cintura para abajo y aterida de frío, no soy yo misma. No sé quién soy. No sé qué hacer ni qué pensar. Lo único que sé es dónde estoy: sola, sentada en un arroyo.

Al cabo de un rato descubro que sé otra cosa: en esta zona no hay lobos. El lobo salvaje más cercano tendría que estar en Canadá o, como muy cerca, en Carolina del Norte. Las posibilidades de que el animal que me ha atacado sea un lobo son infinitesimales.

Fuera lo que fuese, lo he matado. No ha sido para comer ni lo he hecho limpiamente con una trampa. Yo, que tanto amo a los animales, que he pasado los cuatro últimos años de mi vida profesional trabajando con niños para inculcarles el respeto y el amor a la naturaleza. No lo hacía por el bien de los niños; eso es lo que nadie entiende. Lo que me gusta no es enseñar. Pienso en Eddie, el halcón de cola roja; en Penny, el zorro. Se supone que no debo ponerles nombre a los animales que vamos a liberar, pero yo se lo pongo. Siempre.

Pasado un tiempo, me levanto y salgo a trompicones del arroyo. Regreso al refugio destrozado con las piernas entumecidas. El crepúsculo ha dado paso al amanecer; forzando la vista y avanzando pasito a pasito, distingo a duras penas el animal, cuya mitad delantera asoma por entre las hojas. Parece que se le haya caído un peñasco en la cabeza.

¿En eso me he convertido, en un peñasco que cae monte abajo, impulsado por la inercia y no por la voluntad?

Cojo una rama y aparto las hojas encarnadas que cubren el refugio, para después retirar los palos de encima del cuerpo. Sigo temblando y tengo la garganta irritada.

El animal es más pequeño de lo que me había parecido, es más o menos del tamaño de un collie, tiene las patas finas y la cola peluda y manchada de excremento.

No es un lobo, sino un coyote. Cuanto más lo miro, más pequeño me parece.

Lo siento.

Siento que te hayas puesto enfermo.

Siento haberte matado.

Extraigo de entre los restos la bota y la mochila. Unas gruesas hendiduras recorren el talón de la bota. Las exploro con un palito, que penetra con facilidad hasta tocar la plantilla. Algunos de los agujeros llegan a atravesar la suela; la bota está inservible. La parte delantera de la mochila también está rasgada, y tardo unos minutos en encontrar las gafas. La montura está deformada y las dos patillas se han desprendido. Solo hay una lente intacta, porque un diente ha perforado la otra como una bala y ha quedado hecha añicos.

Me invade un miedo distinto al que he sentido durante el ataque. Un miedo equivalente pero opuesto. Un miedo lento. No tengo mala vista si se compara con la de un topo, pero buena no es. No he pasado un día sin lentes correctoras desde que tenía diez años.

—No veo —digo girando sobre mis talones. Alzo la barbilla, sostengo en alto mis gafas destrozadas y me dirijo directamente a las cámaras por primera vez desde que empezó la etapa en solitario—. No veo.

A estas alturas ya tendría que haber llegado ayuda. Debería haber un técnico de emergencias sentándome y entregándome las horribles gafas de repuesto que le confié al productor el día antes de empezar. Contemplo el arañazo rojo brillante que me cruza el dorso de la mano, salpicado de gotitas de sangre medio seca.

—Necesito la vacuna —digo a los árboles. Se me acelera el pulso—. El día cero y el día tres, después del contacto.

Nos obligaron a vacunarnos contra la rabia antes de venir. Fue uno de los muchos requisitos: un reconocimiento médico completo, un refuerzo de la antitetánica y pruebas de toda una serie de vacunas más que a mí ya me habían puesto en el colegio y en el trabajo. La de la rabia era la única que me faltaba para cumplir sus requisitos.

—No soy inmune —declaro. Se me quiebra la voz. La vacuna de la rabia es atípica, porque en lugar de proporcionar inmunidad, su administración previa al contacto solo reduce el número de dosis necesarias tras el contagio. Levanto la mano y doy vueltas—. Me he hecho un corte, mirad. He tocado su saliva. Necesito las inyecciones.

No hay respuesta. Miro fijamente las hojas borrosas, entrecerrando los ojos en busca de una cámara instalada en una rama o un dron que me sobrevuele. Tienen que estar ahí, a la fuerza. Pienso en el peñasco, en el oso disecado de Heather y en aquel primer maniquí despachurrado al pie de un barranco. Pienso en el muñeco y en sus gritos mecánicos, que perforaban el ambiente asfixiante de la cabaña. Mi miedo empieza a metamorfosearse, se agudiza y, aunque sigo esperando, sé que no va a llegar nadie.

Porque lo tenían planeado.

No sé cómo, pero tenían esto planeado y ahora mis gafas están rotas y yo no veo.

Me siento como si la furia fuera a reventarme la piel y a despellejarme viva desde dentro.

No veo, joder.

6

El presentador proyecta la voz como si estuviera en un escenario teatral.

—En nuestro primer Desafío en Equipo, trabajaréis juntos para encontrar plantas comestibles —dice. Ha dormido bien. Los concursantes no, salvo Rastreador, que duerme mejor al aire libre que bajo techo—. Gana el equipo que recoja más tipos distintos de plantas comestibles en media hora. Sin embargo, eso no significa que podáis poneros a coger flores tan ricamente. —El presentador mueve el dedo de arriba abajo, y Zoo se ríe al ver que Nena Carpintera pone los ojos en blanco. Tanto el gesto como la reacción se cortarán; es un momento serio—. Por cada error de identificación que cometa el equipo, se restará un punto de vuestro marcador. —Entrega a cada capitán un colorido tríptico—. Os jugáis algo muy importante: el almuerzo.

Rastreador se ha despertado antes del amanecer para comprobar sus trampas y su equipo ha desayunado un conejo. Biología también ha compartido sus barritas de proteínas, aunque ya no estaba obligada. Los ocho concursantes que no forman parte de su equipo están famélicos, y el presentador no sabe nada del conejo.

Los siguientes minutos se comprimen en un instante. Los equipos están preparados, y el presentador grita:

—¡Ya!

—Seguro que Cooper conoce un montón de plantas de esas —les dice a sus compañeros Nena Carpintera—. Alguien de nuestro equipo tendría que seguirlo, directamente.

—Yo misma —propone Camarera, que preferiría estar en el equipo de Cooper.

A Zoo no le hace gracia esa idea. Durante toda su vida ha obedecido el espíritu de la ley, además de la letra.

—Yo conozco unas cuantas —dice examinando el folleto—. Y creo que ayer vi zanahorias. Podemos arreglárnoslas solos.

—Estoy de acuerdo —afirma Ingeniero. Ayer se preguntaba por las consecuencias de haber acabado en un equipo con tres mujeres; no sabía si era buena o mala suerte. Ahora empieza a pensar que es buena, porque le gusta cómo funciona la cabeza de Zoo; cree que tienen posibilidades.

—Pues vale —dice Camarera. Tiene hambre, pero es una sensación a la que está acostumbrada. Su malhumor actual tiene más que ver con el cansancio y con el dolor de cabeza provocado por la necesidad de cafeína.

Zoo le entrega la guía.

—Algunas son fáciles. Todos podemos buscar dientes de león, achicoria y pino, pero ¿qué os parece si cada uno nos concentramos en una o dos de las otras?

—Tú mandas —dice Nena Carpintera.

El equipo de Rastreador ha empezado fuerte; Biología ya ha cogido un puñado de menta. Encontró la mata ayer por la noche y esta mañana ha mascado un poco después de acabar su ración de conejo. Además de enseñar ciencias naturales, Biología asesora a un club de jardinería. Entre ella y Rastreador, su equipo posee una clara ventaja.

A Fuerza Aérea el tobillo hoy le duele más, y lo tiene tan hinchado que apenas le cabe en la bota.

—Tendrías que descansar —le dice Médico Negro—. Nosotros podemos ocuparnos de esto.

Animador cotillea el folleto desde detrás, despeinado, cansado y con los ojos rojos.

—¿Qué es una roseta basal? —pregunta, para que no se diga que no pone interés.

—Significa que sale de la base —responde Médico Negro—. O sea, que todas las hojas o los pétalos nacen del mismo punto de la base y no están repartidos a lo largo del... —Une el índice y el pulgar y los sube y baja por el aire, como si dibujara una corta línea recta.

—¿Tallo? —apunta Exorcista.

—¿Como un diente de león? —pregunta Animador.

—Exacto —confirma Médico Negro—. ¿Qué tenemos que encontrar que tenga una roseta basal?

—Un diente de león.

Exorcista se ríe y le da una palmada en la espalda a Animador.

Y ahora, un montaje:

Los equipos caminando entre los árboles, buscando.

Fuerza Aérea sentado con el pie en el agua gélida de un arroyuelo, pobre pájaro herido.

Banquero agachado ante una mata al pie de un pedrusco musgoso.

—Creo que esto podría ser verdolaga.

Zoo arrancando una hoja y olisqueándola. Se la tiende a los otros y dice:

—Oledla.

Ellos se la pasan.

—Huele a... —Ingeniero no se decide.

—¡Zanahoria! —exclama Nena Carpintera con alegría.

—Bingo —confirma Zoo.

En la esquina inferior de la pantalla, un cronómetro corre desde el treinta hacia el cero. Hay quien cree que el tiempo es una dimensión aparte —un continuo secuencial— mientras que otros sostienen que se trata de un constructo intransitable e incalculable de la mente humana, un concepto y no una cosa.

A los productores y al editor les importan poco la física o la filosofía, y transitarán la media hora saltando de tal modo que los minutos desaparezcan en fragmentos irregulares. Arrastrarán con ellos a los telespectadores.

Animador le da un manotazo a una rama cubierta de agujas.

—Todas estas plantas son iguales —comenta.

Exorcista agarra la rama en cuestión y le dice:

—Pino.

—Pino —dice Nena Carpintera.

—Pino —dice Biología. Su afirmación ha tenido lugar quince minutos antes pero se presentará como el tercer lado de un triángulo cuando falten nueve minutos.

Rastreador encabeza a su grupo en silencio, pellizcando hojas y oliéndose los dedos, inmerso en la búsqueda.

—¿De verdad esto se come? —pregunta Camarera, que tiene en la mano el trozo de tubérculo que Zoo le ha entregado.

—Me parece que antes hay que cocinarlo —responde la capitana.

Resuena un gong a través del bosque; todo el mundo se detiene a escuchar. El cronómetro indica con un parpadeo que quedan cinco minutos.

—Tendríamos que ir volviendo, ¿no? —pregunta Banquero.

—No las tenemos todas —replica Biología.

—Tenemos suficientes —dice Ranchero. A su lado, Rastreador asiente.

El equipo de Fuerza Aérea recoge a su capitán.

—He encontrado menta junto al arroyo —dice este.

Médico Negro lo ayuda a levantarse.

—Genial. De esa no teníamos. —Aunque es mentira.

Los equipos se reencuentran en el campo. Los espera el presentador, que no está solo. A su lado hay un hombre barbudo enorme al que solo le falta un hacha para parecer el clásico leñador de Halloween.

El Experto.

Asiente sin sonreír con su voluminosa cabeza y observa a

los concursantes. Los faldones de su camisa de franela y su barba rojiza aletean bajo una ráfaga de viento. A Zoo le cuesta contener una carcajada; el gigante ha bajado por el tallo de la habichuela, piensa, y tiene pinta de estar escogiendo a quién asar para su próxima comida.

El presentador enumera las credenciales del Experto, que apabullan a los concursantes del mismo modo que apabullarán a los espectadores, tan impresionantes como crípticas. Es licenciado e instructor. Asesora a cuerpos de seguridad y equipos de rescate de emergencia. Ha sobrevivido solo durante meses en regiones de Alaska mucho más inhóspitas que en la que se encuentran ahora. Ha seguido el rastro de panteras, osos y lobos grises en peligro de extinción, así como de humanos en sus dos variedades: perdidos y homicidas.

En pocas palabras, en lo suyo es una máquina.

Los capitanes de equipo enseñan sus muestras al Experto. Zoo es la primera.

—Diente de león, bien. Menta, pino. Las fáciles las habéis encontrado —dice el Experto. Su tono es brusco pero no antipático. Irradia una confianza absoluta que no traspasa la línea de la soberbia. No tiene nada que demostrar. Rastreador siente a la vez atracción y rechazo ante las características compartidas.

—Achicoria —dice el Experto—, muy bien. Bardana, espino, zanahoria. Y... ¿qué habéis pensado que era esto? —Muestra una hoja grande y lustrosa.

Zoo repasa su folleto.

—¿Podofilo?

El Experto emite un leve chasquido con la lengua.

—Esto es sanguinaria. —Le enseña el corte en el rizoma—. ¿Ves el rojo?

—¿Es tóxica?

—En grandes dosis. Las hojas de podofilo son más parecidas a paraguas y más brillantes cuando están verdes. Es uno de los primeros brotes que sale en la primavera, de modo que a estas alturas del año estarán marchitándose y podréis encontrar unos pequeños frutos de color amarillo verdoso.

El equipo de Zoo pierde un punto y se queda con un marcador total de seis, pero ha aprendido algo.

El equipo de Rastreador suma siete puntos fáciles sin ningún error de identificación, que incluye una baya dura y amarilla que resulta ser el fruto del podofilo. El Experto está impresionado. Rastreador se debate entre el orgullo y la vergüenza de sentirse orgulloso.

Fuerza Aérea presenta lo que ha recogido su equipo sin saber lo que incluye. El Experto repasa las plantas.

—Pino, menta, bardana, verdolaga, diente de león, capulí.
—Hay una más. Si es correcta, el equipo de Fuerza Aérea empata en el primer puesto. Si está mal, acaban últimos.

El drama está servido: pausas largas, un primer plano de los ojos ansiosos de Médico Negro. Animador cambiando de postura, con la boca torcida. Exorcista sonriendo como un maniquí. Fuerza Aérea derecho y firme, sin el menor indicio de malestar. El Experto que mete la mano en la bolsa, exhalando una bocanada de aire que agita su barba. Extrae un tallo hueco y manchado de violeta, rematado por un racimo de bultitos marrones apergaminados que en algún momento fueron unas flores minúsculas.

Y ahora... unos consejos de nuestros patrocinadores, y de todos aquellos que han pagado unos instantes para pregonar sus bienes y servicios. Algunos espectadores despotricarán, pero volverán; otros soportan solo un sincopado simulacro de publicidad antes de que se reanude el programa. El televidente también puede manipular el tiempo, por un precio.

El Experto levanta el esqueje y arruga la nariz para que el espectador entienda que la planta apesta. Fuerza Aérea se muerde las mejillas por dentro; sabe que algo falla.

—¿Zanahoria silvestre? —pregunta el Experto.

Fuerza Aérea no lo sabe; a su espalda, Médico Negro asiente.

—No —corrige el Experto—. Y si os comierais esto, podría

mataros. ¿Alguien ha oído hablar de un hombre llamado Sócrates?

De este modo se revela la cicuta.

El presentador da un paso al frente, agitando las manos al ritmo de una música que nunca oirá. Le traen sin cuidado las diferencias entre la cicuta y la zanahoria. Se vuelve hacia el equipo de Rastreador.

—Enhorabuena —dice—. Es el momento de recibir vuestra recompensa.

7

Me limpio y me vendo la mano usando el pequeño botiquín de primeros auxilios que me dieron al inicio del programa, y luego me pongo en marcha. Me falta una bota y estoy enfadada. Cada rama que rozo me recuerda con su susurro el gruñido del coyote. Si intento enfocar algo que está a más de unos cuantos metros, tengo que forzar la vista, aunque me sirve de poco y además me da dolor de cabeza. O sea que no enfoco. Voy a la deriva, atravesando el follaje con pasos lentos. Y aunque siento las piedras y ramas que piso con mi pie izquierdo descalzo, mi vista reduce a un borrón cualquier textura. Los objetos independientes se fusionan. El suelo del bosque es una gran alfombra verde por aquí y marrón por allá, un estampado inspirado en la madre naturaleza.

Mientras camino, tengo agarrada dentro del bolsillo de la chaqueta la lente de las gafas que sobrevivió y paso el pulgar por su concavidad. Se ha convertido en mi amuleto contra los nervios; más que eso, es mi amuleto contra la furia, mi amuleto para pensar, para animarme a lo que sea.

El coyote no podía ser real. Era imposible. Ahora que ha pasado el fragor del momento, el ataque lo veo lejano, como un sueño. Estaba tan oscuro y pasó todo tan rápido... Me concentro para hacer memoria y detectar fallos. Creo recordar que sus movimientos manifestaban cierta rigidez mecánica, que entreví un destello metálico a la luz de la luna. Sé a ciencia cierta que recuerdo un zumbido electrónico que delataba la no autenticidad del llanto enlatado del muñeco; a lo mejor ese sonido se captaba también por debajo de los gruñidos del coyote. Yo estaba muy asustada y no veía, y pasó todo muy rápido.

Ad tenebras dedi. Tres palabras y se acabó. Lo único que tengo que hacer es reconocer la derrota. Si hubiera mantenido la calma durante el ataque, podría haberlo hecho, pero ahora el momento ha pasado y el orgullo me impide abandonar.

El orgullo, pienso mientras recorro la neblina abstracta que me rodea. Solo conservo unos pocos recuerdos de las clases de catequesis a las que mi madre me obligó a asistir cuando iba al colegio, pero me acuerdo de que aprendimos lo que era el pecado del orgullo. Recuerdo a la vieja señora Comosellame, con su pelo teñido de rojo y su holgado vestido de flores, que nos sentó a las seis alrededor de su mesa de la cocina y señaló un colgante con un ópalo que llevaba yo.

«El orgullo —dijo— es sentirse más guapa que las demás. Es llevar demasiadas joyas y mirarse todo el rato en el espejo. Es llevar maquillaje y falda corta. Y es uno de los siete pecados capitales.»

Recuerdo estar sentada a su mesa, rabiando por lo que había dicho. Odiaba que me hubiera usado como ejemplo, y que encima el ejemplo fuera equivocado. El collar había sido de mi abuela por parte de padre, que había fallecido unos meses antes. Llevarlo no me hacía sentirme más guapa que las demás; me recordaba a una mujer a la que quería, echaba de menos y lloraba. Además, yo no era nada femenina y ni siquiera había intentado ponerme maquillaje.

Aquel día merendamos galletas con crema de cacahuete y mermelada, y cuando me disponía a coger una segunda, me advirtieron de los peligros de la gula. Ese recuerdo en particular me provoca una amarga carcajada gutural mientras avanzo arrastrando los pies.

¿Qué más?

Recuerdo estar arrodillada en un banco de la iglesia mientras la profesora nos hacía la misma pregunta una y otra vez. Yo me devanaba los sesos pensando: ¿por qué no responde nadie? Por probar, ofrecí una idea, solo para que me mandaran callar a gritos. No recuerdo la pregunta a la que no debía contestar ni la respuesta que no debía dar, pero sí recuerdo la vergüenza que pasé.

Aquel día aprendí que por insistente que sea el tono de una persona, por muchas veces que pregunte algo, es posible que en realidad no quiera una respuesta.

También recuerdo que semanas o meses más tarde fui a hablar con mi madre y le pedí que no me hiciera volver. No porque las clases me aburrieran o asustasen, sino porque, incluso siendo tan pequeña, yo sabía que algo no encajaba. Daba igual que desconociera aún la palabra «hipócrita»: al igual que con «retórica», aprendí el significado antes que la palabra. Yo intuía el orgullo de mi maestra. Era una niña imaginativa, que disfrutaba diciendo que una casa estaba habitada por fantasmas o viendo las huellas de Bigfoot en el barro, y de vez en cuando me permitía perderme en un juego, aunque no por ello dejaba de ser consciente de que estaba jugando. Sabía que no era real. Una cosa era ver unos dibujos animados de Adán y Eva, que caían por culpa de los ridículos susurros de una serpiente y luego eran expulsados de su hogar por Dios, y otra suponer que esa historieta no era fantasía, sino una representación fiel de la historia. Incluso con diez años, sentía rechazo. Cuando me presentaron las ideas de Charles Darwin y Gregor Mendel en el instituto varios años más tarde, experimenté lo más parecido que he sentido nunca a una revelación espiritual. Reconocí la verdad.

Es esa verdad la que ha dado forma a mi vida. Carezco de aptitud para las ciencias puras y las matemáticas —me quedó claro en la universidad— pero entiendo lo suficiente. Lo suficiente para no necesitar lugares comunes. He oído hablar a los creyentes de la frialdad de la ciencia y el calor de su fe, pero mi vida también ha sido cálida, y tengo fe. Fe en el amor y fe en la belleza inherente de un mundo que se formó solo. Cuando el coyote me agarró el pie, no desfiló mi vida ante mis ojos; solo vi el mundo. La majestad de los átomos y todo aquello en lo que se han convertido.

Esta experiencia quizá sea la horrible creación de un equipo de productores, y es posible que lamente alguna de las decisiones que me han traído hasta aquí, pero eran mis decisiones, solo mías. Y aunque haya cometido errores, eso no cambia el hecho de que el mundo en sí es bello. Las espirales puntiagudas de una piña de conífera, el flujo helicoidal del meandro de un río que va erosionando la orilla, el destello naranja de las alas de una mariposa que advierte a los depredadores de su sabor amargo. Eso es orden a partir del caos; eso es belleza y resulta más hermoso aún por haberse diseñado solo.

Salgo del bosque; la carretera se extiende ante mí como humo.

No podía haber visto venir el ataque, pero aun así tendría que haberme esperado algo parecido. Una farsa. Cuanto más lo pienso, más clara me parece la verdad: el coyote era una creación animatrónica. Era demasiado grande para ser real; se movía con demasiada rigidez. No parpadeaba y sus ojos como canicas nunca cambiaban de foco. Ni siquiera creo que abriera y cerrase la boca, aunque los labios tal vez se movieran un poco. No me mordió el pie; me pusieron un cepo en la bota mientras dormía. Yo estaba sorprendida y asustada; estaba oscuro y no llevaba puestas las gafas. Por eso me había parecido vivo.

El mundo que recorro ahora es una perversión deliberadamente humana de la belleza natural. No puedo olvidarlo; tengo que aceptarlo; lo he aceptado.

Con la vista como la tengo, la bota de menos y el cuerpo dolorido y agarrotado, es probable que al cabo de medio kilómetro necesite un descanso. Todavía es temprano, tengo tiempo de tomarme un respiro. Me siento con la espalda apoyada en el quitamiedos y cierro los ojos. No paro de oír unos pasos en el bosque cuando sé que no existen. Me niego a abrir los ojos para mirar.

Me despierta la sed, una sequedad infinita en la boca. Busco a tientas la mochila, encuentro una botella de agua medio llena y me la bebo entera.

Es entonces cuando reparo en que el sol se encuentra en el lado incorrecto del cielo. Siento un principio de pánico —el mundo está mal— y luego la razón toma las riendas y comprendo que el sol se está poniendo. He dormido todo el día. Nunca me había pasado. Y la verdad es que me siento mejor. Noto la cabeza despejada y el pecho más relajado. Hasta tal punto me siento mejor que me doy cuenta de lo mal que debía de estar antes. Siento pinchazos en la vejiga y me muero de hambre, como indican los gruñidos suplicantes de mi estómago. Tengo tanta hambre que saco la crema de cacahuete y me meto entre pecho y espalda varias cucharadas, intentando no pensar en sus asquerosos sabor y textura. Sorteo el quitamiedos y me agacho entre los árboles. Mi orina tiene un color ambarino intenso, demasiado oscuro. Saco mi segunda botella y bebo un poquito. Por deshidratada que esté, tiene que durarme; caminar de noche es imposible sin gafas.

Mientras recojo leña para mi refugio, descubro un pequeño tritón de manchas rojas. Junto las palmas y lo cojo, agachándome por si se me escurre. Admiro la piel naranja brillante y los círculos con el contorno negro que motean el fino lomo del anfibio. Siempre me han gustado los tritones de manchas rojas. De pequeña los llamaba «tritones de fuego». No fue hasta mucho más tarde —bien entrado mi primer año como profesional de la educación en la fauna salvaje— cuando descubrí, avergonzada, que la coloración roja no es propia de la especie, sino solo de la fase juvenil del tritón. Cuando crecen, esas vistosas crías se convierten en anodinos adultos de color marrón verdoso.

El tritón se acostumbra a mi piel y empieza a avanzar meneándose, cruzando la palma de mi mano.

Me pregunto cuántas calorías me aportaría comérmelo.

Piel naranja brillante: toxinas vistosas. No estoy segura de hasta qué punto son venenosos para los humanos los tritones de manchas rojas, pero no puedo correr el riesgo. Bajo la mano hasta una piedra musgosa, dejo que el animalillo se aleje con paso tranquilo y termino de construir mi refugio.

Esa noche sueño con terremotos y bebés animatrónicos con colmillos. Por la mañana desmonto el campamento y avanzo poco a poco hacia el este por la vaporosa carretera. Puede que sea incapaz de enfocar la vista, pero las ideas las tengo claras. Necesito material. Una mochila nueva, botas y comida: cualquier cosa menos crema de cacahuete. Una vez más, estoy nerviosa por el tema del agua; es como si hubiera vuelto atrás en el tiempo... ¿Cuántos días: tres, cuatro? Parecen semanas. Como si acabara de salir de la cabaña azul, después de enfermar, cuando estuve lo bastante recuperada para empezar a moverme otra vez pero antes de encontrar el supermercado. No tengo comida, casi no me queda agua y avanzo hacia el este buscando una Pista que parte de mí teme que nunca llegará. Es exactamente lo mismo, con la diferencia de que ahora no veo y me falta una bota.

Qué despacio voy, qué despacio. Pero cada vez que intento apretar un poco el paso tropiezo, resbalo o piso algo afilado. La planta del pie izquierdo me duele como si fuera un cardenal enorme cubierto por una ampolla gigante.

La mañana es fría e interminable. Esto, esta borrosa monotonía, es peor que el coyote robótico, casi tan malo como el muñeco. Si pretenden doblegarme, no tienen más que seguir así, mantenerme caminando sin rumbo fijo y sin nada que ver ni nadie con quien hablar. Nada de Desafíos que ganar o perder. La frase de seguridad se cuela con sigilo en mi consciencia y me provoca. Por primera vez, desearía no ser tan cabezona. Poder ser como Amy, encogerme de hombros sin más y reconocer que ya he tenido suficiente. Que esto es demasiado jodido para valer la pena.

¿Y qué pasaría si...? ¿Si me empeñara por ejemplo en caminar más deprisa a pesar de estar cegata? A lo mejor tropezaría de verdad. A lo mejor me haría un esguince en el tobillo peor que el de Ethan, un esguince grave; quizá incluso una fractura. ¿O qué pasaría si no fuera tan cuidadosa con el cuchillo? A lo mejor se me escaparía y me haría un corte en la mano, un corte profundo, lo suficiente para no poder cerrar la herida con mi kit de primeros auxilios. Las circunstancias me impedirían continuar. Me vería obligada a abandonar y todo el mundo diría: «No fue culpa tuya». Mi marido besaría el vendaje y lamentaría mi mala suerte, al tiempo que me repetía lo mucho que se alegraba de tenerme en casa.

La idea poseía cierto atractivo. No era cuestión de hacerme daño adrede, eso nunca, pero sí de permitirme la oportunidad de cometer un desliz. Con cada paso que doy la idea me parece menos ridícula y entonces reparo en que tengo delante una estructura borrosa. Tras dar unos cuantos pasos cautelosos, veo que se trata de una gasolinera y que de los surtidores cuelga un cartel escrito a mano donde pone NO HAY GASOLINA, lo bastante grande para que pueda leerlo a treinta metros de distancia aun sin las gafas. Al instante vuelvo a meterme de lleno en el juego, y el desasosiego desaparece de mi pecho. Cuando me acerco a la gasolinera, veo unos cuantos edificios aislados a lo largo de una carretera secundaria que se desvía a mi izquierda.

El suelo del cruce está cubierto de manchas de color. Al aproximarme con los ojos entrecerrados, advierto que se trata de pancartas de las que la gente clava en el jardín. Distingo un anuncio de pruebas para entrar en un equipo de béisbol infantil y varias chorradas de la Asociación Nacional del Rifle. Hay un cartel que tan solo dice: ¡ARREPENTÍOS! Al borde del grupo, hay otro cubierto de pegatinas, por lo menos una docena. Entre ellas destacan unas flechas azules que apuntan a la izquierda.

El tono no cuadra, porque es más oscuro que el color que me asignaron. No estoy segura de que las flechas me indiquen algo a mí; es posible que esté viendo cosas donde no las hay, pero necesito víveres desesperadamente y Emery avisó de que no siempre estarían en sitios obvios. ¿Qué peligro hay en seguir la flecha, durante un trecho corto? Si me equivoco, no me dejarán desviarme demasiado; no lo creo.

Giro hacia el norte. Camino atenta y en tensión, pero no veo nada fuera de lo corriente, a excepción de la calma. El primer edificio al que llego es una cooperativa de crédito; parece cerrada. A lo mejor es domingo, o el personal está dentro, agazapado hasta que pase de largo. No veo nada azul. Al cabo de unos minutos, llego a un segundo edificio, que está algo apartado de la carretera. Cruzo el pequeño aparcamiento vacío para investigar. Veo escaparates y figuras dentro. ¿Personas? La cuestión es que al parecer no se mueven. Al acercarme caigo en la cuenta de que se trata de maniquíes, colocados alrededor de una tienda de campaña. Fuerzo la vista para leer el rótulo de encima de la puerta: SENDERISMO PARA TODOS. Pienso en mi mochila rota y mi bota perdida.

La puerta está cerrada con llave. Es la primera vez que me pasa. Me quedo plantada en los escalones de entrada, reflexionando. Las reglas prohibían conducir, golpear a alguien en la cabeza o en los genitales y usar armas de cualquier clase. No decían nada sobre allanamiento, por lo menos que yo recuerde. De hecho, explicaban que cualquier refugio o recurso que se encontrase era válido.

Uno de los maniquíes femeninos lleva un chaleco azul y un gorro peludo a juego. Azul celeste, mi azul.

Golpeo con el codo la hoja inferior de la puerta de cristal. El vidrio se rompe; el dolor que siento no es nada comparado con todo lo que he sentido estos últimos días. Meto la mano por el agujero y descorro el cerrojo desde dentro. Me quito la mochila y luego la chaqueta, que sacudo por si han quedado cristales en algún pliegue de la manga. Después me la ato alrededor del pie izquierdo y entro en la tienda, con cuidado de no perforar mi improvisada zapatilla. Bajo el talón de mi bota derecha crujen los cristales, y veo un trozo de papel en el suelo. Lo recojo pensando que puede ser una Pista. Desdoblo el papel y leo:

TODO AQUEL QUE EXPERIMENTE SÍNTOMAS (SOMNOLENCIA, IRRITACIÓN DE GARGANTA, NÁUSEAS, VÓMITO, MAREO, TOS) DEBE PRESENTARSE DE INMEDIATO EN EL CENTRO COMUNITARIO DE LA VIEJA FÁBRICA PARA SOMETERSE A LA CUARENTENA OBLIGATORIA

Contemplo el mensaje durante un rato, sin comprenderlo. Y después, como por efecto dominó, lo entiendo. Lo entiendo todo. La partida de mi cámara, la cabaña, la meticulosa retirada de toda vida humana que pudiera encontrar en mi camino... Están cambiando el tema de fondo. Recuerdo que antes de salir de casa busqué en Google Maps la zona en la que nos dijeron que se rodaría; recuerdo que reparé en una zona verde no muy lejana: el Parque Estatal del Fin del Mundo. Lo recuerdo porque el nombre me encantó aunque me pareció algo excéntrico. Aunque quizá el nombre no sea un título, sino una declaración. Quizá la proximidad del parque a nuestra localización inicial no fuera una coincidencia. Por lo que sé, hasta podría haber sido ni más ni menos que nuestra localización inicial.

Son unos cabrones muy ingeniosos.

Dejo caer al suelo el folleto. Es una Pista, no cabe duda, y no me indica adónde ir, sino dónde estoy. La historia que hay detrás de su atrezo disperso.

Todo lo que contiene esta tienda está a nuestra disposición.

Lo primero que cojo es el gorro peludo del escaparate. Lo quito de la cabeza de plástico del maniquí y me lo pongo sobre el pelo enmarañado. Después me dirijo hacia el mostrador, donde veo una nevera llena de bebidas patrocinada por Coca-Cola. Hay una docena de botellas de agua, por lo menos. Agarro una y bebo como una desesperada. Lleno mis botellas de Nalgene y cojo las demás. Mi siguiente objetivo es un expositor giratorio de barritas energéticas. Chocolatinas KIND, Luna, Lärabars, Clif Bars y media docena de marcas más. Me lleno los bolsillos con los sabores que conozco y me como una. Limón. Dulce como un postre, pero no me importa; la engullo entera y abro una segunda. Cuando llevo dos me paro, sin embargo, para dejar que el estómago se acostumbre. Cuatrocientas calorías; me sienta como un banquete. A continuación deambulo por los pasillos, recreándome, acariciando la ropa, las linternas y los hornillos. Caigo en la cuenta de que esta es mi recompensa por superar el Desafío del coyote. Había olvidado que habría premio.

En la pared del calzado veo la ridícula versión de zapato que lleva Cooper. ¿Se las habrá visto él también con un coyote en su último Desafío? A lo mejor nos ha tocado a cada uno algo distinto, algo en consonancia con nuestras habilidades. A Cooper le ha tocado un oso, y el tío... No sé cómo se las habrá apañado, pero seguro que lo ha hecho perfecto; si falla, no será por pánico. Si Heather sigue en el concurso, le habrá tocado un murciélago o una araña. Es improbable que haya durado tanto, de todas formas; habría abandonado la segunda noche si la hubiésemos dejado sola. Al chico asiático, no recuerdo cómo se llama, le habrá tocado un mapache o un zorro, algún animal más pequeño que un coyote, pero astuto. Una ardilla para Randy, por supuesto; mejor dicho, todo un tropel.

Con independencia de cuáles hayan sido sus Desafíos, espero que ellos también hayan chillado pidiendo ayuda. Espero que todos menos yo hayan recordado la frase de seguridad y la hayan gritado a los cuatro vientos.

Espero que estén bien.

Encuentro una bota de excursionismo que me gusta, ligera e impermeable, y voy con la etiqueta del ejemplar de muestra a lo que imagino que debe de ser el almacén, una puerta a la izquierda de la sección de calzado. La habitación del otro lado está a oscuras y no tiene ventanas; solo entra de refilón un poco de luz diurna desde detrás de mí. No huele.

Vuelvo a los pasillos en busca de una linterna y un paquete de pilas AA. No puedo abrir el envoltorio con los dedos entumecidos, y el cuchillo tampoco sirve de mucho, de manera que me dirijo al expositor de navajas multiusos Swiss Army y Leatherman. Vacilo por un instante —no se permiten armas—, pero cuando cojo una que se adapta bien a mi mano y saco su hoja más larga, me recuerdo que se las considera herramientas y que no implican mayor peligro que el cuchillo que me dieron al principio. Abro con ella el paquete de pilas. Esto empieza a parecer la búsqueda del tesoro. O un videojuego. Encuentra el objeto A para obtener acceso al objeto B, encuentra el objeto C para abrir el objeto A. La sensación de triunfo que experimento al meter las pilas en la linterna es tan sospechosamente intensa que me hace recelar. Quieren que me confíe. Pronto pasará algo malo. Algo me espera en el almacén.

Sin embargo, cuando ilumino el interior con la linterna, solo veo material. El calzado está ordenado en estanterías a lo largo de una de las paredes. Encuentro las botas que me gustan en mi número. Me sientan como si ya las hubiera llevado una temporada.

A continuación visito la sección de ropa de señora. Hace por lo menos dos semanas que llevo la misma ropa, y tiene una gruesa capa de suciedad. Cuando pellizco la tela de mis vaqueros, la porquería se arruga y me parece ver que sale una nubecilla de polvo. Cojo ropa interior transpirable y luego una pila de tops y pantalones. Me estoy divirtiendo, casi. Me meto con la selección en un probador. No estoy segura de por qué me preocupo: es tan probable que tengan cámaras aquí dentro como en cualquier otra parte, y renuncié al pudor hace mucho. A estas alturas no es que me tengan grabada agachándome y cagando, es que podrían emitir un episodio entero basado en mis necesidades fisiológicas.

Cierro la puerta del probador. No hay techo; desde arriba

entra una luz tenue, crepuscular. Dejo la pila de ropa sobre una banqueta, me doy la vuelta... y suelto un grito ahogado, a la vez que retrocedo a trompicones, presa del pánico. Por un momento juraría que me ataca una vagabunda esquelética.

Un espejo. Como si hubiera olvidado que existen. Pero ahí está, y me sorprenden los cambios que veo. Me acerco al espejo para inspeccionarme la cara. Bajo el gorro azul claro, unas mejillas hundidas y unas ojeras enormes. Nunca he estado tan flaca. Nunca he estado tan sucia. Cuando me quito las camisas, veo asomar las costillas por debajo de la costura del sujetador. Tengo el estómago cóncavo y no creo que eso sea bueno. Si meto barriga, casi desaparezco. ¿Por eso he pasado tanto frío? Doy un paso atrás y mi reflejo se convierte en un manchurrón de mugre.

Mis prioridades cambian.

Dejo en el probador la ropa que he escogido y recorro la tienda buscando jabón, toallitas o cualquier otra cosa que me ayude a librarme de la capa de roña que cubre mi piel. Me he bañado unas cuantas veces, de aquella manera, y he ido alternando dos pares de ropa interior. Los lavo lo mejor que puedo entre uso y uso, pero hace días que no me cambio y ambos pares están manchados y huelen mal.

Encuentro el baño tras una puerta donde pone PARA USO EXCLUSIVO DE LOS EMPLEADOS. A la luz de un farolillo de gas, abro el grifo. Nada. No me sorprende. Retiro la tapa de la cisterna del váter y lleno con el agua un plato plegable. Me desvisto del todo y me lavo a conciencia, tanto que dejo en las últimas una pastilla de jabón orgánico de cáñamo y tiño de marrón tres toallas de viaje. Luego aprovecho el resto del agua de la cisterna para aclararme. Al terminar aún noto una resbaladiza película de restos de jabón sobre la piel de las piernas y los pies. No es una sensación desagradable. Mi pelo todavía da asco, pero el resto de mi cuerpo se ve casi limpio.

Contemplo los mugrientos pantalones y el sujetador que están en el suelo y me llama la atención la petaca del micrófono, metida entre los pliegues de la ropa. Es minúscula y ligera, y me he acostumbrado tanto a llevarla que la he olvidado. La batería se ha acabado; lleva una temporada apagada. Pero sin duda hay micrófonos en la tienda, como los había en el coyote.

Desengancho el micrófono por si las moscas —debe de ser caro y apuesto a que en el contrato hay alguna cláusula que no recuerdo que me obliga a conservarlo— y me lo llevo en una mano mientras camino desnuda hasta el probador, con el gorro azul en la otra mano. Me pongo la ropa interior limpia y un fino sujetador de deporte decorado con rayas azules y verdes. La primera camisa que me pruebo me queda como un saco. Los pantalones amenazan con caerse en cuanto dé un paso. Mi talla ya no es una mediana. Vuelvo a los expositores y al cabo de unos minutos estoy vestida de arriba abajo... Todo de la talla s. Las prendas me vienen holgadas, pero al menos no se me caen.

Sabía que perdería peso durante el rodaje. En mi fuero interno, lo consideraba un plus para la participación en el programa. Pero haber adelgazado tanto me da miedo; con este aspecto, me cuesta convencerme de que estoy fuerte. Mi último período terminó más o menos una semana antes de que empezase el concurso; me pregunto si este cuerpo endeble será capaz de tener otro.

Elijo una chaqueta nueva, verde oscura, con la capucha forrada de borrego. Tiene cremalleras bajo las axilas, para que no tenga que andar poniéndomela y quitándomela tan a menudo. Traslado la lente superviviente de mis gafas al bolsillo de la chaqueta. Después cojo una mochila y la lleno de pertrechos: mudas de ropa interior, la segunda botella de agua, unos paquetes de gotas potabilizadoras, toallitas biodegradables, un frasco de jabón Dr. Bronner's, la linterna, pilas de repuesto, un poncho compacto, mi cuchillo desafilado y la navaja multiusos que he usado para abrir las pilas, mi cazo abollado, un botiquín nuevo para sustituir el mío, que se ha agotado, dos docenas de barritas de proteínas de sabores y marcas variados, galletas digestivas, cecina y unas bolsas de basura que encuentro detrás del mostrador. Me veo atraída hacia equipo superfluo: un cuchador, es decir una cuchara-tenedor, de plástico libre de BPA, prismáticos, una pala de bolsillo, desodorante. De entre esos artículos de lujo solo me permito conservar una taza plegable y un paquete de té de hierbas. No hay motivo para cargar peso de más a estas alturas. Por último, guardo el micrófono apagado en el bolsillo para aparatos multimedia de la parte superior de la mochila.

Estoy lista para seguir mi camino, aunque el sol se está poniendo. Parece una tontería partir ahora.

Es una tienda, no una casa. A lo mejor es correcto dormir aquí. A lo mejor es lo que quieren. Observo la tienda de campaña del escaparate. A lo mejor esto también forma parte del premio.

Arrastro la tienda por los pasillos del establecimiento y la planto entre la sección de calzado y una estantería de calcetines de senderismo Darn Tough. Dentro amontono varias esterillas y dos sacos de dormir, y luego esparzo unas cuantas minialmohadas de acampada. Ilumino mi campamento de interior mediante farolillos de pilas y entonces... el lujo definitivo: enciendo un hornillo de gas. En una esquina encuentro un estante de comidas a las que tan solo hay que añadir agua. Todas las variedades suenan deliciosas. Cojo tres —pollo al curri con anacardos, estofado de ternera y pollo teriyaki con arroz— y las pongo en el suelo. Cierro los ojos, barajo los paquetes y escojo uno al azar. El pollo al curri. Hiervo agua y la vierto en la bolsa. Tras lo que a ojo me parecen los trece minutos que indican las instrucciones, devoro la comida rehidratada con el cuchador, que me sigo diciendo que no me llevaré. No está hidratada del todo; los trocitos de pollo están correosos y las cositas verdes —¿apio?— crujen de lo lindo. Pero está delicioso: ácido, intenso y un poco dulce. Reblandecidos por el agua caliente, los anacardos no tienen nada que ver con los frutos secos de las bolsas de cócteles. Cuando cierro los ojos, casi puedo convencerme de que es un plato recién cocinado. Al terminar de comer, embuto cinco paquetes más en mi mochila nueva. No cabe nada más.

Al cabo de unos minutos me meto a cuatro patas en la tienda de campaña. Estoy acostumbrada a los pinchazos de las agujas de pino, el crujido de las hojas secas y a clavarme piedras y piñas. El suelo de la tienda presenta una blandura uniforme. Se me hace raro, y no estoy segura de que me guste. Además, aquí hace más calor y no estoy habituada. Me desato los cordones de las botas nuevas y me tumbo encima de los sacos de dormir. Mirando el cielo de nailon, los músculos se me relajan. No está tan mal, pienso. Podría acostumbrarme a esto.

Para cuando llega la mañana, he recobrado la sensatez. Estoy ansiosa por seguir adelante. Recuerdo vagamente haberme despertado agitada; no estoy segura de cuántas veces, pero más de una. La tensión que siento en la mandíbula y una ligera sensación de miedo me dicen que he tenido pesadillas y, aunque no recuerdo los detalles, creo que aparecían coyotes. Sí, una sinuosa manada de coyotes que se fundían como gotas de agua mientras recorrían el bosque sin hacer ruido.

Me sacudo la sensación de que estoy rodeada. Llevo demasiado tiempo bajo techo y estoy dolorida de dormir sobre una superficie tan mullida. Necesito mantenerme en movimiento. Rehidrato una tortilla con jamón, pimiento y queso para desayunar y después me pongo en marcha: regreso a mi carretera y me dirijo al este, dejando atrás la gasolinera.

8

Ranchero le da un codazo a Rastreador y señala con la cabeza la mesa de picnic que ha aparecido junto a la hoguera.

—Buen surtido —comenta.

Rastreador se aparta de su brazo. Banquero y Biología sonríen; el trozo de hoja de menta que la segunda tiene entre los dientes desaparecerá en el proceso de edición. Sobre la mesa hay mucha más comida de la que los cuatro son capaces de consumir de una sentada. Pechugas de pollo a la parrilla, hamburguesas, panecillos, ensalada César, espárragos, mazorcas de maíz, ensalada de patata, una cesta de mimbre llena de chips de boniato y jarras de agua filtrada y limonada. El banquete podría alimentar de sobra a los doce concursantes. Banquero observa a los otros equipos, que se dirigen hacia sus respectivos campamentos.

—Podríamos compartirlo —señala.

Ranchero sacude la cabeza.

—No, hemos ganado con todas las de la ley.

—Tampoco se van a morir de hambre —añade Biología—. Solo es un juego.

Este último comentario será suprimido. El productor la abordará más tarde para recordarle que no debe calificar de juego su situación.

—Intentamos transmitir una... sensación especial —dirá, mientras sus ojos se deslizan hacia el pecho de Biología.

—Claro, perdón —responderá ella, demasiado cansada para preocuparse de sus miraditas.

Mientras el equipo de Rastreador se pone las botas, Zoo e Ingeniero se dirigen al río con los utensilios de pesca al hombro. Nena Carpintera y Camarera se quedan junto a las ascuas de la hoguera removiéndolas con unos palitos.

—¿Te lo estás pasando bien? —pregunta Nena Carpintera.

El día ha amanecido cálido, pero Camarera recuerda el frío de anoche. El rímel corrido acentúa sus ojeras de agotamiento.

—De maravilla —responde con tono inexpresivo.

A Nena Carpintera se le ha borrado el pintalabios, pero aún se le ve la raya de los ojos, que confiere a sus párpados una pátina ahumada. La primera impresión que le dio Camarera fue bastante desdeñosa, pero empieza a compadecerse de esa niña tan triste y tan guapa. Así es como la ve ahora, como una niña, por mucho que Camarera solo le lleve dos años y le saque un palmo de altura.

—¿Cuál crees que será el próximo Desafío? —le pregunta.

—No lo sé, pero espero que haya cafeína. —Camarera hurga con su palo en una brasa naranja—. Mataría por un capuchino desnatado.

Nena Carpintera dejó la cafeína hace un mes; le sorprende que a otra concursante no se le ocurriese hacer lo mismo. Se pregunta si Camarera ha hecho algo para prepararse.

Zoo está sentada en una roca junto al río, sobre una piscina natural situada a unos doce metros del punto por el que cruzó ayer Rastreador. Ingeniero se agacha a su lado. Le brillan los ojos tras las gafas: el joven confunde respeto con atracción. Zoo no se da por aludida, pero el editor se recrea en la mirada, que exagera con una música de fondo: está coladito. Los espectadores se darán cuenta, y también el marido de Zoo, que está mirando el programa. No culpará al joven empollón, porque entiende el atractivo de su mujer, pero se pondrá celoso. Es la simple envidia de un hombre que echa de menos a su esposa. Por supuesto, para cuando emitan ese primer episodio, habrá pasado casi una semana desde que su mujer ensartó un grillo en un anzuelo y lo lanzó al río. Para cuando el marido de Zoo vea aquello, el mundo estará al borde de un gran cambio.

Pero de momento... ¡A Zoo le han picado! Tira del sedal enrollándolo en torno a la cañuela. Una trucha de veinte centímetros cae a tierra, se sacude y boquea mientras Zoo e Ingeniero lanzan exclamaciones de júbilo. El joven avanza para abrazarla, pero ella levanta la mano para chocar los cinco y después golpea la cabeza de la trucha contra una roca. Hacen falta tres golpes para matarla. Por mucho que ame a los animales, por mucho que trabaje con ellos, apenas siente remordimientos. Está tranquila porque sabe que los humanos son omnívoros y que la obtención de fuentes fiables de proteínas es lo que permitió a la especie evolucionar hasta desarrollar su actual inteligencia. No matará por matar, pero matará para comer, y no aprecia una gran diferencia entre los ojos de un pez muerto y uno vivo.

—Grillos —le dice a Ingeniero—. Buena idea.

Exorcista y Médico Negro se dirigen a comprobar las trampas de Fuerza Aérea. Si hay algún animal en las inmediaciones, Exorcista lo espanta con su parloteo.

—El último demonio auténtico que vi fue hace un año o así —dice—. Habitaba en una niñita preciosa de ocho o nueve años. El día que llegué, la esperé en la escalera de entrada de su casa. La niña estaba en clase, donde el demonio por lo general la dejaba en paz. En fin, que estaba esperando delante de su casa con su madre cuando la niña bajó del autobús escolar. Dio unos pasos y entonces... ¡Pam! —Da un golpe con la palma de la mano en el tronco de un árbol. Médico Negro se sobresalta—. Vi cómo entraba en ella —prosigue Exorcista—, allí mismo, en el camino de entrada. Se le estremeció todo el cuerpo y luego... luego creció. Si no estabas mirando no lo notabas, pero yo estaba mirando. Di un paso hacia ella... —Se agacha un poco y avanza despacio mientras habla—. Y el demonio ruge. Se adueña del cuerpo de aquella niña y le ordena que exhiba su furia. La cría se pone a caminar hacia el coche de su madre dando pisotones —dice imitándola—, un todoterreno gigante; un Escape, creo, o algo parecido, da lo mismo, un coche grande, vamos. Con sus manitas diminutas agarra la parte de abajo del vehículo, justo por debajo de la puerta del conductor, y, ¡pumba!, lo lanza hacia arriba. —Exorcista levanta las manos—. El todoterreno da una vuelta de campana en el aire y luego aterriza con un golpetazo sobre el techo, en el punto exacto donde estaba aparcado. —Con el pulgar y el índice indica una separación de tres centímetros—. A esto de donde estaba la niña. Y ella no se movió. El demonio no la dejó moverse. Créeme, aquello no fue coser y cantar. Cuatro días para expulsar el demonio, y más vómito del que quiero recordar. —Exorcista hace una pausa—. Le salió de la garganta un escorpión vivo, te lo juro. Era el demonio, que se escapaba. —Golpea el suelo con la bota y pisotea una hoja con el talón—. Lo aplasté hasta matarlo.

—Mataste un demonio —dice sin más Médico Negro. Le cuesta decidir hasta qué punto se cree Exorcista su propia historia. La posibilidad de que se crea alguna parte le pone muy nervioso.

—Bueno, no —responde Exorcista con una carcajada—. No tengo ni por asomo tanto poder. Yo simplemente interrumpí su manifestación. El demonio ha vuelto al infierno, donde debe de estar planeando su próximo viajecito a la tierra.

Médico Negro no sabe qué decir. Exorcista está acostumbrado a esa reacción y el silencio le reconforta.

Llegan a la primera de las trampas de Fuerza Aérea. La han hecho saltar pero está vacía.

—A lo mejor la ha tirado el viento —dice Exorcista.

Médico Negro lo mira de reojo y replica:

—O un demonio.

Cuando el equipo de Rastreador está acabando de almorzar, se les acerca el presentador.

—Además de este festín —dice, plantado a la cabecera de la mesa de picnic—, contaréis con una ventaja de cara al próximo Desafío. —Saca cuatro mapas de una mochila. En cuanto ve los mapas, Rastreador llena su botella con el agua de una jarra. El presentador continúa—: Dije que tendrá lugar mañana, y técnicamente es así. La hora de inicio serán las doce y un minuto de la noche. Vuestra ventaja consiste en partir con ventaja, con luz diurna, y con esto, por si acaso. —Entrega una linterna a cada uno. Rastreador examina la suya. Es más aparatosa que la que se llevó en el primer Desafío; en cualquier caso, no usará ninguna de las dos: la experiencia le ha enseñado que, con sus habilidades, la luz artificial no hace sino entorpecer la visión nocturna. La devuelve. El presentador se queda mirando la linterna durante unos instantes—. Caramba, sí que vamos confiados —bromea. Después vuelve al guion—: Recordad que se trata de un Desafío en Solitario. Eso no significa que no podáis cooperar, pero las recompensas se otorgarán en función del orden en el que terminéis. —Dicho eso, reparte los mapas y dice—: Buena suerte.

Ranchero extiende su mapa y se dirige a Rastreador:

—¿Tú qué crees...?

Pero Rastreador ya se ha puesto en marcha y está envolviendo tres pechugas de pollo que han sobrado en un fajo de servilletas de papel.

—Tendríamos que mantenernos juntos, por lo menos al principio —propone Banquero.

Rastreador guarda el pollo y la botella de agua en su mochila, se la echa al hombro y se enrolla el cordón de la brújula en la muñeca izquierda. Abre el mapa y lo examina durante un instante. Mira a su equipo y, sin mediar palabra, se va.

—¡Espera! —grita Banquero.

Pero Rastreador ha desaparecido. El cámara que está más en forma sale disparado detrás de él.

¿Qué hará el resto del equipo? Hasta ese momento se han llevado bien. Banquero quiere cooperar. Ranchero no se decide; daba por sentado que avanzarían juntos, pero ahora que su líder se ha ido, esas suposiciones han saltado por los aires. Biología rellena su botella de agua y declara su independencia:

—Buena suerte, chicos.

Para cuando Biología desaparece entre los árboles, Ranchero y Banquero ya están repartiéndose las sobras de comida y llenando sus mochilas. Por si no llevaran peso suficiente, también cogen cubiertos de plástico y platos de papel. Pronto sobre la mesa queda poco más que la ensalada de patata y mayonesa, que ya empieza a tener mala pinta.

Socios por el momento, Ranchero y Banquero siguen el mapa y a sus excompañeros hacia las coordenadas que les han dado. Se mueven hacia el este. Ningún miembro de los otros dos equipos se da cuenta de que han partido. Están ocupados asando un pescado y unas zanahorias silvestres, y echando yodo en botellas llenas de agua de río. Muchos espectadores reirán: los muy tontos no saben lo que les espera.

Nena Carpintera entra en el campamento apretándose el nudo del pañuelo amarillo alrededor del pelo, sin decir nada de dónde ha estado; tampoco habrá imágenes que lo expliquen: mantenimiento femenino. Zoo da un mordisco cauteloso al tubérculo asado. Mastica concentrada y luego dice:

—No le vendría mal algún condimento, pero aparte de eso no está mal. —Le ofrece la zanahoria a Ingeniero para que la pruebe.

Exorcista les cuenta a sus compañeros de equipo una anécdota tras otra —a cual más ridícula— con aire de creérselas a pies juntillas. Hace ondear su pañuelo verde para llamar la atención cuando empieza a narrar la enésima:

—No estoy especializado en fantasmas, pero he visto unos cuantos. Estaba en Texas hace unos años...

—¡Cállate! —estalla Animador—. Dios mío, no lo aguanto más. Cállate de una vez.

—También es mi Dios —replica Exorcista con total seriedad—. Más mío que tuyo, diría yo.

¿Es una pulla homofóbica? Nadie lo pilla: ni Animador, ni los productores ni el editor. Animador decide darse por ofendido, por si acaso.

—No quiero saber nada de ti o de tu Dios —dice—. Aléjate de mí.

Exorcista no se mueve y mira a Animador a los ojos. Sin su sonrisa, da un poco de miedo. Médico Negro y Fuerza Aérea se levantan. Al segundo le falla el pie en el momento en que Médico Negro se dispone a intervenir, aunque no llega a ser necesario. Animador suspira y dice:

—A la porra. —Y se va al otro extremo del campamento.

El editor tergiversará ese momento. Por lo que saben los espectadores, Exorcista no ha dicho nada desde su paseo con Médico Negro mucho antes, ese mismo día. ¿Por qué ha explotado Animador de esa manera, sin venir a cuento? Es un ateo quisquilloso, irracional y lleno de odio. El público interpretará que ese, y no su sexualidad, es su defecto fatal. Ningún político puede llegar a la presidencia de Estados Unidos sin declararse temeroso de Dios, y tampoco puede presentarse a un no creyente confeso como candidato con posibilidades de victoria en un programa que aspira a gozar de una amplia popularidad entre los ciudadanos de «una nación ante Dios». Son las exigencias del marketing.

Rastreador consulta la brújula y luego echa un vistazo a un par de peñascos señalizados en su mapa mediante dos triángulos. Lleva el rumbo correcto y un ritmo de avance extraordinario. Los que fueran sus compañeros de equipo han quedado muy atrás. Biología está plantada al pie del más meridional de un par de barrancos, aunque ella lo toma por el del norte. Banquero y Ranchero se han ido separando; el segundo va más adelantado. En realidad, también va por delante de Biología, aunque eso no lo sabe ninguno de los dos. Los espectadores sí, porque se les enseña un mapa con simbolitos graciosos: unos rastrillos de cuatro púas que han perdido el mango representan los barrancos, y el punto que indica la posición de Ranchero supera como un abejorro el risco septentrional, mientras que el punto naranja de Biología se desvía hacia el sur. Banquero anda algo más atrás y está a punto de cruzar un arroyo marcado con una línea que culebrea.

Atrás, en los campamentos, Médico Negro pregunta:

—¿Cómo va el tobillo?

—Mejor —responde Fuerza Aérea. No cree que vaya a necesitar el bastón durante mucho más tiempo. Piensa volver a la competición pronto. Animador espera enfurruñado al otro lado de la hoguera.

Zoo ha convencido a sus compañeros de equipo para que la ayuden a filtrar agua. Ha leído sobre el tema y ha visto tutoriales en internet, pero nunca lo ha probado. Nena Carpintera lo ayuda a levantar un trípode de palos, del que cuelgan tres pañuelos como hamacas apiladas: granate con rayas marrones, amarillo fosforito y azul claro. Cerca de ellas, Ingeniero muele carbón para reducirlo a ceniza. Podría haber sido el cometido de Camarera, pero esta se ha negado a ponerse las manos perdidas de negro, por lo que Zoo le ha pedido que vaya al río a llenar las botellas. Allí se encuentra en estos momentos. De rodillas, Camarera maldice en voz baja; las rocas se le clavan en las rodillas.

—Que venga la señorita Grandes Ideas a llevar el agua de las narices para su filtro de las narices —masculla. Su pañuelo violeta le mantiene el pelo retirado de la cara.

Zoo deja caer varios puñados de tierra en el pañuelo amarillo y luego ella y Nena Carpintera se ponen a moler carbón con Ingeniero, porque necesitan mucho. Cuando reaparece Camarera con las pesadas botellas colgando de los dedos, los demás cogen puñados de ceniza negra molida y la amontonan en el pañuelo azul de Zoo.

—¿Y qué, cómo funciona esto? —pregunta Camarera mientras deja las botellas. La cara le reluce de sudor y tiene una mancha oscura en el sujetador, entre los pechos.

—Se echa agua en el pañuelo de arriba y luego se va filtrando por las distintas capas. En cada una se va quedando porquería —explica Zoo—. Por lo menos, en teoría.

—La mayoría de los filtros de agua que pueden comprarse son a base de carbón —añade Ingeniero.

Zoo vierte alrededor de una tercera parte de una botella en el pañuelo a rayas vacío de Ingeniero. El agua empieza a gotear de inmediato hacia el escalón intermedio, donde humedece la tierra.

—Lo único que hace es mojarlo —protesta Camarera.

—Dale tiempo —dice Ingeniero, mientras Zoo vierte más agua.

Enseguida el líquido empieza a filtrarse por el punto más bajo del pañuelo amarillo y cae al carbón que hay abajo. Nena Carpintera vierte el contenido de una segunda botella en el pañuelo superior. Las gotas se unen hasta formar un chorro fino y continuo.

—¿Qué pasa cuando atraviesa el carbón? —pregunta Camarera.

—Nos la bebemos —responde Zoo.

—¿Con qué?

Zoo se ríe, una carcajada sonora de pura sorpresa: no hay ningún recipiente debajo de su pañuelo.

—Me he olvidado —dice, y coloca una botella vacía debajo de la capa inferior; no cabe, de modo que hace un agujero en el suelo para que no toque el pañuelo.

Las primeras gotas de agua transparente caen sobre la tierra, pero el editor las corta. De cara a los espectadores, Zoo acaba justo a tiempo para cazar la primera gota.

A cinco kilómetros de distancia, Rastreador llega a una cabaña de troncos marrones, donde lo espera el presentador, que ha disfrutado de un viaje en cuatro por cuatro por una antigua calzada de leñadores.

—Qué rapidez —dice el presentador con sincero asombro.

Rastreador ha atravesado el boscoso recorrido en tan solo sesenta y cuatro minutos. Ranchero, el concursante más cercano, está a más de un kilómetro y medio de distancia. El presentador tiende el brazo hacia la cabaña de troncos.

—Como ganador, el dormitorio principal es tuyo —le dice a Rastreador—. La última puerta a la izquierda.

Rastreador entra en un dormitorio pequeño pero lujoso: cama de metro y medio por dos, con edredones y almohadas, baño tipo suite con cabina de ducha y un cuenco de fruta en la mesita de noche. Y dos ventanas, que abre enseguida.

De vuelta en el exterior, ocho concursantes se preparan para el anochecer: ajetreo y ambiente.

Ranchero sale de entre los árboles y ve la cabaña y al presentador esperando, que le da la bienvenida y le dirige a la habitación que se encuentra en el extremo opuesto del pasillo respecto de Rastreador. Un par de camas individuales con mantas finas y almohadas, y más fruta. Baño común en el pasillo. Banquero llega unos segundos —en la realidad veintidós minutos— más tarde. Le toca la cama que está enfrente de la de Ranchero.

—Ella salió antes que nosotros —le dice Ranchero a Rastreador—. No sé dónde está.

Biología sabe que se ha desviado e intenta determinar cuánto. Ve un arroyo y se dirige derecha hacia él. Inspecciona el terreno circundante: un montón de piedras, restos derruidos de un muro de factura humana. Lo busca en el mapa con el dedo, consultando de vez en cuando la leyenda. Encuentra la línea intermitente que marca la pared caída; solo hay una más en el mapa. Los símbolos cuadran con su entorno.

—Aquí estoy —dice, con un bufido de alivio mientras mira de reojo a la cámara.

Consulta la brújula para decidir su próximo movimiento. Al noreste, hacia una zona pantanosa —rayas finas y muy juntas— que debería poder seguir hasta llegar a un área de matorrales y rocas. Desde allí, ochocientos metros de bosque relativamente llanos en dirección al este, hasta su meta. Quizá llegue antes de caer la noche.

Nena Carpintera entra gateando en el cobertizo de su equipo y se dirige a su esquina.

—Buenas noches —dice. Esta noche están más apretados; se les ha unido Camarera.

El equipo de Fuerza Aérea también va entrando de uno en uno en su refugio. Los cámaras charlan por la radio sobre la necesidad de conseguir mejores imágenes nocturnas y se ponen cómodos.

Las sombras que rodean a Biología se están metamorfoseando en noche. Tiene la linterna en la mano.

—Ya no puede quedar mucho —dice.

Le gustaría correr, pero sabe que entre la oscuridad creciente y sus piernas cansadas probablemente se haría daño.

Exorcista ronca. Animador permanece despierto a oscuras, con un rictus de aborrecimiento en la cara. En el otro campamento, es Ingeniero quien sigue en vela. El calor que lo envuelve, el suelo mullido bajo la espalda... Decide que es sin duda un tipo con suerte.

Biología distingue una luz entre los árboles. Como una polilla, se precipita hacia ella. El presentador la está esperando, como si llevase horas allí plantado en posición de firmes en lugar de leyendo comentarios de foros de internet en su teléfono.

—Has llegado —dice—. Bienvenida. Eres nuestra cuarta clasificada, lo que te da a elegir la cama que prefieras. —Abre la puerta de entrada para revelar el salón principal de la cabaña de troncos, que el editor habrá ocultado a los telespectadores hasta ese momento. La habitación está ocupada por unas literas, sin almohadas y con una sábana cada una. Hay un total de seis camas, así que caben cinco concursantes más, lo que conduce a la inevitable pregunta: ¿dónde dormirán los tres últimos?

Los hombres salen para felicitar a Biología por su llegada. Los tres están recién duchados. Banquero lleva el torso desnudo, porque su camisa está tendida ante la chimenea, después de que la haya lavado a mano. Está claro que encuentra tiempo para ir al gimnasio, pero su físico impresiona mucho menos a

Biología que a la espectadora femenina media. La recién llegada se desploma en la cama de debajo de la litera más cercana al fuego. Rastreador pone mala cara. Qué aires de superioridad, qué imbécil, pensarán los prejuiciosos espectadores dando por sentado que desdeña la debilidad relativa de Biología. Otra interpretación errónea: Rastreador se compadece del agotamiento de Biología, de lo claramente mal que lo ha pasado. Se está recordando con insistencia a sí mismo que él ha venido por el dinero y que ayudar a esa gente no hará sino entorpecerle.

La ventana que Rastreador tiene detrás muestra un sol poniente. En los campamentos, el cielo está oscuro y la luna en lo alto. Nuestros relatos han dejado de estar sincronizados.

Una sirena ensordecedora atruena en los campamentos; es el sonido del miedo mismo, duro, potente y omnipresente. Los concursantes se convierten en un enredo de extremidades confusas y adormiladas. Camarera chilla; Fuerza Aérea está en pie, ni se acuerda de su lesión; Exorcista se queda paralizado, tenso y expectante.

—¡Buenas noches! —dice la voz del presentador, amplificada—. ¡Necesito que salgáis todos al centro del campo, y rápido! Traed vuestros bártulos. Tenéis tres minutos.

Zoo parpadea unas cuantas veces, se pone las gafas, se calza las botas y se echa la mochila a la espalda. Nena Carpintera recoge con la misma rapidez. Ingeniero no encuentra las gafas; es más miope que Zoo. Nena Carpintera tiene la vista perfecta; ve las lentes en el suelo y se las da. Camarera está al borde las lágrimas, de puro cansada; no se ve capaz de afrontar lo que los espera, sea lo que sea. Zoo e Ingeniero desmontan el sistema de filtrado de agua con movimientos veloces. Recuperan los pañuelos. Zoo se dispone a tirar al suelo la ceniza de carbón que hay en el suyo, pero cambia de idea y la recoge en un paquetito, que cierra con un nudo mientras camina.

Animador avanza taciturno y solo hacia el centro del campo. Fuerza Aérea lo pasa mal para llegar a tiempo; vuelve a dolerle el tobillo. Médico Negro lo espera y le ofrece un brazo, que él rechaza con educación; le basta con el bastón. Exorcista se les acopla, con paso desenfadado y la mochila sobre un solo hombro.

—Cuando te las has visto con los que moran en el infierno —dice—, que te despierten de madrugada no es para tanto.

El presentador los espera con una taza de café humeante en la mano. Camarera casi se la arranca de las manos.

—¿Dónde está el otro equipo? —pregunta Animador.

—¡Buenos días! —exclama el presentador—. Porque ya es otro día. Desde hace cuatro minutos, para ser exactos. —Los ocho concursantes se han personado en los tres minutos que les han otorgado. Es una lástima; el presentador tenía ganas de penalizar a alguien—. Ha llegado el momento del Desafío en Solitario. Aquí tenéis unos mapas. —Señala un cubo a su izquierda—. Y esto son linternas. —Un cubo a su derecha—. Los cinco primeros que lleguen a las coordenadas indicadas podrán dormir bajo techo. Cuanto antes acabéis, más dormiréis. ¡Adelante!

Ingeniero sale disparado hacia los mapas; Zoo, Nena Carpintera y Camarera van a por las linternas. Zoo coge una para Ingeniero, que agarra cuatro mapas.

Camarera está aterrorizada. Sabe que no puede salir adelante a solas en el bosque y por la noche. Nena Carpintera cruza una mirada con Zoo y le hace una pregunta con un asentimiento de cabeza.

—Por mí podemos hacerlo en equipo, si os parece bien —dice Zoo. Si hubiera sido de día o no fuese ella la capitana, se sentiría menos inclinada a cooperar, pero ahora mismo el trabajo en equipo parece lo más prudente. Los demás están de acuerdo; a Camarera le dan ganas de abrazarlos a todos.

La cooperación entre Fuerza Aérea y Médico Negro se da por sentada, y con razón. Llama la atención el grado de confianza mutua que han desarrollado en un solo día. Los productores mantendrán una conversación telefónica más tarde, para buscar un modo de usar la alianza en perjuicio de los aliados.

—A lo mejor podríamos ir todos juntos —sugiere Médico Negro a Exorcista y Animador.

Animador sigue buscando con la mirada al equipo de Rastreador, el mejor grupo. No quiere quedarse atrapado en este. Médico Negro y Fuerza Aérea son majos, pero ¿Exorcista? No quiere pasar con él un instante más de lo necesario. Animador deja que la antipatía personal se imponga al sentido común.

—Ha dicho que era un Desafío en Solitario —les recuerda—. O sea que iré en solitario. —Se despide de sus excompañeros de grupo con el saludo militar y se aleja, aunque solo unos pasos: debe consultar el mapa.

—O sea que estamos aquí y tenemos que llegar... aquí —dice Zoo. Su dedo atraviesa el haz de luz de una linterna y proyecta una gruesa sombra sobre el mapa.

—¿Qué son todos esos simbolitos? —pregunta Camarera con voz temblorosa.

—Mira la leyenda —dice Nena Carpintera—. Cada uno significa algo diferente. —Hace una pausa—. ¿Qué es un agro?

—Un monstruo muy feo —responde Camarera.

Sus compañeros de equipo la miran con incredulidad.

—Eso es un ogro —la corrige Ingeniero.

La luz de la luna disimula el rubor de Camarera. Está nerviosa; el cerebro no le carbura. Risas de los productores, risas de los espectadores. Perfecto.

Animador se ha puesto en marcha; es el primero en partir. Noreste, piensa. Se limitará a seguir la brújula en dirección noreste hasta que encuentre el arroyo que queda encima de las coordenadas, y luego doblará hacia el sur. Pan comido.

—Mirad —dice Ingeniero—, hay un camino, ochocientos metros al sur. Nos desviamos un poco, pero pasa justo al lado de las coordenadas.

—¡Genial! —exclama Zoo—. Será mucho más fácil de seguir en la oscuridad. Vayamos por allí.

Nena Carpintera está de acuerdo y Camarera se apunta a lo que sea.

Fuerza Aérea los mira mientras se van.

—Apuesto a que se dirigen a la vía de servicio —comenta.

—¿Tendríamos que hacer lo mismo? —pregunta Médico Negro.

—Bah —replica Exorcista—. Es demasiado rodeo.

Fuerza Aérea está indeciso. Intenta sacar el máximo provecho de su decisión: ¿qué tiene más importancia, una distancia menor o un terreno más fácil? Si tuviera el tobillo bien, la respuesta sería sencilla. El amor propio y el sentido práctico luchan en su interior.

—A mí la vía de servicio me parece nuestra mejor opción —dice Médico Negro—. No quiero andar tropezando a oscuras con raíces y palos.

Exorcista agita su linterna en plan de mofa, pero Fuerza Aérea permite que su nuevo amigo lo guíe hacia la decisión más sensata.

—Tienes razón, vayamos por la calzada.

—Eso son como tres kilómetros de más —protesta Exorcista—. Yo paso. Nos vemos en la meta. —Hace una medición rápida con la brújula y arranca a caminar hacia el este. Hay un trío de peñascos a medio kilómetro. Los buscará y luego girará al norte en dirección a un par de barrancos, decide. Parece muy fácil. Por eso lo han montado de noche, piensa: para añadir algún elemento que implique un desafío de verdad.

El mapa; ahora se muestra a los espectadores con una tonalidad más oscura para indicar que es de noche. Puntos de color y patrones que avanzan poco a poco: un grupo, una pareja y dos en solitario.

—¿Qué creéis que habrá pasado con Cooper y los demás? —pregunta Zoo.

—A lo mejor ya han partido —responde Ingeniero.

—O han ido a dar un paseo —añade Camarera.

—¿Tiene alguna importancia? —pregunta Nena Carpintera.

Llevan los mapas doblados en el bolsillo y se abren paso entre la enmarañada maleza. Zoo consulta la brújula cada pocos minutos.

—Nos siguen —señala Ingeniero. Sus compañeras miran atrás y ven dos haces de luz detrás de sus cámaras, que se han multiplicado. Para este Desafío hay uno por concursante, por si se separan.

—Tenemos que meter en nuestro equipo al chaval chino la próxima vez —dice Fuerza Aérea—. Echar mano del sedal y conseguir proteínas.

—De buena gana lo cambiaría por Josh o Randy —responde Médico Negro—. O por los dos.

Animador avanza con torpeza entre los árboles. Su punto rosa está desviadísimo; no ha comprobado la brújula desde que ha salido. Se frota los ojos irritados y sigue caminando, con la linterna apuntando el suelo. Su cámara se detiene un momento. Para descansar, piensa Animador; el técnico va tan cargado que debe de necesitar un respiro. Él también hace una pausa y aplasta un mosquito trasnochador. Aunque no lo reconozca, la presencia del cámara es lo que le ha dado valor para adentrarse solo en el bosque. Únicamente está solo de mentirijillas, piensa.

Pero el cámara no ha parado para tomarse un descanso, sino para grabar un discreto primer plano, que ahora se les mostrará a los espectadores: la brújula con el punto rosa de Animador tirada entre las hojas. El bolsillo donde la llevaba es poco profundo y se le ha caído con el movimiento. Tendría que habérsela colgado del cuello o de la muñeca. Ahora es demasiado tarde.

El equipo de Zoo encuentra la calzada: un camino irregular y no asfaltado donde se ven marcas recientes de neumáticos.

—Entonces seguimos este camino hacia el este durante un par de kilómetros y luego giramos al norte —dice Zoo—. Hay un puente a medio camino que debería saltar a la vista. Después... —Mira el mapa, pensativa.

Ingeniero se acerca. Nunca ha usado un mapa de esa manera, pero está acostumbrado a los planos.

—Parece que el mejor punto para girar se encuentra más o menos equidistante de esta arboleda y del final de esta zanja —dice.

—Perfecto —contesta Zoo—. Entonces, después de cruzar el puente, buscaremos la... tercera zanja, y luego iremos a medio camino entre ella y... unos árboles, y entonces giraremos al norte —concluye con una risilla alegre.

—«Unos árboles» —repite Camarera.

—Los reconoceremos cuando lleguemos —le asegura Nena Carpintera.

A unos tres kilómetros de distancia, Animador atraviesa una telaraña, se da un palmetazo en la cara y deja caer la linterna. Se desenreda mascullando palabrotas que en su mayor parte serán censuradas y luego se agacha para recoger la linterna.

—Esto es ridículo —dice—. He caminado como quince kilómetros, ya tendría que haber llegado al arroyo. —Ha recorrido menos de un kilómetro y medio. Está muy lejos del arroyo, pero cerca de descubrir lo solo que puede sentirse un hombre cuando su única compañía es un observador mudo.

Exorcista, en cambio, avanza a buen ritmo. Se encuentra al pie del barranco bajo que Biología ha visitado unas horas antes, pero él lo ha identificado correctamente como el más meridional de los dos. Su próximo objetivo es la pared del norte. Echa un vistazo a la brújula y sigue adelante, ágil en la oscuridad.

Fuerza Aérea y Médico Negro llegan a la calzada. Distinguen al grupo de Zoo más adelante. A Fuerza Aérea le duele el tobillo pero aguanta. Sigue usando el bastón.

El tiempo se comprime: botas de montaña que resuenan al cruzar por un puente de madera de un solo carril, Exorcista que silba una conocida melodía, Animador que tropieza con un tronco medio podrido.

—Esta tiene que ser la zanja —dice Ingeniero—. Los árboles deberían estar unos treinta metros más adelante. —Zoo se lleva consigo a Camarera para explorar. El objetivo resulta fácil de identificar: un grupo de siete árboles de hoja caduca junto al camino; un trecho de hierba los separa del bosque propiamente dicho.

—¡Aquí están! —anuncia Zoo.

Sus compañeros de equipo convergen en el punto intermedio y parten rumbo al norte. Es un recorrido en línea recta. Consultan la brújula a menudo y, cuando topan con un obstáculo, como un matorral demasiado espeso para atravesarlo o algún que otro peñasco, escalonan su avance para mantener el curso correcto.

El presentador los espera en el porche, sentado en un balancín. Saluda.

La estrategia de Médico Negro y Fuerza Aérea es distinta.

—Si vamos hacia el norte a partir de esta zanja, hasta esta pared de aquí, las coordenadas nos quedarán casi directamente al noreste —dice Fuerza Aérea.

Muy por delante de ellos, Exorcista sale al claro de delante de la cabaña. Se ha ganado la última cama. Biología le manda callar desde su litera cuando entra con paso ruidoso y luego se vuelve de cara a la pared.

A continuación el presentador saluda a Fuerza Aérea y Médico Negro.

—Hola —dice con tono lastimero dando un paso para bloquear la puerta de la cabaña—. Me temo que no nos quedan camas libres —añade, y señala un destartalado cobertizo situado a unos diez metros de distancia. El suelo está cubierto de serrín y una esquina de la techumbre se ha hundido.

—Por lo menos no llueve —comenta Médico Negro.

—¿Quién crees que falta aún? —pregunta Fuerza Aérea.

Cambio de escena: Animador, exasperado a la luz de la luna y de la cámara.

—¿Dónde está mi brújula? —pregunta mientras se palpa los bolsillos. Se sienta en una roca. El haz de su linterna ilumina sus botas enfangadas—. Debe de habérmela robado ese cretino —dice, aunque sabe que es imposible. No ha visto a Exorcista desde que se ha separado del grupo y entonces llevaba la brújula. Sabe que la ha perdido él solito. —Las estrellas —añade mirando hacia arriba—. Puedo orientarme según las estrellas—. El follaje oculta el cielo, pero aunque no fuera así, Animador sería incapaz de identificar correctamente la Estrella Polar, y mucho menos orientarse gracias a ella—. Vale —dice—. Vale, vale, vale. Puedo hacerlo. —Lanza una mirada de súplica al cámara, que a su vez observa fijamente la pantalla de su aparato. Cuando Animador aparta la vista, el técnico apaga la radio y toca uno de los muchos accesorios que lleva enganchados al cinturón.

La linterna de Animador parpadea.

—No —suelta mientras la golpea contra la palma de la mano—. No, no, no.

La luz se apaga. El cámara pasa a visión nocturna. Animador se pone de pie y tira al suelo la linterna agotada. La cara verde y desenfocada del joven va mutando de la frustración al miedo. Durante unos treinta segundos se queda inmóvil mirando la linterna. Entonces piensa: Si me voy ahora, no perderé el semestre.

—Ad... —dice—. Ad tediosas... mierda. —Se dirige directamente al cámara—. Me rindo. —El cámara ajusta el encuadre—. No recuerdo la frase, pero renuncio. —Animador mete la mano en el bolsillo. ¡La tarjeta! La desdobla y se la pega a la nariz—. Ad... Ad...

Está demasiado oscuro para leer.

Vuelve a sentarse y hunde la cara en las manos.

—¡Jodeeeeeeeeeeeeer! —exclama. El espectador oirá una nota larga e inquietante.

No puede faltar mucho para que amanezca, piensa Animador. Lo único que necesita es un poco de luz para leer la frase. Unas horas, nada más. Esperará.

El cámara vuelve a tocar algo del cinturón. Los árboles empiezan a chirriar, un sonido que viaja en el viento y que poco a poco se convierte en un grito y luego remite. Animador piensa que está oyendo cosas que no existen, pero no es su imaginación la que le juega una mala pasada. Tras cuarenta minutos —diez segundos— de ese espeluznante ciclo, empieza a temblar.

Un alarido que hiela la sangre, a su espalda. Da un salto, gira sobre sus talones, no ve nada. Los árboles que le rodean sollozan, más alto.

Animador se vuelve de nuevo hacia su cámara.

—Venga, hombre —dice—. Ya basta, ya tengo suficiente. Me rindo.

Un silencio tan absoluto como la oscuridad. Los antinaturales sonidos de la noche han cesado para sopesar y rechazar su súplica. La repentina ausencia de sonido golpea a Animador como un puñetazo.

—Por favor —ruega mientras cae la primera lágrima. El chico avanza a tientas hacia el cámara—. Sácame de aquí, por favor.

Está a punto de entablar contacto físico.

Eso no puede permitirse.

Se enciende una luz minúscula en la parte inferior de la cámara. Animador se queda petrificado. La luz es tenue, pero lo bastante intensa para alumbrar una frase escrita con letra elegante bajo el objetivo. Animador casi cae de rodillas.

—*Ad tenebras dedi* —dice con la respiración entrecortada.

Fundido en negro.

Aparece el presentador, apoyado contra una pared exterior con las manos en los bolsillos.

—Uno menos —anuncia, y el primer episodio de *A oscuras* terminará con una sonrisilla suya.

9

Ahora me salen al paso caminos particulares más a menudo, y también alguna que otra granja. Sigo sin ver a nadie; estamos solas las cámaras y yo. Nos dijeron que esto iba a ser grande, lo nunca visto, pero aun así, la magnitud de la producción no deja de asombrarme.

Jamás nos dijeron que atravesaríamos zonas pobladas, aunque fuesen rurales.

Hay muchas cosas que jamás nos dijeron.

Un movimiento con el rabillo del ojo. Sé de inmediato que se trata de un animal. Me vuelvo hacia una casita blanca medio oculta por árboles de hoja caduca. Algo rápido y parduzco desaparece por el patio lateral. Tendría que seguir caminando. No debería poderme la curiosidad, pero hay algo en el descubrimiento que hice ayer que me ha vuelto más valiente, o temeraria.

Recorro con sigilo el camino de acceso que me lleva hasta el jardín delantero de la casa, doblo la esquina y fuerzo la vista.

Tres gatos retroceden al verme, bufando y con el lomo arqueado. Uno manchado, uno blanco y otro negro del todo o casi. Creo que el blanco lleva collar; veo algo rosa en su cuello. Me acerco un poco más. El manchado salta por una ventana abierta en el lateral de la casa. Los otros dos desaparecen por el patio.

Llevada por la curiosidad, me acerco a la ventana y miro dentro. Un dormitorio pintado de verde pistacho. Ropa de colores y unos cuantos animales de peluche desperdigados sobre una moqueta blanca como la leche. No capto los detalles de los muchos pósters que adornan las paredes, pero hay dos que parecen de grupos musicales y reconozco el diseño de un tercero, que pertenece a una película romántica de hombres lobo que estrenaron el año pasado.

El gato, que estaba detrás de la cama, se sube de un salto y cruza por encima del arrugado edredón. Observa cómo lo observo. Después avanza poco a poco y agacha la cabeza. Luego la levanta y vuelve a agacharla. Se diría que está comiendo. Parpadeo unas cuantas veces para enfocar la vista. El gato está comiendo, no cabe duda. Fijándome, consigo distinguir lo que come: una mano pálida e hinchada con las uñas oscuras. El animal mordisquea entre el pulgar y el índice, donde arranca un cachito carnoso que no sangra.

Durante unos segundos, me quedo atónita mirando.

No es una mano. No es una mano. Por supuesto que no es una mano, sé que no es una mano, pero estoy harta de tener que repetirme lo obvio. Estoy harta de que no parezca obvio.

Cierro los ojos y respiro, lentamente. No debo permitir que me alteren.

Abro los ojos y doy media vuelta. Empiezo a caminar. Cuando advierto movimiento al cabo de unos minutos, no investigo. Lo único que veo es la carretera abombada, que traza una curva y se adentra entre los árboles.

Horas más tarde, llega la hora de acampar. Construyo mi refugio y recojo leña. Arranco corteza para usarla como yesca y me llevo la mano a la presilla del pantalón.

Está vacía.

Se me hielan las entrañas. Aprieto los puños.

Mi encendedor sigue enganchado a mis viejos pantalones, abandonados en el suelo del baño de la tienda.

La pérdida me deja grogui. Me balanceo hacia atrás para

sentarme; el mundo se tambalea conmigo. No puedo volver. No puedo atravesar otra vez ese pueblo. No puedo perder dos días enteros; esto es una carrera y ya llevo desventaja. Tengo la garganta tan atenazada que apenas puedo respirar. Me cubro la boca y la nariz con las manos y me apuntalo la mandíbula con los pulgares. La proximidad vuelve transparentes mis dedos. Siento el tacto blando y afilado de la yesca contra la piel. Lo peor es que he perdido el encendedor y que ha sido solo por mi culpa; la causa no ha sido un Desafío perdido, sino la mera estupidez.

No tenía ni idea de que esto sería así. No dijeron nada de falsas pandemias o maniquíes disfrazados de cadáveres. No se habló de animatrónica ni de felinos salvajes; de pueblos vacíos y niños abandonados. No dijeron que estaría tan sola durante tanto tiempo.

No les daré la satisfacción de verme llorar.

Tres palabras y se acabó.

Cierro los ojos y me acaricio el borde de las cuencas oculares con la punta de los dedos. La piel se desplaza bajo la presión y se desliza a lo largo de los huesos orbitales.

Pensaba que esto sería divertido.

Ad tenebras dedi. No puedo decirlo. No puedo decirlo. El viaje es demasiado duro solo si yo soy demasiado blanda. No quiero ser demasiado blanda. No quiero ser dura. No sé lo que quiero ser. Superé la caminata nocturna. Superé el acantilado. Superé la cabaña azul y el muñeco. Superé el coyote. No será este el momento que me venza. No pienso rendirme, de ninguna manera. Puedo sobrevivir una noche sin fuego. Puedo. ¿Y mañana? Tengo la navaja multiusos. Puedo sacar una chispa con una de las herramientas. No necesito recurrir a frotar palitos como una desesperada. Mi pifia no es el fin. Día a día, paso a paso, llegaré a casa.

Me meto a gatas en mi refugio sin cenar y agarro fuerte la lente de mis gafas. Tengo el estómago tan revuelto como el pelo. Duermo mal y sueño con un bebé, nuestro bebé, que llora sin parar.

A la mañana siguiente asalto una gasolinera. Está bien surtida y no contiene maniquíes. Me procuro agua, cecina y cócteles de frutos secos; también unas cuantas latas de sopa con abrefácil. Cojo un paquete de compresas; tengo la sensación de que está a punto de venirme. Justo antes de salir, agarro de paso una cajita de caramelos de chocolate y menta. Mientras me alejo de la gasolinera, agito la caja como si fuera una maraca. La carretera se curva. Toco *La cucaracha*.

Intento animarme, pero no me sale. Mi improvisación musical no hace sino recordarme todo lo que he dejado atrás. Sentirme alegre, tomarme un momento de relax... Lo añoro. Y añoro la comida de verdad, modificar recetas para adaptarlas a mis gustos. Picar cinco dientes de ajo en vez de tres, echar un poco más de vino, elegir especias frescas en vez de secas. Añoro el olor del sofrito de cebolla y del pollo asado. El delicioso vapor de una olla de potaje de lentejas. Añoro la *bruschetta* casera con baguete tostada. Los tomates maduros del mercado, un puñado de albahaca morada y otro de tailandesa, cultivadas ambas en mi huerto.

—Perdón.

Añoro los cafés con leche. Conducir hasta la ciudad para tomarme un buen café una vez por semana, la espuma perfecta, con toda la grasa de la leche entera. Los críos con unos iPhone en la mesa de al lado, mamá y papá engullendo su café expreso y fingiendo que las madalenas son nutritivas. Los hipsters empujando cochecitos. Los perros de bolsillo atados a sus sillitas, ladrando y meneando la cola.

—Perdón.

Añoro las clases de yoga. El kickboxing y el spinning. Movimientos que generaban fuerza, en vez del agarrotamiento que noto de la cabeza a los pies. Añoro a la maestra de escuela parlanchina que siempre colocaba su esterilla a mi izquierda y al abogado maduro que practicaba sus directos y cruzados detrás de mí. El abogado me decía casi cada semana que me estaba quedando en los huesos; ahora estoy más flaca que nunca. Me pregunto si me estará viendo, si también me añora.

—Perdón.

Añoro los ojos oscuros y la risa alegre de mi marido. Su barba corta y morena, salpicada de blanco en la barbilla. Colores de pingüino, lo llamamos. Inexacto, pero divertido. Añoro nuestras bromas. Lo añoro a él. Nos añoro.

—¡Perdón, señorita!

Las palabras irrumpen en mi pensamiento. Palabras reales, pronunciadas por una persona que no soy yo. Paro y solo oigo mi corazón desbocado y el suave murmullo del agua. Luego unos pasos a mi espalda. Me giro.

Hay un joven negro vestido con una sudadera roja y unos vaqueros a unos pocos metros de distancia. Es más bajo que yo, delgado, y lleva el pelo muy corto. Tiene el blanco de los ojos enorme. Más allá de eso, no puedo apreciar gran cosa, solo que su pelo es pelo y su piel es piel, y que las letras de la sudadera palpitan suavemente con su respiración. Al estar vivo, es bello, como todo lo que representa: el fin de la soledad. Durante tres latidos mi corazón dice «Sí, sí, sí». Quiero envolver a ese extraño con mis brazos y decir: «Te he echado de menos».

Separo los labios. Estoy a punto de susurrarlo, pero no puedo. Esas palabras no son para ese hombre. Parpadeo una vez, con fuerza, y le recuerdo a mi corazón que esto es un juego. Me alejo un paso. Está aquí por un motivo, me digo. Quizá haya venido a ayudar.

—¿Qué quieres? —pregunto. La voz se me quiebra por falta de uso.

—Yo... —Parece nervioso. Tiene la voz suave, y no muy grave. Nada grave. No pasará de los dieciocho años y, además, ha madurado tarde. Las letras blancas de su pecho dicen: ¿AUGERS? Fuerzo la vista. No, RUTGERS. Es un universitario; como Josh, que también parecía muy joven—. Es que hace tanto que no veo a nadie más —dice. Me mira fijamente, como si quisiera demostrármelo.

No puedo fiarme de él.

—Busca a otro —le digo, y arranco a caminar otra vez.

—¿Adónde vas? —Se ha puesto a caminar a mi lado. Cuando ve que no le respondo, pregunta—: ¿Tienes algo de beber?

Hago acopio de toda la generosidad que soy capaz de reunir.

—Hay una gasolinera doblando esa curva. Consigue algo tú mismo.

—¿Me esperarás?

Me detengo y lo vuelvo a mirar con los ojos entrecerrados. No habrá sido fácil seleccionar a ese actor.

—Claro —respondo—. Te espero.

Abre los ojos con una emoción exagerada; creo que la intención es que parezca alegría.

—¿Doblando la curva? —pregunta.

—Doblando la curva.

—¿Estarás aquí?

Asiento.

Empieza a trotar lanzando miradas atrás cada pocos pasos. Se convierte en un borrón rojo y desaparece al doblar la curva. Me lo imagino corriendo a toda velocidad hacia los víveres, metido en su papel.

Espero unos segundos más y me meto en el bosque. Hago lo posible por no dejar rastro, aunque cualquiera con ojo de rastreador vería indicios de mi paso en la hierba alta. El chaval no tiene pinta de saber rastrear, pero es posible que disponga de acceso a las cámaras. Radio y GPS. Me muevo poco a poco, pero eso no importa. Llevo demasiado peso para avanzar en silencio y no paro de pisar ramitas frágiles y aplastar hojas que me es imposible esquivar. Un ciego podría seguirme. A lo mejor debería detenerme y punto, pero entonces no me acercaría a mi destino, quedaría atrapada aquí y...

Un aullido angustiado e inarticulado resuena en el bosque.

Me detengo y, con la inercia, la botella de agua golpea mi cadera. Oigo otro aullido y por la entonación comprendo que este contiene palabras, aunque no acierto a interpretarlas. Me digo que no debo volver y entonces lo hago. Abandono el bosque. En cuanto salgo, lo veo. Aquí la carretera es recta y no me he alejado mucho. Él corre hacia mí, serenándose a medida que se acerca.

—Me has dicho que esperarías —grita. Tiene los ojos rojos y sus mejillas sucias son deltas de río dibujados a escala.

Es mejor actor de lo que pensaba.

—Estoy aquí —digo—. ¿Dónde están tus cosas?

—Las he soltado —responde—. Al ver que no estabas.

Lo acompaño a recoger sus provisiones. Se han caído de las bolsas de plástico que debe de haber encontrado detrás del mostrador. Hay botellas, latas y paquetes oblongos tirados por la calzada; algunos todavía ruedan.

—¿No tienes mochila?

—Tenía una, pero la perdí.

No me gusta; es evidente que su personaje no es muy avispado. Mientras recogemos sus víveres —tantos refrescos como agua, y sobre todo dulces— me pregunta cómo me llamo. Durante un segundo, no lo recuerdo y luego miento.

—Mae —digo. Cojo el mes en que nací, pero le cambio el final. Siempre me ha gustado la apariencia de sabias que tienen las letras «a» y «e» cuando se escriben juntas.

Se me queda mirando. Tal vez sepa que estoy mintiendo. Tal vez le hayan dicho mi nombre.

—Yo me llamo Brennan —dice al final.

Nunca había conocido a un Brennan. Dudo que sea su nombre real. Claro que tampoco me importa. Desvío la mirada hacia su sudadera.

Empiezo a caminar. El universitario me sigue, con las bolsas de plástico en las manos, haciendo preguntas. Quiere saber más cosas de mí, de dónde soy, cómo he llegado aquí, adónde voy, dónde estaba «cuando pasó todo». Por qué, por qué, por qué. Casi espero que me entregue un segundo folleto. Inicio un juego: le cuento dos mentiras por cada verdad. Soy de Raleigh, me separé de un grupo de amigos cuando hacíamos rafting y llevo sola desde entonces; voy hacia casa. Pronto me decido a contar solo mentiras. Soy de una familia extensa, abogada medioambiental y mi comida favorita es la crema de cacahuete. Mis respuestas no se sostienen, pero él no parece darse cuenta. Creo que pregunta para oír mi voz y proporcionar a los editores algo más que yo caminando. Me pregunto cómo presentarán mis mentiras; si me llevarán aparte para que me explique con una confesión. Es algo que no hago desde mi pelea con Heather.

El chaval no dice nada sobre el ritmo de mis pasos ni yo menciono las gafas rotas ni que para mí se convierte en una neblina cuando se aleja a más de cuatro metros. Alrededor de mediodía deja de hacer preguntas el tiempo suficiente para quejarse:

—Estoy cansado, Mae.

También tiene hambre; quiere descansar. Caigo en la cuenta de que yo no he comido desde ayer y al recordarlo me mareo un poco. Me siento en un terraplén; él se sienta a mi lado, demasiado cerca. Me deslizo unos centímetros hacia el lado opuesto, bebo un sorbo de agua y saco la cecina de mi mochila. Él coge de su bolsa una chocolatina Snickers y un paquete de Skittles. Se derrumbará cuando se le pase el subidón de azúcar, pienso. Estoy a punto de ofrecerle un trozo de carne seca, pero entonces recuerdo que si tiene que parar, puedo dejarlo atrás. Miro cómo se echa en la mano un puñado de Skittles y se los mete en la boca.

Recuerdo mis caramelos de menta y chocolate. ¿Qué ha sido de ellos? Miro en los bolsillos y en la mochila. No los encuentro. No recuerdo haberlos tirado ni comido, ni nada que no sea haber agitado la cajita. Si no me falla la memoria, aún debería llevarlos en la mano. ¿A lo mejor los he metido en una de las bolsas de plástico sin darme cuenta? Me irrita no saberlo, pero no lo bastante para preguntar. Sigo royendo mi tira de carne seca, en silencio.

A pesar de su censurable dieta, el chaval me aguanta el ritmo durante toda la tarde. Parece que su juventud y mi miopía han anulado la diferencia entre nuestras comidas. Cuando el sol se encuentra a poca distancia del horizonte, dejo la carretera.

—¿Adónde vas, Mae? —pregunta.

—Por hoy ya paro.

—Hay casas vacías por todas partes —dice—. Busquemos unas camas.

Sigo caminando. Ojalá pudiera ir más deprisa sin arriesgarme a caer.

—Mae, venga. ¿Vas en serio?

—Ve tú a buscar una cama, yo dormiré aquí.

No nos hemos separado ni dos metros cuando comienza a seguirme.

Construyo mi refugio aprovechando una rama baja como travesaño. El chaval me observa y al cabo de unos minutos empieza a construirse uno para él. La rama que usa es demasiado alta, porque le llega casi hasta el hombro. Deja los dos extremos abiertos y lo cubre apenas con una capa escasa de hojas, por lo que la estructura tiene más de túnel de viento que de refugio. No digo nada; me da lo mismo que pase frío.

Recuerdo vagamente que en alguna parte leí que el cuarzo funciona bien como pedernal, de manera que recojo leña y a la vez hago acopio de piedras que brillen. Cuando tengo lista la yesca, cojo la roca más grande y limpio la tierra del borde afilado con la camisa.

—¿Qué haces, Mae? ¿Preparas una hoguera?

Extraigo varias de las herramientas de la navaja multiusos. No sé cuál servirá mejor para arrancar una chispa, pero el encendedor tenía un borde afilado y otro curvo, de manera que opto por probar con el mango del destornillador. Agarro la herramienta con la mano izquierda y la piedra con la derecha. Lo más probable es que me haga daño. Me pregunto si vale la pena el esfuerzo a cambio de una cena caliente en una noche cálida.

—¿De verdad sabes encender un fuego sin cerillas?

Se me cae el alma a los pies. Las gasolineras siempre tienen mecheros en el mostrador, o cerillas detrás. Ni siquiera he mirado. ¿Cómo he podido ser tan tonta... otra vez? Rabiosa, entrechoco piedra y acero mediante un movimiento descendente. No salta chispa, pero aún tengo todos los dedos. Vuelvo a intentarlo, y luego otra vez. El vendaje sucio que llevo en el dorso de la mano derecha empieza a soltarse. La piedra se descascarilla. Cojo otra y cambio el destornillador por la navaja más corta. Tendría que haberme llevado el absurdo arco de rodamiento que nos dieron por el Desafío en Solitario. Nunca conseguí un ascua, ni siquiera humo, pero tendría más posibilidades con aquel invento que a base de golpes como una cavernícola.

—No lo has hecho nunca, ¿verdad?

Apenas distingo su cara porque está oscureciendo. Me duelen las manos.

—¿Puedo probar?

Le paso la navaja multiusos y una piedra. Durante unos treinta segundos intenta sin éxito que salte una chispa y a continuación se incorpora de golpe.

—¡Ay! —Suelta las herramientas y se lleva la mano izquierda a la boca para chuparse el nudillo del dedo índice.

En mi siguiente golpe salta una chispa solitaria desde la hoja, que desciende flotando hacia la yesca; contengo la respiración mientras la observo. La chispa aterriza y luego se apaga. Demasiado tarde, acerco la cara al suelo y soplo.

—Repite eso. —No puedo evitar fulminarlo con la mirada—. Perdón —dice.

Cuatro golpes más tarde, salta otra chispa. Esta vez estoy preparada. Respiro; aparecen unas llamitas. El chaval lanza una exclamación de júbilo y descubro que yo también estoy sonriendo. En cuestión de minutos, una hoguera hecha y derecha crepita ante nosotros. Tengo la impresión de que es mi mayor hazaña desde hace semanas, quizá de toda mi vida. Miro de reojo al chico, que está calentándose las manos sobre las llamas. Veo sangre seca en su nudillo. Se me pasa el buen humor de golpe. No es la clase de persona con la que quiero compartir este momento.

Hiervo un poco de agua para rehidratar un paquete de estofado de ternera y saco el cuchador, que al final me he quedado. El chaval lanza miraditas a mi cena mientras mordisquea una barrita Butterfinger que se desintegra.

—¿Has cogido algo que no sean golosinas? —pregunto.

—Patatas fritas. —Saca una bolsa de chips artesanas y sus ojos vuelven a desviarse hacia mi estofado.

Escojo mis víveres con cuidado. No puedo darle nada.

Al cabo de unos minutos, se pone a toser con la mano en el pecho. Da un sorbo de agua y tose otra vez. Cuando ve que lo miro, grazna una explicación:

—Se me ha pegado la crema de cacahuete en la garganta.

A pesar de todo, me da lástima.

—Te propongo un trueque —le digo—. Te doy uno de ternera y brócoli a cambio de las patatas fritas.

Accede de inmediato. No quiero las patatas, que además ocupan demasiado. Abro la bolsa, extraigo el aire sobrante y la enrollo para cerrarla. Después la meto a presión en la mochila.

El chaval echa agua caliente en la bolsita de la ternera con brócoli y la cierra con los dedos.

—¿Cuánto tiempo? —pregunta.

Ataco otra vez mi comida con el cuchador. Él me mira mientras mastico.

—Diez minutos —respondo al cabo de un momento.

Vuelve a ojear mi estofado, pero ya le he dado suficiente. Cuando se pone a engullir su ración después de apenas un par de minutos, oigo cómo chapotea por la bolsa el agua que no se ha absorbido y cómo cruje cada bocado bajo sus dientes. Se toma un respiro para limpiarse la cara con la manga. La luz de la hoguera se refleja en algo que lleva en la muñeca. Una pulsera, pienso, pero entrecierro los ojos y enfoco lo suficiente para distinguir un óvalo que contrasta en color y textura.

No es una pulsera; es un reloj.

Las reglas prohibían cualquier aparato electrónico. No podíamos llevar teléfono móvil ni navegador GPS, ni tampoco relojes de pulsera, de bolsillo o de cualquier otra clase. Mi marido y yo nos reímos al repasar la lista, y él preguntó: «¿Quién tiene un reloj de bolsillo?».

Este chico, no. Él tiene un reloj de pulsera. Le miro fijamente la muñeca, con el estómago revuelto, y entonces caigo: por eso está aquí.

Es el cámara.

Hay una cámara en el reloj, y quién sabe dónde más: en la hebilla del cinturón, escondida en las costuras de la sudadera. También micrófonos. Está en las antípodas de Ualabí, porque es parlanchín y molesto, lo que significa que no solo ha venido a grabar, sino que también es un Desafío. Han hecho que parezca joven e indefenso, pero no lo es. Cada acción y cada palabra forman parte del mundo que están creando. Porque no es un cámara cualquiera; le han concedido un nombre.

Al terminar de cenar, voy a hacer un pis. Cuando vuelvo, las deportivas de Brennan asoman por el extremo de su lamentable refugio. Ronca y lo odio por ello. Piso una ramita, que se parte pero no lo despierta. Pienso en la linterna que llevo en la mochila. Podría dejarlo aquí. Ni siquiera tendría que alejarme mucho, una hora o dos caminando y no me encontraría jamás. Pero esto no es como lo que hizo Randy; a él lo ayudarían. Es una pieza, no un jugador, y parece que quieren que me acompañe. Aun así, la idea me tienta, aunque solo sea para complicarles la vida, para que este crío sienta una mínima parte de lo que he sufrido yo. Al final, sin embargo, decido que dormir es más importante que una venganza mezquina. Me meto en mi refugio y tiro de mi mochila hacia dentro. Estoy tan cansada que me duermo a pesar de los ronquidos y bufidos de Brennan.

Me despierta un grito, tarde. Un bebé, una fiera, me asaltan mis miedos. Me revuelvo contra ellos, pero tras unos segundos de pánico me doy cuenta de que no me ataca nadie. El sonido ha cesado. Con el corazón desbocado, salgo a rastras. Veo a

Brennan temblando, con las rodillas contra el pecho. Lanza un chillido, breve y agudo. El grito era suyo y sigue dormido, o por lo menos lo finge.

Obstáculo número mil treinta y siete del Desafío en Solitario: soportar los terrores nocturnos de un desconocido. Genial.

La adrenalina no me dejará conciliar el sueño. Me siento junto al fuego moribundo y atizo la ceniza con un palo mientras contemplo la noche. Un murciélago cruza el firmamento y pienso en mi luna de miel. Recuerdo el calor de los brazos de mi marido en torno a mí cuando hace tres años nos sentábamos en el balcón del hotel junto al lago, a observar los murciélagos al anochecer. La recuerdo moviendo la mano con disimulo hacia mi cabeza y posándola encima. Y yo apartándome y gritando en broma «¡Quítamelo!». Y recuerdo que volví a sus brazos y todo lo que siguió. Al día siguiente fuimos a nadar al lago y, cuando pisamos sin querer la muralla de arena de una niña pequeña, mi marido se agachó en el acto para ayudarla a repararla. Mi reacción instintiva fue quedarme allí plantada pensando: Oh, no.

El balcón. Los murciélagos. La mano de mi marido en mi melena. Si estuviera ahora conmigo, no podría pasar los dedos entre tantos enredos. Me tapo el pelo con la capucha y contemplo las brasas, medio ciega. Daría lo que fuera por estar otra vez allí, con él. Haría lo que fuese.

Lo que fuese, menos rendirme.

Por la mañana, Brennan está animado, casi alegre. Las preguntas de ayer son las afirmaciones de hoy. Mientras andamos me habla de su familia, su pez mascota —un pez luchador de Siam—, su instituto y su equipo de baloncesto. No le pregunto por la sudadera; no le pregunto por nada y, aun así, se tira hablando la mayor parte del día, parloteando como una criatura que acabase de descubrir el habla. Intercala frases como «Antes de que todo el mundo se pusiera enfermo» y «Un médico que salió por la tele dijo...». Cuando me sale con el ébola como arma biológica, casi me echo a reír y estoy a punto de gritarle como hice con Heather. Es su trabajo, me recuerdo. Por eso está aquí, para grabar y crisparme. No puedo dejar que me afecte. Hago oídos sordos lo mejor que puedo y sigo caminando.

Esa noche sus gritos me despiertan otra vez, y pienso que preferiría vérmelas con una manada de hostiles coyotes robot. Pero tengo que aguantarme, tengo que aguantarlo todo, porque es el cámara.

A oscuras: ¿La sorpresa?

¿La única manera de dejar el concurso es hablar latín? ¿Esa es la sorpresa? Viendo los anuncios pensaba que a estas alturas ya se habrían vuelvo caníbales. Pero los mapas son chulos y el survivalista es la caña, o sea que le daré otra oportunidad. Además, me partí viendo llorar al gay en el bosque.

enviado hace 33 días por Coriander522

242 comentarios

mejores comentarios

ordenado por: **viejo**

[-] 3KatRiot hace 33 días

Como la mayoría de los *realities, A oscuras* ofrece una representación totalmente errónea de la supervivencia en la naturaleza. Ese «desafío» del mapa y la brújula no daba ni para excursión de colegiales. Cualquiera de los concursantes no duraría ni un día en una situación real de supervivencia. Excepto el Superviviente Cañero, en eso te doy la razón.

[-] Velcro_Is_the_Worst hace 33 días

Pse. Para verlo si no hay nada mejor.

[-] LongLiveCaptainTightPants hace 33 días

Os saltáis lo esencial: ¡todo esto acaba de pasar hace nada! ¡Están ahí AHORA MISMO! Y un poco de paciencia, que solo llevan un episodio. Les falta rodaje. El viernes es la primera final (¿una final por semana? ¡Cómo mola!), por lo menos dadles un margen hasta entonces. Yo lo haré.

> [-] 3KatRiot hace 33 días
>
> No por eso es una representación fidedigna de la supervivencia en la naturaleza. Además, para grabar esta payasada están clausurando todos esos senderos y zonas de acampada públicos. Es un ejemplo de lo peor de Estados Unidos.
>
>> [-] LongLiveCaptainTightPants hace 33 días
>>
>> Ellos no lo venden como una representación fidedigna de la supervivencia en la naturaleza. La gracia del programa no es salir adelante en el bosque, sino llevar al límite a las personas, ver hasta dónde llega cada concursante antes de rendirse. Lo dejaron claro, a su

manera, al darles la contraseña de seguridad. Y si quieres hablar de lo peor de Estados Unidos, estoy seguro de que tendrán un hilo sobre el tema aquí.

[-] HamMonster420 hace 33 días

No puede haber una «final semanal». Si hay una cada semana, no es una final.

[-] Velcro_Is_the_Worst hace 33 días

El programa necesita más tías buenas.

> [-] EarCanalSurfer hace 33 días
>
> Yo no me canso de ver agacharse a la pelirroja.
>
>> [-] Velcro_Is_the_Worst hace 33 días
>>
>> Qué va, demasiado flaca. Es increíble que le quepan las tripas.
>
> [-] 501_Miles hace 33 días
>
> A mí me gusta la rubia. ¡Tiene iniciativa! Y una sonrisa genial.
>
>> [-] Velcro_Is_the_Worst hace 33 días
>>
>> ¿En serio? Prefiero mil veces a la Tetas.

[-] CharlieHorse11 hace 33 días

¿Dónde están los volcanes de ácido? ¡EXIJO VOLCANES DE ÁCIDO!

...

10

Por la mañana, los once concursantes que quedan se reúnen delante de la cabaña de troncos, murmurando sobre el duodécimo, que ha desaparecido. Un becario se pasea entre ellos, cambiando las pilas de las petacas de los micrófonos, que tienen el tamaño de una caja de cerillas. El presentador se les acerca. Sostiene una mochila negra idéntica a la que llevan todos los concursantes. A su derecha, en el suelo, hay un gran cubo de plástico y, a su izquierda, un poste alto de madera clavado en el suelo.

—Tenemos nuestra primera baja —anuncia el presentador.

Mete la mano en la mochila y saca el cuchillo y el pañuelo rosa de Animador; lo clava en la parte central del poste con una violenta puñalada. Tras unos segundos de atónito silencio, los concursantes empiezan a susurrar:

—¿Se ha rendido?

—¿Crees que se hizo daño?

—Seguro que le dio miedo la oscuridad.

—Qué más da.

El presentador capta su atención con un imperial paso adelante.

—Y ahora ha llegado el momento de repartir sus cosas.

Habla con una voz desenfadada y alegre, un tono sorprendente e intencionado que contrasta con su brusco uso del cuchillo. Saca de la mochila las bolsas de basura de Animador y le da una a Fuerza Aérea y otra a Médico Negro. Exorcista se adelanta para coger la tercera, pero el presentador le vuelve la cara para mirar al grupo de concursantes que integraba el equipo de Zoo. Entrega a Camarera la bolsa de basura doblada.

—Quería que esto lo recibieras tú.

Camarera acepta el plástico negro con una mezcla de reverencia y remordimientos. Aunque le cruje el cuello, esta noche ha dormido sobre un colchón y ha podido ducharse por la mañana. Se siente mucho mejor que ayer. Pero no está muy segura de qué pensar de esa herencia; ella no le habría dado nada a Animador.

A continuación el presentador saca de la mochila una botella de agua. Está llena: aunque no se mencionará, cada vez que un concursante se rinda, se llenará su botella con agua limpia antes de entregarla al siguiente propietario.

—En cuanto a esto, es para... —El presentador pasea la mirada por los concursantes mientras camina de derecha a izquierda y viceversa, regodeándose. Camarera es la única que no quiere el agua; ya tiene tres botellas y pesan mucho.

En este momento se mostrará la entrevista de despedida de Animador, intercalada con imágenes del momento en que un guía no identificado y vestido de negro lo sacaba del bosque.

—¿Que si creía que sería el primero en caer? —dice—. No, pero ¿quién lo piensa? —Está en el asiento trasero de un coche. Las ventanillas están tintadas—. No me arrepiento de haber participado, pero he tenido suficiente, estoy listo para marcharme a casa. La verdad es que no me importa quién se quede mis cosas.

El presentador se sitúa delante de Médico Negro.

—El doctor no es mala persona —dice Animador—. Y le preocupa mucho tener agua potable. Dádsela a él, digo yo. A cualquiera que no sea Randy. —Los músculos de su cara se contraen en una mueca de odio por un instante, casi demasiado rápido para apreciarse. Cierra los ojos y se arrellana en su asiento—. No veo la hora de llegar a casa.

Médico Negro acepta la botella con solemnidad, y el presentador sigue adelante.

—Nuestro segundo Desafío en Equipo tendrá lugar hoy —anuncia—. Pero antes, un Desafío en Solitario para decidir los equipos. —Señala el cubo con la mano y se obsequia a los espectadores con una imagen de lo que contiene: agua marrón en la que flotan abundantes fragmentos orgánicos no identificables.

La cámara hace una panorámica y revela una mesa con otros dos cubos encima. Uno contiene arena y el otro pedazos de carbón. Al lado de los cubos hay once botellas de refresco de dos litros, sin las etiquetas. Zoo tiene la mano en el bolsillo, donde aprieta un pañuelo azul hecho una bola. El presentador explica lo que ella ya se espera: usando los objetos de la mesa, además de los pertrechos que ya obran en su posesión y todo lo que puedan recoger sobre el terreno, los concursantes deben filtrar el agua. Disponen de treinta minutos.

—Debéis tener por lo menos un vaso filtrado para el final del Desafío o quedaréis descalificados. Ganará quien obtenga el agua más transparente.

La media hora del Desafío quedará comprimirá en tres minutos. Buena parte de ese tiempo se centrará en Zoo, que se pone manos a la obra enseguida y sierra por la mitad una botella de dos litros con su cuchillo, para luego practicar una serie de agujeritos en el fondo. La llena de polvo de carbón húmedo, bien prensado, y coloca encima una capa de arena, seguida de guijarros y briznas de hierba. Usando la mitad superior de la botella cortada, coge agua sucia y la vierte en su filtro improvisado. Después lo sostiene sobre su vaso de muestra y espera. Mientras el agua de Zoo desciende poco a poco, Rastreador termina de moler su carbón hasta reducirlo a ceniza y empieza a construir el filtro. Los demás observan a una y otro y los imitan con diverso grado de éxito.

—Ayer pensé que era un gesto noble por su parte usar el

pañuelo para la ceniza —dice Nena Carpintera mientras golpea el carbón con una roca—. Supuse que sería lo más difícil de limpiar. Es un asco que lo tenga ahora, pero me alegro por ella, la verdad. A mí no se me habría ocurrido guardarlo.

—Eso es inteligencia— comenta Ingeniero.

—Eso es suerte —replica Camarera, que pincha su botella de dos litros con el cuchillo sin demasiada convicción.

El agua de Zoo ha llenado el vaso medidor pero conserva cierta tonalidad entre amarillenta y marrón.

—Diez minutos —dice el presentador. Zoo retira toda la máxima cantidad de porquería de la capa superior de su filtro, pone hierba limpia y vuelve a echar el agua que ya ha pasado una vez por el proceso.

El filtro de Banquero es un remolino fangoso, y su vaso está seco.

—¿Crees que se enterarán si lo lleno con esto y punto? —pregunta Médico Negro, enseñando la botella que ha heredado de Animador.

Ranchero, Fuerza Aérea e Ingeniero se defienden. Casi tan bien como Rastreador. De no ser por la ventaja que les lleva Zoo, sería una carrera.

—¡Tiempo!

Camarera y Banquero apenas tienen agua en el vaso. A Exorcista le falta un tercio de la capacidad. Los tres quedan descalificados. Entre los ocho restantes, hay una clara ganadora. El agua de Zoo no está cristalina, pero sí mucho menos amarilla que el resto. El vaso de Biología está como si lo hubiera llenado directamente del cubo.

—Enhorabuena —le dice a Zoo el presentador—. Como recompensa, podrás formar los equipos para nuestro próximo Desafío. Parejas, pero con un equipo de tres a causa de la... «imparidad» del grupo. —Eso a los productores no les gustará; tendrá que regrabar la frase más tarde, sin chistecito.

—¿Recibiré alguna información sobre el Desafío antes de elegir? —pregunta Zoo.

—No. ¿A quién quieres de compañero?

Ingeniero intenta no sonreír; será él. Tiene que ser él: pescaron juntos un pez.

Zoo no vacila y elige a Rastreador. Ingeniero se derrumba en silencio. Zoo lo empareja con Nena Carpintera porque cree que juntos trabajarán bien. Su siguiente jugada separa la incipiente alianza, pues empareja a Fuerza Aérea con Biología y a Médico Negro con Banquero. Eso deja a Ranchero, Camarera y Exorcista en el equipo de tres.

El presentador les indica a todos por señas que lo sigan. Los conduce hacia el oeste, en dirección al campo del día anterior. La caminata que sigue se pasará por alto. ¡Han llegado! Están al pie del barranco meridional, el que visitaron tanto Biología como Exorcista durante el Desafío de la última noche. En esta ocasión, de la cima de la pared cuelga una cuerda color salmón que está enganchada a dos troncos de árbol y un pequeño peñasco hundido.

Banquero sonríe.

—Bien —dice. Al ver que Médico Negro lo mira con curiosidad, añade—: Esto está chupado.

—Ni de coña —protesta Camarera. El editor decide que esta será su frase típica—. Ni de coña. Odio las alturas.

Exorcista la mira con condescendencia.

—Solo son unos diez metros.

Ranchero examina la pared del precipicio y luego la cuerda.

—¿Tenemos que escalar eso? —pregunta. No está claro quién tiene más miedo, si él o Camarera.

El presentador da un paso al frente para situarse justo al pie del barranco y tira de la cuerda con una mano.

—Escalada en roca —dice—. Quizá no sea una habilidad esencial para la supervivencia en la naturaleza, pero puede sacarnos de más de un apuro. Además —añade exhibiendo su inmaculada sonrisa—, es divertida. La primera parte de este Desafío consiste en que un miembro de cada equipo llegue a la cima lo antes posible. El tiempo que tardéis marcará el orden de partida para la siguiente fase. —Se vuelve hacia Zoo—: ¿Quién empieza?

Zoo no ha oído el confiado comentario que le ha hecho Banquero a su pareja, y se pregunta si alguno de los concursantes será buen escalador. Ella ha ido unas cuantas veces al rocódromo con amigos, pero nunca ha escalado al aire libre. Tras pensárselo un momento, decide que empiecen Biología y Fuerza Aérea.

—¿Has escalado alguna vez? —le pregunta el segundo a su compañera.

Biología niega con la cabeza.

—¿Quién subirá? —pregunta el presentador.

—Yo —responde Fuerza Aérea.

Un salto en el tiempo. Tanto Biología como Fuerza Aérea llevan casco y arnés. Todos los concursantes han recibido una lección fuera de cámara sobre cómo tensar y recoger cuerda mientras el escalador asciende —Banquero, al ver el equipo, comenta desdeñoso que «Cualquiera puede asegurar con un grigri», pero ayuda a Médico Negro cuando se confunde— y un guía que jamás aparecerá en el plano se sitúa detrás de Biología para intervenir en caso de necesidad. Atan a Fuerza Aérea y enganchan el dispositivo de frenado al arnés de Biología. Las cintas del arnés que sujetan las piernas le enmarcan el trasero y le levantan las dos nalgas, y el cinturón va ajustado a escasos centímetros de los pechos, como para subrayarlos. La cámara se recrea con descaro.

—He escalado paredes de madera, pero nunca una de piedra —dice Fuerza Aérea. Su pelo corto está grasiento y le brilla la piel por el sudor. Una mancha de suciedad le baja por el cuello en el punto en que se ha rascado una picadura de mosquito. Él y Médico Negro son los únicos que no han podido ducharse desde el Desafío nocturno—. A ver qué tal. —Se detiene un instante—. ¿El tobillo? Me encuentro mejor. Todo irá bien.

—¡Y adelante! —exclama el presentador.

Fuerza Aérea no tiene experiencia suficiente para escalar la pared del precipicio a toda velocidad y lo sabe. Se plantea por dónde empezar. Cualquier escalador que esté mirando pensará lo que Banquero ya sabe: esta ruta es un 5,5 —o un 5,6 facilito, como mucho—, una escalada en adherencia con agarres que casi parecen asas. Es un Desafío más mental que físico.

Fuerza Aérea toca la roca que tiene sobre la cabeza y luego se sube a una repisa situada a la altura de la rodilla. Ya ha dejado el suelo. Biología recoge la cuerda suelta a través del mecanismo de bloqueo. Está tensa; cree de verdad que tiene una vida ajena en sus manos. Detrás de ella, el guía sujeta la cuerda para asegurarla. Fuerza Aérea emprende el ascenso, agarrado a la roca y con el cuerpo muy pegado. Está empleando demasiado los brazos; pronto tiene los antebrazos cansados y le duelen los dedos. Está a medio camino. Se toma un descanso con la mejilla pegada a la roca fresca y mira hacia abajo. La vista no lo asusta; no está en su elemento, pero mantiene la calma. Sacude las manos, una detrás de otra, y sus dedos trepan hasta el siguiente agarre.

Cuando han transcurrido cinco minutos y cuatro segundos del Desafío, golpea con la sucia palma de la mano la X marcada con cinta blanca en la cima. Biología recoge los últimos centímetros de cuerda y entonces Fuerza Aérea se sienta en el arnés y se deja caer por la pared. Biología suelta el freno y su compañero baja el barranco haciendo rápel. Ella no respira hasta verle tocar el suelo.

—¿Quién es el siguiente? —le pregunta a Zoo el presentador.

La ganadora de la prueba anterior señala al trío.

—Y ascenderé a los cielos —dice Exorcista. Hace crujir los nudillos y luego ataca la pared, correteando roca arriba como un escarabajo. Camarera está de suplente; Ranchero pasa apuros para recoger cuerda lo bastante deprisa. El movimiento no le resulta familiar y no acaba de seguir el ritmo.

Exorcista resbala y se precipita hacia el suelo dando zarpazos con las manos y los pies. Camarera chilla. Exorcista se detiene de sopetón a media caída; Ranchero se eleva hasta quedar de puntillas y sale disparado hacia delante, con ambas manos agarradas a la cuerda por debajo de la cintura. Su mecanismo de bloqueo aguanta. Exorcista se balancea hacia la izquierda, revolviéndose y golpeándose contra la roca. Cuando por fin se queda quieto, colgando como un trapo de su arnés, tiene sangre en la cara y las manos.

En este momento los espectadores ven a Exorcista desde arriba, cuando la cámara dron desciende en picado desde la invisibilidad para hacer un zoom en su cara pálida y sudorosa. La frente y la mejilla izquierda parecen cubiertas de pintura de guerra, embadurnadas con la sangre de los arañazos de la palma de la mano y de la punta de los dedos. Tiene la mandíbula tensa y sus almendrados ojos castaños como platos.

—¿Puedes seguir? —pregunta el presentador.

Exorcista asiente con gesto tenso. Flaquea su bravuconería de inspiración divina. Por primera vez desde el inicio del rodaje, se le ve asustado. Su miedo hace que parezca más real, como una persona en vez de una caricatura. Los productores se preocupan; no lo escogieron para eso. Pero le conceden al editor ese momento. También ellos sienten curiosidad por ver adónde irá a parar aquello.

Pasa un minuto entero, unos pocos segundos para el público, hasta que Exorcista recobra la compostura. Cuando reemprende la escalada, se mueve con una cautela impropia de él.

—Caramba —comenta Nena Carpintera—. Los tiene bien puestos.

Ingeniero asiente; no cree que él fuese capaz de seguir trepando después de una caída como esa.

En términos generales, el respeto que los concursantes sienten por Exorcista aumenta un poquito; de cero a uno en una escala todavía por determinar.

Exorcista termina con un tiempo de nueve minutos y treinta y dos segundos.

Los siguientes son Banquero y Médico Negro. Desde el primer movimiento salta a la vista que Banquero es un escalador experto. Asciende por la pared como si flotase, con eficacia y delicadeza. Su escalada se intercalará con una confesión a cámara:

—Voy a los Shawangunk la mayoría de los fines de semana de verano, y el año pasado escalé El Capitán. Este Desafío es genial para el conjunto de mis habilidades. Estoy bastante seguro de que voy a salir airoso. —Palmea la x blanca al cabo de apenas un minuto y cuarenta y cuatro segundos. Ni siquiera tiene la respiración agitada. Médico Negro lanza una exclamación de triunfo mientras baja a su compañero. Exorcista entrecierra los ojos.

—¡Vaya! —exclama Zoo—. Muy bien. —Se vuelve hacia Ingeniero y Nena Carpintera—: Vuestro turno. Buena suerte.

Por primera vez, una mujer se pone el arnés para escalar.

—No sé —dice Nena Carpintera en el confesionario—. Las alturas nunca me han asustado demasiado. Casi diría que me gustan. Algunos de mis días favoritos en el trabajo han sido en tejados. Esto parece divertido.

Nena Carpintera es baja, lo que limita el alcance de sus brazos, pero también es ligera y muy flexible, vestigios de una pasión infantil por la gimnasia. Y aunque la escalada no parece tan fácil al verla a ella como a Banquero, sus movimientos transmiten confianza. Toca la x a los cuatro minutos y trece segundos, lo que los sitúa a ella y a Ingeniero en segundo lugar.

Llega el turno de Zoo y Rastreador.

—En parte me siento como si debiera ofrecerme voluntaria para escalar —dice Zoo mientras Rastreador se ata—. Como si tuviese que enfrentarme a todo, por temible o difícil que sea. Pero también hay que tener en cuenta la estrategia, y en este caso está claro que mi compañero lo hará mejor que yo. En fin, ¿lo visteis con aquel árbol el otro día? Es como un mono. O un gato. —Se ríe—. Un gato-mono. Suena simpático, ¿verdad? —En internet proliferarán las acusaciones de racismo; Zoo se horrorizaría si lo supiese. Lo único que quería decir es que trepa bien.

En la pared de roca, Rastreador carece de la experiencia de Banquero, pero domina el movimiento y domina su cuerpo. Trepa con rapidez y soltura hacia la cima. El cronómetro avanza.

—Ha pasado un minuto —anuncia el presentador.

Rastreador acaba de superar el punto intermedio. Le quedan cuarenta y tres segundos si quiere vencer a Banquero. Quiere ganarle... pero también conoce sus límites. Sus dedos están reconociendo la roca, sus ojos y cerebro cooperan para determinar por adelantado los mejores agarres.

—¡Un minuto treinta!

Está cerca de la cima, pero ¿será suficiente? Médico Negro aprieta el hombro a Banquero.

—Uno cuarenta y cuatro —dice el presentador.

Médico Negro y Banquero chocan los cinco.

Catorce segundos más tarde, Rastreador alcanza la x. Él y Zoo terminan en segundo lugar.

Entre retrasos y transiciones, el Desafío ha durado horas. La fruta proporcionada en la cabaña la devoraron hace tiempo. Ranchero aún lleva una hamburguesa en la mochila y Banquero, un puñado de espárragos flácidos. Rastreador se ha acabado los restos de pollo por la mañana; prefiere ingerir calorías cuanto antes mejor.

—Me muero de hambre —anuncia Ingeniero.

A Biología solo le quedan unas pocas barritas de proteínas y ya no las comparte.

El presentador ha desayunado huevos y salchicha. No ha habido tiempo para almorzar, pero se ha comido una chocolatina Snickers y se ha bebido una Coca-Cola Zero entre escalada y escalada, de espaldas a los concursantes. Tiene ganas de despacharlos a la siguiente etapa del Desafío para poder comerse un sándwich. Pero antes, más tiempo perdido. Los concursantes deambulan por la zona, ansiosos por saber qué les espera a continuación. Al cabo de unos minutos, llega un becario corriendo desde el sur.

—¡Perdón, perdón! —Es un veinteañero regordete y pálido. Lleva a cuestas un talego enorme que entrega al presentador.

—Ya era ahora —-dice este, mientras los concursantes reciben órdenes de ponerse en fila delante de él.

El talego contiene cinco mapas enrollados, uno por equipo. El presentador enseña uno haciendo una floritura con la mano.

—La fase siguiente de este Desafío en Equipo es más difícil que cualquier cosa que hayáis hecho hasta ahora. Y más larga. Dentro del mapa, encontraréis una Pista impresa que os conducirá a un punto donde os espera otra Pista. La tercera y última Pista os guiará hasta el final del Desafío. —Hace una pausa—. No acabaréis hoy. —Varios de los concursantes rezongan y sus murmullos sirven de telón de fondo para la voz del presentador, que prosigue—: El orden en el que emprenderéis esta travesía dependerá de cómo hayáis acabado la escalada. —Entrega a Banquero uno de los mapas enrollados—. Vosotros dos saldréis los primeros, seguidos de los demás en intervalos de diez minutos. Vuestro tiempo empieza ahora.

Banquero y Médico Negro corren a recoger sus pertrechos y luego se alejan unos siete metros para desenrollar su mapa. Los demás deambulan; Camarera se sienta, apoya la espalda en un árbol y cierra los ojos.

El nuevo mapa es topográfico y cubre muchos más kilómetros cuadrados que cualquier otro plano que hayan enseñado antes a los concursantes. Formas redondeadas, nunca del todo concéntricas, donde las úes y las uves del agua corriente hablan del terreno. Cerca de la esquina inferior izquierda hay un punto que marca el lugar donde se encuentran los concursantes. La calzada de tierra de la noche anterior parece muy cercana a esta escala. Un rollo de papel metido en el mapa reza:

Una peña toma el sol en el meandro de un arroyo. Cuando pasa el mediodía, el pico más alto de la región proyecta una sombra profunda. Escondida en la oscuridad más alejada, espera vuestra siguiente Pista.

—Vale —dice Médico Negro—. Está bastante claro, ¿no? Tenemos que encontrar una peña en un arroyo situado al este de la montaña más alta. ¿Dónde está eso?

Banquero pasa el índice por el mapa, repasando curvas de nivel.

—Aquí —dice—. Esta es la más alta.

—Y hay una línea azul —señala Médico Negro—. Pero no veo la peña.

Banquero ahoga una carcajada; no quiere ser grosero. Médico Negro no se da cuenta de su sonrisa, pero los telespectadores sí.

—No creo que la peña salga en un mapa así —dice—. A esta escala. Tenemos que buscar el meandro.

—Ah, vale. Entonces es... ¿esto? —Médico Negro toca el mapa con el dedo índice.

Sobre este particular brotará un hilo de comentarios inesperados: los dedos gruesos de Médico Negro. «¿Cómo puede usar un visturí con esos dedazos?», preguntará una usuaria; ve con claridad la raya roja del corrector ortográfico antes de darle a «Enviar», pero le trae sin cuidado. Otro dirá: «¡No quiero que me opere con esos nudillos peludos!». Una solitaria voz de la sensatez explicará a la gente que en realidad no puede evaluarse la destreza de una persona mirándole los dedos y que, además, ni siquiera se sabe qué clase de médico es. Y es verdad: Médico Negro no es cirujano, sino radiólogo, y sus dedos rechonchos cumplen su cometido sin problemas.

—Yo diría que eso es el meandro —dice Banquero—. Veamos: ¿cuál es la mejor manera de llegar hasta allí?

Se turnan para manejar el mapa, intercambian ideas y al cabo de unos minutos se deciden por una ruta que en su mayor parte implica seguir cauces de agua contracorriente. Comprueban sus brújulas y se meten en el bosque.

Cuando Zoo y Rastreador reciben su mapa cuatro minutos más tarde, localizan su destino casi de inmediato, y Rastreador ve una cosa que a Médico Negro y Banquero se les ha pasado por alto: la gigantesca franja blanca que atraviesa el abundante sector verde del mapa, al este del arroyo que baja de la montaña.

—Sugiero que sigamos este claro en dirección norte y luego tracemos un rumbo hasta el extremo septentrional del meandro —dice.

—Suena genial —señala Zoo con una carcajada—. Pero tendrás que explicarme qué es eso de «trazar un rumbo».

Rastreador no entiende de qué se ríe. Ni la pregunta ni su ignorancia le parecen divertidas. Pero son compañeros, de momento, y por lo tanto responde.

—Es usar la brújula para determinar en qué dirección debe avanzarse y luego seguir ese derrotero de un punto de referencia a otro en una zona donde, de otro modo, resultaría muy fácil errar el rumbo.

—¡Ah! —exclama Zoo—. Eso es lo que hicimos nosotros anoche, más o menos.

Rastreador la mira, parpadea y luego saca la brújula y la coloca en el suelo encima del mapa. Desplaza un poco el papel para que el norte del plano coincida con el de la brújula y después gira el limbo para apuntar a su destino con la aguja de dirección.

—Treinta y ocho grados —dice, más bien para sus adentros—. Así llegaremos al campo. Aunque... —Escudriña el perímetro del mapa.

—¿Qué buscas? —pregunta Zoo.

—La declinación —responde Rastreador. Hay letra pequeña, pero no la que él busca—. No viene. Por aquí tiene que ser de al menos cinco grados. Por lo tanto, nos salen cuarenta y tres grados. Ese es nuestro rumbo.

Zoo fija su brújula en el cuarenta y tres y la sostiene perpendicular al pecho. Rastreador dobla el mapa de manera que su posición actual quede a la vista.

—¿Ese árbol seco? —pregunta Zoo.

Un abedul caído y en descomposición es el punto más lejano que distingue siguiendo esa línea.

—Por qué no —dice Rastreador.

Arrancan a caminar.

—He oído hablar de la declinación —confiesa Zoo—, pero debo serte sincera: no tengo ni idea de qué es.

Rastreador no responde. Ya ha hablado más de lo que le gustaría.

Zoo le concede unos cuantos pasos de silencio y luego insiste.

—Y bien, ¿qué es la declinación?

—La diferencia entre el norte verdadero y el norte magnético —transige Rastreador. La expresión de curiosidad de Zoo lo espolea a explicarse más—. Los mapas están orientados según el norte verdadero, el polo norte, y las brújulas apuntan al norte magnético. Tener en cuenta la declinación corrige esa diferencia.

—Ah.

Zoo intenta, sin éxito, moverse de forma tan silenciosa y grácil como Rastreador. Una rama cruje cuando la pisa y esboza una mueca. El cámara que los sigue hace más ruido todavía que ella. Tropieza y está a punto de caer. Zoo se dispone a preguntarle si se encuentra bien, pero interrumpe el gesto. No está aquí, se recuerda a sí misma. Y se ríe otra vez, pensando: Si un cámara se cae en el bosque y nadie se gira a mirar, ¿hace ruido?

Rastreador curva ligerísimamente la boca y la espalda.

El siguiente equipo que recibe el mapa es el formado por Nena Carpintera e Ingeniero, que se ponen en marcha en cuestión de unos instantes, al igual que Fuerza Aérea y Biología, nada más recibir el suyo.

Pero el último grupo, el trío, tiene problemas. El mapa deja tan perplejo a Ranchero que apenas atiende a la Pista cuando Camarera la lee en voz alta. Conoce su tierra, pero su tierra es una sola vocal alargada. El terreno en el que se encuentra es una serie de consonantes cortas. Unas líneas indescifrables acanalan su visión. Camarera también anda muy perdida. Pero el mayor problema del grupo es Exorcista. Todavía le duelen las manos, el hombro y el orgullo por culpa de la caída. A su modo de ver, esta Pista le pertenece a él y solo a él, que es quien ha escalado y quien ha caído. Rabia por dentro y tiene que hacer un esfuerzo para no arrancarle el papel de las manos a Camarera. Bulle de pensamientos cargados de odio; cargados de sexismo, de racismo. La secuela del accidente que lo ha humanizado es la eclosión de su yo más monstruoso. Exorcista es muy consciente de la existencia de su yo monstruoso, aunque no le guste. Él preferiría desterrarlo. Cada vez que convence a una madre despechada o a un niño azotado con el cinturón de que su odio es un invasor exterior, se siente mejor. Convertir el odio ajeno en un demonio y después expulsarlo le permiten sobrellevar el suyo. Pero aquí no hay nadie a quien exorcizar. Ha estudiado el terreno y es un páramo. Eso lo obliga a aferrarse a experiencias pasadas. La Pista despierta un eco en su cabeza.

—Arroyo. Conocí a una mujer de Arroyo Grande. Me llamó para que la ayudase con respecto a cierta situación.

—Ahora no es el momento, la verdad —dice Camarera.

Exorcista sigue a lo suyo. No le queda otra.

—No poseía un auténtico demonio, pocas lo poseen. Pero, aun así, pude ayudarla. Le dije: «Sí, está usted poseída». Aquella mujer llevaba tanto tiempo oyendo «no», que casi le bastó con oír «sí». Dios, qué paz asomó a sus ojos en ese momento.

—Tenemos que pensar algo —dice Camarera.

Exorcista manosea el mapa y dobla una esquina.

—Después de eso, todo lo que necesitó fue un poco de orientación y unas plegarias. Chupado.

—¿Qué dice la Pista? —pregunta Ranchero.

Camarera ya la ha leído en alto dos veces.

—Toma —contesta entregándole el trozo de papel.

—No todos los casos son tan fáciles —dice Exorcista—. La mayoría exige mucho esfuerzo. Pero este tuvo un punto dulce. Siempre se muestran agradecidas, pero ella lo fue con creces. Y no me refiero al sexo; eso me lo encuentro a veces, aunque suele ser parte de la posesión.

—¿Podéis concentraros, por favor? —dice Camarera—. ¿Alguno de los dos sabe leer estos mapas?

—El meandro de un arroyo —murmura Ranchero—. Bueno, «azul» significa «agua», ¿verdad? Y un arroyo es una línea, o sea que ¿dónde se curva una línea azul? —Se inclina sobre el mapa y su melena estriada le cae a ambos lados de la cara como un telón.

—Hay muchos sitios —comenta Camarera—. ¿Cómo encontramos el pico más alto?

—Creo que estas líneas representan la elevación —dice Ranchero.

Exorcista guarda silencio. Sigue pensando en la mujer agradecida. Fue una de las pocas que lo entendió, quizá la única. Antes de que él partiera, le agarró la mano con fuerza y dijo: «Sé que esto no ha sido un auténtico exorcismo, pero sea lo que sea lo que has hecho, ha sido sumamente real. Me ha ayudado. Gracias». No era la clase de mujer que usa una palabra como «sumamente», pero así es como lo recuerda él, aunque a veces cree que la señora solo le dio la mano y no dijo nada en absoluto.

—Este es el más alto, ¿no? —señala Camarera.

—Eso parece —coincide Ranchero. Camarera le pone incómodo, allí agachada con la barriga al aire. Él cree que las mujeres tendrían que ser un poco más recatadas. Aun así, cuesta no lanzar una miradita furtiva de vez en cuando. Está casado pero no quiere a su mujer. Hubo un tiempo en que bebía los vientos por ella, aunque ya no le parezca posible. Sí que quiere a sus hijos, sin embargo: dos niños y una niña, de quince, doce y once años—. Vale, una curva cerca de este pico —dice. No hace calor, pero está sudando. Siente que las cámaras le apuntan.

—Baja un río por cada lado —dice Camarera—. Los dos tienen curvas. ¿Cómo sabemos cuál?

—¿Tendrá algo que ver con eso de la puesta de sol? —sugiere Ranchero.

—¡Ah, claro! —Camarera da una palmada y sonríe—. Nunca... sorbas... esas... ¡ostras! —Señala con el dedo los puntos cardinales del mapa a medida que pronuncia cada palabra—. Oeste. El sol se pone por el oeste, que es el de este lado—. Rebosa confianza; está enormemente orgullosa de sí misma por haber resuelto el misterio. Ranchero no advierte su error. La mayoría de los espectadores tampoco.

Horas y horas caminando; ¿quién tiene paciencia para tanta caminata? Eso no se lo traga nadie. Cinco equipos, al menos seis kilómetros cada uno. Algunos se desvían sin querer, y hay un grupo que se dirige hacia un punto que queda a casi cinco kilómetros de su teórico destino. Tanto caminar, tanto esfuerzo, se condensan en un subtítulo: HORAS MÁS TARDE.

Horas más tarde, Rastreador y Zoo bordean un extenso campo de flores silvestres y luego doblan al oeste. Horas más tarde, Banquero y Doctor Negro se tambalean sobre unas rocas para cruzar un arroyo. Horas más tarde, Nena Carpintera aparta una rama para pasar; cuando la suelta, el latigazo alcanza a Ingeniero en el pecho. Horas más tarde, Fuerza Aérea avanza renqueando, porque su tobillo necesita un descanso que Biología está dispuesta a concederle pero él es reacio a tomarse. Horas más tarde, Exorcista se ha recuperado lo suficiente para decir:

—Déjame ver el mapa.

Camarera se lo pasa.

—¿Hacia dónde vamos?

Ella se lo enseña. Exorcista lee la Pista y mira el mapa. Pone cara de concentración. Vuelve a consultar la Pista.

—Vamos mal —dice.

—¿Cómo que «Vamos mal»? —Camarera cambia de postura para adoptar una pose ofensiva que resultará familiar a los aficionados a los *realities*: ladea el cuerpo, se pone una mano en la cadera, echa la cabeza hacia atrás y la inclina ligeramente, retándolo a seguir hablando si tiene narices. Ranchero mira por encima del hombro de Exorcista.

—«Cuando pasa el mediodía, el pico más alto de la región proyecta una sombra profunda» —recita Exorcista. Toca la montaña del mapa—. Si proyecta su sombra por la tarde, la sombra caerá sobre el este.

—No —dice Camarera—. El sol desaparece por el oeste; el oeste. —Pone los ojos en blanco. Solo le falta acusar a alguien de montar un complot en su contra.

—Tiene razón —dice Ranchero, y Camarera se vuelve hacia él—. Míralo así. Si pones una luz a la izquierda de un objeto —explica colocando el brazo derecho delante de su cara y pasando los dedos de la mano izquierda por el lado— la sombra caerá en el lado contrario.

Ahora el error de Camarera resulta obvio, para todo el mundo. La chica se ruboriza. Echa de menos a su anterior equipo: los asiáticos canijos y la rubia mandona.

Exorcista se ríe.

—Tendrías que haber sido profesor. —Da una palmada en el hombro a Ranchero. Se serena enseguida en cuanto echa otro vistazo al mapa—. Nos hemos desviado un montón —dice—. Tenemos que atajar hacia el este.

A kilómetros de distancia, Rastreador y Zoo no se han desviado, sino que mantienen el rumbo, el mejor rumbo posible.

—¡Allí está! —exclama Zoo señalando una peña de dos metros de altura situada a la orilla de un estrecho arroyo.

La curva del cauce resulta evidente en el mapa, pero a simple vista es más sutil. Se mostrará a los espectadores un plano aéreo para confirmar que el lugar coincide con la Pista.

Zoo se adelanta al trote a Rastreador, que alza una ceja al verla tan exuberante. Solo faltan un par de horas para que se ponga el sol, y la zona está sumida en sombras casi por completo.

—«Escondida en la oscuridad más alejada» —cita Zoo al llegar al peñasco—. La oscuridad más alejada. —Busca un agujero en la base; tarda ocho segundos en encontrarlo. Se mostrarán los ocho segundos enteros, de modo que los espectadores tendrán la impresión de que está fallando, de que está tardando una eternidad, porque están acostumbrados a que se acorten escenas como esta. Desde el punto de vista de Zoo y Rastreador, encuentra la caja metálica en un visto y no visto.

Zoo saca la caja del hueco y levanta el cierre. Rastreador ya ha llegado a su lado. Cuando Zoo abre la caja, ladea el cuello para mirar.

Cinco rollos de papel, como pergaminos en miniatura.

—Somos los primeros en llegar —observa Zoo.

A Rastreador no le sorprende que se hayan adelantado a Banquero y Médico Negro. El terreno despejado ahorra tiempo, siempre.

—¿Qué pone? —pregunta.

Zoo le entrega uno de los pergaminos y luego cierra la caja y vuelve a esconderla en su sombra.

Rastreador desenrolla la Pista y la lee en voz alta.

—«Un animal convertido en presa. Perseguido, deja un rastro. En menos de un kilómetro y medio, cruza. Seguid el rastro.»

—«Cruza» —repite Zoo, que mira hacia el arroyo. No ve ni una huella. Rastreador sí. También ve indicios del humano que dejó el falso rastro animal: el Experto no ha sido cuidadoso; quiere que esas huellas se encuentren.

—Allí —dice.

Zoo sigue su mirada corriente arriba.

—¿Dónde? —pregunta.

—Allí —repite Rastreador.

Zoo fuerza la vista pero no ve nada.

—No sé qué estás mirando —replica—. ¿Me lo puedes indicar, por favor?

Rastreador la mira de reojo, una declaración muda que Zoo entiende bien.

—Lo pillo —dice tras una pausa—; entiendo que competimos entre nosotros. Pero ahora mismo formamos un equipo. No te pido una lección magistral, solo quiero saber dónde hay que mirar. —Se cortará todo salvo esta última frase, y los espectadores no percibirán ninguna pausa.

Una vez más, a Rastreador le resulta más fácil ayudar que negarse. Camina unos pasos río arriba y se agacha junto al agua.

—Aquí. —Con forzada paciencia, enseña a Zoo dónde mirar y, aunque ella no lo ve todo, ve lo suficiente: el tallo partido, el minúsculo mechón de pelo enganchado en la espina de un frambueso, la huella de pezuña en el barro.

—¿O sea que cruzó por aquí? —pregunta. Sin embargo, antes de que Rastreador pueda responder, añade—: Espera, no. Solo camina por la orilla. Todavía no ha cruzado.

Rastreador asiente. Juntos, siguen el rastro. Con paso lento, atentos a más indicios.

Banquero y Médico Negro se acercan a la peña. El sol ha descendido; Rastreador y Zoo ya no están a la vista.

—Alguien ha llegado antes que nosotros —dice Banquero sorprendido, cuando abre la pequeña caja metálica.

—Cooper y la rubia, seguro —conjetura Médico Negro.

—¿Qué han hecho, venir corriendo sin parar?

—Supongo. —Médico Negro saca una Pista y la lee en voz alta. No está muy impresionado; esperaba un desafío más intelectual, quizá un juego de palabras o un acertijo.

Banquero se siente más intimidado.

—¿Tenemos que investigar por dónde cruzó este arroyo un animal? —Echa un vistazo al sol bajo, que se ha escondido detrás de una nube—. No nos queda mucha luz.

—Entonces será mejor que empecemos —dice Médico Negro—. ¿Tú miras río arriba y yo río abajo?

Se separan.

A varios kilómetros de distancia, el buen humor de Exorcista se ha evaporado. Le ha salido una ampolla en el dedo gordo del pie izquierdo y cada paso es una agonía.

—Nunca debería haber seguido a una mujer —masculla.

A Camarera le duelen horrores los gemelos; es parte de la reacción de su cuerpo tras varios días sin cafeína. Esperaba jaquecas, como la que sufre ahora mismo, pero no esos agudos dolores musculares. Cree que son una mera reacción a tantas caminatas sin precedentes. Se siente frustrada e incómoda, y pica el anzuelo.

—Que te den —le espeta a Exorcista—. Estabas delante, podrías haber intervenido en cualquier momento, en lugar de darnos la brasa con tu historia sobre cierta clienta idiota. Esa ha sido tu decisión.

Exorcista gira sobre sus talones para mirarla a la cara. Se obtiene una imagen perfecta cuando Camarera da un paso adelante y se le planta a un centímetro, con el perfil inclinado ligeramente hacia arriba. Nuestros dos pelirrojos, frente a frente. Con la imagen congelada, cualquiera pensaría que están a punto de besarse en cuanto la furia dé paso a la pasión. Pero no, la pasión que comparten estos dos es una estricta hostilidad.

Ranchero pone una mano en el hombro de Exorcista.

—Peleando no conseguiremos nada. Venga.

—Te equivocas —asegura Exorcista poco a poco, acercando la cara todavía más a Camarera— si crees que voy a olvidarme de esto. —Una ráfaga de viento empuja uno de los rizos de Camarera hacia delante hasta acariciarle el pecho—. Y tampoco lo perdonaré. Creo en Dios, y mi Dios es el de la cólera. —Escupe al suelo un gargajo que aterriza junto a la zapatilla deportiva de Camarera y a continuación da media vuelta y se aleja.

—Psicópata —susurra Camarera, pero es evidente que está alterada.

En el arroyo, Banquero da una voz:

—Creo que he encontrado una huella.

Médico Negro se acerca al trote para mirar. Es la misma señal de pezuña que Rastreador le ha enseñado a Zoo, cuya huella se ha quedado ligeramente marcada en la tierra a unos centímetros de la del animal.

Nena Carpintera e Ingeniero son los siguientes en llegar a la segunda Pista, pero Fuerza Aérea y Biología no les van muy a la zaga; cuando avistan la peña, el otro equipo aún se encuentra junto a ella. Es un momento incómodo; los concursantes no saben si deben actuar como si no se hubieran visto. El editor aprovecha esa incomodidad y la presenta como mutuo silencio hostil.

Fuerza Aérea ve la primera huella, pero es presa de la indecisión. No quiere revelar la dirección al otro equipo, si bien cada segundo que pierdan pensando cómo sacar ventaja a Nena Carpintera e Ingeniero es un segundo más que los separa, a él y a Biología, de los dos equipos que van en cabeza. Decide que esto último tiene prioridad y llama a su compañera. Nena Carpintera se vuelve de golpe hacia él como un sabueso en plena caza.

Pronto los cuatro concursantes avanzan hacia el norte, con Fuerza Aérea y Biología unos tres metros por delante.

—Cruzó por aquí —dice Rastreador, río arriba.

Zoo está a punto de preguntar cómo lo sabe, pero decide que intentará averiguarlo sola. Se agacha junto a la orilla cubierta de hierba. No ve huellas de la presa a la que siguen y observa que el arroyo es menos profundo en ese punto, que se encuentran en lo que parece ser un vado natural.

Entonces lo ve: arañazos recientes en la orilla opuesta, donde el barro está removido y más oscuro.

—La otra orilla —dice.

Rastreador siente algo que no esperaba experimentar: orgullo. Se enorgullece de su parlanchina y alegre compañera de equipo, por no haberle pedido ayuda, por haber encontrado el indicio —por lo menos, el más obvio— ella sola.

—También está esa roca de allá. —Señala una piedra redonda que alguien ha desplazado del lecho del arroyo y ahora descansa sobre otra más grande, por lo que asoma por encima de la superficie del agua.

—Ah, sí —responde Zoo—. Parece una especie de hito.

Un hito es exactamente lo que pretende ser esa pequeña roca centrada sobre otra más grande, aunque sea más sutil de lo que cabría esperar en otras circunstancias. El Experto lo ha montado para atraer las miradas en la dirección correcta.

Zoo y Rastreador cruzan el arroyo. Zoo deja varias pisadas sucias sobre las piedras y se da cuenta, pero Rastreador no se detiene y ella lo sigue. A partir de allí el rastro resulta obvio gracias a la hierba chafada y las matas partidas. Continúan hacia un bosquecillo de abedules. Del árbol más cercano cuelga una caja de madera.

Rastreador la abre. Alguien ha pintado ¿TENÉIS HAMBRE? en el interior de la tapa.

—Sí —responde Zoo alegremente—. Yo sí. —Ella y Rastreador miran dentro.

La caja contiene cinco fichas circulares colgadas de unos ganchos. Cada una presenta un grabado distinto: un ciervo, un conejo, una ardilla, un pato y un pavo.

—¿Qué opinas? —pregunta Zoo—. ¿Ciervo?

—Es lo que se supone que hemos estado siguiendo —responde Rastreador.

Zoo lo toma como un sí y saca la ficha. Tiene el tamaño de la palma de su mano y está hecha de abedul. Le da la vuelta. En el dorso hay un rumbo: diecinueve grados. Zoo ajusta la brújula.

Banquero y Médico Negro casi han dejado atrás el vado cuando el segundo dice:

—Oye, ¿eso son huellas?

Banquero resbala y deja un surco en la orilla opuesta. Cada vez que alguien cruza, el camino se vuelve más obvio.

Los árboles que rodean a Zoo y a Rastreador se espesan, y entonces lo ven: una hembra de gamo colgada de un árbol por las patas traseras. Su lengua pende a unos sesenta centímetros del suelo. Junto a la gama muerta hay una lona con un cubo y una sartén de hierro colado, además de una cajita con un grabado de un ciervo y una ranura del tamaño de la ficha.

Aunque ha visto muchos animales muertos, Zoo nunca había visto a un venado colgado de esa manera.

—Los ojos parecen canicas —comenta mientras introduce la ficha.

—A mí me parece la cena —dice Rastreador.

—¿Sabes lo que hay que hacer?

Rastreador asiente. Desde el punto de vista intelectual, a Zoo le interesa aprender a despellejar y destripar un animal, pero el estómago se le revuelve con solo pensar en mancharse las manos con toda esa sangre. Quiere comerse el venado; lo que no quiere es ser la carnicera. Además, a pesar de su brío, está agotada. Lo único que le apetece de verdad ahora mismo es sentarse, pegar la espalda a un buen árbol recto y cerrar los ojos.

—Recogeré un poco de leña y encenderé un fuego —dice llevándose la mano al encendedor que le cuelga de la cadera.

—Aquí no —replica Rastreador. Ya ha sacado su cuchillo.

—¿Por qué no?

—La sangre y las vísceras podrían atraer a depredadores. Retrocede hacia el arroyo y encuentra un sitio que tenga acceso fácil al agua.

Zoo ha ganado el Desafío en Solitario y ha sido ella quien lo ha elegido a él; ¿no le otorga eso el mando? Aun así, da media vuelta y hace exactamente lo que le ha dicho. Antes de que se aleje, los espectadores verán un vídeo de la confesión de esa noche.

—Está claro que Cooper tiene mucha experiencia —dice ajustándose las gafas. Por culpa del sudor tiene un mechón pegado a la frente, y enmarcan su cara un sinfín de pelos sueltos—. Ahora mismo sin él no iría en cabeza ni en broma. Además, creo que tiene un punto de estoico. No malgasta un solo movimiento, una sola palabra, ¿no? Eso lo admiro, no me importaría ser más así. Ya he aprendido un montón de él. Si tengo que elegir entre tener la boca cerrada, hacer lo que dice y aprender más, o bien «hacerme valer» —añade trazando unas comillas imaginarias con los dedos—, tengo bien claro que mantendré la boca cerrada. —Se ríe—. Aunque no me resulte fácil.

Rastreador efectúa el primer corte al nivel de sus ojos, a un par de centímetros del ano de la gama. Con movimientos de sierra corta un círculo y luego, con la mano libre, tira para extraer el recto, que cierra haciendo un nudo con un cordel que ha sacado del cubo. Fuera de cámara, ha aparecido el Experto. Su ofrecimiento de consejo ha sido rechazado con educación, y ahora constata que Rastreador, en efecto, no necesita su ayuda. Se queda a mirar, sin embargo, ya que le pagan por estar allí y el siguiente equipo todavía no anda cerca.

Rastreador ata fuerte la uretra del animal y efectúa un corte a través de la piel, de arriba abajo. Antes de que extraiga el primer órgano, su cámara lo incita a hablar:

—Tienes que narrar un poco lo que haces, amigo.

Rastreador se detiene, con el cuchillo presionando la piel de la gama desde dentro.

—Hay que ir con cuidado para no contaminar la carne —explica retomando el trabajo—. Por eso he atado el ano y la uretra y por eso he me he esmerado en no perforar el estómago. Ahora voy a seccionar la tráquea del animal.

Se agacha junto a la cabeza y mete las manos muy adentro. Cuando las saca, están cubiertas de una espesa capa roja y sostienen no solo una tráquea, sino también el corazón y los pulmones de la cierva. Tira los órganos al cubo y a continuación hace una pausa y se vuelve hacia la cámara.

—Mirad esto —dice.

Vuelve a meter la mano en el cubo y saca los pulmones rosa, que cuelgan flácidos de sus manos. Luego se lleva a los labios la tráquea seccionada y sopla por ella. Casi todos los espectadores que presencien el momento se encogerán al ver que los pulmones se inflan en un visto y no visto hasta quedar enormes, como globos. Unos globos que se curvan en formas angulares y están surcados de minúsculos capilares. Rastreador cierra la tráquea pellizcando con los dedos y aparta de su cuerpo los pulmones inflados. Tiene sangre en los labios y su torso está eclipsado por los dos lóbulos rosa, que parecían tan pequeños hace un momento. Queda claro de inmediato que los pulmones de un gamo jamás cabrían en una caja torácica humana.

Rastreador deja que se desinflen los pulmones y se queda inmóvil por un momento, pensando en la primera vez que vio a alguien hacer aquello. Tenía dieciocho años y estaba asistiendo a un curso de supervivencia de tres semanas después de acabar el instituto. Su grupo de ocho personas acababa de sacrificar y despellejar un carnero siguiendo las instrucciones de la monitora, que a continuación se puso a hacerles una demostración de cómo se destripa a un animal, narrando los pasos que iba efectuando. Entonces, con total desenvoltura, aquella mujer blanca de cuerpo menudo y atlético y pelo moreno se llevó los pulmones a la boca y sopló. Aquel fue el momento en que todo cambió para Rastreador, el momento en que lo supo: todos somos carne. Antes de aquel viaje, su vida llevaba un derrotero muy distinto; le rondaba la cabeza la idea de hacerse contable o a lo mejor de dedicarse a la informática. Sin embargo, la combinación entre el hecho de haber consumido menos de mil calorías a lo largo de los cuatro días anteriores, el agotamiento físico y la toma de consciencia de su propia mortalidad le decidieron a cambiar todo eso. Y aunque tardaría años en perfeccionarse, cumplió el sueño humano por antonomasia de descubrir sin sombra de duda para qué había nacido. Por desgracia para Rastreador, aquello para lo que ha nacido no está bien pagado y tiene que cuidar de una madre enferma de cáncer; la acumulación de facturas hospitalarias es lo que lo ha traído hasta aquí; esa es su motivación, que no compartirá con nadie. Devuelve su atención a la carcasa colgada y extrae con cuidado el abultado estómago.

Médico Negro y Banquero llegan a la caja. Escogen el pato.

—Es como pollo, pero más sabroso —dice Banquero.

—Ya sé a qué sabe el pato —replica Médico Negro.

Siguen la dirección que se indica en el dorso de su ficha y encuentran un ánade real colgada de un árbol. Médico Negro toma las riendas y se pone a desplumar y destripar el ave; puede que no tenga manos de cirujano, pero en la facultad de Medicina desmembró un cadáver. Entre esa antigua experiencia y la orientación del Experto desde fuera de cámara, realiza un buen trabajo.

Rastreador llega al pequeño campamento de Zoo cargado con el cubo y la sartén de hierro. Tiene las manos y muñecas cubiertas de sangre medio seca, lo que proporciona a su piel oscura una capa mate que, por lo demás, resulta difícil de apreciar... hasta que se le ven las palmas de las manos, por lo general de un suave color de melocotón; su actual tono entre rojo y marrón delata la carnicería. Zoo está pendiente del fuego y no se inmuta, aunque se le ocurre una cosa: si Rastreador fuera blanco, ¿le molestaría más el acusado contraste entre sangre y piel? Sospecha que sí.

—¿Cómo ha ido? —pregunta.

—Tenemos solomillo para cenar —responde Rastreador.

—Genial. —Zoo coge la pesada sartén y se vuelve de nuevo hacia el fuego—. Empezaré a cocinar, si quieres limpiarte. Yo...

—Gracias —dice Rastreador.

Una especie de descarga eléctrica recorre el cuerpo de Zoo. Se queda inmóvil con la sartén en la mano y escucha mientras Rastreador se aleja.

Cuando vuelve del arroyo, tiene las manos limpias y la lengua suelta.

—Hay un par de cosas que deberías saber sobre rastrear —dice. La carne chisporrotea en la sartén, dorándose en una gruesa capa de grasa que Zoo ha derretido como mantequilla—. Lo primero es que hay que empezar con una perspectiva general. No busques una huella; busca un rastro. Es fácil perderse en el detalle, cuando lo único que hay que hacer es dar un paso atrás. Un animal o una persona que atraviese el bosque no siempre dejará una huella, pero siempre dejará un rastro. Hojas al revés, ramas partidas, esa clase de cosas. Cualquier alteración presentará un color o una textura distintos de aquello que hay alrededor. Tienes que adiestrar la mirada para detectar esas diferencias en el nivel macro. Por ejemplo, observa el lugar por donde he venido. ¿Distingues el camino que he seguido?

Zoo se vuelve para mirar. Tiene los ojos entrecerrados.

Rastreador se explica en una confesión:

—He tenido muchos grandes maestros en mi vida. Ayudarla es mi manera de honrarles. Además, aunque mejore, nunca será rival para mí. Por lo menos, a tiempo para ganar.

El marido de Zoo presenciará la escena y pensará: Lo ha vuelto a hacer, ha sacado de su cascarón a un cascarrabias cabrón. Le maravillará, como le ha pasado otras veces, la facilidad con la que su mujer puede ganarse a cualquiera.

Rastreador aconseja a Zoo:

—No escudriñes, procura tener visión de conjunto. Y si no ves nada, cambia de perspectiva; mira desde más arriba o más abajo. Cuidado con los cambios de iluminación.

Zoo abre los ojos y pasea la mirada por el bosque. Se pone en pie. Recuerda más o menos por dónde ha llegado Rastreador, pero intenta no basarse en la memoria.

—¿Por allí? —pregunta señalando—. Las hojas del suelo parecen un poco distintas.

—Exacto —responde Rastreador—. He pisado fuerte para que quedase más claro. Además, he seguido tu rastro. La mayoría de los rastros de animales no serán tan pronunciados, pero es un buen principio.

—¿Así pisas con fuerza? —pregunta Zoo.

Rastreador sorprende a ambos con una carcajada.

—Los zapatos ayudan —dice mientras levanta un pie y agita los dedos. Luego recuerda que no está allí para eso y adopta su habitual expresión neutra—. Estamos perdiendo horas de sol. Meteré esto en el agua para que no se eche a perder. —Coge el cubo, que todavía contiene varios kilos de músculo y grasa, y se vuelve.

—¿Cómo vas a asegurarte de que no se lo coman? —pregunta Zoo.

Rastreador se detiene.

—Lo taparé con una losa. Eso debería bastar para disuadir a la mayoría de los animales.

Cuando se va, Zoo se dirige a la cámara:

—No sé qué mosca le ha picado, pero me gusta más así.

Los siguientes dos equipos que llegan a la caja de madera lo hacen con muy poca diferencia. Fuerza Aérea es el primero que la ve y, a instancias suyas, Biología se adelanta corriendo antes de que Ingeniero y Nena Carpintera se enteren. Escoge el conejo y vuelve al trote con su compañero.

—¿Pavo? —pregunta Nena Carpintera al cabo de unos segundos.

—Sí —responde Ingeniero—, tiene mucha más carne que una ardilla. —Los equipos se separan y encuentran su presa. Con ayuda, preparan sus comidas y refugios. El sol casi se ha puesto.

El trío aún se encuentra a un kilómetro de la peña. Exorcista está que echa chispas. Se siente marginado y rencoroso. Camarera le mira la nuca con odio y Ranchero avanza con paso firme sin acercarse a ninguno de los dos. La cólera hace que Exorcista se despiste; tropieza con una roca y cae al suelo.

—¡Me cago en la puta! —chilla. La obscenidad es fácil de censurar, pero la furia que la impulsa, no. Camarera y Ranchero saltan hacia atrás, igual que muchos espectadores.

Exorcista siente que su yo monstruoso intenta liberarse. Sabe que no puede permitírselo. Si se suelta, perderá el control y, por perder el control, ha hecho cosas espantosas.

Estuvo casado. Un amor de juventud: se casaron a los diecinueve. La vida no salió como estaba previsto y el monstruo interior de Exorcista engordó a base de desengaños. Una noche, su mujer se quejó por cuestiones de dinero y Exorcista perdió el control. La pegó, fuerte, un golpe con el puño cerrado que a él le fracturó el cuarto metacarpiano y a ella la dejó inconsciente. Recuerda que vio cómo la cabeza de su mujer salía despedida hacia atrás, cómo su melena rubia daba un latigazo en el aire y cómo ella se desplomaba sobre la alfombra, donde quedó inmóvil entre una capa de un mes de migas y pelo de gato. Su inmovilidad... Exorcista creyó que estaba muerta, pero al final recobró la consciencia y lo dejó esa misma noche. Los capilares de su ojo izquierdo habían reventado. La última mirada que le lanzó todavía lo hace estremecerse; era como si el propio Satán se reflejase en aquel ojo ensangrentado.

Los productores no saben nada de ese incidente. La exmujer de Exorcista no lo denunció, de modo que no quedó constancia de ningún delito. Pero al menos una persona de las que presencian este momento lo sabe, porque lo vivió. La exmujer observa el movimiento explosivo con el que Exorcista se pone en cuclillas y piensa: Oh, no. Y cuando lo ve levantarse de un salto, girar sobre sus talones para colocarse ante Camarera y soltarle un «Zorra estúpida», siente el miedo de la concursante como si fuera suyo. «Corre, guapa», le suplicará, pero mientras que su instinto se inclina por la huida, el de Camarera le dice que luche. Camarera echa atrás el brazo para abofetear a Exorcista, pero Ranchero la sujeta con un abrazo de oso y la aparta.

—¡Suéltame! —chilla Camarera pataleando. Es más alta que Ranchero, que apenas puede contenerla.

—Te descalificarán —le dice.

—Me da igual. —El rostro de Camarera es la viva imagen de la furia.

Pero Exorcista ya no busca pelea. Algo ha pasado que no puede verbalizar. No quiere ver reflejada su ira, no quiere ser la causa de la cólera de esa chica que es casi una desconocida. A eso se le suma el intento de Ranchero de contenerla; la nobleza de ese hombre bajito y sencillo. Exorcista se calma. Lamenta su arrebato pero, aunque lleve la disculpa dibujada en la cara, es demasiado cobarde para formularla. En lugar de eso, dice:

—Una mujer desdeñada, sí, señor. Lección aprendida. —Y se aleja.

Su repentino cambio confunde a Camarera, que no ha reconocido la expresión de disculpa. Deja de revolverse y Ranchero la suelta, colorado al pensar en sus brazos envolviéndola y apretando con fuerza. Está bastante seguro de que ha rozado un pezón.

Se pone el sol y llegan a la peña. La luna brilla; el trío encuentra su siguiente Pista con facilidad.

—No podemos seguir ningún rastro a oscuras —dice Ranchero.

—Entonces ¿qué crees que tendríamos que hacer? —pregunta Camarera.

—Acampar aquí y partir en cuanto amanezca.

—Pero todos nos llevan ventaja.

Exorcista se dobla hasta quedar sentado y apoyado en la peña. Se quita las botas y se toca la ampolla.

—Seguirán llevándonosla si nos pasamos toda la noche correteando a oscuras —señala—. Solo que entonces estaremos agotados y probablemente habremos destruido las huellas que en teoría teníamos que seguir.

—Vale —dice Camarera. No puede ni mirarlo, ni a él ni a la pálida burbuja que le brota del peludo dedo del pie—. ¿Pues qué, tenemos que construir un refugio?

Exorcista da un palmetazo al peñasco que tiene detrás.

—Puedo montar un cortavientos contra esta grandullona en un periquete. —Se pone en pie ayudándose con las manos y emitiendo un gemido, y empieza a recolectar largos fragmentos de madera caída, descalzo.

Ranchero y Camarera cruzan una mirada.

—¿Este de qué va? —pregunta ella.

—Creo que está loco, sin más.

—Estupendo —dice Camarera—. Esto será divertido.

El resto de los grupos ya han cenado y la mayoría de los concursantes duermen o están a punto de caer. Banquero tiene los brazos pegados al cuerpo bajo la chaqueta. Ingeniero aún lleva las gafas y, con los párpados caídos, observa el reflejo de la luna en el exoesqueleto entintado de un escarabajo que le pasa por delante. Rastreador ronca; dormido es cuando más se le oye. A su lado, Zoo está acurrucada en su manta térmica, contando ovejas mientras acaricia con el pulgar el punto de su dedo que debería ocupar la alianza de casada. Sincroniza los saltos para que el vibrante aliento de Rastreador no sea más que el viento que agita la lana.

Fuera solo queda Biología. Está sentada junto a una pequeña hoguera con los brazos enroscados alrededor de las piernas. Echa de menos a su pareja y se siente muy sola. Está pensando en pronunciar la frase de seguridad, pero solo vagamente, sin intención. Se pregunta cómo partiría y, en caso de hacerlo, cuánto tiempo pasaría antes de que pudiera tomarse un *smoothie* de mango.

—Cambiaría toda la carne de conejo del mundo por un *smoothie* de mango —dice—. O un *sundae* de chocolate. —Su cuerpo le pide azúcar con tanta intensidad que le duele la cabeza. Bebe un sorbo de agua de su botella, deseando que tenga sabor a algo, o a lo mejor burbujas.

Exorcista, Ranchero y Camarera construyen su endeble refugio y se acurrucan juntos dentro.

11

Mi tío decía que estaba en el agua, o sea que dejó de beber agua que no estuviese embotellada —dice Brennan—. Mamá opinaba que habían sido los terroristas, con una bomba invisible o algo parecido.

Espera que le responda, pero solo lo escucho por si hay una Pista oculta en su relato. No para de hablar de su madre. Vamos caminando. Es mediodía, está despejado y hace un tiempo fresco, cada vez más otoñal. Según mis imperfectos cálculos, debe de ser bien entrado septiembre.

Mi silencio le impacienta.

—Es probable que tú tuvieras suerte, aislada aquí fuera durante el peor momento. Desde que empecé a oír hablar del tema hasta que el presidente lo hizo en la tele, solo pasó como un día. Entonces nos dijeron a todos que nos quedáramos en casa y empecé a oír rumores de que unos chavales de nuestra calle estaban enfermos. El día después nos trasladaron a todos a la iglesia.

Aún no me ha venido la regla. Me parece que tengo un retraso.

—Aiden estaba en el instituto haciendo un curso de verano, y mamá le dijo que volviera a casa y él dijo que lo intentaría, pero no se lo permitieron, y entonces los teléfonos dejaron de funcionar.

Me pregunto si se supone que sé quién es Aiden, y luego recuerdo que me ha dicho no sé qué de un hermano. Debe de ser Aiden, en cuyo caso es intrascendente, relleno.

—Pasamos allí unos cuantos días —explica Brennan. Lleva en las manos bolsas de plástico llenas de botellas de refrescos, golosinas y demás comida basura. Ha desayunado Cheetos y una botella de Coca-Cola—. Me aburría, no me enteraba mucho de lo que pasaba. Entonces la gente empezó a enfermar. Bueno, unos cuantos estaban enfermos desde el principio, pero los mantenían separados; en la guardería, creo. Y de pronto eran demasiados y estaban por todas partes, y aquello empezó a apestar de lo lindo, porque la gente vomitaba y tal.

Me conozco esta historia. Todo el mundo la conoce. Aquí no hay Pistas.

—¿Hubo escasez de comida? —pregunto—. ¿Hubo alguien con una cicatriz en la cara que acaparase el agua?

Niega con la cabeza y, a juzgar por las apariencias, diría que me toma en serio.

—No, siempre hubo comida de sobra; los enfermos no comían. También había agua corriente. Algunos no querían beber del grifo, pero yo llenaba allí las botellas. Porque el agua del baño es la misma que la de la cocina, ¿a que sí?

—Sí —digo haciendo hincapié en la palabra con un exagerado movimiento de puño.

Recuerdo que hace años vi un programa con un punto de partida similar en el canal Discovery. Lo vendían como experimento: unas personas que «sobrevivían» a un brote de gripe simulado tenían que construir una pequeña comunidad y luego encontrar una salida para llegar a un sitio seguro. A ellos les dejaban hacer cosas chulas, como cablear paneles solares y construir coches. Lo único que me dejan hacer a mí es caminar sin parar y escuchar a un crío charlatán que me cuenta trolas. Además, ellos sabían dónde se metían. Ignoraban lo difícil que resultaría, tal vez, pero sabían de qué iba. El mío se suponía que iba a ser un programa sobre supervivencia en la naturaleza.

Miro de reojo a Brennan, que sigue parloteando sobre su dichosa iglesia inventada.

Los concursantes del programa del Discovery estaban en una zona delimitada: equis manzanas de la ciudad en la primera temporada y un perímetro de pantano sureño en la segunda, si no me falla la memoria. Yo ya he recorrido el equivalente a centenares de manzanas. Millares, tal vez. Y no soy la única concursante. ¿Cómo lo hacen? ¿Cómo despejan el paso?

La respuesta es tan evidente como la pregunta: dinero. Los *realities* son famosos por su bajo coste, pero este cuenta con el presupuesto de una superproducción de cine. Lo dejaron claro en el proceso de selección, porque lo calificaron de oportunidad única de participar en una «revolucionaria experiencia de entretenimiento». Una «oportunidad». Podían vaciar centenares de casas y reparar y compensar económicamente a docenas de tiendas de equipo de acampada, que para ellos sería *peccata minuta*. Es un coste exorbitante, pero tiene sentido. La manera de actuar tiene su lógica.

—Cuando quedé solo yo —dice Brennan—, empecé a caminar. —Esta no es su mejor actuación; adopta un tono desapasionado que no concuerda con la historia que está contando. No estoy segura de por qué me parece irritante esta incongruencia, pero me lo parece.

En teoría estaba prevista una tercera temporada del programa sobre la pandemia, pero lo cancelaron antes de que se emitiera un solo episodio. ¿Todas esas cosas tan chulas que los concursantes construyeron? También tenían que protegerlas. A uno de los participantes —¿sujetos experimentales?— de la tercera temporada lo golpeó en la cabeza un falso merodeador durante un falso ataque y murió, lo que significa, supongo, que el ataque no fue tan falso, a fin de cuentas. Por lo menos esa es la explicación que un grupo concreto de páginas web ofreció para la cancelación. A saber. Aun así, nuestro contrato dejaba muy claro que no había que pegar a nadie en la cabeza.

¿Por eso emiten nuestros episodios tan pronto? ¿Por si alguien muere?

Dudo que sea esta su mayor preocupación, aunque tiene sentido que quieran contemplar la eventualidad de que un accidente interrumpa la producción. Pienso en lo enferma que me puse. Vino de un pelo, no que se cancelase el programa, sino mi participación en él. Y ya han poblado este mundo ficticio con un puñado de cadáveres de atrezo, un muñeco bebé que llora, un cámara interactivo. Un merodeador no sería tan descabellado, como paso siguiente. Bien pensado, me sorprende que lo único que haya tenido que derrotar hasta el momento hayan sido un acceso de fiebre y un coyote animatrónico.

Y este joven parlanchín, por mucho que finja, está con ellos. Está de su parte, no de la mía; no puedo olvidarlo.

—Quería alejarme —dice balanceando sus bolsas de plástico a ambos lados—. Ir a algún sitio donde no hubiera estado nunca. Y entonces te encontré.

Como si nuestro encuentro fuera obra del destino. Pero no fue cosa del destino, sino de un casting.

—Entonces —digo—, entiendo que tu madre está muerta.

Al joven se le corta la respiración y está a punto de tropezar.

—Vamos, tiene que estarlo —razono—. Los dos encerrados en aquella iglesia abarrotada, con cientos de personas más, todas tosiendo, vomitando y cagándose encima. Salta a la vista que eres un niño de mamá y tú estás aquí y ella no. Eso significa que está muerta, ¿no?

No responde. Mi intención era pincharle para que aportase algo de emotividad a su interpretación, pero el resultado es mejor todavía: silencio.

Mientras caminamos, los pensamientos sobre mi familia se deslizan hasta un primer plano de mi consciencia. La familia que escogí y la familia en la que nací. Mi indiferencia hacia esta última. Mi miedo a que si tengo una hija, algún día sienta esa misma indiferencia hacia mí.

Es curioso que mis sueños siempre los protagonice un niño,

cuando la posibilidad de tener una hija es lo que me asusta más. Hijas: parece imposible educarlas bien.

—Todas las personas a las que tú conoces también están muertas —dice Brennan.

Me vuelvo hacia él, sorprendida. Tiene la cara pegada a la mía y los ojos rojos; unas lágrimas surcan sus enjutas mejillas. Le cae un moco de la nariz a los labios. Tiene que notar el sabor.

—Tu familia —prosigue—. Tus amigos del rafting. Están flotando en el río. Seguro que ahora hay peces comiéndose su cara.

—Eso es... excesivo —digo. Su voz tiene algo que no puedo definir del todo. No es malicia; no creo que intente hacerme daño. No sé qué pretende conseguir.

—Son hechos y punto —murmulla. Desliza las asas de las bolsas de plástico hasta la parte interior del codo y cruza los brazos. La esfera de su reloj me hace guiñar el ojo.

Está enfurruñado, descubro. La idea me llena de asombro, pero pienso: ¿por qué no? Es probable que añore su hogar. Es muy posible que él tampoco supiera dónde se estaba metiendo. Me da un poco de pena, pero más que nada agradezco que haya vuelto a callarse.

¿Y si mi madre estuviera muerta de verdad? Es una pregunta que me he planteado otras veces; solo tiene cincuenta y seis años pero parece mucho mayor, sobre todo por culpa de la piel. Sesenta y cinco kilómetros por trayecto dos veces por semana para mantener su bronceado de fuera de temporada, tragando cancerígenos durante todo el recorrido. Invierno, verano, ese moreno intenso sin la típica manga marcada de los campesinos siempre canta en Vermont. Si se le suma su dieta, en la que destacan comidas tan sanas como por ejemplo gofres congelados cubiertos de carne picada y regados con sirope, y de remate un helado cremoso con jarabe de arce, puede darse por descontado que no llegará a muy anciana.

Está muerta; lo está.

Pienso en esas palabras, para ver cómo me hacen sentir. No noto ningún efecto. Deberían hacer que me sintiera mal, y me gustaría que así fuera, pero no. Recuerdo cuando me aceptaron en la Universidad de Columbia y mi madre se paseó por toda la ciudad fanfarroneando: era un logro de ella, no mío. Sin embargo, cada vez que fallo en algo, como cuando perdí aquella carrera a los ocho años o no conseguí el empleo en la Sociedad para la Conservación de la Fauna y Flora hace dos, pone cara de que sabía que me la pegaría, como si hubiera sido una imprudencia por mi parte probarlo siquiera. Y aun así seguí probando; me dejé la piel durante años. Recuerdo el día de mi boda, lo feliz que me sentía. Y afortunada. Recuerdo cuando mi madre se inclinó para besarme en la mejilla en el banquete. «Estás preciosa —dijo—. Igual que yo cuando era joven.» Su pasado: mi presente. Su presente: mi futuro. Como una maldición. Lo peor es que he visto las fotos; sé que ella también fue feliz hace tiempo.

Lo de mi padre ya es más complicado. No tenemos mucha relación; en algún momento de mi adolescencia perdimos la capacidad de comunicarnos, y no creo que él entienda por qué me esforcé tanto para alejarme de un sitio tan querido para él. Pero no puedo pensar en él sin sentir un estremecimiento de afectuosa nostalgia, sin imaginar el dulce aroma de la canela y el arce en el horno. Siempre arce.

—¿Es posible tener un mal recuerdo infantil sobre hornear? —me pregunto.

—¿Qué? —dice Brennan.

—Da lo mismo —respondo, y pienso: Estos recuerdos no son para ti.

Mi padre y yo compartimos dieciocho años, pero el horno es casi lo único que recuerdo. Cuando era pequeña, lo ayudaba en su panadería antes de clase. Mi especialidad era aplastar plátanos para el pan de plátano y arce. Eso, y espolvorear la masa con azúcar de arce una vez vertida en los moldes. Quiero recordar algo más, algo que no tenga que ver con la comida, pero lo único que se me ocurre es mi cumpleaños cuando iba a cuarto curso; no sé a qué edad sería. Fue una fiesta temática sobre los delfines, mi animal favorito en aquel momento, aunque aún tardaría años en ver uno. Mi padre cocinó el pastel, por supuesto —con forma de delfín y recubierto de crema de mantequilla de arce— y hubo piñata. Una vez más, con forma de delfín. La mayoría de mis compañeros de clase estaban invitados. David Moreau me regaló una cometa. La hicimos volar juntos ese fin de semana. ¿O fue en quinto? No estoy segura. Recuerdo a mi padre presentando la tarta de delfín y a mi madre royéndose la uña del pulgar mientras echaba naranjada de lata en un vaso de plástico transparente.

Y entonces doy con él: mi padre animando desde la grada. Es el instituto, una competición de atletismo durante mi primer año, mucho antes de que llegara a capitana. ¿Fue mi primera competición? En mi memoria presenta toda la intensidad de una primera vez. Recuerdo el gorgoteo de los nervios en el estómago y el ligero dolor que sentí al estirar los gemelos. Recuerdo a mi padre gritando mi nombre y saludando con la mano. La competición no se celebró en nuestra pista, sino en otro pueblo que estaba a media hora en coche del instituto. Papá cerró la panadería antes de hora para ir a verme.

—Mae, perdona.

Parpadeo. La carrera desaparece; no recuerdo qué tal lo hice, si me clasifiqué.

—Es duro pensar en ella —explica Brennan—. La echo de menos. Y... y nada, que la echo de menos.

Tardo un momento en comprender de qué me habla.

—No te preocupes —le digo—. Estoy segura de que te está mirando.

—Lo sé —me contesta, y se santigua; la bolsa que le cuelga del brazo golpea contra su pecho.

Se me encienden las mejillas de inmediato. No quería decir eso. Aunque creyera que su madre está muerta, nunca habría querido decir eso. Lo que es peor: ahora que él ha tergiversado mis palabras, lo más probable es que las emitan. La idea de contribuir, aunque sea por error, a la espiritualidad vacía que tanto predomina en Estados Unidos me pone enferma.

Unos pasos más adelante, Brennan empieza a divagar sobre su estúpido pez, que si se lo llevó a la iglesia en su pecera y luego el gato de un vecino se lo comió. Él estaba en el baño llenando botellas de agua cuando ocurrió.

—Solo era un pez —le espeto—. Están para que se los coman.

—Pero...

—Por favor, puedes... Por favor, deja de hablar durante cinco minutos.

Me mira con los ojos como platos, pero aún no ha pasado ni un minuto cuando empieza a hablarme de su hermano y de la primera vez que viajaron juntos en metro. Parlotea sobre la cantidad de ratas que vieron y conjetura que eso es lo único que debe de quedar en todo el metro a estas alturas: ratas.

—Odio las ratas —concluye, y en eso al menos no puedo llevarle la contraria.

Forma parte de mi trabajo enseñar ratas y explicar que su estigmatización es injustificada, que en realidad son animales muy limpios, y lo hago. Sonrío para calmar los temores y el desasosiego del aula, pero por dentro yo también me revuelvo; nunca he podido acostumbrarme al tacto de sus colas desnudas en la cara interior del brazo. De manera que sonrío allí plantada y finjo una apertura de miras que nunca he sentido, con la esperanza de que se haga realidad.

Esa noche, después de que Brennan se meta a rastras en su destartalado túnel de viento, ni siquiera intento dormir. Mantengo el fuego avivado y me siento al lado, en compañía de su tranquilo crepitar. Mis pensamientos se remontan al primer día de rodaje, después de firmar todos los contratos y realizar nuestras últimas llamadas telefónicas a casa: un montón de «te quiero» y «buena suerte», todos sinceros pero nada más. Recuerdo que caminamos hasta el campo donde empezaba el primer Desafío y que no sentía miedo, ya no. Estaba contenta, emocionada; sé que me sentía así, pero el recuerdo es como una dulzura que se desvanece en el fondo de la garganta; no es un sabor real, sino la memoria. Quiero sentirme otra vez así. Quiero saber que soy capaz de sentirme otra vez así.

Un búho real canta desde algún punto de la oscuridad. Cierro los ojos para escuchar. A mí, el búho real siempre me ha sonado un pelín agresivo, porque su canto es un hor hor-hor horrrrr hor-hor casi gutural, a diferencia del inquisitivo huu que suele atribuirse a su familia. Tampoco creo que tengan aspecto de sabios. Parecen más bien irritados, con esas cejas que bajan en picado y los plumeros de las orejas.

Cooper era un poco así, al principio. Distante. No sé qué me atrajo hacia él con tanta fuerza desde el primer instante. No; sí que lo sé. Su aire de autosuficiencia casi antinatural. Su manera de escudriñarnos, de evaluarnos sin buscar aliados, porque desde el momento en que saltó a aquel árbol quedó claro que él no necesitaba a nadie más. Apuesto a que su vida adulta desde siempre ha transcurrido así: sin necesitar a nadie y sin nadie que lo necesite, una existencia sin disculpas y repleta de hazañas. Nunca había estado cerca de alguien tan sumamente independiente y eso me fascinaba. Al principio me pareció raro que escogiesen a alguien que apenas hablaba, pero sus acciones hablaban solas, más que mil palabras, por así decirlo. Y aquellos de nosotros que carecíamos de sus habilidades llenábamos el silencio.

Si pudiera escoger a cualquiera de ellos para trabajar codo con codo otra vez, sería Cooper, sin ninguna duda. Heather sería mi última opción; incluso elegiría a Randy antes que a ella.

¿Me elegiría Cooper a mí?

El búho vuelve a cantar. Otro responde, a lo lejos. Una conversación, un cruce de llamadas. No es época de celo, de modo que no sé qué se comunican, si sus cantos son una llamada a la cooperación o la competición. Cierro los ojos. Escuchando esos familiares sonidos, casi puedo fingir que estoy de acampada, solo por una noche. Que mañana por la mañana lanzaré los trastos a la parte de atrás de mi Subaru Outback y regresaré a casa, donde me espera mi marido, cuyo revoltillo de beicon y cebolletas marca de la casa chisporrotea en el fogón, mientras el aroma del café recién hecho flota por el pasillo para darme la bienvenida. Casi puedo olerlo.

Casi.

12

Zoo abre los ojos y se encuentra con que una figura oscura y borrosa bloquea la luz desde la boca de su refugio, compartido con Rastreador. Por un segundo olvida dónde está, con quién ha dormido. Estira el brazo hacia las gafas; la memoria y la vista cobran definición. Ve a su compañero de equipo en cuclillas, mirando hacia fuera, con la sartén al lado.

—¿Desayuno en la cama? —pregunta; antes de acabar siquiera la pregunta, palidece.

Rastreador la mira de reojo y luego se vuelve hacia una cajita que tiene a los pies, de la que saca su siguiente Pista.

—«Subid» —lee.

Zoo ha contenido el aliento y al fin respira.

En otra parte, Nena Carpintera e Ingeniero leen esa misma Pista, desayunan sobras frías de pavo y planifican su ruta de ascenso a la montaña. Fuerza Aérea y Biología no tienen sobras; se saltan el desayuno y son el primer equipo en comenzar la escalada. Banquero y Médico Negro no les van muy a la zaga.

Rastreador y Zoo terminan de desayunar. Mientras friega la sartén, Zoo pregunta:

—¿La guardamos?

Rastreador está desmontando el refugio.

—No —responde—. No vale la pena; pesa demasiado.

—¿Y toda la carne que no podemos comer?

Rastreador coge una brazada de palitos y hojarasca y la esparce por el suelo.

—Se la ha llevado el equipo de producción. Han prometido que no se desperdiciaría.

Por bien que le caiga este par al editor, esta conversación no puede emitirse. No puede haber equipo de producción ni cámaras, y lo que no existe no come. El editor pasa directo del desayuno al momento en que Zoo se echa la mochila a la espalda y sigue a Rastreador mientras se alejan de su pequeño claro.

Y luego está el trío, apretujado en su refugio: Ranchero más cerca del peñasco, Exorcista calentito en medio y Camarera en el estrecho rincón exterior. Es la primera en despertar y se encuentra con la mano de Exorcista, pálida y cubierta de vello rojo, sobre la muñeca. Una cámara instalada a la entrada del refugio graba su confusión y su repugnancia inmediata. Aparta el brazo. Sin despertarse, Exorcista se vuelve hacia el lado opuesto. Su mano aterriza en la cara de Ranchero, que se despierta del susto y se golpea la rodilla contra la roca. Masculla una palabrota. Camarera no le hace caso y sale a rastras a la luz del amanecer. Al cabo de un momento, Ranchero la sigue. Exorcista continúa durmiendo y extiende las extremidades hasta ocupar el refugio entero.

Camarera y Ranchero no encuentran cajita que les espere. Van una Pista por detrás de los otros y tienen hambre.

Camarera hace estiramientos, retorciéndose a un lado y a otro. Ranchero se aleja un poco para orinar, cojeando ligeramente porque sus músculos están despertando y la rodilla le palpita de dolor. En cuanto vuelve, Camarera pregunta:

—¿Podemos dejarlo aquí?

—No creo. —Ranchero sacude el hombro de Exorcista con el pie—. Vamos, arriba.

Exorcista abre los ojos, gime y sale a cuatro patas del refugio. Camina hasta un lateral de la peña y se baja la cremallera. Camarera se da la vuelta enseguida y hace una mueca de asco cuando oye salpicar la orina contra la piedra. Exorcista se sube la cremallera y dice:

—Vamos a ganar. Lo he visto en sueños.

—A este paso, tendremos suerte si acabamos el mismo día que los demás —replica Camarera.

—Ten fe —le aconseja Exorcista, estirando la mano para tocarle el hombro.

Camarera se aparta.

—Lávate las manos.

—El pis es estéril. —Exorcista agita los dedos acercándoselos a la cara y, entonces, se vuelve de sopetón hacia el arroyo—. Venga, a por esas huellas.

Encuentran el vado enseguida; la senda está ya muy pisoteada, y además hay un cámara en la orilla opuesta, comiéndose una barrita de fruta y cereales con sabor a fresa mientras espera. Exorcista salta adelantándose a sus compañeros de equipo y Ranchero ayuda a Camarera a pasar de una roca a otra. Los dos cámaras se evitan cuidadosamente el uno al otro con sus objetivos.

El trío sigue adelante por la senda y encuentra la caja de madera colgada del abedul. Exorcista saca la única ficha restante.

—Humm —musita observando el grabado.

Siguen el rumbo y pronto descubren una ardilla gris muerta que cuelga de una rama.

—Ni de coña —dice Camarera. Pensaba que «preparar vuestras propias comidas», una de las muchas frases intencionadamente ambiguas del contrato de los concursantes, significaba echar ingredientes en una olla—. Ni de coña voy a comer ardillas.

—Ardilla, en singular —matiza Exorcista—. Solo hay una. —Toca con el dedo el roedor muerto, que se balancea de un lado a otro. Camarera aparta la vista con una mueca de asco. Ranchero se adelanta para cortar la fina cuerda. Fuera de cámara acepta consejos sobre cómo despellejar al pequeño animal. Los espectadores verán primeros planos de sus curtidas y bronceadas manos arrancando la piel, para dejar a la vista el lustroso músculo del roedor.

—Necesitamos un fuego si queremos comernos esto —dice Ranchero.

—Ni de coña —protesta Camarera. Tiene los brazos pegados al pecho y mira a todas partes menos a la ardilla—. Ni de coña.

—¿Qué pasa —pregunta Exorcista—, no tienes hambre?

Camarera niega con la cabeza, demasiado horrorizada para tener apetito. Exorcista se ríe. Abre la mochila y le lanza la vara de zahorí.

—Pues toma, a ver si consigues que funcione. —Vuelve a reírse y empieza a recoger leña. Camarera se la devuelve de una patada, deja a sus compañeros de equipo y retrocede hacia el arroyo. Se agacha sobre el agua y se enjuaga la boca.

Su confesión, grabada al cabo de unos instantes:

—Una ardilla. No pienso comer ardilla. ¿Quién come ardilla? Es asqueroso.

Siguiente escena: el roedor asándose ensartado en un palo, y un subtítulo: VEINTE MINUTOS DESPUÉS. Exorcista y Ranchero están sentados junto al fuego viendo cómo se tuesta la carne. Camarera deambula en segundo plano, pero se va acercando poco a poco, atraída por el olor. Al final se sienta junto a Ranchero.

—¿Qué ha pasado con su cabeza? —pregunta.

—La he cortado.

—¿Qué, ahora que parece comida tienes hambre? —pregunta Exorcista—. No sé yo si hay suficiente para todos.

No hay suficiente para todos: es una ardilla. Pero los tres están salivando. ¿Se pelearán, compartirán? ¿Qué pasará a continuación? Una pausa para la publicidad aplazará la respuesta a la pregunta. En cuanto vuelven los espectadores, llega esa respuesta, rápida y aburrida: comparten. Ranchero trocea la ardilla y coloca cada patética ración en un plato de papel, los últimos de su reserva. Camarera se lleva un muslito a la boca y da un mordisco remilgado. La carne tostada se separa del hueso. La joven mastica y traga.

—No está mal.

Ranchero asiente y añade:

—Es una pena que no haya más.

—Podríamos cazar unas cuantas —dice Exorcista. Recoge su vara de zahorí y la retuerce—. Si afilo las puntas, podríamos fabricar un bumerán de la muerte. Literalmente.

Su actitud no deja claro si de verdad piensa que podría matar a una ardilla lanzándole una vara de zahorí afilada. Se hurga en los dientes con un peroné de ardilla. Al cabo de un momento, tira el hueso y se pone en pie de un salto, fingiendo una gran sorpresa.

—Eh, ¿qué es eso? —pregunta.

Ha aparecido una cajita cerca del trío, colocada por una becaria que les ha implorado que no digan nada llevándose un dedo a los labios. Pero ahora que ella ha retrocedido, pueden darse por enterados de la presencia de la caja. Exorcista la abre y lee: «Subid».

Mientras el trío emprende el ascenso hacia la cumbre, los espectadores verán un mapa que muestra las posiciones relativas de los equipos. Médico Negro y Banquero van en cabeza y se dirigen en línea recta hacia la cúspide de la montaña, abriéndose camino paso a paso entre la maleza; les quedan dos kilómetros y medio por recorrer. Fuerza Aérea y Biología se encuentran más o menos a medio camino de la cima, siguiendo una senda tortuosa. Zoo y Rastreador recorren la misma senda, medio kilómetro por detrás. Nena Carpintera e Ingeniero se encuentran al oeste de los demás. Han empezado por la senda, pero al cabo de una hora han decidido atajar directamente hacia la cima, a través de una zona cuyas curvas de nivel muestran una pendiente suave pero continua. Todavía no han lamentado su decisión.

—Oye, mira —dice Zoo. Han doblado un recodo que desemboca en una recta larga y ven a Fuerza Aérea y Biología más adelante.

—¿Cómo nos han adelantado?

—Nosotros hemos titubeado —responde Rastreador.

A Zoo le encanta esa manera de expresarlo.

—Hemos titubeado, sí, pero entre los dos sumamos cuatro tobillos sanos. ¡Adelante! —Da unos cuantos pasos al trote, pero Rastreador emite un silbido corto que la hace detenerse.

—Es mejor que mantengamos el ritmo y punto —le dice—. Los adelantaremos de todas formas.

Zoo afloja el paso hasta que él la alcanza.

—Debería haberme imaginado que eras una tortuga.

Rastreador se encoge de hombros.

—Depende de lo larga que sea la carrera.

—¿Has oído un silbido? —pregunta Biología un poco más adelante.

Fuerza Aérea se vuelve y mira hacia atrás por el camino.

—Tenemos otro equipo justo detrás.

—¡Jopé! —exclama Biología acentuando el tono para que suene a palabrota—. ¿Cuánto falta para la cima?

—Demasiado para echar el resto, pero haré un esfuerzo —Fuerza Aérea hace una mueca y aprieta el paso.

Su esfuerzo solo sirve para posponer lo inevitable. Unos minutos, más bien segundos, después, Zoo avisa:

—A tu izquierda. —Y saluda con la mano a la vez que adelanta a paso de marcha.

Rastreador se mueve con mayor naturalidad. Saluda con la cabeza al pasar, pero el gesto se cortará en el montaje.

Zoo mueve los brazos arriba y abajo con energía y camina deprisa hasta que ella y Rastreador le han sacado unos quince metros de ventaja a la otra pareja, y entonces recupera un ritmo normal.

—Supongo que no tendría que sorprenderme que hayas querido acelerar —dice Rastreador.

Zoo se ríe.

—Estábamos tan cerca...

Al cabo de unos momentos, la senda se convierte en una

sucesión de curvas cortas y empinadas. El mapa de los espectadores mostrará que Rastreador y Zoo están casi a la misma altura que Médico Negro y Banquero, cuyos puntos amarillo mostaza y a cuadros blancos y negros apenas han avanzado.

—Me pregunto qué habrá en la cima —dice Zoo.

Seis minutos y medio más tarde, se oye un rumor ladera arriba. El editor eliminará esos minutos para insinuar una inexistente relación de causa y efecto. Zoo y Rastreador se detienen.

—¿Qué ha sido eso? —pregunta ella mirando a su izquierda.

Rastreador vacila antes de responder.

—Ha sonado como...

El sonido se repite y lo interrumpe. Después se oyen chirridos, golpes, un brusco fragor y un traqueteo suave. Rastreador estira un brazo hacia su compañera de equipo y se vuelve para escudriñar el bosque que se extiende por encima de ellos. Zoo se fija en que su cámara se ha quedado atrás, a unos quince metros de distancia, y los graba con mucha atención. El plano que capta en ese momento: la preocupada mirada de Zoo directa a cámara, la pose protectora de Rastreador, la piel y el cabello claros de ella, la oscuridad de él; al editor le encantará el contraste, la historia que cuenta esa imagen fugaz. La escena se explotará a fondo en los anuncios.

—Muévete —dice Rastreador. Da un empujoncito a Zoo para que pase delante.

Ella se da la vuelta confusa, mira colina arriba y sale disparada por el sendero. Rastreador la sigue.

Apenas han recorrido unos pasos cuando las primeras piedrecillas caen rodando hasta el camino. La mayoría caen detrás de ellos, pero no todas. Zoo salta una roca del tamaño de un puño que cae rodando delante de ella; una cámara capta en un plano picado su rapidez de reflejos y los movimientos más contenidos y elegantes de Rastreador, que esquiva con facilidad los detritos desprendidos. Y entonces, pum, un ruido ensordecedor a su espalda. Zoo frena y mira hacia atrás. Rastreador le dice que corra, pero ella lo ve: un peñasco casi tan alto como ella que baja rodando entre los árboles. Al fijarse le parece extraño, porque se mueve con demasiada ligereza y rebota contra los troncos. Al cabo de unos segundos la roca cruza el sendero por detrás de ellos y el silencio vuelve a adueñarse del bosque. Zoo se toma un descanso para recobrar el aliento.

—Esa roca no era de verdad —dice.

—No —confirma Rastreador.

—Qué locura. —Los espectadores no tendrán acceso al primer comentario de Zoo, pero sí oirán este, y después el programa pasará a Biología y Fuerza Aérea, que están atentos al estruendo que suena por delante de ellos.

—¿Qué ha sido eso? —pregunta Biología.

—No lo sé —responde Fuerza Aérea—. A lo mejor se ha caído un árbol.

Al pie de la montaña, los votos de Camarera y Ranchero se imponen a Exorcista, y deciden tomar el sendero. Exorcista se apropia de la decisión ajena poniéndose a la cabeza. Camarera está agotada; sus cuádriceps están débiles y doloridos, y lo sigue con lentitud. Ranchero se sitúa en la retaguardia. En cuanto hallan el comienzo del sendero, deja que vaya aumentando la distancia que lo separa de sus compañeros. Mirando el suelo mientras camina, finge que está solo y piensa en sus hijos. Al cabo de unos minutos, el cámara lo insta a avanzar.

—Espabila, hombre. Tengo que teneros encuadrados a los tres.

Muy por encima de ellos y, en mitad de las zarzas, Médico Negro resbala y detiene su caída apoyando la mano en un maltrecho tocón. Una astilla del tamaño de un mondadientes se le clava justo bajo la piel del meñique izquierdo y le arranca entre dientes una exclamación de dolor. Banquero se mete entre las zarzas para ayudarlo a levantarse.

—No es profunda —dice Médico Negro tras inspeccionarse la mano. Pellizca la punta sobresaliente de la astilla con sus dedos rechonchos y la saca. La esquirla de madera sale limpiamente y la herida apenas sangra. «¿Lo habéis visto? —escribe el hombre razonable en un foro segundos después de que se emita la escena—. Está claro que es más diestro de lo que parece.» En menos de una hora, este hombre será calificado de racista, imbécil, caraculo y maricón, esto último cortesía de una niña de doce años que hace poco ha oído el insulto por primera vez y disfruta con la sensación de poder que confiere el usarlo desde el anonimato.

Médico Negro tira la astilla y saca su botiquín. Se pone un poco de crema antibiótica y luego se envuelve el dedo con una tirita.

—Es lo más que puedo hacer por el momento —dice.

Banquero tiene el pelo pegado a la frente por el sudor, y le brota una barba rala e incipiente desde las mejillas hasta la barbilla. No es una imagen favorecedora, pero pasado mañana la barba alcanzará su longitud ideal y resultará muy atractivo durante unos días. Robará corazones; no tantos como Fuerza Aérea, pero sí los suficientes para que se le reconozca durante semanas aunque sea en contextos muy distintos.

La todavía nada atractiva cara de Banquero es toda preocupación por su compañero.

—¿Aquella lista de plantas explicaba para qué servían? Si podemos encontrar un antiséptico natural...

—Estoy bien —lo interrumpe Médico Negro—. Casi no ha atravesado ni la dermis. — Adopta una expresión amable—. Aparte, no va a ser más eficaz una planta que lo que hay en el botiquín, ni siquiera la mejor. Pero gracias. —Reanudan el ascenso.

Zoo sigue mirando el punto por el que ha desaparecido el peñasco falso.

—Podríamos habernos hecho daño —dice—. Daño de verdad. —Se esperaba encontrar desafíos y peligro, pero no de esa clase. No pensaba que los productores del programa fueran a lanzar rodando, directamente contra ella, un obstáculo de metro y medio de diámetro a través de un bosque espeso. El horror altera sus expectativas: un primer pasito hacia futuras cotas inconcebibles.

—Estamos bien —señala Rastreador—. Y no falta mucho para la cima.

Zoo se vuelve para seguirlo. Ya no sonríe.

Medio kilómetro al oeste, Nena Carpintera e Ingeniero se abren paso a través del bosque. Ella lleva varias ramitas enredadas en el pelo y él tiene la manga derecha rasgada a la altura del puño y cubierta de espinas de zarza. Hacen un alto para consultar el mapa y la brújula.

—Estamos cerquísima —dice Nena Carpintera—. Pero solo veo árboles.

—Se despejará en cualquier momento —asegura Ingeniero—. Nos faltan menos de treinta metros de elevación. —Recoge el mapa y abre la marcha otra vez, aunque enseguida se detiene y exclama—: ¡Hala!

—¿Qué pasa? —pregunta Nena Carpintera agachándose para pasar por debajo de una rama y colocarse a su lado.

El cámara que los sigue corre hasta ellos para captar sus caras de circunstancias, luego abre el plano y muestra un abrupto barranco de doce metros.

Lección del día: las curvas de nivel pueden resultar engañosas cuando los aumentos de elevación se producen en forma de acantilados al final de una meseta arbolada.

—¿Cómo subimos por ahí? —pregunta Nena Carpintera.

—¿Con un complejo sistema de poleas? —responde Ingeniero.

Nena Carpintera guarda silencio por un instante.

—Y a lo mejor una palanca —sugiere. De pronto empiezan los dos a doblarse de risa. Ella suelta un hipido y añade—: La próxima vez iremos por el sendero.

En el sendero en cuestión, Fuerza Aérea tiene mala cara. La cuesta arriba es un tormento para su tobillo. Se mueve a base de fuerza de voluntad y un arraigado sentido del trabajo en equipo: no puede fallarle a su compañera.

—El sendero tiene otro aspecto aquí arriba —señala Biología.

—Tienes razón —admite Fuerza Aérea.

Se detienen y se quedan juntos a veinte metros del punto de activación. Lo que Biología y Fuerza Aérea perciben es una diferencia sutil: tierra removida y piedras del revés, oscurecidas todavía a causa de la humedad del suelo. En su situación, muchos habrían seguido caminando, tan tranquilos.

—Mira eso —dice Biología, y señala el pedrusco de gomaespuma que ha amenazado a Zoo y a Rastreador, situado a unos pasos, encajado entre dos pinos justo por debajo del sendero.

—¿Crees que eso es lo que ha caído antes? —pregunta Fuerza Aérea—. Una roca de ese tamaño habría hecho mucho más ruido. Y causado más daños.

Biología echa un vistazo ladera arriba y luego se acerca al peñasco.

—Supongo que tienes razón —dice.

Está intranquila, pero la experiencia le ha enseñado a respirar para calmarse y convertir el miedo en motivación. Es una mujer extraordinaria desde todos los puntos de vista, pero aun así, más allá de este momento y de un montón de planos deshumanizadores para destacar su físico, no estará mucho tiempo en el aire. Demasiado callada, dirá el editor. Se mostró más sociable en las entrevistas, donde no tenía que hacer respiraciones para aplacar los nervios ni focalizar el miedo. Pero hasta ella sabe que no la escogieron por su personalidad.

Biología atraviesa con el pie el plano situado entre un tocón y un árbol con una colmena falsa colgando de una de las ramas superiores, y el cámara envía su señal. Biología examina el peñasco caído. La gomaespuma pintada tiene desconchones y muescas que dejan ver secciones blancas y granulosas.

—Me parece que no es de verdad —dice, al mismo tiempo que suena el fragor de aviso. Cuando Biología lo oye, no le cuesta nada imaginar lo que se avecina—. ¡Corre! —grita agarrando del brazo a Fuerza Aérea, que esprinta lo mejor que puede.

Los productores, de hecho, no pretenden alcanzar a nadie con las rocas falsas, por muchas autorizaciones que se hayan firmado. Hay un montón de avisos, avisos de sobra para que incluso Fuerza Aérea y Biología, renqueantes, abandonen la zona de peligro. La han dejado casi quince metros atrás para cuando el peñasco cruza rodando el sendero; no lo ven, aunque lo oyen. El cámara graba el paso de la roca, que llega más lejos que la primera y supera la curva anterior del zigzag, hasta quedar atrapada entre las raíces de un árbol caído desde hace mucho tiempo.

Demasiado lejos para oír nada de lo ocurrido, a Nena Carpintera e Ingeniero se les ha pasado el ataque de risa y se coordinan para solucionar su problema de doce metros de altura. La respuesta es simple pero trabajosa: trepan tirando el uno del otro por una abrupta pendiente cubierta de hojas, ramas caídas y árboles derribados. Ingeniero resbala y se desliza por la cuesta dejando un rastro oscuro entre la hojarasca del suelo. Nena Carpintera lo ayuda y poco a poco remontan la pendiente. Casi han llegado a la cumbre.

Sin embargo, no son los primeros en terminar la última etapa de este Desafío. Rastreador y Zoo coronan una cuesta y ven delante de ellos al presentador, que espera sobre una roca lisa, con un paisaje de montañas verdes como telón de fondo. Se ven indicios de civilización a lo lejos: carreteras, coches que la perspectiva convierte en juguetes que pasan sin hacer ruido, grupos de edificios. Los concursantes verán todo eso, pero los espectadores no; cada uno de los planos se cortará para que quede fuera o se difuminará para desdibujarlo.

El presentador da una imperiosa bienvenida a Rastreador y Zoo.

—Sois los primeros en llegar —dice—. Enhorabuena.

—¿Y ahora qué? —pregunta Zoo, que está mirando más allá del presentador, admirando la vista.

El presentador adopta un tono de voz coloquial.

—Esperamos a los demás; vosotros podéis relajaros.

Zoo se sienta junto al presentador. Rastreador le dedica un breve gesto de despedida y desaparece entre los árboles.

—¿No está cansado? —pregunta el presentador.

—No creo que sepa lo que es eso —responde Zoo.

Doce minutos más tarde, Médico Negro y Banquero salen de entre los árboles que hay al oeste del sendero. Tienen hojas y espinas enredadas en el pelo. Aceptan la autoritaria bienvenida y luego se sientan junto a Zoo, que está tumbada al sol con los ojos cerrados. Fuera de plano, el equipo ahuyenta a Rastreador del campamento de producción. Fuerza Aérea y Biología aparecen momentos más tarde para aceptar el tercer puesto. Pasan otros cuarenta y cinco minutos antes de que Ingeniero y Nena Carpintera lleguen cabizbajos a la cima procedentes del este; llevan media hora deambulando por el bosque de la cumbre, pero han topado hace un momento con Rastreador, que les ha indicado la dirección correcta.

Más abajo, el trío avanza, tambaleante y disgregado, por el sendero.

—¿Cuánto falta? —pregunta Camarera gimoteando. Se encuentra mal. A pesar de lo seca que tiene la boca, hace más de una hora que no bebe un sorbo de agua. Su cuerpo falto de calorías está demasiado cansado para que le apetezca levantar la botella, y camina arrastrando los pies. En vez de huellas, deja surcos en el sendero.

Ranchero la sigue de cerca, lanzando miradas furtivas y semiaccidentales a su trasero.

—No debe de quedar mucho. Tú puedes.

—Necesito un descanso —replica ella, doblada por la cintura y con las manos apoyadas en las rodillas. La chaqueta se le sube por encima de la cintura.

Ranchero se sorprende a sí mismo mirando y desvía los ojos de golpe hacia los árboles. Exorcista va más adelantado, haciendo ruido con su andar pesado pero sin perder de vista a sus compañeros. Se fija en que se han parado y retrocede hacia ellos.

—¿Te has hecho daño? —pregunta con brusquedad.

—Solo necesito un segundo —responde Camarera.

—Bebe un poco de agua —sugiere Ranchero, y acto seguido echa un trago a la suya.

Camarera asiente y saca una de sus botellas de la mochila. Aguanta el líquido en la boca durante unos instantes antes de tragar, disfrutando de la sensación del agua contra la lengua seca y el interior de la boca. Es un momento sin pena ni gloria, pero será manipulado hasta transmitir una gran sensualidad a medida que la cámara se desplace desde su pecho resbaladizo y agitado hasta los labios adelantados y los ojos entrecerrados de placer. Entonces se traga el agua y la narración efectúa una torpe transición al futuro: han recorrido un kilómetro y medio más de sendero y el sol ya empieza a descender. Dejan atrás el segundo peñasco falso, el que ha rodado hasta más abajo. Ninguno de los tres repara en él, ni en el primero. El cámara se queda un poco atrás. Exorcista está embarcado en otro monólogo exaltado y tortuoso del que se reproducirán solo fragmentos: «Tenía la sangre azul, ¡azul!, y con un sabor metálico»; «Mi madre me había advertido sobre las mujeres como ella, pero me gustaba su olor, de modo que me casé de todas formas»; «¡Y aquella fue la primera vez que comí carne de lagarto!».

El cámara pulsa el botón con el pulgar.

Ni Exorcista ni sus compañeros oyen el temblor de advertencia por encima de su parloteo, y avanzan a paso lento. Un guijarro rueda y choca contra el pie de Camarera, que echa un vistazo al lado; está demasiado exhausta para procesar lo que sucede en realidad.

Es Ranchero quien ata cabos primero, pero lo hace bastante más tarde que los restantes equipos. Apenas tiene tiempo de gritar «¡Cuidado!» antes de que el peñasco de gomaespuma caiga rebotando en mitad del camino entre él y Camarera. Ranchero da un salto hacia atrás para apartarse de la trayectoria de la roca y Camarera se da la vuelta confusa. Exorcista también se gira, a una distancia segura; se encuentra en segundo plano cuando el cámara graba el impacto del peñasco contra un grueso tronco, que lo hace salir rebotado hacia arriba, de vuelta al sendero, donde alcanza el tramo superior y luego empieza a botar y a rodar cuesta abajo otra vez. Ranchero da media vuelta para huir corriendo, pero se impone la razón y en vez de correr por el mismo camino salta a un lado para apartarse, agarrándose a los troncos más delgados para dejar sitio a la gran roca, que lo golpea en el pie al pasar. El cerebro amedrentado de Ranchero le grita que tiene el pie roto antes de que hablen los sentidos: el impacto apenas le ha dolido. Se queda agarrado en la pendiente, perplejo.

Eso deja al cámara grabando la roca rodante que avanza derecha hacia él. Está tan acostumbrado a ser invisible que pasa unos cuantos segundos observando sin hacer nada mientras la esfera grisácea crece de tamaño en su visor. Entonces Ranchero le grita «¡Aparta!» y el cámara por fin reconoce el peligro. Presa del pánico, suelta la cámara. El instinto de luchar y el de huir ceden el paso a un tercero: la parálisis. Asustado y mudo, contempla el peñasco, y solo cuando está a punto de golpearlo reacciona y trata de apartarse. Pero es demasiado tarde; la roca le golpea de lleno, lo tira al suelo, se desvía hacia un lado del sendero y por fin se detiene. Ranchero la bordea para ayudar al cámara. Camarera lo sigue de cerca, boquiabierta. Exorcista está inmóvil en segundo plano.

El cámara maldice y se muerde el labio inferior.

—Creo que me he roto la rabadilla —protesta. Cierra fuerte los párpados en el momento en que Ranchero lo ayuda a levantarse. Cuando intenta recuperar la radio, descubre que también le duele la muñeca.

—Deja, ya lo hago yo —dice Camarera. Coge la radio y pulsa el botón—. Hola, ¿hay alguien? Nuestro cámara se ha hecho daño. Lo ha golpeado una roca. Necesitamos ayuda. —Una pausa y añade—: Cambio. —Retira el pulgar del botón.

Al cabo de un instante llega una respuesta.

—¿Está muy malherido?

—No lo sé —responde Camarera. Detrás de ella, Exorcista

se acerca a paso lento—. Puede levantarse y hablar, y tampoco está sangrando, pero...

—La rabadilla —insiste el cámara—. Dile que me he roto la rabadilla y a lo mejor la muñeca.

—Dice que se ha roto la rabadilla y la muñeca.

—Enviaremos ayuda. Esperad ahí.

—¿Que esperemos aquí? —pregunta Exorcista, en un tono molesto.

Camarera gira sobre sus talones para encararse con él.

—¡Se ha hecho daño!

—Está bien —replica Exorcista dirigiendo al cámara un gesto desdeñoso—. Perdona, amigo, pero no veo que te estés muriendo.

—Ya vamos los últimos —señala Ranchero—. No pasa nada por esperar.

—¿Cómo sabes que vamos los últimos? —pregunta Exorcista—. Vosotros dos la cagasteis con la primera Pista, a lo mejor le pasó a alguien más.

Ranchero, que todavía tiene agarrado al cámara para sostenerlo, lo mira y pregunta:

—¿Vamos los últimos?

El herido respira con dificultad. Echa un vistazo a su alrededor. Sabe que en esa zona hay cámaras montadas; sabe que no se le permite contarles nada a los concursantes. Pero sin duda, piensa, la situación es excepcional.

—Los últimos con diferencia —dice.

—¡Lo ves! —exclama Camarera.

—Da lo mismo —replica Exorcista—. Yo sigo adelante. Si venís, bien, y si no, también. —Empieza a caminar.

—¡Pero somos un equipo! —le grita Ranchero a la espalda.

Exorcista responde a voces:

—¡Nos vemos en la cima!

Más arriba, los demás concursantes ven cómo un técnico de emergencias y un cámara salen corriendo del bosque, cruzan el pequeño claro y empiezan a descender por el sendero. El cámara que se ocupaba de Zoo y Rastreador hará horas extra; es el que está más en forma del equipo, porque corre maratones.

—Me pregunto qué habrá pasado —dice Biología.

—Alguien debe de haberse hecho daño—conjetura Ingeniero.

Todos menos Rastreador, que sigue por su cuenta en alguna parte, miran al presentador, que se encoge de hombros. Enseguida llega el productor, que se lo lleva a un aparte para hablar con él. Los concursantes observan su conversación, los asentimientos de cabeza y los reflexivos gestos de las manos, pero son incapaces de deducir gran cosa.

—No parece que cunda el pánico —dice Zoo—. Sea lo que sea lo que ha pasado, no puede ser muy grave.

—Seguro que ha sido esa roca —comenta Biología.

—¿Qué roca? —pregunta Ingeniero, y le hablan de los peñascos de gomaespuma—. ¡Caramba! —exclama mientras mira de reojo a Zoo. Se alegra de que no haya resultado herida; cree que le gustará ver cómo ha reaccionado ella al ver la roca, más adelante, cuando esté en casa; su compañero de piso le prometió que le grabaría el programa.

Las elucubraciones dan paso a un silencio aburrido. Rastreador vuelve y se sienta sin decir nada junto a Zoo. Después Exorcista corona la cima y avanza pavoneándose hacia el grupo. Los demás esperan que aparezcan Ranchero y Camarera. Cuando ven que no llegan y lo suman a la intervención del técnico de emergencias y a la espera, se temen lo peor.

Fuerza Aérea se pone en pie, listo para la acción. Los demás empiezan a hablar y a hacer preguntas, atropellándose unos a otros. Rastreador escucha y observa el bosque.

Exorcista disfruta de ser el centro de atención.

—Ha sido una pasada —les cuenta—. Ha aparecido de la nada una roca gigante rodando. Yo me he apartado de un salto, pero iba tan rápido... —Se calla y sacude la cabeza. Biología le pone una mano comprensiva en el hombro—. Le ha dado a nuestro cámara.

Exclamaciones ahogadas.

—¿Está mal? —Lo ha preguntado Fuerza Aérea, pero todos quieren saberlo.

—Mal. Muy mal.

El presentador se les acerca intrigado.

El nerviosismo cunde entre los concursantes.

—Tendría que ir a echar una mano —dice Médico Negro.

—Si bajas renuncias al segundo puesto —le advierte el presentador.

—¿Ese hombre casi se mata y tú vas y lo dejas tirado? —le suelta Nena Carpintera a Exorcista. Se vuelve hacia el presentador—: ¿Y eso está bien?

El presentador se encoge de hombros.

—Vuestra calificación depende de cuándo termine el último miembro de vuestro equipo y ellos van los últimos, o sea que no veo que tenga importancia.

Nena Carpintera lo mira fijamente.

Y Zoo piensa que sí importa. Porque si Exorcista ha sido capaz de dejarlos atrás, Rastreador podría haberla dejado a ella, y ahora lo sabe. No lo mira; no quiere ver cómo sopesa si terminar en primer lugar ha compensado el hecho de cargar con ella. Pero Rastreador en realidad está pensando en el herido y en lo que lo ha herido.

Más abajo, el técnico de emergencias llega hasta el cámara y le hace un reconocimiento. No tiene el coxis roto, sino solo contusionado. También sufre un esguince de muñeca y unos cuantos hematomas y arañazos de poca importancia; sus lesiones no son de consideración y tienen más que ver con el suelo que con el impacto del pedrusco, cuya inercia se había disipado en buena medida para cuando topó con él. El sanitario opta por acompañarle hasta el inicio del sendero; sus heridas no justifican el envío de un helicóptero. Los dos hombres emprenden el penoso camino de bajada a la vez que el cámara recién llegado pide a Camarera y a Ranchero que se le acerquen.

—No saben cómo van a enseñar esto —les explica—; si es

que lo enseñan. O sea que, de momento, no habléis del tema, ¿vale? Si deciden usarlo, grabaremos vuestras reacciones más tarde.

Esa noche llegará la decisión de las altas esferas: que el cámara firme un contrato de cesión de derechos. No pueden usar su imagen sin disponer de ese permiso explícito, una autorización contractual que demuestre que él y su colega no están siendo manipulados. Que están al tanto de la producción. El cámara no la firmará, sin embargo. No quiere quedar para la posteridad paralizado de miedo. Los productores refunfuñarán, pero no podrán hacer nada. En el mundo del programa, el incidente no habrá sucedido. Tampoco sus efectos en la cima. Enseñarán a Ranchero apartándose de la trayectoria de la roca y luego imágenes de la piedra anterior rodando hasta detenerse, seguidas de una pausa publicitaria, tras la que Ranchero y Camarera se unirán a los demás. Las llegadas se ensamblan; si Exorcista ha acabado el Desafío antes que sus compañeros de equipo, ha sido por unos segundos.

El presentador dedica una bienvenida especial a los últimos clasificados y Exorcista avanza ufano hasta sus compañeros de equipo para echarles los brazos a los hombros.

—No podías vivir sin mí, ¿eh? —le dice a Camarera alborotándole el pelo.

Ella se aparta.

—¿Puedo cambiar de equipo, por favor? —le pregunta al presentador.

—Sí.

Camarera se queda atónita.

—¿En serio?

El presentador señala el lugar donde esperan sentados los otros concursantes.

—Pero antes, sentaos.

Camarera, Ranchero y Exorcista se meten donde pueden hasta que los once concursantes quedan apiñados en la superficie de roca vista. Aparecen el productor y varios becarios, que corretean de un lado a otro a medida que el primero alterna entre hacer consultas y gritar órdenes. Uno de los becarios le pasa un espejo al presentador. Ranchero recibe un aluvión de preguntas, a las que responde con sinceridad.

—¿La rabadilla? —pregunta Fuerza Aérea—. Nos ha dado a entender que el tío estaba agonizando.

Camarera se pregunta cuál será su nuevo equipo y entonces repara en que se acercan varios cámaras más, que cubren al grupo desde todos los ángulos.

—¿Otro Desafío? —pregunta—. ¿Es que no podemos descansar?

—No cuando sois los últimos —le responde el presentador mientras se examina los dientes.

Camarera está a punto de protestar alegando que la tardanza no es culpa de ella, que no deberían penalizarla, pero reprime ese impulso al comprender que, aunque ella no es responsable de que el cámara haya resultado herido, la posición de su equipo sí que es, en buena medida, culpa suya. Ranchero o Exorcista podrían haberse dado cuenta del error que había cometido, pero no lo vieron y sigue siendo error de ella.

No puedo contar con ellos, piensa, y mira a los demás concursantes. Sus ojos se detienen en Zoo, que se está sacando tierra de debajo de las uñas con una aguja de pino, y piensa: Sí.

Zoo ve que la está mirando y se imagina sus intenciones. Mantiene la vista fija en sus uñas con la esperanza de que Camarera mire hacia otra parte. Lo último que quiere es que se le enganche una rémora.

13

Esta vez, rompo el escaparate con una piedra. La tiro con todas mis fuerzas desde una distancia de unos tres metros y casi fallo.

—Hala, adentro —digo.

—¿Tú no vienes? —pregunta Brennan.

Niego con la cabeza y él me mira como si ya lo estuviera dejando tirado.

—Es una boutique —añado—. Veo el final desde aquí. —Lo cual, por supuesto, es mentira, aunque el borrón que intuyo tras el escaparate no parece muy profundo.

Estamos en uno de esos pueblos que son como una trampa para turistas, llenos de pequeñas cafeterías y tiendas horteras de souvenires. Este comercio en concreto, cuyo nombre escrito con enrevesada letra cursiva no tengo paciencia para descifrar, ofrece un surtido de bolsos y carteras que cuelgan en el escaparate. Me pregunto cuánto pagaron a los propietarios de la tienda para que fuesen justo lo que necesitamos.

Brennan se cuela por el escaparate roto.

—Ay —suelta.

Aparto la vista poniendo los ojos en blanco.

—Mae, creo que me he cortado.

—¿Estás sangrando? —pregunto.

—Sí.

—Bueno, al menos lo sabes.

Oigo un crujido; ha entrado. Supongo que estará mirando hacia atrás, observándome para asegurarse de que no huyo corriendo. Como si tuviera fuerzas para un gesto tan dramático.

—¡Date prisa! —grito. Suena un rumor en el cielo, por encima de mí. Pienso en el avión, pero solo es un trueno—. Sería buena idea que cogieras también un impermeable —le digo—. O un poncho. —Parece la clase de sitio que tiene ponchos entre las existencias. No de los prácticos y fáciles de doblar, como el mío, sino gruesos y de colorines, en plan irónico.

Brennan sale al cabo de un minuto. No lleva chaqueta ni poncho, pero tiene una mochila. Es brillante y con rayas de cebra.

—¿No tenían otra? —pregunto.

Se arrodilla y empieza a trasladar sus provisiones a la mochila, sin sacarlas de las bolsas de plástico.

—A mí me gusta —dice.

—Para gustos, colores. —A lo mejor no debería reírme de un producto que anuncian, pero es que la mochila es muy fea. Brennan cierra la cremallera y se la echa al hombro. Empiezo a caminar.

—Mae, mira qué más he encontrado. —Extiende la mano y me detengo para mirar. Cerillas. Seis o siete estuchitos azul oscuro, con el mismo garabato indescifrable en la tapa que en el rótulo de la tienda.

—Bien —digo—. No tendremos que parar otra vez. —Cojo las cerillas y me las meto en el bolsillo con la lente de mis gafas.

Cuando hemos dado unos cuantos pasos, Brennan pregunta:

—¿Tienes tiritas?

—¿Es profundo? —Me enseña el brazo con el jersey arremangado. No veo sangre en la extensión oscura de su piel: está demasiado lejos y el corte es demasiado pequeño. Muevo los hombros para quitarme la mochila y saco el botiquín—. Toma —le digo cuando le paso la pomada antibiótica y un paquete de tiritas. Parece sorprendido; a lo mejor esperaba que le vendase la herida yo misma—. El tiempo corre —le recuerdo. Eso hace que se ponga en acción y se cure el brazo.

Truena otra vez, más alto. Pronostico que Brennan pronto lamentará no haber cogido una prenda impermeable en Cursiva Enrevesada.

Acierto. Unas horas más tarde, chorrea y tirita bajo la lluvia.

—Mae, ¿podemos dormir dentro esta noche, por favor? —suplica.

Yo llevo los pantalones metidos en las botas y la capucha del poncho puesta. Tengo mojados los muslos y las pantorrillas, pero por lo demás estoy bien.

—No —respondo.

—Los propietarios ya no están. No les importará.

Me chupo el labio superior para no gritarle.

—Mae, estoy helado.

—Te ayudaré con el refugio —le digo—. Te enseñaré a aislarlo del viento.

No responde. Sus deportivas chapotean a cada paso. Un relámpago rasga el horizonte. Al cabo de unos segundos, suena un trueno. Siento temblar la tierra. Hemos salido del pueblo turístico y nos adentramos en las afueras. Para esto me rompieron las gafas, creo. Para poder enviarme a través de zonas como esta y que lo único que tengan que hacer sea vaciar las casas durante unas horas. Me pregunto cuánto les costará: ¿un par de cientos de dólares por familia? Todo para joderme a mí. Y para ganar espectadores, porque tengo que reconocerlo: si no estuviera aquí, si no fuera concursante, vería este programa. Me dejaría atrapar por su plasmación de una familiaridad hecha trizas y me encantaría.

Otro trueno. Las casas son más altas que nosotros, de modo que no me preocupa que nos alcance un rayo. Aunque en esta zona no hay muchos detritos para construir refugios y tal vez no lleguemos al bosque antes de que caiga la noche. Es posible que tenga que buscar una solución de compromiso. Un cobertizo, por ejemplo. No entraré en otra de sus casas preparadas, pero puedo transigir con un cobertizo o un garaje.

—¿Por qué no podemos esperar hasta que deje de llover? —pregunta Brennan—. Esto es una tontería.

Tú sí que eres tonto, pienso. Ha sido él quien no ha cogido una chaqueta cuando ha tenido ocasión. Su contrato debe de prohibirle tapar la sudadera, porque ahí lleva cámaras escondidas. En cuyo caso es tonto por haberlo firmado.

Claro que yo tampoco fui mucho más lista al firmar el mío.

—Ya me has retrasado bastante —digo—. No pienso perder la tarde.

—¿Retrasado para ir adónde? —me pregunta, y se planta—. ¿A la ciudad? Está vacía, Mae. Basura y ratas, eso es lo único que debe de quedar a estas alturas. Tenemos que encontrar una granja, un sitio donde podamos quedarnos.

—¿Esa era tu idea antes de pegarte a mí? —pregunto—. ¿Encontrar una granja, ordeñar una vaca y robar huevos de gallina?

Hace una mueca.

—A lo mejor.

—Pues ve —estallo—. Búscate una hija de granjero que se haya quedado atrás y se sienta sola. No te preocupes, si su padre sigue allí, o lo conquistarás o morirá. No olvides procurarte un arma, de todas formas, para protegerte de los asaltadores. O puedes ponerte en plan retro medieval y usar arco y flechas. Seguro que es la mar de fácil. No te fíes de nadie que se haga llamar «jefe» o «gobernador». Y protege a tu damisela, porque el mal siempre tiene la violación entre ceja y ceja.

Me mira fijamente, con la cara chorreando agua.

—¿De qué hablas?

De todos los guiones postapocalípticos de la historia, pienso. Doy media vuelta. Quiero salir de este pueblo lo antes posible. Oigo el chapoteo de los pasos de Brennan al seguirme.

—Esto no es una película, Mae —me dice.

Me río.

Me empuja por la espalda, con fuerza. Sorprendida, caigo

adelante y aterrizo de bruces en un charco. La base de las manos me duele cuando me apoyo para levantarme. Me las he pelado con el pavimento y estoy sangrando. Me duele mucho la rodilla derecha.

—Vete a la mierda —le suelto volviéndome hacia él—. Vete. A. La. Mierda. —Quiero partirle esa cara borrosa. Nunca le he dado un puñetazo a nadie. Necesito saber lo que se siente. Necesito verlo sangrar.

No pegar a nadie en la cara ni en los genitales.

Que me detengan si pueden.

Solo es un crío.

Es lo bastante mayor.

Tiene miedo.

Yo también.

Hay que seguir las reglas.

Brennan da un paso atrás.

—Mae, lo siento —dice. Está llorando, otra vez—. No quería... Lo siento.

Tengo los puños demasiado apretados.

—Por favor —suplica él—. Iré adonde quieras, pero no me dejes...

Abro las manos.

—Si pronuncias una palabra más —le advierto—, te quedas solo. —Abre la boca y yo levanto un dedo—. Una palabra más, Brennan, y me largo. Y si vuelves a tocarme, me da igual lo que digan, que te parto la jeta. ¿Entendido?

Asiente aterrorizado.

Bien.

Durante el resto del día guarda silencio. Si no fuera por el chapoteo de sus pasos y las veces que sorbe por la nariz, podría olvidar que va conmigo. Es un alivio, en cierto sentido, y aun así, sin su parloteo, vuelvo a estar sola.

Ahora tengo frío y los pantalones mojados se me pegan a la piel. Brennan debe de estar pasándolo fatal. Pronto será de noche y la tormenta no hace sino empeorar.

Brennan estornuda.

Pasamos por delante de una urbanización de amontonadas residencias de lujo para nuevos ricos. Los carteles anuncian nuevas obras y ofrecen alquileres con opción a compra. Son casas, pero no hogares.

Si se pone enfermo, lo único que conseguiré será que me retrase más. Por mucho que le haya amenazado antes, sé que no me permitirán que deje atrás a mi cámara.

Entro en la urbanización. Las calles tienen nombre de árbol: Olmo, Roble, Álamo. Tomo Abedul, porque cuando era pequeña y las tormentas de invierno cubrían de hielo todos los árboles con una capa de un centímetro que parecía interminable, los blancos abedules eran los que más se doblaban, curvando sus troncos como grandes jorobas. Cuando el hielo se derretía, también eran los que se enderezaban hacia el cielo con mayor facilidad. Pocos llegaban a quedar rectos del todo, y después de tantos años hay muchos que siguen inclinados, pero no se quebraban, y eso es algo que siempre me ha gustado de ellos.

La segunda casa por la izquierda de la calle Abedul me llama la atención. Se parece a todas las demás, salvo por un cartel azul que hay delante en el que pone ENTRADA LIBRE, lo que me indica que estoy donde debo estar. Pruebo con la puerta de entrada. Cerrada con llave.

—Espera aquí —le digo a Brennan.

Doy la vuelta hasta el patio de atrás. Mis intentos de abrir la ventana de la cocina haciendo palanca son infructuosos. Tendré que romperla. Atrás no hay nada que me sirva, de modo que vuelvo a la parte delantera de la casa. El cartel de madera que anuncia SE VENDE está torcido y suelto, como hecho aposta para que lo arranque. Siento que Brennan me observa mientras desclavo del suelo el cartel. Cuando vuelvo a la ventana, la rompo con el poste. La lluvia hace tanto ruido que apenas oigo quebrarse el cristal. Tiro el cartel al suelo, retiro los vidrios sueltos y entro por la ventana a una cocina inmaculada. Atravieso un vestíbulo de techo catedralicio dejando un rastro de gotas y llego a la puerta de entrada, que abro para dejar pasar a Brennan y luego cierro con el cerrojo. Pasado el recibidor hay dos habitaciones que disponen de abundante mobiliario para sentarse: largos sofás de felpa y mullidos sillones. En una de ellas, los asientos están dispuestos en torno a un polvoriento televisor de pantalla plana, de al menos sesenta pulgadas. En la otra, el centro de atención es una chimenea. Pegada a una pared hay una pila de troncos artificiales Duraflame. Probablemente sean patrocinadores.

Echo un vistazo al techo y solo veo un detector de humo. No necesitan tantas cámaras instaladas ahora que Brennan va conmigo.

Los troncos tienen unas instrucciones impresas en sus envoltorios de papel marrón. Ni siquiera Brennan puede meter la pata; le lanzo las cerillas y voy a explorar el piso de arriba. Contengo la respiración cada vez que abro una puerta, aunque esta casa no tiene nada que ver con la cabaña azul. Es enorme y anónima, está vacía. Acondicionada pero no habitada. Abro un tocador del baño y me froto las palmas con el alcohol que encuentro en el estante superior. Los arañazos no son lo bastante graves para precisar vendajes. En el dormitorio principal, abro armarios y cajones hasta descubrir unos pantalones de pijama de forro polar; me quito los míos, mojados, y me pongo los forrados. Encuentro un pijama a cuadros de hombre, para Brennan, y vuelvo a la planta baja. Le lanzo las prendas y extiendo mis pantalones, las botas y los calcetines ante el fuego.

—Ve a cambiarte —le digo— y secaremos tu ropa.

—¿Vamos a...? —Una expresión de horror le asoma a la cara.

—No pasa nada. Puedes hablar. Pero sin pasarte, ¿vale?

Asiente con gesto rápido.

—¿Vamos a quedarnos aquí? —pregunta—. ¿A pasar la noche?

—Sí.

Parece que el silencio le ha sentado bien.

—Gracias, Mae —dice tras reflexionar unos segundos.

—Ve a cambiarte.

La despensa contiene sopa orgánica vegetariana de lata y paquetes de macarrones con queso, con pasta en forma de animales. Caliento una lata de sopa toscana de alubias con arroz para mí y preparo los macarrones con queso para Brennan usando una lata de leche condensada en vez de la leche que indica la caja. Devora la olla entera y luego se desploma en el sofá con un suspiro. Al cabo de un momento ya ronca. El sonido no es tan molesto como antes. A decir verdad, hace que la casa parezca un poco menos grande.

Le echo una manta por encima y me envuelvo con otra. Los sofás son demasiado blandos; me siento en la alfombra, de cara al fuego, con una taza de infusión. No estoy segura de si seré capaz de dormir aquí. Aunque he inspeccionado todas las habitaciones, de manera que no tendría que haber problema. Espero que no haya problema.

Y si lo hay, si pasa algo esta noche, será algo nuevo. A lo mejor tiran langostas por la chimenea o meten serpientes de cascabel por la ventana rota. O envían murciélagos por control remoto con unos exagerados colmillos o debutan los merodeadores que imaginaba antes.

Sé que es inútil tratar de prever su depravación, pero no puedo evitar intentarlo. Hace que la espera en esta enorme casa fantasmal resulte algo más llevadera. Confío en que, hagan lo que hagan, no será hasta más tarde. Esperarán a que esté dormida, o casi, para atacar. Ese es su estilo; desdibujar la línea entre realidad y pesadilla. Me provocan pesadillas y luego las materializan.

El peor fue la cabaña. La cabaña demasiado azul que no puedo olvidar, por mucho que me esfuerce.

Encontré la cabaña dos días después de que Ualabí me abandonara. Estaba siguiendo la última Pista que me habían dado: «Busca la señal después del siguiente arroyo», decía. Había encontrado un lecho de río seco a unas pocas horas de mi campamento, pero no vi señal alguna, de modo que seguí caminando y buscando. Empezaba a temer que me había equivocado de rumbo y me había perdido, pero entonces lo encontré: un riachuelo cantarín que decía: «Me has encontrado, me has encontrado». Siguiendo la corriente durante un trecho topé con una alcantarilla, una carretera y un camino de acceso. Y mi señal, obvia por bien que inesperada: un racimo de globos azul celeste atados a un buzón, bailando mecidos por la brisa. Tomé el camino de acceso hasta llegar a una pequeña cabaña de una planta, azul, con una chimenea chata. Había más globos atados junto a la entrada y un felpudo gris de bienvenida. Recuerdo que en el perímetro del felpudo había pececillos de colores que enmarcaban las palabras HOGAR, DULCE HOGAR y unas cuantas caras sonrientes y congeladas de dibujos animados, aunque en ese momento no lo reconocí como mi siguiente Pista.

La puerta de entrada no estaba cerrada. Una cabaña azul y con la puerta abierta: no podían ser más claros. Entré en una sala desbordante de azul claro. El suelo estaba cubierto de globos y había una torre de paquetes envueltos con papel de regalo azul sobre la mesa del salón; había un sofá azul y una silla azul; cojines. Todo era de color azul. Todo. Sin excepción: recuerdo una alfombra, el contraste de la huella gris oscura de mi mano en el amarillo claro cuando abrí el tiro de la chimenea y preparé el fuego. Pero aparte de eso, todo era azul; lo recuerdo.

Al principio me quedé en la zona del salón, la cocina y el baño, sin abrir dos puertas que supuse que llevaban a los dormitorios. No había electricidad pero sí agua corriente... y un biberón azul en el fregadero. Di por sentado que el agua del grifo era segura y llené mis botellas sin antes hervirla, un error. Había barritas de cereales y una bolsa abierta de ganchitos. Comí hasta llenarme, lo que quizá también fuera un error, pero creo que fue el agua lo que me hizo enfermar. Asimismo encontré té Lady Grey de Twinings y me preparé una taza, pensando que sería un detalle agradable.

Después de acabarme el té, o quizá mientras aún me lo estaba bebiendo, me puse a abrir los paquetes de la mesa. Esperaba encontrar comida y una pila nueva para la petaca de mi micro, una Pista que me informase de adónde debía dirigirme a continuación. Pero lo primero que desenvolví fue una pila de cuentos ilustrados. Uno tenía una jirafa en la cubierta y el otro, una familia de nutrias. Todos tenían animales en la cubierta, aunque en uno solo aparecía un oso de peluche estrujado contra el pecho de un niño pequeño. Cuando retiré el papel del segundo paquete, pequeño y blando, encontré una ristra de minúsculos calcetines blanquiazules, seis pares marcados como «Recién nacido».

Recuerdo que dejé los calcetines sobre la mesa y caminé hasta el sofá, reprimiendo a duras penas el impulso de pisotear uno o todos los omnipresentes globos. Incluso ahora siento el aguijón de su mensaje. Sé que les expliqué mis motivos para participar. Se los expuse cuando me presenté al casting y en cada ronda del proceso de selección. Se los detallé en mi primera confesión. Se los conté una y otra vez. No debería haberme sorprendido tanto que me escucharan.

Después de aquello me tumbé en el sofá y tardé mucho tiempo en conciliar el sueño. Por fin me estaba adormilando cuando lo oí: un lloriqueo suave. El sonido me despabiló y mi mente despejada se esforzó por determinar la dirección de su origen. Por el pasillo, tras la puerta de un dormitorio.

La única luz existente procedía de las estrellas y de la luna y llegaba filtrada por las ventanas. Recuerdo que avancé paso a paso por el pasillo, a tientas, sin hacer ruido porque solo llevaba calcetines; fue la última vez que me quité las botas para dormir. El sonido era débil y animalesco. Un gatito, pensé, especialmente dedicado a mí; sabían que cuidaría de él. Soy más de perros, pero nunca abandonaría a un minino huérfano. Nunca abandonaría a ningún mamífero huérfano, a excepción de una rata, supongo.

Cuando abrí la puerta del dormitorio, el maullido cesó, y

yo me detuve. Una pared de ventanas en arco bordeaba una cama de matrimonio. En comparación con el pasillo, la luz crepuscular de la habitación era brillante; las sábanas reflejaban el onírico gris azulado de la noche. Había un oso de peluche en el tocador, uno de esos con cámara para vigilar bebés. Recuerdo que al identificar la cámara me sentí un poco mejor, un poco más valiente.

Pero, aun así, me sobresalté cuando el llanto regresó al cabo de unos segundos. Sonaba más alto, lo que me permitió localizar la fuente: un montón de mantas que había sobre la cama. Un hipido ahogado interrumpió el llanto. Perpleja, me acerqué a la cama. La forma oblonga que había bajo las mantas me incomodaba, pero había llegado demasiado lejos para echarme atrás y me estaban mirando, todo el mundo me miraba. Cogí la manta y la retiré.

Si se le da la oportunidad, una fracción de segundo parecerá fácilmente una eternidad, y esa es la clase de eternidad que experimenté al levantar y soltar de inmediato la manta. El maniquí de la madre, de pelo claro, allí tumbado con sus ojos de mármol y una mancha entre negra y parda que gotea desde su cara de látex y mancha las sábanas de debajo. Y en sus brazos hinchados y moteados, un muñeco envuelto en una tela azul pálido. Tiene los labios fruncidos y helados, esperando el biberón del fregadero. Apenas vi, pero vi. Qué lenta cayó la manta de mi mano para cubrir el maniquí, el muñeco.

Me avergüenza reconocer que su truco funcionó, que durante el transcurso de aquella eternidad creí que los maniquíes eran reales. Y entonces la grabación llegó a su fin y empezó otra vez, con lo que volvió a sonar aquel llanto y en esa ocasión lo oí: un tenue zumbido mecánico que acompañaba al sonido. Al mismo tiempo, esparcieron el olor por los conductos de ventilación, me parece, o por lo menos fue entonces cuando lo olí, o quizá en mi recuerdo sencillamente sea menos importante que el sonido. En cualquier caso, fue mi primer contacto con la peste a podrido que usan y me caló hasta el tuétano. Me quedé allí parada, atónita, durante un espacio de tiempo que no pudo ser más que unos breves segundos, aunque cada vez que lo pienso, cada vez que lo recuerdo, me da la impresión de que duró más, de que fueron horas.

Aunque sabía que todo era falso, aunque el muñeco emitiera un sonido ridículo y tuviera un aspecto ridículo, me afectó, mucho. No sé por qué: el agotamiento, la intensidad de lo que aquella escena pretendía representar. Era como si conocieran la verdad secreta que se ocultaba tras mis confesiones, como si aquella fuera su manera de decirme que sabían que en realidad no estaba allí para vivir una aventura previa a la maternidad, sino porque no creo que vaya a estar nunca preparada para tener un hijo. Quiero estarlo, quiero hacerlo, por él; ojalá pudiera, pero no puedo. Me presenté como aspirante al programa y acudí para postergar no la inevitable maternidad, sino el momento de decirle la verdad a mi marido.

Plantada en aquella cabaña demasiado azul, no podía parar de pensar en mí misma ocupando el lugar del maniquí bajo las mantas. La cara del muñeco estaba, y está, grabada a fuego en mi memoria, pero mis remordimientos se aferraban a la imagen y la distorsionaban. Veía la barbilla de mi marido, en miniatura y suave. Veía la naricilla chata que tanto dilata las fosas nasales en las fotos de cuando yo era pequeña. Veía palpitar la membrana de su cabeza pelada.

La grabación del muñeco llegó a la tos, un sonido estrangulado. Recuerdo que se me cerró la boca del estómago, una reacción visceral.

Sucumbí al pánico. Di media vuelta y salí corriendo del dormitorio. Agarré la mochila y me calcé las botas de un salto. Salí a trompicones por la puerta principal y resbalé con el HOGAR, DULCE HOGAR cuando los globos se me enredaron en los pies. Me libré de ellos y tomé el camino que exigía menos resistencia: el sendero de tierra, que desembocaba en una agrietada carretera de asfalto donde mis piernas temblorosas me arrojaron al suelo. Me tumbé en la cuneta entre las hojas caídas el último año, abrumada por el cansancio, el odio y el reflujo de la adrenalina. Querían que abandonase, eso saltaba a la vista, y yo también lo quería, quería acabar con aquello, pero no podía darles esa satisfacción. Me quedé allí tendida, sufriendo, durante mucho rato. Al final, me senté y me quité las gafas. Recuerdo que tenía el estómago revuelto, que los fluidos gástricos subían y bajaban entre la garganta y los intestinos como mareas. Cogí las gafas con la punta de dos dedos y miré fijamente hacia donde estaban sin verlos, recordándome una y otra vez que el maniquí y el muñeco no eran reales, intentando deducir qué se suponía que tenía que hacer a continuación, adónde se suponía que tenía que ir. Entonces una burbuja amorfa, un espacio más claro situado en algún punto más allá de mis gafas, captó la atención de mis ojos desenfocados. Un espacio iridiscente y danzarín que, tras un momento de perplejidad, identifiqué como los globos, que reflejaban la luz de la luna y se movían alrededor del buzón al capricho del viento.

Fue entonces cuando lo entendí: la Pista no eran los cuentos ni los globos, sino el felpudo de bienvenida. HOGAR, DULCE HOGAR. Esa era la dirección que debía tomar a continuación. Hacia el este.

También sabía que a los creadores del programa les encantaría mi huida aterrorizada, y decidí que desde ese momento sería lo más aburrida posible. Esa sería mi revancha. Me movía por carreteras secundarias y evitaba las casas. Al principio me costó avanzar; me puse enferma —el agua; tal vez la comida, aunque más bien el agua— y perdí un día o dos, quizá tres, pero no lo creo, tiritando delante de una hoguera que casi no fui capaz de encender, dada mi debilidad, pese a contar con mi encendedor.

Sentí el pinchazo de aquella pérdida. Era solo una cosa, pero qué útil. No sé qué habría hecho durante aquellos días de enfermedad sin el encendedor; supongo que habrían tenido que descalificarme y sacarme de allí por mi propio bien. Con encendedor y todo, estuve alarmantemente cerca de pronunciar la frase de seguridad; creo que fue solo la constatación de que no venían a por mí, de que estaban lo bastante tranquilos para dejar que me curase sola, lo que me proporcionó la fuerza necesaria para aguantar, lo que me permitió creer que me pondría bien. Y así fue. Mejoré y supe adónde tenía que ir; arranqué a caminar y entonces encontré la crema de cacahuete y el cóctel de frutos secos, además de su siguiente maniquí, lo que me indicaba que seguía en la ruta correcta.

A mi lado, Brennan emite un ronquido de lo más sonoro y cambia de posición en el sofá. Su brazo cae por un lateral y con un movimiento convulsivo sus dedos forman un puño, para a continuación relajarse y acariciar el suelo. Parece cómodo, a gusto entre los mullidos cojines. Esta noche no ha gritado.

Contemplo su mano flácida. El fuego se refleja en la esfera de su reloj. La curiosidad insomne me impulsa a mirar la hora. Las ocho y cuarenta y siete. He pasado tanto tiempo guiándome por la luz, y no por las horas, que de pronto me siento como si hubiera hecho algo malo. Me ruborizo y descubro por qué mientras observo cómo los segundos digitales avanzan hacia el sesenta: no me esperaba que el reloj funcionase como tal. Eso es una estupidez: no hay ningún motivo para que un reloj con cámara no dé la hora, de paso.

Dejo mi té frío y me inclino hacia la mano de Brennan mirando la esfera del reloj sin parpadear. «Sé que estáis ahí», les digo a los productores con la mirada. Podría robarle el reloj y destrozarlo, pero no lo haré. Dejaré que me graben, dejaré que me sigan y documenten. Para eso me inscribí, al fin y al cabo. Lo que no haré es dejar que me derroten. No permitiré que ganen.

Pase lo que pase, seguiré adelante. Cruzaré su línea de meta, sea cual sea, y llevaré conmigo a este maniquí viviente que me han endosado para que todos sean testigos de mi victoria.

14

El presentador se pasa una mano por el pelo, sin reparar en el horizonte que enmarca su imagen mientras se acicala ante el espejo. Un becario deposita un macuto a sus pies; el presentador le da el espejo y, a una señal del productor, aparece ante los concursantes.

—Anoche fue la última vez que os daremos carne —anuncia—, pero los ganadores del próximo Desafío recibirán utensilios para cocinar, de modo que sugiero que os esforcéis a tope. ¿Todo el mundo listo?

Los concursantes lo miran sin decir nada. Zoo levanta el pulgar sin demasiado entusiasmo. Ingeniero se anima a asentir. Nena Carpintera tiene cara de pocos amigos y Camarera parece alicaída.

—Así me gusta —dice el presentador—. Ha pasado un oso por aquí, aquí mismo, hace una hora. Vuestro trabajo es encontrarlo. Este es un Desafío en Solitario, pero se concederán ventajas en función del orden en que terminasteis el último Desafío en Equipo. —Levanta el macuto—. Para los equipos que terminaron en primer y segundo lugar, tenemos un perfil de vuestro objetivo. —Entrega bolsas con autocierre a Rastreador, Zoo, Médico Negro y Banquero. Cada una contiene una muestra de pelaje y una tarjeta laminada que describe al oso negro e incluye representaciones a escala de sus huellas y excrementos—. Para nuestros terceros clasificados, un perfil menos completo. —Entrega a Fuerza Aérea y a Biología un juego de tarjetas con viñetas sobre el comportamiento del oso negro—. Y para los cuartos y quintos, aquí tenéis. —Lanza un silbato naranja a cada uno de los restantes concursantes—. A lo mejor podéis espantarlo.

Camarera calcula mal y el silbato se le cae de las manos. Rebota sobre la roca y se detiene junto a los pies del presentador, que espera a que la chica lo recoja y añade:

—En realidad, hay dos osos. La mitad perseguiréis a uno y la otra mitad al otro. Necesito que el miembro más mayor de cada equipo se sitúe al norte de mí y el más joven al sur.

Algunos equipos pueden dividirse sin decir nada —Rastreador le saca por lo menos cinco años a Zoo, Médico Negro tiene una década más que Banquero y Ranchero es el mayor de todos— pero otros tienen que hablarlo. Fuerza Aérea le lleva unas semanas a Biología, y todo el mundo se sorprende al descubrir que Ingeniero es dos años mayor que Nena Carpintera. Camarera no quiere decir su edad, pero Exorcista, que ronda los cuarenta, finge no tener claro quién de los dos es más joven.

—¡Vale! Tengo veintidós —suelta al final Camarera.

—¡Yo también! —exclama Exorcista.

—No es verdad —tercia Ranchero, que está harto de Exorcista. Todos lo están—. Ponte allí —le dice a Camarera.

Exorcista se vuelve hacia el presentador.

—Al parecer, sobro.

—Elige un grupo —le dice el presentador.

Exorcista sopesa sus opciones. A la izquierda del presentador se encuentra el grupo norte, formado por Rastreador, Médico Negro, Ranchero, Biología e Ingeniero. A la derecha, el grupo sur, compuesto por Zoo, Banquero, Camarera, Fuerza Aérea y Nena Carpintera.

—Sur —decide Exorcista dedicando una sonrisilla de suficiencia a Camarera.

—Muy bien —responde el presentador—. Entonces irás al norte.

Camarera sonríe por primera vez este día, y Exorcista pone cara de perplejidad. Después asiente.

—Tendría que haberlo visto venir. —Y se va con su grupo.

La charla en el lado sur:

—Debería haber guardado un poco de chocolate —dice Nena Carpintera.

—Tendrás que conformarte con el oso —replica Banquero.

—¿Creéis que será un oso de verdad? —pregunta Zoo.

Nena Carpintera la mira.

—¿Por qué no iba a serlo?

—Nos ha dicho que no pensaban darnos más carne. Y las huellas de ciervo de ayer eran falsas.

—El ciervo que te comiste no —señala Banquero.

—Cierto, pero... —Zoo deja la frase en el aire. No puede creerse que el programa quiera hacerles rastrear a un oso negro real. Es una especie que suele evitar a las personas pero que puede resultar peligrosa si se le provoca. Además, allí no había ningún oso hace una hora.

—¿Está todo el mundo listo? —pregunta a voces el presentador.

Zoo saca la ficha del oso de su bolsa de plástico, poco satisfecha. Le parece que ganar un Desafío de dos días de duración debería haberle procurado un premio mejor. Esperaba una olla o tal vez un cóctel de frutos secos. Examina la huella de oso, que ya sabe identificar, y después mira a las otras cuatro personas asignadas al sur.

—Si encontráis una huella, no la piséis —dice. No entiende cómo puede funcionar aquello: cinco personas siguiendo al mismo animal pero sin trabajar juntas.

—¡Adelante! —grita el presentador.

Los concursantes se dispersan.

Zoo vacila, observando la desbandada al tuntún de sus compañeros.

—Esto va a ser un desastre —dice, y luego emprende la búsqueda.

Cuando Rastreador se puso a deambular antes, los productores le dijeron que evitase una zona, que es hacia donde se dirige en este momento, por deducción. Exorcista lo sigue. Los demás se van cada uno por su lado. Rastreador ve los indicios casi de inmediato: follaje aplastado y cubierto con pegotes de pelo marrón oscuro. También hay dos huellas perfectas en la tierra. Sabe que un oso nunca sería tan descarado, pero también sabe que no andan detrás de un animal de verdad. Exorcista se pega a él.

—No soy tonto —dice este—. Si existe un atajo, pienso tomarlo.

El rastro lleva hasta una pequeña cueva en la que Rastreador y Exorcista encuentran... nada. Solo arañas y liquen. El rastro era una pista falsa, específicamente diseñada para atraer y retrasar a Rastreador. Fuerza Aérea ha encontrado el rastro correcto, uno menos obvio que comienza muy cerca del punto de partida del Desafío; no se ha creado hasta que Rastreador ha vuelto con el grupo.

Los concursantes están demasiado cansados para reñir.

—Deberíamos haberlo planteado como otro Desafío en Equipo —le susurra el presentador al productor.

—No pasa nada —replica este—; solo queremos asegurarnos de que se agoten.

El Desafío, silencioso y lento, se comprime a consciencia. Los espectadores verán a varios concursantes abriéndose paso entre matorrales y algún que otro primer plano de ojos enrojecidos y mandíbulas caídas. En el grupo sur, la primera huella de oso es destruida a las primeras de cambio por Banquero, que sin darse cuenta la sustituye por la suya. Un cámara lo capta, y a la toma seguirán más imágenes de tropiezos y torpezas. A todos los integrantes de ese grupo, menos uno, los mostrarán cayéndose, resbalando o golpeándose la cabeza con una rama. Zoo es la favorita del editor y la enseñará ayudando a

Nena Carpintera a levantarse, aunque tendrá que cortar cuando se dé contra una rama de pino a la altura del cuello inmediatamente después.

Camarera se acerca a unos arándanos. En cuanto alcanza los arbustos, coge una baya y la hace rodar en la palma de su mano.

—Quiero comerme esto —dice—, pero no sé si es venenoso. A ver, parece un arándano, pero... mejor que no. Será mejor que me ponga a buscar ese oso y punto. —Suelta la baya y avanza apartando la espesa maleza, que le llega hasta la cintura. Al cabo de unos minutos (segundos) oye un gruñido y se queda petrificada. Esta sola con el cámara; la concursante más cercana es Biología, que se encuentra a unos quince metros—. ¿Eso ha sido el oso? —susurra, y entonces lo ve: a unos tres metros de distancia, al otro lado de un tocón, una masa rechoncha de pelo negro de un metro de altura y un metro ochenta de longitud.

Camarera empieza a temblar.

—Ni de coña, ni de coña, ni de coña... —masculla con voz queda y atropellada.

No se fija en que el oso no se mueve, ni para mirarla ni para comerse las bayas que tiene a unos centímetros de la boca; ni siquiera para respirar. Transcurren diez segundos muy largos y entonces el chasquido de los pasos de Biología, que se le acerca, saca a Camarera de su estupor. Aparta las ramas de arándano, se acerca al montaje —sí que es un oso de verdad, lo que pasa es que murió hace mucho y ha sido disecado por una mano experta— y observa con detenimiento la cara, el hocico parduzco, los ojos de cristal que no parpadean y la boca, que enseña sus afilados dientes como si estuviera a punto de rugir. Y entonces repara en que lleva algo alrededor del cuello: una zarpa de oso que cuelga de un cordel de cuero. Pegado con celo a la correa hay un trozo pequeño de papel que pone: TRAE PRUEBAS.

Al norte, Fuerza Aérea encuentra al segundo oso y se queda su collar de garra. Sin embargo, Camarera llega antes que él junto al presentador, cuyo rostro adopta una vergonzosa expresión de pasmo al verla con la garra de oso. Se recupera enseguida, por lo menos lo bastante para decir:

—Bueno... Enhorabuena.

—Han sido las bayas —explica Camarera más tarde en una confesión a cámara—. No estaba siguiendo ningún rastro sino paseando, cuando he visto las bayas y he pensado: ¿Los osos no comen bayas? ¡Y allí estaba!

En cuanto Fuerza Aérea regresa, se llama al resto de los concursantes mediante una serie de gritos.

—¡Lo ha encontrado esta! —exclama Exorcista—. Ni de coña.

Camarera le hace una peineta, un gesto que se emitirá pero difuminado, y Exorcista se queda tranquilo porque sabe que aunque ella ha ganado un Desafío, todavía puede sacarla de sus casillas.

—Ahora nuestros ganadores reciben esto —dice el presentador, que sostiene dos macutos idénticos. Entrega uno a Camarera y el otro a Fuerza Aérea. El sol está bajo. Todos los concursantes parecen agotados, porque lo están. Ha sido un día muy largo. El presentador los mira con expresión seria y añade—: Buenas noches. —Y se marcha.

Los concursantes intercambian murmullos de incredulidad.

—¿Qué hacemos ahora? —pregunta Biología.

La expresión de Banquero es indescifrable.

—Supongo que deberíamos construir un refugio... —dice Zoo, que mira a Rastreador y siente alivio al ver que este le devuelve la mirada.

Fuerza Aérea abre la cremallera de su macuto. Camarera lo ve y hace lo mismo. Un cámara se le acerca para grabar el contenido. Al agacharse junto a ella tose sobre la roca lisa. La tos suena como si tuviera papel de lija en la garganta.

—Espera —le pide a Camarera con voz ahogada. Luego carraspea, escupe y se sienta con cuidado, respirando con dificultad—. Estoy un poco resfriado; perdón, sigue. —Le tiemblan las manos, lo bastante para que la secuencia resulte inservible; el editor tendrá que usar la del cámara que se inclina por encima del hombro de Fuerza Aérea. Los objetos del macuto aparecerán en forma de lista para los espectadores a medida que sean revelados: dos ollas de metal pequeñas con las asas plegables idénticas a la que obtuvo Ranchero en el primer Desafío, una bolsa de caldo de verduras en polvo, un saco de arroz integral de dos kilos, un juego de salero y pimentero de plástico y un rollo de hilo de pescar.

—Aquí arriba hará frío —dice Rastreador. Habla en voz baja; solo Zoo, Nena Carpintera y Médico Negro lo oyen—. Tendríamos que bajar de la cima.

—¿Compartimos un solo refugio? —pregunta Nena Carpintera.

Rastreador asiente, se vuelve y empieza a alejarse de la roca hacia una zona que desciende con una pendiente suave. Zoo y Nena Carpintera lo siguen.

Médico Negro se vuelve hacia los demás y grita:

—¡Esta noche un refugio, por aquí! —Espera a que Fuerza Aérea cierre la cremallera de su bolsa y se ponga en pie y después se meten los dos entre los árboles.

Aunque los concursantes tardan un tiempo en organizarse, lo próximo que verán los espectadores será su refugio ya a medio construir. Nena Carpintera toma la voz cantante en la construcción, y el refugio empieza a llevar trazas de que será un bonito cobertizo. Está situado veintitrés metros por debajo de la cima de la montaña, en una zona llana donde las rocas apenas están cubiertas de musgo.

—Que haya menos musgo significa que hay menos agua —explica Rastreador—. De manera que, si llueve, no nos inundaremos.

Lo siguiente que verán los espectadores será a Rastreador acercándose a Fuerza Aérea.

—No puedo cazar suficiente para dar de comer a todos solo con trampas de losa.

—¿Piensas dar de comer a todos?

—Es lo correcto.

—Te ayudaré.

Para cuando anochece, el refugio del grupo mide cuatro metros de largo y tiene un techo bajo e inclinado de ramas de pino. La estructura la forman tres ramas en forma de «Y» bien clavadas en la tierra, con un tronco de apoyo cada una, atravesado sobre la horquilla para formar un trío de uves consecutivas. Un palmo y medio de hojas y agujas de pino caídas alfombran el interior del refugio, mientras que un techo de material parecido y cubierto con el pino cortado lo completa. Construido en dos horas y solo con recursos naturales, el cobertizo presenta un aspecto asombrosamente profesional y acogedor.

A siete metros del cobertizo hay un segundo refugio, que es poco más que una pila de hojas colocadas contra una roca. Exorcista recuerda que anoche estuvo calentito, pero también apretado. Esta noche quiere ver las estrellas. Está tumbado sobre el fino lecho de hojarasca, esperando a que se ponga el sol sin prestar atención a los demás.

Camarera se sienta entre los dos refugios con su saco de arroz, que ya pesa menos porque hay dos tazas en el fuego, junto con la misma cantidad extraída de la reserva de Fuerza Aérea, todo repartido entre las cinco ollitas. Al principio dudaba si compartir, pero la instantánea generosidad de Fuerza Aérea ha aplastado su renuencia; esta noche los concursantes se regalan el estómago con unas espesas gachas de arroz condimentado con sal, pimienta, caldo vegetal y varias tazas de brotes de dientes de león guisados, que han recogido Biología, Médico Negro e Ingeniero mientras Zoo encendía el fuego y los demás recogían leña. Todo el mundo ha aportado su granito de arena esta noche, y todos compartirán el banquete.

Todos menos Exorcista, que lleva horas relajándose por su cuenta. Mientras los otros se sientan alrededor del fuego y empiezan a repartir los vasos de acampada, él se levanta de su colchón de hojas, se estira y luego se acerca y se sienta entre Camarera e Ingeniero.

—¿Dónde te crees que vas? —pregunta Camarera, que sostiene uno de sus vasos y un tenedor de plástico que le ha regalado Ranchero.

—Me muero de hambre —responde Exorcista, dándose unas palmaditas en la barriga—. Pásame un poco de eso de ahí.

—Ni de coña —dice Camarera, a lo que añade lo que los espectadores no oirán—: Tú nos has dejado tirados y luego te has ido a dormir.

—No digas tonterías —replica Exorcista.

—No dice ninguna tontería —tercia Ranchero desde el otro lado de la hoguera. Tiene en la mano su propio vaso—. Si quieres comer con el equipo, tienes que formar parte del equipo.

La animosidad de Camarera no sorprende a Exorcista, pero el apoyo de Ranchero sí, al igual que los muchos asentimientos de cabeza que observa en torno a la hoguera. Por un instante, mira directo al objetivo de una cámara, como si acusara al aparato de haberle puesto en contra a sus compañeros. En realidad, eso es justo lo que piensa; cree que los demás están haciendo teatro, como él. Pero la verdad es que la mayoría de los concursantes en este momento han olvidado que los graban. Se está adueñando de ellos un antiguo instinto, no tanto la mentalidad de que sobrevive el más apto, sino más bien la negativa a cargar con un individuo capaz pero perezoso. Nadie más habría actuado para impedir que Exorcista comiese, pero ahora que Camarera lo ha hecho, los otros están unánimemente de su lado. Casi todos sienten un instante de remordimientos, pero eso no los convence de que estén haciendo nada malo.

—Me moriré de hambre —protesta Exorcista.

—El cuerpo humano puede resistir un mes sin comer —le informa Rastreador, que se cuenta entre los que no sienten remordimientos.

—Ve a buscar lombrices —le suelta Camarera. Después se

toma un bocado de arroz, cierra los ojos y emite un murmullo de placer.

Exorcista se lanza hacia delante y le arranca de las manos el vaso de metal. Camarera abre los ojos como platos y se abalanza sobre Exorcista, que rueda por el suelo mientras el arroz sale volando. Camarera lo abofetea con toda su escuálida fuerza. Exorcista se tapa la cara y se hace un ovillo en el suelo, para aguantar los golpes. Ingeniero se acerca a la refriega: intervención ineficaz. Un segundo más tarde, Banquero levanta a Camarera por la fuerza y la aleja.

—¡Suéltame! —chilla ella.

Y entonces Biología se acerca a Camarera y empieza a frotarle los brazos y a calmarla. De entre las muchas cosas que le dice, la única frase que se reproducirá para los espectadores es:

—Ese tío no vale la pena.

Nena Carpintera también acude a consolar a Camarera, mirando a Exorcista con cara de pocos amigos. Zoo observa la escena y piensa: Eso es lo que se espera que haga, ofrecer consuelo. Pero no piensa permitir que su sexo defina su papel. En vez de salir corriendo para reconfortar a Camarera, mete un palo en el fuego y descompone un trozo de madera brillante que está debajo, partiéndolo en varias ascuas independientes contorneadas de rojo y naranja.

Exorcista se revuelve de rabia y vergüenza, todavía en el suelo.

—¡Me ha pegado! —grita—. ¡El contrato dice que no se puede pegar a nadie!

Uno de los cámaras habla por la radio. El productor dice desde el otro lado: «Jesús, vaya día. No pasa nada, mientras haya terminado. Y... dime que lo has grabado». Más tarde, hablando con el compañero que se ha quedado en los estudios, añadirá: «Por lo menos esto sí podemos usarlo. Putas autorizaciones».

Volviendo a la hoguera, Médico Negro hace una puntualización.

—Los contratos solo prohíben pegar a la gente en la cabeza, la cara o los genitales.

Exorcista se levanta con un esfuerzo y señala su propia cara.

—¿Y a esto como lo llamas?

—A mí me ha parecido que solo te daba en las rodillas y en los brazos.

—Es verdad —confirma Fuerza Aérea—. Has adoptado una posición fetal defensiva muy lograda.

Zoo se ríe; Exorcista la fulmina con la mirada.

—No me mires así —le espeta ella—. Te lo has ganado a pulso. —Su tono despectivo sorprende a Ingeniero, que pensaba que Zoo actuaría de pacificadora. Ninguno de los cámaras capta la expresión de leve decepción con que la mira.

Exorcista levanta las manos y se retira a su precaria yacija. Los demás cenan en silencio. La secuencia terminará con una batería de breves confesiones.

Nena Carpintera, muy editado:

—Se lo merecía.

Banquero:

—El tío se ha echado una siesta mientras los demás montábamos el campamento. Me da un poco de pena, pero ¿por qué tenemos que cargar con él? Además, no ha sido decisión mía. Yo no gané el arroz. Si acaso estoy agradecido por haber recibido un poco.

Camarera:

—Lleva dos días chinchándome sin parar, ¿y luego me roba la comida? Ni de p... coña. Así se muera de hambre.

Exorcista:

—Toda sociedad necesita sus parias; el hecho de que esta sea una sociedad pequeña no cambia esa realidad. —Se pasa una mano por su grasiento cabello pelirrojo mientras atiza las llamas. El segundo episodio de *A oscuras* terminará así, con su promesa—: ¿Quieren que sea el malo de su película? Pues vale; seré su malo.

15

La calle Abedul ha sido un respiro respecto de las pesadillas externas, ya que no respecto de las que engendra mi propio subconsciente. Eso solo significa que mi próximo Desafío está al caer. Mientras Brennan y yo dejamos la casa y luego el barrio de las calles con nombre de árbol, me pregunto si estarán esperando a que el chico les mande alguna señal. A lo mejor tenemos que llegar a algún lugar especial.

A media mañana encontramos ese lugar: un barrio manipulado de un modo que no había visto antes. No está abandonado, sino destruido. Las ventanas están hechas añicos; las señales de tráfico, arrancadas. Lo que al principio tomo por un peñasco fuera de lugar, al cobrar definición resulta que es un coche empotrado contra un muro de ladrillo. Siento que se me eriza la espalda y mantengo los ojos muy abiertos cuando pasamos por delante. Lo que veo del coche me hace pensar en el instituto, cuando el club antidroga convenció al departamento local de bomberos para que escenificara un accidente por conducir borracho usando una furgoneta del desguace. Varios voluntarios se cubrieron de sangre falsa y gritaron desde el interior del vehículo, mientras las «mandíbulas de la vida» de los rescatadores cortaban el metal. Recuerdo que mi amigo David salió arrastrándose por la puerta delantera de la furgoneta, se puso en pie a trompicones y luego avanzó haciendo eses hacia los bomberos. La pasajera de delante, Laura Rankle, «murió». Era más simpática que la típica chica popular, y los alaridos de David cuando la sacaron, inerte, del vehículo, resultaron muy perturbadores. Me dije repetidas veces que aquello no era real. No sirvió de nada. Hice lo posible por ocultar mis lágrimas a mis compañeros de clase, solo para descubrir más tarde que la mayoría también las disimulaban. Mi padre estaba al corriente de que se haría esa puesta en escena; recuerdo que me preguntó por ella aquella noche durante la cena. No había podido abrir la boca cuando mi madre intervino y se puso a soltar un rollo sobre que ella creía —no, sabía— que la demostración salvaría vidas, y que la furgoneta se había estrellado precisamente con ese fin. Yo tenía intención de comentar lo impactante que me había parecido la experiencia, pero después de las palabras de mi madre me limité a encogerme de hombros y a tacharla de melodramática.

Unas manzanas después del coche estrellado encontramos un accidente múltiple. El color del centro es inconfundible; no necesito distinguir la forma para saber que se trata de un autobús escolar. Eso, y un puñado de vehículos más pequeños. Cuando nos acercamos, veo un maniquí carbonizado que asoma por la puerta delantera de un turismo renegrido. Por un momento imagino que tiene la cara de Laura Rankle; no el rostro demacrado y vencido que se le fue poniendo después de quedarse embarazada y de que el padre de la criatura la abandonase, sino la cara que tenía de joven.

—¿Mae? —pregunta Brennan—. ¿Qué pasa?

Es una pregunta absurda, diseñada para tirarme de la lengua. Estoy a punto de ordenarle que se calle, pero entonces se me ocurre que si les proporciono una buena historia, a lo mejor me dejan en paz. Quizá si hablo el Desafío terminará. De modo que se lo cuento. Le cuento la anécdota de Laura Rankle y David Moreau. Le describo la sangre falsa y el amasijo de hierros, la espantosa amalgama de tragedia impostada y restos de un drama real.

—Después, cuando uno de los bomberos ayudó a Laura a bajar de la ambulancia y ella puso una sonrisilla nerviosa y dijo que estaba bien... fue surrealista —concluyo. Damos un corto rodeo para sortear un carrito de la compra volcado y prosigo—: Fue lo bastante real para dejarme una sensación difícil de olvidar.

Miro a Brennan.

—Qué raro —comenta.

La primera cosa auténtica de verdad que le cuento, y lo único que se le ocurre decir es «Qué raro». Supongo que lo merezco por tratarlo como una persona en lugar de como el atrezo que es. Culpa mía.

A lo mejor es por la miopía; el caso es que, aunque nos acercamos al autobús, me sigue pareciendo muy lejano. Por el camino descubro que el autobús no me importa. No me importa lo que haya dentro. Porque este no es mi mundo. No es real.

Cuando era pequeña, los profesores y el orientador hablaban del «mundo real» como si se tratara de una existencia distinta, al margen del instituto. Lo mismo en la universidad, aunque viviera sola en una ciudad de ocho millones de habitantes. Nunca lo entendí. ¿Qué es el mundo real, sino el que habitamos? ¿Por qué ser niña es menos real que ser adulta? Recuerdo la última noche que acampamos en grupo: Amy clavando la punta del cuchillo en el hombro desnudo de un conejo, para separar la paletilla. La atención que ponía, el tiempo que se tomó para dividir la carne en partes iguales entre nuestras ollas. «Pensaba que esto sería diferente —dijo—. Pensaba...» En un principio creí que su vacilación se debía a que había pinchado hueso. «Pero resulta que es la misma puta mierda que el mundo real.» En aquel momento no me pareció una frase tan rara. Aquellos Desafíos estaban acotados: tenían un principio y un final fáciles de identificar, un hombre que gritaba «¡Adelante!» y «¡Se acabó!». Lo echo de menos. Ahora es como si todo fuera falso y real al mismo tiempo. El mundo en el que me muevo es una creación manipulada y engañosa, pero luego están ese avión, los árboles, las ardillas... La lluvia. Mi período, quizá retrasado. Cosas demasiado grandes o demasiado pequeñas para que las controlen, que constatan y a la vez desmienten. Este mundo vacío que han fabricado está lleno de contradicciones.

Hemos llegado al autobús. Siento un hormigueo en la piel. El morro amarillo del vehículo se desparrama sobre el gris del edificio, pero creo que detrás hay sitio para pasar. Tiene que haberlo.

—Mae, mejor damos la vuelta —dice Brennan.

—Es lo que estoy haciendo.

—La vuelta a la manzana, digo, Mae.

Sé que se refería a eso. Me dirijo hacia la parte trasera del autobús.

—Mae, por favor... ¿Es que no los ves?

Habla de los maniquíes que asoman por la puerta de emergencias trasera. Distingo cinco o seis, y es probable que dentro haya más. También los huelo; como los otros pero un poco más a carbón.

Miro a Brennan. Está temblando, sobreactuando. Mis amigos del instituto resultaban más convincentes.

—Échale narices y ya está —le digo.

Me meto la mano en el bolsillo, froto la lente de las gafas y camino. Brennan me sigue en silencio. Ante la rueda trasera se ha juntado un montón de periódicos y basura, como nieve acumulada por el viento. Piso una bolsa de papel y aplasto algo blando con la bota. Noto un estallido carnoso y algo fino, largo y duro contra la planta del pie.

No es nada. No mires.

—Mae, no puedo hacerlo.

He dejado atrás el autobús. No me quiero dar la vuelta.

—Mae, no puedo. —Su voz es ahora más aguda. Me obligo a volver la vista. Miro directamente a Brennan, reduciendo mi campo de visión. Él es un borrón pardo y rojo, reconocible como humano, pero a duras penas—. Mae, por favor.

El chico no es más que otro obstáculo, otro Desafío. Un mecanismo de grabación que crea dramatismo.

—Corta el rollo —le espeto.

—Pero yo... —Se interrumpe con un sollozo. No le veo la cara, pero ya le he visto llorar muchas veces. Sé cómo tuerce la boca, cómo moquea. No necesito verlo otra vez para saber el aspecto que tiene.

Déjalo.

No puedo.

No quieres.

No me lo permitirán. Quieren que me acompañe. Necesita ir conmigo.

—Tú puedes, Brennan —digo. Me obligo a suavizar el tono y uso su nombre porque los nombres parecen calmarlo. Me llama Mae casi cada vez que abre la boca; tanto, que he empezado a sentirme como si ese fuera mi nombre real. «Real.» La palabreja otra vez. Cuando la ficción supera a la realidad, ¿qué es más cierto? No quiero saberlo—. No pueden hacerte daño. Pasa deprisa y saldremos de aquí.

Asiente. Imagino que estará mordiéndose el labio, como tiende a hacer.

—Solo nos faltan unos días —añado—. Llegaremos dentro de nada.

Veo que se lleva el brazo a la cara, y luego se vuelve más grande y nítido; se acerca. Las rayas blanquinegras de la mochila que lleva a los hombros.

Al cabo de un momento lo tengo al lado y veo que, en efecto, está llorando. También se tapa la nariz pellizcándola con el índice y el pulgar.

—Vamos —digo.

En cuestión de minutos dejamos atrás las peores muestras de devastación. Hemos vuelto a la mera desolación. Tanto trabajo, tanto dinero, y lo único que hemos tenido que hacer ha sido sortear un autobús. Tampoco ha sido fácil, pero me irrita el derroche.

—¿Mae? —pregunta Brennan—. ¿Por qué no vamos por la autopista?

Su pregunta se suma a mi creciente inquietud. Es como si intentase obligarme a quebrantar las reglas.

—Nada de conducir —respondo.

—Ah. —Un instante de silencio—. ¿Y si vamos caminando? Será más rápido que ir por aquí. —¿Esto es una Pista? ¿Han cerrado también las autopistas? Eso es grande. Demasiado grande. No lo creo—. Hay un cartel aquí mismo —dice—. Está cerca.

—No.

—¿Por qué no?

No puedo responder; no sé la respuesta.

—Mae, ¿por qué no?

Sigo caminando.

—¿Mae?

El nombre me quema por dentro.

—¿Mae?

Siento que sus dedos se acercan a mi brazo arrastrándose por el aire.

—¿Qué te dije de tocarme? —Me tiembla la voz por todo lo que me guardo dentro.

Brennan se aparta, mascullando una disculpa. Por un momento parece que dejará correr su pregunta. Luego vuelve a la carga.

—¿Entonces qué, vamos a la autopista?

—No, Brennan. —Mi frustración va en aumento y empieza a convertirse en ira—. No vamos a coger la autopista.

—¿Por qué no, Mae?

—Deja de llamarme así.

—¿Por qué?

—Y deja de decir «por qué».

La turbación acelera mi paso. ¿Por qué me busca las cosquillas de esta manera? ¿Por qué tiene tan poco respeto por las reglas de juego?

¿Por qué?

Sabes por qué.

Agarro la lente de las gafas, con fuerza. El callo de mi pulgar topa con el borde al frotar. Recuerdo todo lo que ha dicho Brennan sobre cuarentena y enfermedad. Recuerdo el folleto, una casa con todo azul, muchísimo azul, azul como el cielo de verano e igual de despejado. Recuerdo el oso de peluche observándome.

Si me permito dudar, estoy perdida. No puedo dudar. No dudaré. Todo tiene sentido. Metal y pelaje, un dron en las alturas. Brennan es un engranaje como todo lo demás. Como yo. Lo único que pasa es que sus reglas son distintas.

Camino sin prestar atención, más deprisa de lo que debería. Tropiezo con nada y doy un traspié. Brennan estira el brazo para sujetarme, pero me aparto.

—Mae —dice.

—Estoy bien. —Fijo mi mirada borrosa en el suelo y empiezo a caminar otra vez.

—Mae, ¿qué es eso?

Está mirando al frente. Intento distinguir lo que ve, pero el horizonte es una masa difuminada. Aprieto la lente con el pulgar, más fuerte, creando calor.

—¿El qué? —pregunto.

Brennan me mira. Tiene los ojos como platos. Parece aterrorizado. Siento una opresión en el pecho.

Sea lo que sea lo que hay, no es real.

Pero aunque no lo sea, lo es, y las contradicciones pueden ser peligrosas. Recuerda la letra pequeña. Recuerda el coyote. Dientes y engranajes, sangre y miedo. Los labios apretados del muñeco llamando a mamá.

Saco la lente del bolsillo y la limpio con la camiseta. Cierro el ojo izquierdo y la sitúo ante el derecho. De repente, los árboles tienen hojas. Hojas nítidas, individuales. El quitamiedos de mi izquierda tiene muescas, abolladuras y manchas de óxido. Hay líneas blancas a los lados de la calzada, tenues pero ahí están, y una rana aplastada que se ha secado a menos de un metro de donde estoy. ¿Cuántos detalles me he perdido desde que se me rompieron las gafas? ¿Cuántos animales atropellados?

Miro a Brennan. Tiene pecas y una pequeña costra en la mejilla. Aparto la vista y miro al frente.

Un árbol caído bloquea la carretera. Hay una sábana blanca atada a las ramas de tal modo que queda plana como un cartel. Hay algo escrito en ella, pero está demasiado lejos para que lo lea, aun con la lente en el ojo. Otra Pista, por fin. Avanzo con decisión.

—Mae, espera —dice Brennan.

—¿Tú ves lo que pone? —pregunto.

—No, pero...

—Entonces vamos.

Abro el ojo izquierdo; la claridad y la indefinición se entremezclan en mi visión, y me tambaleo un poco mientras me adapto. Al cabo de unos segundos empiezo a distinguir las letras del cartel, las formas de las palabras. Hay dos líneas. La primera la forman dos palabras, quizá tres; la segunda es más larga, lo que proporciona al texto completo una apariencia de meseta. La pintura corrida confunde más todavía las letras, pero tras dar unos pasos consigo descifrar la primera palabra: NO.

Me siento como si acabase de anotarme un punto. He leído una palabra; estoy ganando este Desafío.

—Mae...

Quiero leer el mensaje antes de acercarme demasiado, aunque solo sea por decir que lo he hecho. La segunda palabra empieza por pe. Seguro que es «pasar». Un centro sinuoso refuerza mi confianza. La segunda línea es más difícil. La primera inicial es una i. Tiene que ser «intrusos».

Brennan me coge del brazo.

—Mae, para —dice, frenético.

Y entonces el texto cobra forma y leo el mensaje completo:

NO PASAR.

INTRUSOS, SERÉIS DESTRIPADOS

—¿Destripados? —digo bajando la lente—. Se han pasado un poco.

Y, aun así, siento que el cuerpo se me encoge, como si quisiera esconderse. Apenas recuerdo la sensación de ser abrazada por alguien a quien amo, pero no me cuesta nada imaginar lo que sería que una hoja me desgarrase el abdomen. El fuego, el tiempo se congela un instante y luego el desparrame hacia fuera. Imagino el vapor que se elevaría cuando mis intestinos calientes salieran al aire frío. Después me imagino como la ejecutora del destripamiento.

—Vámonos —dice Brennan, señalando con la cabeza el camino por el que venimos.

La única manera de evitar un Desafío es pronunciar las palabras, abandonar.

—Daremos un rodeo, Mae.

«Destripados», me digo. El cartel es tan exagerado, tan ridículo. Es como el folleto: está pensado para el público televisivo, no para mí.

Al pensarlo, me abruma una sensación de insignificancia tremenda. El programa no trata de mí, ni de los otros concursantes. Trata del mundo en el que hemos entrado. Somos actores secundarios, cuyo propósito es entretener, no ilustrar. Hasta ahora he contemplado toda esta experiencia desde una perspectiva errónea. No estoy aquí porque sea interesante o me dé miedo tener hijos; soy un mero elemento en una creación ajena. A nadie le importa si llego hasta el final. Lo único que les importa es que los espectadores miren hasta el final.

Guardo la lente otra vez en el bolsillo y doy una zancada hacia delante.

—¡Mae!

Este es el juego al que he accedido a jugar.

—¡No! —Me ha vuelto a poner la mano en el brazo, pero no estira—. Por favor.

Sí, pienso. Parece lo correcto. Apuesto a que Cooper me espera al otro lado de ese cartel. A lo mejor alguno de los demás.

Probablemente, uno de los demás. Los tríos traen complicaciones: triángulos amorosos, terceros en discordia, la trinidad.

Ya estoy lo bastante cerca para leer el cartel sin la lente; saber lo que pone me ayuda. Brennan sigue conmigo, de modo que debo de estar avanzando en la dirección correcta, diga él lo que diga. ¿Cooper tendrá también una sombra? ¿Una cría blanca poniendo morritos? Quizá el tercero sea el chaval asiático; ¿cómo se llamaba? Sería apropiado, una muestra de diversidad muy televisiva. ¿Randy, tal vez, para que haya un poco de drama? Dudo que sea otra mujer. Es imposible que Heather haya llegado tan lejos, y Sofia... Bueno, Sofia es una posibilidad.

Alcanzo el árbol caído. Me encuentro junto a la sábana. ¿Esto es una línea de salida o de meta? No lo sé, pero sé que es algo. Estiro el brazo hacia delante. Tocar el árbol será la señal, aunque no sé de qué. Sonarán campanas y silbidos, tal vez, o saltarán flashes.

Mi mano penetra el borrón y encuentra una rama sólida.

No suenan sirenas. No se disparan bengalas al cielo. La tierra no tiembla. El bosque sigue imperturbable.

Me recorre un estremecimiento de decepción. Estaba tan segura de que este momento era importante.

No es la primera vez que me equivoco.

Me encaramo al árbol, saco la lente y oteo la carretera que tengo por delante. Está despejada. Brennan salta al pavimento, junto a mí.

—Bueno —digo—, todavía conservamos nuestras tripas.

—Chisss —susurra él, encorvado como un ladrón—. He oído hablar de esta clase de cosas.

No presto mucha atención a su historia, pero estoy bastante segura de que esto es una contradicción.

—Pensaba que no habías visto a nadie después de dejar tu iglesia. —Hablo a un volumen normal y me pide otra vez que me calle—. Vale —susurro.

—Me crucé con unas cuantas personas, al principio —me explica—. Todas estaban enfermas.

Es una versión pasable, pienso. Y debo reconocer que su preocupación es contagiosa. ¿Estaremos a punto de encontrar a mis merodeadores? Avanzo poco a poco con la lente en la mano, preparada. Mientras caminamos, Brennan mira de un lado a otro sin parar.

Me pregunto cómo me estarán presentando ahora. Sé cuál era mi papel cuando empezamos. Yo era la apasionada de los animales, siempre alegre y dispuesta a afrontar cualquier Desafío. Pero ¿ahora? ¿Me presentarán como una chiflada? No creo; ese es el papel de Randy, con su estúpida cruz de oro y sus batallitas sobre bebés poseídos. Pero sea quien sea yo ahora, no soy la de antes.

Me pregunto si podré incluso volver a serlo alguna vez, ser aquella persona que sonreía hasta que le dolían las mejillas. Era agotador, tan agotador como esta eterna caminata, a su manera.

Pruébalo.

Bueno, ¿por qué no?

Miro a Brennan y sonrío. Desempolvo mi voz más vivaracha y digo:

—Bueno, menudo tiempecito, ¿eh? —Se me revuelve el estómago; ser jovial duele.

Brennan me mira sin más, con las cejas alzadas. Borro la dolorosa sonrisa y miro hacia otra parte. ¿Y si nunca puedo volver a ser esa persona? No la exageración de mí misma que representé para el programa, sino la persona que era de verdad. La persona que tanto me esforcé por llegar a ser tras dejar el amargado hogar de mi madre. Me horroriza la idea de ser tan triste durante el resto de mi vida. Pero me readaptaré. En cuanto esto termine. Tengo que hacerlo; mi marido me ayudará. En cuanto vuelva a verle, toda esta tristeza se desvanecerá. La experiencia se convertirá en lo que debía ser de buen principio: una última aventura. Una historia que contar. Adoptaremos el galgo de aspecto cómico de nuestros sueños, tiraremos a la basura nuestra reserva de preservativos y formaremos una pequeña familia. Lo haré, aunque no esté preparada, porque no puede estarse preparada para todo y, a veces, si le das demasiadas vueltas a un desafío resulta imposible superarlo y yo no soy mi madre. Pronto estas penurias habrán pasado a la historia hasta tal punto que seré capaz de fingir que aquí me divertí. O a lo mejor estar embarazada será tan horrible que esto me parecerán unas vacaciones. Antes de partir, leí un libro que hace que eso parezca posible, con tanto hablar de hemorroides del tamaño de granos de uva e inflamaciones de las encías.

¿Por eso no me ha venido la regla todavía?

No. No estoy embarazada. Sé que no lo estoy. Es la reacción de mi cuerpo al estrés físico; de tanto caminar. ¿Y cuánto tiempo pasé sin comer cuando estaba enferma?

Pero ¿y si...?

Tuve la última regla más o menos una semana antes de partir para empezar el programa. Después de eso hicimos el amor, pero con protección —nunca he tomado la píldora; el sexo sin preservativo es poco menos que inconcebible para mí—. Tal vez algo salió mal. Tal vez después de tantos años, al final algo salió mal.

Recuerdo que me daba miedo que me viniese la regla estando aquí, que me lo imaginaba, que temía que un cámara grabase una prueba incriminatoria. Como si la menstruación fuera una vergüenza. Como si tuviera elección. Ahora solo quiero que me venga para saberlo, para estar segura de algo.

Pienso en el muñeco de la cabaña. En su cara chupada y moteada. Sus mecánicos sollozos de gatito.

No estoy embarazada.

Quiero pensar en otra cosa. Necesito pensar en otra cosa.

—Oye, ¿a qué vino el estampado de cebra? —pregunto a Brennan.

—¡Chisss!

Había olvidado que estamos susurrando. Pido perdón en silencio moviendo los labios, para que hable.

Funciona. Al cabo de un momento me responde:

—Me recuerda a Aiden —dice con voz queda.

El hermano. No me acuerdo de si en teoría está vivo o muerto. Un momento: Brennan me contó algo sobre llamarlo, sobre que los teléfonos no funcionaban. No lo sabe.

—Si tú has sobrevivido, es posible que él también —pruebo a decir—. La inmunidad podría ser genética.

—Mi madre no sobrevivió.

—¿Y tu padre?

Se encoge de hombros.

—Estaba en el ejército. Murió cuando yo era pequeño.

Estoy intentando decidir qué diré a continuación cuando un sonoro chasquido a nuestra izquierda interrumpe mis pensamientos. Me vuelvo hacia el sonido; Brennan salta detrás de mí. A toda prisa, saco la lente y me la llevo al ojo. Cierro el otro y escudriño el bosque.

Ya está aquí, pienso. Todo está a punto de cambiar.

Un destello blanco, un cuerpo pardo curvado sobre patas zancudas, unos ojos grandes y bobos. Un ciervo de cola blanca, helado ante nuestra presencia. Doy un paso hacia él, y el hielo se resquebraja. El animal sortea un tocón y se aleja dando brincos, con la nívea cola enhiesta.

—¿Qué era eso? —pregunta Brennan con voz temblorosa.

—Un ciervo —le respondo. Percibo cólera en mi voz, pero lo único que siento es cansancio.

Pronto se abre una vía de acceso a nuestra derecha. Saco la lente. La vía es un semicírculo que pasa por delante de una gasolinera, un supermercado y un motel, antes de volver a la carretera. Hay una camioneta negra delante de los surtidores, y las ventanas de la tienda están tapadas con tablones. Una de las habitaciones del motel tiene la puerta abierta. Junto a otra hay una máquina expendedora.

—Seguro que esta es su base —dice Brennan.

Los merodeadores tienen una base, cómo no. Me veo venir un Desafío, pero este sitio parece abandonado y está apartado del camino. No hay nada azul a la vista.

—¿Crees que deberíamos echar un vistazo? —pregunta Brennan con repentina osadía.

—No querías cruzar el árbol —señalo—, ¿y ahora quieres entrar ahí?

Se encoge de hombros.

Algo en esa puerta abierta me resulta más amenazador que un cartel tendido sobre un árbol caído.

—No necesitamos nada —apunto—. No hay motivos para ir.

—La máquina expendedora está abierta —insiste él—. Voy a echar un vistazo. —Sale disparado hacia el motel. Casi le grito que vuelva.

Mantengo la lente pegada al ojo y observo mientras Brennen trota hasta la máquina. Como ha dicho, tiene la parte delantera entreabierta. La retira del todo —el chirrido metálico de las bisagras hace que me encoja— y mete la mano. Está cogiendo botellas, no distingo de qué. Al acabar, se acerca con cautela a la puerta abierta. Contengo la respiración cuando entra. Espero gritos, espero disparos, espero silencio. Lo espero todo y nada. Este lugar podría ser donde nuestros caminos se separasen, porque suceda lo que suceda, no pienso entrar ahí a por él.

Brennan sale al cabo de un momento y vuelve al trote hacia mí, sin cerrar la puerta.

—He cogido agua —anuncia—. Y Fanta.

—Estupendo —digo sin emoción alguna, mientras vuelvo a guardar la lente en el bolsillo—. Vámonos.

—¿No quieres saber lo que había en la habitación? —pregunta.

—No.

—Bueno, digamos que...

—¡No! —exclamo.

No necesito que me cuente lo que hay en esa habitación. Ya lo sé: más maniquíes, más juegos. Un premio si logro aguantar la respiración lo suficiente para cruzar el dormitorio y llegar hasta una caja fuerte, un maletín o una bolsa. Pero no hay nada azul. Si es un Desafío, es opcional, y opto por no participar.

Durante las horas siguientes, pasamos por delante de un puñado de casas y vemos unos cuantos ciervos más. Cuando paramos a acampar, reparo en que Brennan actúa de forma huidiza. Todo el rato me mira y luego aparta la vista. Está claro que quiere decir algo. Cuando llevo construida más o menos la mitad del refugio, no puedo soportarlo más.

—¿Qué? —le pregunto.

—Ese trozo de cristal que llevas en el bolsillo —dice.

—Llevo gafas —le explico—. Se rompieron poco antes de que nos encontrásemos, y esa lente es lo único que pude salvar.

—Ah —dice él—. No lo sabía.

Porque no te lo he dicho, pienso yo.

Terminamos nuestros refugios y nos sentamos juntos entre ellos para compartir una bolsa de cóctel de frutos secos. Cuando se pone el sol, me siento pesada y nerviosa. No enciendo fuego y Brennan tampoco me lo pide. Se toma un refresco caliente y yo bebo unos sorbos de agua. No puedo dejar de pensar en el motel, en lo que había detrás de la puerta abierta. Si era lo que pienso, ¿por qué Brennan no está alterado? ¿Por qué ya no parece preocupado por el cartel de NO PASAR? No quiero preguntar.

La luna está en cuarto menguante y el cielo está nublado. Hay muy poca luz. Mi visión es un mosaico de grises que sugieren árboles, que sugieren un chico. Necesito cerrar los ojos. Entro de espaldas en mi bajo refugio, me acomodo entre las hojas secas y me paso la capucha por encima del gorro.

—Buenas noches, Mae —dice Brennan. Oigo crujidos cuando él también se mete en su refugio.

Esa noche choco en sueños con un bebé lloroso y lo tiro por un acantilado; luego corro para atraparlo pero llego demasiado tarde; mi marido está delante, mirando, y por mucho que me disculpe nunca será suficiente.

Cuando despierto, todavía está oscuro y me encuentro temblando. Recuerdo mi sueño demasiado bien, la variación de un tema. Me he quitado la capucha y me he retorcido hasta dejar medio cuerpo fuera del refugio. Al principio pienso que ha sido el frío lo que me ha despertado —desde el día en que llovió, es como si la madre naturaleza le hubiera dado al interruptor de convertir el verano en otoño—, pero cuando me meto dentro otra vez, advierto un sonido por encima de mi cabeza. Otro avión. Miro hacia arriba, pero no distingo sus luces a través de las hojas y las nubes. Suena muy lejano, pero está allí. Es lo único que importa.

La próxima vez que abro los ojos, ya ha salido el sol, y por su posición sé que he dormido hasta más tarde de lo que acostumbro. Sigo teniendo frío; no tirito, pero estoy helada. Tengo los dedos entumecidos. Tal vez sea hora de buscar ropa más abrigada. Pero tendríamos que llegar al río... si no hoy, mañana. Desde allí no faltarán más de dos o tres días. Eso puedo aguantarlo. Luego ya dormiré en mi propia cama, tapada hasta la barbilla con las mantas y con el horno que es mi marido a la espalda. Espero que Brennan no dé mucho la lata con el frío. Eso, si lo siente siquiera; es posible que no, si se parece en algo a mí cuando tenía dieciocho años. El primer año que estuve en la Universidad de Columbia, a menudo ni me molestaba en ponerme el abrigo cuando cruzaba a toda prisa de un edificio a otro para asistir a clase en invierno. Mis amigos no daban crédito a lo que veían y temblaban solo de pensarlo, pero yo me encogía de hombros y decía: «Vermont».

Echo un vistazo hacia el refugio de Brennan cuando salgo a rastras del mío. Su mochila de cebra está apoyada en la parte de fuera. Empiezo a desmontar mi cobertizo suponiendo que el ruido lo despertará, pero cada vez que miro en su dirección no capto el menor movimiento. Lanzo a un lado la última rama de mi armazón, que aterriza sobre un montón de hojas y golpea una roca. El estruendo no lo despierta, por increíble que parezca.

—Oye —digo acercándome al refugio—. Es hora de levantarse. —Me agacho ante la abertura.

El refugio está vacío.

—¡Brennan! —grito poniéndome en pie—. ¡Brennan! —Entonces empiezo a hiperventilar y ya no puedo llamarlo. Giro en círculo escudriñando el bosque, que de pronto me parece ominoso. Sé que forma parte del juego y que he deseado que se fuera desde su primera aparición, pero no puedo; no puedo estar sola. No queda lo bastante de mí para sobrevivir si me quedo sola otra vez.

Me asaltan tres palabras, como un cubo de hielo por la espalda: INTRUSOS, SERÉIS DESTRIPADOS.

Me vuelvo hacia el norte, donde espera la calzada. Él está allí, aunque no lo vea, lo sé con horrenda certidumbre. Está colgando de un árbol, con una soga al cuello y las entrañas derramándose desde su abdomen. Ha aparecido por la noche algún psicópata que se ha llevado a rastras a mi único acompañante. Le ha clavado un cuchillo en la barriga, lo ha retorcido y ha serrado tapando con una mano los alaridos de Brennan. Eso ha sido lo que me ha despertado, no el frío ni un avión. Veo a Brennan pataleando y lanzando inútiles codazos. El rojo de su sangre empapa el rojo de su jersey. Muerto, como todos, esperándome a mí, que todavía sigo... ¿Por qué? No puedo, no puedo seguir adelante, sabiendo lo que me espera, sabiendo que él no está, es demasiado y...

—¿Mae?

Me vuelvo hacia la voz y lo veo, mirándome. Por un momento no asimilo ni su aparición ni lo que ha dicho; ¿quién es Mae? Pero cuando da un paso al frente y veo la preocupación que lleva escrita en la cara, lo recuerdo.

—¿Dónde estabas? —pregunto. Apenas puedo hablar. Siento el viento frío en mi rostro acalorado.

Brennan aparta la vista con timidez.

—Tenía que ir al baño —dice—. He tardado un poco.

Me muerdo el labio inferior y recobro la compostura. Siento el cuerpo frío y tenso. Suelto el labio y digo:

—Te habías ido a cagar.

Él asiente avergonzado.

—Perdona si te he asustado. —Me pasa por el lado sin mirarme a los ojos y empieza a desmontar su refugio.

Me siento ridícula. Por un segundo he pensado que se había ido en serio.

No importa lo que haya pensado. Está bien; sigue aquí. Sigue en el juego.

Y yo también.

A oscuras: ¿Quién es el loco que participa?

Llevan dos episodios y tengo que preguntarlo: ¿Por qué querría nadie participar en este concurso?

enviado hace 31 días por HeftyTurtle

283 comentarios

mejores comentarios

ordenados por: **viejo**

[-] NotFunnyWinger hace 31 días

Un millón de dólares para el ganador. 250.000 para el segundo y 100.000 para el tercero. ¿Qué más incentivo quieres?

  [-] MachOneMama hace 31 días

  ¡No te olvides del favorito de los fans! Se lleva otro cuarto de millón. Yo votaré a la carpintera. Es la única mujer que no es inútil o irritante.

    [-] MuffinHoarder99 hace 31 días

    ¡Pre-di-ca-dor! ¡Pre-di-ca-dor! (Aunque sea solo por el pelo.)

      [-] MachOneMama hace 31 días

      ¿Estás de broma? Alguien tiene que pegarle una patada en los huevos, pero ya.

        [-] HeftyTurtle hace 31 días

        Estoy de acuerdo. La chupacámaras apuntó demasiado arriba.

  [-] BeanCounterQ hace 31 días

  Cuidado con Albert. Lo conozco de la universidad y os sorprenderá. Es buen tío, y muy listo.

  [-] FStokes1207 hace 31 días

  ¿Qué pasa con el piloto? Están ignorando su heroísmo. Este programa no es patriótico.

    [-] LongLiveCaptainTightPants **hace 31 días**

    Te has equivocado de foro. La Campaña por las Banderas la encontrarás aquí.

[-] LostPackage04 hace 31 días

Son unos putos chupacámaras, todos y cada uno de ellos. Ese es el único motivo por el que alguien se apunta a un programa como este.

[-] 501_Miles hace 31 días

A lo mejor solo quieren una aventura o un desafío personal. A mí me parece valiente. Muy valiente.

[-] LostPackage04 hace 31 días

Aventura, los cojones. Si quieres una aventura te vas a escalar un precipicio. No te pavonees a cambio de un premio.

[-] Snark4Hire hace 31 días

¡Yo lo haría! ¡Solo por esa roca gigante! *música de Indiana Jones*

[-] NoDisneyPrincess hace 31 días

Es una pena que ninguna se llevara a nadie por delante. Habría sido un gran golpe. ¡Un golpe! ¿Lo pilláis?

[-] CharlieHorse11 hace 31 días

Estoy bastante seguro de que Coop está ahí solo para mostrar la pena que dan todos los demás. El tío es la hostia. ¡¿Lo visteis inflar los pulmones?!

[-] Velcro_Is_the_Worst hace 31 días

Porque soplar por un esófago arrancado es una habilidad que resulta muy útil en la vida.

[-] CharlieHorse11 hace 31 días

[contenido eliminado por el moderador]

...

16

La mañana después del Desafío de rastrear osos, los cámaras no reaparecen y durante los cuatro días siguientes los concursantes rara vez ven a nadie que no sean ellos mismos. El presentador ha desaparecido, al igual que el torbellino del productor y los entrometidos de los becarios. A lo largo de esos cuatro días, los concursantes hacen progresos, aunque sea a paso de tortuga. No puede decirse que estén de maravilla, pero tampoco se limitan a sobrevivir; en buena medida, porque Rastreador se ha convertido en un mentor para el grupo en su conjunto. Durante el segundo día, al alcance de una de las muchas cámaras y micrófonos repartidos por el campamento, Médico Negro lo llama, en tono de broma, «el anciano de la aldea».

Con la tercera mañana llega un cámara, silencioso, que distrae a los concursantes al acercarles demasiado el objetivo mientras deambula entre el grupo hasta llegar a Rastreador y tocarle el brazo. Hora de confesar. Sienta al concursante sobre un tocón, al sol, a la vista de los demás pero demasiado lejos para que lo oigan.

—Sí, podría irme y vivir por mi cuenta —dice Rastreador. Tiene barba de varios días en el mentón y las mejillas y hasta le ha salido pelusilla en la cabeza, donde se aprecia una sombra recta sin entradas—. Ellos probablemente se apañarían. Saldrían adelante. Aprenderían, están aprendiendo, ella... Solo los ayudo a aprender un poco más deprisa. —Hace una pausa y echa un vistazo más allá del cámara, hacia los demás, que trabajan a lo lejos—. ¿Por qué? Es lo correcto. Y es más interesante. Sigo pensando que ninguno de ellos es capaz de vencerme a largo plazo, pero así al menos hay un pelín de emoción. Así no me ablandaré.

Después de esta confesión llega un montaje, con un fondo de música cañera tirando a barata pero pegadiza. El paso de Fuerza Aérea se vuelve cada vez más seguro bajo la atenta supervisión de Médico Negro. Camarera, cuchillo en mano, se esfuerza por fabricar una trampa en forma de cuatro; sus incisiones en la madera son torpes y a menudo las hace en el lado incorrecto del palo y de repente... funciona. Sus hendiduras siguen sin ser del todo perfectas y tiene las manos cubiertas de cortes y ampollas, pero la trampa se aguanta de pie, sosteniendo, mal que bien, un palo más grueso y largo. Camarera está tan contenta que se le saltan las lágrimas. Banquero construye una trampa de lazo con la que logra cazar una ardilla. Nena Carpintera e Ingeniero entrelazan ramas para crear un techo en celosía para su refugio. Ingeniero ha adquirido la costumbre de atarse el pañuelo granate y marrón en la cabeza, como un pirata. Casi todos están aprendiendo a destripar y despellejar piezas de caza menor; Exorcista posee un talento natural para ello. Se queda la cola de todas las ardillas que prepara y las guarda en la mochila cuando están secas.

Los concursantes ya parecen más flacos y duros. Las caras y las manos están perpetuamente manchadas de tierra. Los pechos de Biología se han encogido y sus pómulos han adquirido un perfil coqueto a modo de compensación. El tono de piel medio del grupo se ha oscurecido un poco; la mayor parte del campamento queda a la sombra, pero están siempre al aire libre. Zoo se ha convertido en la principal responsable de la hoguera, y tiene la chaqueta acribillada de minúsculos agujeros causados por las chispas que flotan y que salen disparadas. En un plano se ve a Rastreador de pie a su lado, casi sonriendo mientras ella le enseña la manga perforada, con el fuego como telón de fondo y llamas a los lados pero no entre ellos. Casi todos tienen alguna raja en la rodilla de los vaqueros o en los puños de la camisa. A Ingeniero se le ven los calzoncillos verdes a través de un pequeño desgarrón debajo del bolsillo trasero.

Un elemento negativo recorre el montaje: Exorcista. Lo han readmitido en el grupo y, aunque se acogió a la invitación con aparente humildad, se dedica a socavar los esfuerzos de los demás. Mueve la trampa en cuatro de Camarera con la bota para hacerla saltar y después guiña un ojo mirando a cámara. Cuando recoge leña, se va el tiempo justo y vuelve con tan poca madera que todo el mundo sospecha que se escaquea, pero la única manera de demostrarlo sería abandonar y ver el episodio cuando lo emitan. Su jugada más atrevida y a la vez más clandestina: una noche, tarde, orina en una de las botellas de agua de Camarera. La vacía y la llena de agua limpia, pero por la mañana la propietaria nota un regusto algo ácido que no sabe identificar.

El montaje por fin desemboca en escena continua: los concursantes sentados alrededor de la hoguera tras su tercer día completo acampando en grupo. Mientras todos charlan y estrechan lazos, Exorcista saca punta a los extremos de su vara de zahorí. Zoo guisa la caza del día —un conejo— con arroz y brotes de diente de león. Nena Carpintera está sentada a su lado y entre las dos bromean sobre la idea de unirse a una comuna o un kibutz.

—A lo mejor harán una excepción aunque no seamos judías —dice Zoo—, ahora que somos colonas.

Al otro lado de la hoguera, Médico Negro intenta practicar un nudo marinero con su pañuelo amarillo y el azul oscuro de Fuerza Aérea. Rastreador está reclinado, con los ojos cerrados, tomándose un descanso que todos reconocen merecido.

Exorcista se pone de pie bruscamente y lanza su vara de zahorí afilada por encima de la cabeza de Camarera, hacia el bosque oscuro.

—¡He pillado algo! —grita saliendo a la carrera tras ella.

Camarera se sobresalta, pero en cuanto Exorcista pasa por su lado como un bala, se limita a poner los ojos en blanco.

—Lo que quiere es llamar la atención —dice.

Rastreador entreabre los párpados para echar un vistazo al grupo. Zoo le hace la seña del pulgar levantado y él continúa descansando.

Esa noche, sin que los concursantes lo sepan, se emite el primer episodio de *A oscuras*. Los espectadores ven cómo Animador emprende el camino por su cuenta; lo ven fracasar.

Al día siguiente Exorcista saca dos de las colas de ardilla que ha coleccionado y se las ata encima de las orejas con el pañuelo.

—¿Y ahora qué pasa? —pregunta Ranchero cuando Exorcista se pone a danzar haciendo reverencias y piruetas.

—¡Los siento! —exclama Exorcista, agitando los brazos y dando vueltas—. ¡Los oigo!

Una de las colas de ardilla se suelta y aterriza en el regazo de Banquero, que la coge con dos dedos y se plantea lanzarla al fuego.

—¿A quién oyes, en concreto? —pregunta.

Exorcista se le acerca dando vueltas y le quita la cola de las manos. Entonces empieza a cantar:

—¡Quieren que nos vayamos! ¡Nos piden que nos vaya-mo-o-os! —Su voz, tan irritante cuando habla, resulta sorprendentemente relajante al cantar.

—Tendría que cantar más y hablar menos —comenta Fuerza Aérea. Médico Negro asiente.

Más baileteo, y la otra cola cae a los pies de Biología como una pluma gris. Exorcista posa echando los brazos atrás y doblando la rodilla del pie que tiene más adelantado, y aúlla, con lo que espanta a un búho de un árbol cercano. Su grito decae hasta cesar y entonces Exorcista da un brinco y adopta una postura seria.

—Todo controlado —anuncia—. Los espíritus dicen que podemos quedarnos.

Nadie ni tan siquiera lo mira.

Al día siguiente, Nena Carpintera y Zoo están sentadas juntas sobre un árbol caído. La primera talla una tosca espátula mientras la segunda da los últimos toques a una trampa en cuatro.

—Tendrían que haberlo expulsado, o por lo menos confiscado su cruz —dice Nena Carpintera.

—Ya lo sé —replica Zoo en un tono de «ya lo has dicho antes». Luego alza la vista, perpleja.

Se acerca alguien cuyas pisadas resuenan en todo el bosque. Sabe que no es otro de los concursantes. Hasta el más patoso de entre ellos se ha adaptado y ahora sus pasos son, si no insonoros, por lo menos cuidadosos. Los que oye son orgullosos y destructivos; son extraños. Nena Carpintera también alza la vista y, al cabo de un momento, aparece el presentador, tan limpio y arrogante como siempre, con varios cámaras pisándole los talones.

—Buenos días —atruena. Zoo y Nena Carpintera se miran de reojo, y Zoo articula ¿«Días»? Llevan despiertas desde la salida del sol; las diez de la mañana les parece mucho más tarde que al presentador, que se ha despertado hace apenas dos horas—. Reuníos todos, ha llegado el momento de vuestro próximo Desafío.

Todos menos Rastreador y Fuerza Aérea, que han salido a revisar las trampas, se congregan enseguida en torno al árbol caído.

—Traedlos —ordena el productor por radio.

Catorce minutos más tarde, las cejas rubias de Fuerza Aérea saltan al ver al presentador. Rastreador no deja entrever ninguna sorpresa; no la siente. Cuando ha aparecido un cámara y les ha dicho, con calma, que se los esperaba en el campamento, ha deducido que era el momento de otro acontecimiento pautado.

—Lo que habéis conseguido a lo largo de estos últimos días es muy impresionante —afirma el presentador—. Pero ha llegado la hora de dejar todo atrás para emprender otro Desafío en Equipo. —Pide a Camarera y a Fuerza Aérea que den un paso al frente—. Como ganadores de nuestro último Desafío —Camarera pone cara de sorpresa; le parece que su victoria fue hace mucho tiempo—, los dos tendréis la oportunidad de elegir a tres compañeros de equipo. Los demás concursantes formarán un tercer grupo.

—*Ad tenebras dedi* —dice Nena Carpintera.

Hasta el presentador se queda patidifuso por un instante.

Zoo emite una ahogada exclamación de sorpresa. La noche anterior, mientras cocinaban juntas, Nena Carpintera le había explicado que estaba planteándose abandonar, pero lo había dicho en el mismo tono con el que había hablado sobre unirse a un kibutz. Zoo no entendió en ese momento lo mucho que molestaba a Nena Carpintera que Exorcista no hubiese sufrido repercusiones por abandonar a su equipo y a un hombre herido, pero ahora sí.

—¿Qué haces? —pregunta Ingeniero. Le gustaba trabajar en el refugio con Nena Carpintera, bromear sobre poleas y palancas y contar chistes llenos de referencias culturales frikis que el editor siempre corta porque mencionan programas de cadenas de la competencia.

Biología toca a Nena Carpintera en el brazo.

—No puedes rendirte ahora —le dice; la profesora que lleva dentro ve a una persona llena de potencial que se niega a aprovecharlo. Hay quienes musitan objeciones incoherentes.

—Lo siento —responde Nena Carpintera—, pero se acabó.

Es cuanto le permiten decir antes de llevársela a toda prisa. Sus motivos para partir se condensarán en una sencilla declaración: «Sabía que no iba a ganar y tampoco me parecía que fuese la favorita de los fans, de modo que pensé: ¿Para qué quedarme?». Pero eso no es del todo cierto; Nena Carpintera cree que tenía alguna posibilidad, no de acabar primera, pero tal vez sí segunda o tercera. Cuando añade «No vale la pena», no se refiere al dinero del premio o a su tiempo.

Las caras de los restantes diez concursantes son la viva imagen de la sorpresa... menos la de Rastreador. Se encuentra al final de la fila, impasible. El presentador cruza unas palabras con el productor y luego anuncia un cambio en las reglas: Camarera y Fuerza Aérea ahora escogerán a dos compañeros de equipo en vez de tres, y los demás se convertirán en un equipo de cuatro.

Se planta delante de Camarera y extiende las manos con los puños cerrados.

—Elige una. —Camarera le toca la derecha, que florece en una palma vacía. La izquierda revela un guijarro con motas de colores—. Tú escoges primero —dice el presentador a Fuerza Aérea.

Fuerza Aérea quiere elegir a su mejor amigo. Es evidente, tanto que hasta Rastreador se sorprende cuando en cambio lo escoge a él primero. Es una apuesta arriesgada. Fuerza Aérea está claramente tenso hasta que Camarera elige a Zoo. Entonces él nombra a Médico Negro, que le sonríe, pues comprende y aprueba su estrategia. Camarera completa su equipo con Ranchero, cuya silenciosa fiabilidad le resulta tranquilizadora.

—¿Cómo, nadie me quiere? ¿Otra vez? —protesta Exorcista mientras se coloca junto a Ingeniero, Biología y Banquero.

Separarse después de trabajar juntos durante tanto tiempo resulta extraño a muchos de los concursantes. Los últimos días los han ablandado y conferido una falsa sensación de cooperación; esa era la idea, por supuesto.

El presentador les proporciona la versión televisiva de sus instrucciones.

—Tres amigos llegaron a este bosque ayer para pasar el día haciendo senderismo. Ninguno tenía mucha experiencia y pecaron de un exceso de confianza. No trajeron agua ni comida ni mapa. Ayer al mediodía llegaron a la cima, donde se separaron. Se han perdido. Vuestro cometido es encontrarlos, y es imprescindible que lo logréis antes de que se ponga el sol.

Los grupos reciben instrucciones más pormenorizadas fuera de cámara.

—Cuando encontréis a vuestro excursionista —explica el presentador—, debéis confirmar su identidad.

También se les concede un par de horas para recoger sus escasas pertenencias y dejar el campamento en un estado más natural, aunque no del todo: les dan instrucciones de dejar como está el refugio. Los productores quieren convertirlo en el punto focal de un concurso en las redes sociales: regalar a un fan una estancia de un fin de semana en el cobertizo.

Al final, cuando ya es media tarde, se acompaña a los concursantes al claro donde empezaron su Desafío del oso hace cinco días. Desde allí, cada equipo es conducido a la «última posición conocida» de su objetivo particular, donde recibe un sobre con información sobre él.

Se indica a los grupos que comiencen. Ocultos unos de otros, Camarera, Fuerza Aérea e Ingeniero rasgan sus respectivos sobres.

—Timothy Hamm —lee Camarera—. Varón caucásico, veintiséis años. Metro ochenta, ochenta y dos kilos. Pelo castaño, ojos marrones. La última vez que se le vio llevaba vaqueros y una chaqueta roja de forro polar. —Mientras lee, los espectadores verán la imagen de un actor que encaja con la descripción.

Lo mismo sucede cuando Fuerza Aérea e Ingeniero leen la información sobre sus objetivos, en este orden:

—Abbas Farran, varón caucásico, veinticinco años, metro setenta y cinco, setenta y cinco kilos, pelo negro, ojos marrones. La última vez que se le vio llevaba jersey amarillo y vaqueros.

—Eli Schuster, varón caucásico, veintiséis años, metro setenta y dos, setenta y tres kilos, pelo castaño, ojos color avellana. La última vez que se le vio llevaba camiseta azul, chaleco blanco y pantalones militares.

Al ver la imagen de Abbas, muchos espectadores harán comentarios del tipo «árabe», «islamista» y «terrorista», con diversa entonación. «Esos tres no son amigos ni en broma», será el estribillo habitual. Pero en este caso, el programa falsea la realidad de un modo menos descarado de lo habitual. La amistad entre el actor musulmán y el judío es real; por eso los escogieron. Aunque ninguno de los dos ha coincidido antes con el hombre que interpreta a Timothy Hamm.

La intención es que este Desafío sea el punto culminante de la semana de estreno, pero empieza lento. Fuerza Aérea deja la voz cantante a Rastreador, y su equipo parte en busca de Abbas, cuyo paso a través de un espeso matorral salta a la vista por las ramas partidas, el mantillo revuelto y un par de hilos amarillos de lo más reveladores que las espinas le han arrancado del jersey.

A instancias de Camarera, Zoo toma las riendas de su equipo.

—Esto será divertido —dice esta a sus compañeros, quienes la miran con poca convicción.

Zoo no tarda en encontrar las huellas de bota y los hilos rojos que señalan que Timothy ha pasado por allí.

El tercer grupo tiene problemas desde el principio. Exorcista y Banquero se pelean por el liderazgo. Entretanto, Ingeniero y Biología empiezan a buscar indicios de Eli. Los confunden sus propias pisadas, sin embargo, y transcurren casi veinte minutos antes de que Biología vea el tocón delator, con su tierna madera pálida recién expuesta a la intemperie. Detrás del tronco hay hojas aplastadas y una huella de mano evidente. Los espectadores verán una escena intercalada: un joven judío que, llevado en apariencia por la frustración, patea la parte superior del tronco, luego salta encima, resbala y cae sobre la mano y la rodilla.

—Vamos. —Ingeniero llama a Exorcista y Banquero, que están ocupados lanzándose miradas asesinas aunque de cara a la galería buscan pistas.

Es un comportamiento impropio de Banquero, pero la partida de Nena Carpintera le ha afectado. Él está allí más por la experiencia que por el dinero, por lo que la perspectiva de abandonar al borde de un nuevo Desafío lo altera, sobre todo por la facilidad con que ha renunciado la chica. De todos, quizá sea él quien ha caído más de lleno en la trampa de ver a sus rivales como compañeros, y Nena Carpintera le parecía uno especialmente útil.

Ingeniero y los demás siguen a Biología, que avanza poco a poco entre los árboles. Al cabo de unos minutos anuncia:

—He perdido el rastro.

La cámara hace zoom sobre un par de hilos, uno azul y otro blanco, que cuelgan de una rama un metro por delante de ella. Pasarán diecinueve minutos antes de que Exorcista los encuentre.

Entretanto, Rastreador dirige a su equipo de manera impecable a través del bosque, identificando las señales que se han dejado de forma intencionada y también las que no. Y entonces Rastreador arquea las cejas; está siendo un día sorprendente. Se arrodilla ante una roca que tiene una mancha roja.

—¿Qué es? —pregunta Médico Negro, asombrado por la facilidad con la que su compañero sigue un rastro que él ni siquiera puede ver.

—Parece que se cayó aquí —explica Rastreador señalando un agujero profundo a unos palmos de la roca—. Esto es de su rodilla. —Otra marca, más cercana—. Y esto, de su codo. —Por último señala la manchita roja de la piedra—. Parece que se dio un golpe en la cabeza.

—¿En la cabeza? —pregunta Médico Negro, que cruza una mirada de preocupación con Fuerza Aérea.

Rastreador se levanta.

—A partir de aquí el rastro es cada vez más claro. Parece que va dando tumbos.

—¿Conmoción cerebral? —pregunta Fuerza Aérea.

—Es probable —responde Médico Negro. Se vuelve hacia el cámara—. ¿Esto es de verdad? —pregunta, porque su formación médica se impone a cualquier inclinación a seguir las normas. El cámara hace oídos sordos. Médico Negro aparta la cámara y se enfrenta a la auténtica cara del técnico—. Te digo que si esto es de verdad. —El cámara está sorprendido, incómodo. Médico Negro exige que lo mire a los ojos—. Si no lo sabes, necesito que hables por radio con alguien que lo sepa —insiste—. Ahora.

El cámara se desengancha la radio del cinturón. La pone mirando a Médico Negro.

—Se ha agotado la batería —dice.

—Y una mierda —replica Fuerza Aérea, que agarra el aparato. Mueve el interruptor, pero la luz indicadora no se enciende. Saca la batería, vuelve a meterla y prueba de nuevo. Nada.

Los productores previeron que podía suceder algo así, y todos los cámaras recibieron instrucciones de meter baterías agotadas en sus radios durante el transcurso de este Desafío.

—Creo que de aquí en adelante debemos suponer que esto es real —dice Médico Negro. Al ver la incrédula ceja alzada de Rastreador, añade—: Por si acaso.

A menos de un kilómetro y medio, Zoo está a cuatro patas.

—¿Qué haces? —pregunta Camarera.

—Busco cambios de color, de textura —responde Zoo—. Un trecho brillante en una zona mustia o un trozo mustio en una zona brillante. Cosas así.

—¿Ves algo? —pregunta Ranchero agachándose a su lado.

—No lo sé —responde Zoo—. Es evidente que ha pasado por aquí—. Señala un punto situado a un metro o dos a su derecha—. Pero después...

—Después ¿qué?

—Exacto.

Ranchero se levanta.

—¿Oís eso? —pregunta.

Tanto Zoo como Camarera ladean la cabeza y escuchan.

—¿Agua? —pregunta Camarera.

—Eso creo —responde Ranchero—. Si me hubiese perdido y oyera agua, me dirigiría hacia ella.

—Buena idea —dice Zoo.

Al cabo de unos minutos encuentran una huella de bota. Zoo da una palmada a Ranchero en la espalda.

Llegan al arroyo. Camarera señala la huella roja de una mano sobre una roca en mitad del cauce.

—¿Eso es sangre?

Sí, piensa Zoo, y luego no. Está a punto de decir «Sangre falsa», pero se lo piensa mejor. No sabe si es posible ser descalificada por manifestar incredulidad y prefiere no arriesgarse. En lugar de eso, responde:

—Debe de haberse caído.

—Y después se fue por ahí, mirad —añade Ranchero, que señala un punto corriente abajo, donde hay otra roca con un pegote de barro y otra mancha roja.

Muy por detrás de ellos, Exorcista encuentra por fin los hilos que deben conducir a su equipo hasta la marca de sangre. Pero el cuarteto avanza con lentitud, riñendo. En un intento de ser la voz de la razón, Biología gira sobre sus talones y da unas palmas —plas, plas, plas plas plas—, un truco que usa para llamar la atención a los estudiantes revoltosos.

—¡Basta de tonterías! —exige. Todos sus compañeros la están mirando, pero un par de ojos apunta ostensiblemente más abajo de su cara. Biología se coloca delante de Exorcista y este la mira a los ojos sorprendido—. Eso está mejor —dice ella.

—Tiene razón —afirma Banquero, que se interpone entre Biología y Exorcista antes de que este tenga ocasión de reaccionar—. Centrémonos en encontrar a Eli.

El pie de Banquero aterriza junto a la siguiente pista, una marca en el suelo, y la destruye. Hay abundantes señales sutiles, pero nadie del grupo las ve. Rastreador las habría visto; hasta Zoo o Fuerza Aérea probablemente habrían captado el sentido general del rastro. Pero el batiburrillo que es este equipo fracasará de aquí en adelante. La mirada de Ingeniero topa con una alteración: una mezcla de erosión natural, el paso de un ciervo y su imaginación. Él y sus compañeros quieren ver huellas, necesitan ver huellas, y eso es lo que ven. Pronto siguen un rastro que, en buena ley, no existe, y que les lleva en la dirección equivocada.

El grupo de Rastreador sigue sobre la pista y avanza con rapidez hacia su objetivo, que ha cubierto más terreno de lo que preveían: ya llevan casi seis kilómetros. Rastreador tiene dos pensamientos en la cabeza: en primer lugar, que ninguno de los otros grupos encontrará su objetivo antes de la puesta de sol; en segundo lugar, que tal vez esa sea la intención de los productores.

Sin embargo, Rastreador avanza más deprisa de lo que preveía el equipo de producción. Cuando su grupo se encuentra a medio kilómetro de la meta, tienen que improvisar a toda prisa. Apartan de su café y de sus mensajes de móvil al actor que hace de Abbas Farran y se lo llevan corriendo a maquillaje, para después acompañarlo al punto donde finalizó su rastro. Allí es donde lo encuentran Fuerza Aérea, Rastreador y Médico Negro. El actor al que conocen como Abbas está sentado en una roca cercana al borde superior de un barranco erosionado. Gime mientras se aguanta la cabeza con las manos. Los concursantes no ven la cornisa, no ven lo alta que es; ni siquiera distinguen que se trata de una cornisa, aunque la topografía que se ve detrás del actor sugiere por lo menos una pendiente abrupta.

—¡Abbas! —grita Médico Negro—. Abbas, ¿estás bien?

El actor gime un poco más alto y se pone en pie tambaleándose.

—¿Quién habla? —pregunta. Se vuelve hacia el grupo. Le caen gotas rojas por la frente, el mismo rojo que le mancha la frente y las manos.

Por la falta de reacción del cámara, Rastreador sabe que la sangre es falsa, que no existe un peligro real. Se siente asqueado —ha estado en emergencias reales, ha rescatado a senderistas que de verdad estaban perdidos y heridos— y no quiere participar en esa farsa. Pero necesita el dinero. Entonces repara en que la preocupación de Médico Negro parece sincera; este es su momento, piensa Rastreador dando un paso atrás.

El actor que representa a Abbas se acerca al borde dando trompicones.

—¡Epa! —exclama Fuerza Aérea—. Cuidado, hombre.

Médico Negro camina hacia delante, con paso decidido pero con cuidado. Fuerza Aérea sigue a su amigo. Él y Médico Negro llegan junto al actor a la vez. Fuerza Aérea agarra el brazo del joven para sostenerle.

—Siéntate, hijo — dice Médico Negro. El actor deja que lo posen en la roca donde estaba sentado antes, y Médico Negro se arrodilla y le examina los ojos—. ¿Puedes explicarme lo que ha pasado?

El actor mueve la cabeza de un lado a otro, como si estuviera aturdido.

—No... no lo sé —responde—. Yo... gracias.

Y entonces el productor sale ufano del bosque, gritando:

—¡Buen trabajo! ¡Venid todos aquí!

De repente el actor que representaba al herido Abbas se levanta tan campante, con los ojos despejados. Se limpia la frente con la manga y luego camina con desenvoltura hacia el productor.

—¿Alguien tiene una toallita? —le pregunta.

Fuerza Aérea se pone rígido; Médico Negro se levanta y lo mira.

—Bueno —dice el militar—, supongo que ahí tenemos la respuesta.

17

Brennan y yo salimos del bosque a media mañana y bordeamos otro pueblo a cuyos habitantes han pagado para que lo dejen vacío. Por lo que alcanzo a ver, esta zona está abandonada y lleva así mucho tiempo; pasamos por delante de un granero semiderruido y una gasolinera que lleva años en desuso y de la que alguien se ha llevado los surtidores. Es la clase de lugar que necesita desesperadamente el dinero que puede aportar la televisión, la clase de lugar que resulta fácil acondicionar para las necesidades del programa. Mientras caminamos, Brennan parlotea sobre evacuaciones y bioterrorismo, sobre cáncer contagioso de efecto rápido y otras paparruchas, hasta que le hago callar.

Todavía estoy a varios días de casa, pero solo hay unas cuantas maneras de cruzar el río y nos estamos acercando al puente que mi marido y yo usamos más a menudo, un paso rodeado de bosque y pueblecillos. La principal base de instrucción del ejército para chavales de la edad de Brennan está justo al norte de aquí. Me pregunto por un instante qué pasaría si me desviara en esa dirección en lugar de cruzar el puente. Brennan probablemente encontraría la manera de impedírmelo o habría otro autobús atravesado en el camino, esta vez sin posibilidad de sortearlo. O tal vez por fin tendrían que romper el espejismo: un productor saldría de detrás de un árbol y señalaría hacia el este con la cabeza.

Podría ponerles a prueba, pero prefiero volver a casa. Empiezo a creer que ese es mi auténtico destino, y no una mera dirección, que han llegado tan lejos como para hacerlo: han despejado un camino hasta mi propia casa.

—Venga, vamos a buscar un sitio para pasar la noche —le digo a Brennan—. Cruzaremos el río por la mañana. —Mi anuncio lo llena de energía, y se adelanta trotando.

Sola, pienso en mi inminente regreso. Me imagino delante de la casa de dos plantas y tres dormitorios que compramos el verano pasado. El terreno, de un cuarto de hectárea, traza una suave pendiente hacia arriba; la casa quedará por encima de mí. Avanzaré por los escalones del jardín, que estarán cubiertos de hierba porque siempre era yo la que segaba; es justo, teniendo en cuenta el trayecto al trabajo de mi marido, una hora de ida y otra de vuelta. Un sacrificio que hizo por mí, para que pudiera estar cerca de mi trabajo, mucho peor pagado: lo mejor que pude encontrar dentro de mi sector. Pero también para que pudiéramos vivir en un lugar más propicio para formar una familia. Sus desplazamientos no debían ser algo permanente. Los niños establecerían la línea divisoria, decíamos. Él ganaría el máximo de dinero posible hasta que me quedara embarazada y entonces se pondría a buscar empleo más cerca de casa. Yo me mostré de acuerdo. Dije «más tarde», porque «nunca» era demasiado duro.

Después de cruzar el descuidado jardín, me situaré sobre la estera de la puerta, regalo de mi suegra. «Hogar, dulce hogar» es la Pista que me conduce a casa, pero nuestro felpudo lleva bordado el nombre de mi marido. No el mío. Mi suegra jamás ha aceptado que no me cambiara el apellido. Nos lo tomamos a broma y escribimos mi nombre en la estera con rotulador permanente; debajo del suyo pero más grande. Mi suegra solo vino de visita una vez desde entonces y, al verlo, soltó una risilla desagradable. «Me había olvidado de que sois... modernos», me dijo.

La puerta de entrada estará cerrada, por supuesto. No sería lo mismo si no se me permitiera abrirla. Parpadeo al imaginarme el tacto del frío pomo de acero en la mano. Ese picaporte fue nuestra primera adquisición como propietarios, o una de las primeras. Aquel día en el supermercado llenamos el carro de complementos y productos de limpieza, entre otras cosas un juego para reparar mosquiteras. Esa fue nuestra primera reparación casera oficial: tapar un agujero en lo que el de la agencia denominaba «solárium» pero nosotros llamábamos «porche», sin más. Da al patio de atrás, y allí es donde me tomo el café todas las mañanas mientras observo cómo los ciervos y los roedores picotean en mi fallido huerto. El año que viene vallaré la parcela.

La entrada de la casa da a un pequeño espacio, casi podría llamarse recibidor, con el salón a la derecha y una escalera a la izquierda. En la pared hay un *collage* de nuestra boda. Debajo, una pila de cartas. Entraré, pasaré por delante de todo eso, giraré a la derecha y allí es donde estará, en el salón. Esperando. Sonriendo. Es probable que el resto de mi familia esté presente también, aunque yo preferiría lo contrario. Es posible que hasta lleven a rastras a mis compañeros de trabajo o a algunos de los amigos de la universidad que apunté cuando me pidieron referencias sobre mi carácter.

Habrá una pancarta colgada de un extremo a otro de la pared del fondo, con mi marido debajo en el centro. Llevará greñas y su pelo moreno pedirá a gritos una visita al peluquero, porque siempre espera demasiado para cortárselo; aunque es posible que lo haya hecho para la ocasión. En cualquier caso, se habrá pasado la máquina de afeitar, por lo que llevará corto el vello facial, a excepción de la parte inferior del mentón, que siempre se le pasa por alto. ¿Estará más pronunciada su coloración de pingüino, abundará más el blanco? Tal vez. Sus canas siempre parece que salgan por tandas. Tendrá cara de cansado, porque apenas habrá dormido la noche anterior, sabiendo que llegaba a casa.

De pie junto a él, mis padres. Mi madre de mal humor porque no le dejarán fumar dentro de la casa y quiénes somos nosotros para decirle lo que puede o no puede hacer. Pero en cuanto entre pondrá buena cara, porque sabe que tiene un papel que cumplir: la Madre, la que me trajo al mundo, me crió, me orientó y me hizo quien soy. Mi padre se mantendrá varios centímetros más alejado de ella de lo que cabría esperar en un marido feliz. Estará sonriendo, eso sí; si no un esposo, por lo menos sí que es un padre feliz. Me llegará hasta la puerta su aroma a arce, aunque solo sea en mi imaginación.

Por un momento, me quedaré allí plantada, mirando. Empapándome de la imagen de tantas caras conocidas, del rostro del hombre al que amo. La persona que me enseñó lo que era ser honradamente generoso, dar sin expectativas ni rencores. Alguien cuya serenidad y pragmatismo me ayudaron a aprender que tratar de alcanzar la perfección con cada decisión es un camino seguro a la infelicidad; que en lo tocante a elegir una casa, un coche, un televisor o un pan, bastante bueno es, en efecto, bastante bueno. Alguien cuyos sorbidos al tomar los cereales me ayudaron a aprender que estar irritada con alguien no es lo mismo que dejar de quererle, una distinción que debería resultar obvia, lo sé, pero que siempre me ha dado problemas. Alguien que me enseñó que juntos es mejor que sola, aunque a veces sea más difícil, aunque a veces lo olvide.

No sé si le harán llevar traje o si irá vestido con ropa de cada día, quizá unos vaqueros y el jersey de media cremallera azul marino que le regalé la pasada Navidad. No importa. Lo único que importa es que estará allí. Que dará un paso adelante, y luego yo daré un paso adelante. Coincidiremos en el centro de la sala y entonces ya no podré verlo porque tendré la cara pegada al añorado hueco entre la clavícula y la barbilla. Todo el mundo nos rodeará y aplaudirá. Será como el beso de nuestra boda, que concitó el apoyo general. La celebración de una conexión tanto real como simbólica. Susurraré alguna disculpa sobre lo mal que debo de oler, pero él no la entenderá

260

porque, ¿a quién quiero engañar?, estaré llorando demasiado fuerte para que se me entienda.

Entonces se producirá alguna clase de proclama: ¡He ganado! O a lo mejor llego segunda, tercera o antepenúltima. Ni siquiera me importa, solo quiero llegar a casa. Solo quiero poder decir que no me rendí.

Lo celebraremos juntos todos los que estemos en la casa. Luego firmaré el papeleo de última hora que quede pendiente y los cámaras se irán; Brennan se irá, si es que ha llegado hasta allí. Cuando caiga la noche, nos quedaremos los dos, solos, juntos.

Tendré que ducharme. En algún momento repasaré el correo electrónico. En cuestión de días estaré viendo la televisión, conduciendo mi coche, haciendo la compra. Pagaré facturas, gastaré dinero, me perderé en la multitud. Haré mis necesidades en un retrete que se llena después de tirar la cadena; eso por lo menos es fácil de imaginar. Pensar que nunca más tendré que usar hojas en vez de papel higiénico es una delicia. Pero ¿volver a trabajar? ¿Sentarme ante un escritorio, responder mensajes, prepararme para una excursión con el colegio? Sé que haré todo eso, pero no acabo de visualizarlo.

La idea de volver al trabajo se me hace especialmente extraña. Antes de partir, mis compañeros y yo bromeábamos sobre que podría escribir mis experiencias en nuestro boletín cuatrimestral y así aprovecharlas para solicitar donaciones. Ahora mismo me parece imposible, aunque a lo mejor, con el tiempo, encontraré la perspectiva necesaria para manipular mis experiencias por el bien del centro. Una campaña sobre la rabia, por ejemplo. Los planos que deben de tener sobre el terror que me inspiró aquella boca llena de espumarajos... Eso vale para la portada de un folleto, sin duda.

Me pregunto si ese Desafío se habrá emitido ya. Me consta que el calendario de producción es muy ajustado, pero no sé cuánto. La escena debe de parecer ridícula. Un animal a control remoto cubierto de pelo y torpe choca con mi refugio, mete dentro el hocico, ladea su cabeza de plástico y, cuando alguien pulsa un botón, emite un gruñido grabado.

Pienso en mi pose impotente y suplicante ante un truco tan descarado y me pongo enferma.

Por lo menos no me rendí. Me asustaron y punto.

Veo que Brennan vuelve trotando hacia mí y me obligo a tragarme la ira que todavía siento al pensar en el coyote.

—Mae —me dice a voces mientras se acerca—, hay un supermercado más adelante. —Aminora el paso hasta detenerse a un par de metros—. Está cerrado, pero he encontrado una ventana.

El supermercado está a menos de ochocientos metros de distancia y es un edificio de aspecto algo destartalado que se alza al otro lado de un aparcamiento vacío. Las puertas y las ventanas de la fachada son grises, supongo que son persianas metálicas. En una hay un manchurrón de color, un grafiti que me resulta ininteligible a esta distancia. Pienso en la tarjeta de descuento que cuelga de mi llavero, que dejé en casa en un perchero. Encima del correo, al lado del *collage*.

—Me pregunto qué tendrán de oferta —digo.

Brennan se ríe y, cuando cruzamos el aparcamiento, arranca a correr. Hoy se comporta como un chiquillo, como un auténtico crío. Más o menos feliz. Yo antes me comportaba así, aunque no tanto cuando era niña. No pude relajarme hasta que encontré la felicidad siendo adulta y llegué a relajarme tanto que al año de matrimonio hacía bromas de pedos casi a diario. Hasta tenía una especialidad, que era hacerme pasar por mofeta alzando la cadera mientras siseaba: tssss.

Todavía hay cosas que no estoy dispuesta a hacer delante de una cámara.

Brennan se detiene en la esquina delantera más alejada del supermercado y me indica por señas que lo siga. Le devuelvo el gesto y él desaparece doblando la esquina. Pronto camino a lo largo de la fachada del edificio y veo que el grafiti es un ñoño dibujo de un hongo nuclear. Bordeo la esquina. Brennan está a unos seis metros, haciendo equilibrios sobre un carrito de la compra volcado mientras mira por una ventana alta y pequeña.

—Es una oficina —dice.

—¿Cabes por ahí? —pregunto.

—Creo que sí. ¿Me pasas algo para romperla?

Cerca hay un contenedor, abierto y fétido. Al lado hay más basura amontonada; entre otras cosas, una tubería oxidada. Le entrego a Brennan el trozo de cañería, que me deja la mano naranja. Me limpio el óxido en los pantalones mientras él destroza la ventana.

—No dejes cristales —le digo.

—Lo sé. —Arranca las puntas que quedan en el marco y luego se cuela dentro—. ¡Ven, Mae!

Me subo al carrito de la compra y mis hombros quedan a la misma altura que la ventana rota. Dentro veo a Brennan en una oficina estrecha. Me tiende la mano, pero tanto la ventana como la habitación son enanas. Intenta prestar ayuda, pero lo único que hace es estorbar.

—Aparta —le digo al final, y bajo yo sola.

La puerta de la oficina se abre desde dentro y da a un pasillo, que está bordeado de otras oficinas y termina en unas anchas puertas batientes. Una vez, de pequeña, empujé unas puertas como esas buscando un baño y me quedé horrorizada ante las paredes de hormigón pelado que me encontré; entonces se abrió una puerta lateral y entró una ráfaga de aire gélido detrás de una mujer joven, que llevaba una caja de helados y me llevó amablemente hasta la zona para clientes de la tienda. A pesar de su amabilidad, recuerdo que me molestó que no me diera ningún helado. Sentía que me lo había ganado, al encontrar aquel lugar secreto.

Brennan abre de una patada una de las puertas dobles y luego corre para detener su rebote hacia dentro. Un derroche ridículo de energía. Lo sigo al otro lado de la puerta, que da a la sección de carnicería. A nuestra izquierda veo un expositor que debería estar refrigerado pero no lo está. No alcanzo a leer los cartelitos de los estantes, pero cualquiera que haya hecho la compra para una casa, por pequeña que sea, lo sabe: ternera, cerdo, pollo, kosher. Unos cuantos paquetes echados a perder, con la envoltura de plástico inflada por los gases de la putrefacción. Y aunque he olido cosas mucho peores, me tapo la nariz con la camiseta. En perpendicular a la carne agusanada se extienden pasillos y pasillos de alimentos no perecederos. No están llenos a rebosar, ni mucho menos, pero hay más que suficiente.

—¿Qué opinas, sopas de lata?

—¿Qué? —responde Brennan.

Me repito, articulando con claridad a través de la camiseta.

—No. Quiero cereales Lucky Charms.

Me permito una sonrisa por debajo de la tela mientras lo sigo hasta el pasillo de los cereales. En el supermercado hay poca luz, pero no está tan oscuro como me esperaba. Entra algo de luminosidad por las rejillas de ventilación del tejado y por las claraboyas del techo abovedado de la sección de frutas y verduras. El suelo está cubierto de polvo, y veo unos rastros relucientes que serpentean sobre la capa mate. Esos rastros están salpicados de bolitas minúsculas y oscuras. Al final del pasillo más cercano hay pilas de preparados de arroz y pasta Rice-a-Roni de varios sabores, diez por diez dólares. Varias de las cajas presentan mordiscos, por lo que el contenido se ha derramado en el suelo hasta mezclarse con más heces de roedor.

Oigo que Brennan se detiene y que luego desliza hacia él una caja que, supongo, está repleta de sus deseados cereales. El sonido del cartón al rasgarse, y a continuación del plástico. Me aparto del expositor del extremo del pasillo y voy hacia él. Se está dando un atracón de copos de avena y nubes, que come a puñados con una sonrisa beatífica en su boca ansiosa.

—Seguro que podemos encontrar leche en polvo si quieres tomártelos en un cuenco de verdad —le digo. Se le ponen los ojos como platos ante la idea y asiente, con los carrillos hinchados—. Pero antes, veamos qué quiero yo.

264

Aunque hay varios estantes vacíos, el pasillo contiene todavía un sinfín de marcas. Me sorprende que los patrocinadores hayan permitido esta cohabitación expositiva. Pero supongo que pueden difuminar fácilmente cualquier marca que no quieran mostrar. El fabricante de Lucky Charms es General Mills, de modo que paseo la mirada por las marcas de Kellogg's, por variar. Y de repente cambio de idea: ¿Tienen Kashi? Al cabo de un momento, encuentro el estante que busco, la marca y el producto. Quedan dos cajas. Agarro una y partimos en busca de la leche en polvo.

Estoy a punto de verter la leche en mi pequeña olla cuando pienso: A la mierda. Ya que estamos, usaremos lo que hay aquí. Llevo a Brennan a la sección de los platos de papel y cojo un paquete de cuencos de plástico, y luego unas cucharas. Llevamos nuestros víveres a una exposición de muebles de jardín rodeados de neveras vacías, juguetes de playa en redes y emocionados carteles: ¡OFERTA, OFERTA, OFERTA! Enciendo un par de velas y cenamos sentados bajo una sombrilla del todo innecesaria. Los cereales que he escogido son más dulces de lo que recordaba.

Cuando Brennan se termina el tercer cuenco de Lucky Charms, se limpia la cara y pregunta:

—Este es un buen sitio para pasar la noche, ¿verdad?

Está claro que busca mi aprobación.

—Desde luego —digo. Y entonces, no sé por qué, me sale sin pensar—: Huele bastante mal y me preocupan todas esas heces de ratón, pero aparte de eso, no está mal. —Zorra, pienso al ver que Brennan se desanima. Quiero pedirle disculpas, pero ¿para qué? Es un cámara, no mi amigo, y no es tan joven como parece. No puedo disculparme; directamente, no. En lugar de eso, digo—: Exploremos un poco más. A ver si decidimos qué queremos llevarnos para la recta final.

—¿La recta final? —pregunta Brennan.

—Sí, no estamos lejos. Dos o tres días. —Kilómetros, pienso. Qué poca distancia nos separa ya.

—Y cuando lleguemos, ¿qué pasará?

Es probable que él lo sepa mejor que yo. Se me agría el humor. Pese a todas mis ensoñaciones, sé que tiene que esperarme un último Desafío, algo más intenso que recorrer una distancia. Algo que el público, las cámaras, encuentren irresistible. Al pensarlo, saco la lente y examino el techo. Las cámaras son fáciles de detectar, pero no sé decir si se trata de cámaras de seguridad normales y corrientes o si el programa ha colocado otras, más sofisticadas. De las dos que veo, una apunta hacia nosotros y la otra hacia las cajas registradoras inactivas. ¿Será porque allí va a pasar algo o para crear ambiente? Me preparo para lo primero. Al fin y al cabo, este es el sitio ideal para un Desafío, porque inspira seguridad.

Brennan y yo recorremos todos los pasillos. Al principio ni siquiera me planteo buscar en la frutería, porque todo ha quedado reducido a desechos, pero de pronto un expositor de patatas me llama la atención. Los tubérculos aguantan muchísimo. Con un acceso de tímida esperanza, me aproximo a las patatas. Desde cerca, me cuesta apreciarlo. Estoy a punto de sacarme la lente del bolsillo, pero opto por extender una mano y me preparo para notar el tacto a podrido.

Esto no me lo van a permitir ni en broma.

Mis dedos encuentran piel firme marrón. La sensación es tan inesperada que no me fío de ella. Aprieto flojito y luego más fuerte, y aun así la patata no cede.

No está podrida.

Debo de haber hecho algo bien, algo increíble, para ganarme un premio así. El cartel, pienso. Esta es mi recompensa por subirme al árbol caído y pasar de largo el motel. Por ser valiente y prudente a la vez.

Troto hasta la entrada de la tienda y cojo una cesta. Oigo que Brennan me llama, pero no respondo. En un visto y no visto estoy escogiendo patatas, buscando las «mejores» según un criterio que no puedo explicar. En realidad solo quiero tocarlas todas. Entonces paso al expositor vecino. Cebollas, ajo, jengibre. Pese a toda la podredumbre falsificada que me rodea, lo único que huelo son especias. Aroma. La siguiente media hora es un confuso frenesí de actividad en el que recorro los pasillos recogiendo ingredientes: lentejas, quinoa, latas de zanahoria en rodajas y judías verdes, guisantes; aceite de oliva; tomate frito troceado. Ataco el expositor de las especias: pimienta negra molida, tomillo, romero, comino, cúrcuma, perejil seco, pimentón. Los sabores no pegan, lo sé, y aun así los quiero todos.

Hay paquetes de leña envuelta en plástico en la parte delantera de la tienda; cinco troncos cada uno. Despejo un espacio en el suelo cerca de donde nos hemos comido los cereales y luego enciendo un fuego dentro de una parrilla de carbón cutre.

—¿Eso no hará saltar los aspersores? —pregunta Brennan.

—No hay corriente —le recuerdo.

No tengo ni idea de si los sistemas antiincendios necesitan electricidad para funcionar, pero en este mundo desierto han inutilizado todo lo demás. No dejaré que el fuego crezca mucho, por si acaso. Sitúo la parrilla metálica sobre las llamas y luego pongo a hervir una olla de lentejas.

A continuación, coloco una patata sobre una tabla de cortar. Me detengo y alzo mi cuchillo. Suelto el aire por la boca y corto a través de la piel manchada. Las dos mitades se desploman a los lados y revelan una pátina de humedad en la carne interior. Me siento en una silla de plástico y contemplo la patata partida en su tabla de plástico, bajo la sombrilla de plástico, y siento algo parecido a la alegría. Esto es ridículo; solo es una patata. Pero su realidad orgánica, entre tanto plástico y conservante, tiene algo que se me antoja extraordinariamente bello.

Es bonito sentirse así, aunque sea por una patata, pero también me pone nerviosa. Soy como una tortuga que asoma la cabeza a la luz mientras los depredadores todavía picotean su cascarón. Es una imprudencia, me estoy poniendo en peligro, y aun así... necesito sentirme de esta manera. Necesito saber que todavía soy capaz de alegrarme. Limpio la tierra de la media patata con la mano, y me entrego.

Primero sonrío, luego silbo. Es una melodía sin nada de especial, llena de trinos entrecortados y patrones crecientes repetidos. Más que una canción, es un desahogo. No sé nada de música; es lo más que puedo hacer. Troceo la patata, y luego otra, y me dispongo a echarlas al agua hirviendo con las lentejas cuando pienso: No, mejor fritas. Vuelvo corriendo al pasillo del material de cocina y me llevo una sartén. Pico cebolla y cuatro dientes de ajo grandes, con el brote verde y todo. Con la mano enfundada en una manopla de horno, sostengo la sartén sobre la parrilla y caliento un chorrillo de aceite de oliva. Cuando está caliente, echo a la sartén las patatas, la cebolla y el ajo a la vez. El chisporroteo, el olor; me río. Añado una generosa capa de pimienta y una pizca de pimentón, lo meneo con una sacudida de muñeca y a continuación tapo la sartén y dejo que las patatas se cuezan. Pico más ajo y cebolla, pelo un poco de jengibre solo para olerlo y lo meto todo en la olla de las lentejas, seguido de las zanahorias, los guisantes y las judías de bote una vez escurridas. Los tomates los echo con el jugo y todo. Por lo menos una cucharada de tomillo, más pimienta y pimentón, y por último un pellizquito de romero, al principio solo uno, luego otro. Y... ¿por qué no?, una hoja grande de laurel. Destapo las patatas y les pego un meneo con una espátula de plástico.

De repente Brennan se pone a mi lado y yo me alegro de verle.

—Eso huele de maravilla —dice.

—¿Por qué no vas a ver si encuentras un poco de pollo en conserva y se lo ponemos?

—¡Dicho y hecho! —Sale corriendo.

En la tienda ya reina la oscuridad. La zona donde cocino está bien iluminada por el fuego, pero por las rendijas del techo solo entra un reflejo de luz de la luna y las estrellas. No sé cuánto tiempo ha pasado desde que hemos entrado; me parecen a la vez unos pocos minutos y muchas horas.

Brennan regresa y vuelca sobre la mesa media docena de

latas de pechuga de pollo cocida. Abro dos y echo el contenido dentro del potaje de lentejas, que ya ha espesado, burbujea y ha formado una capa de espuma blanca. Dejo que las legumbres se cocinen durante unos minutos más y luego vierto media bolsa de quinoa.

—Estarán listas dentro de quince o veinte minutos —digo.

—¿Y esas? —pregunta Brennan, señalando con la cabeza las patatas fritas. Las remuevo y pincho una con un tenedor de plástico.

—Ya casi están. —Retiro la tapa para que se doren.

—Estaba pensando —dice él—, ¿y si juntamos todos los trapos de cocina y demás y los usamos para acolchar las hamacas para dormir?

Hace una hora o dos sin duda habría desestimado la idea como innecesaria, pero ahora me hace gracia. Me muestro de acuerdo y Brennan empieza a cargar brazadas de trapos desde su pasillo. Desgarra los envoltorios para sacarlos y dejarlos encima de un par de tumbonas de playa.

—Puede que haya toallas en alguna parte —comento—. Podemos buscarlas después de cenar.

Asiente para mostrar que está de acuerdo y se sienta delante de mí. Sirvo una generosa ración de patatas en un plato de papel y se lo paso. Sorprendentemente, espera hasta que me haya servido yo para empezar a comer. Después se pone a tragar sin parar, como una aspiradora. Yo vacilo, sin embargo, porque estoy disfrutando del olor.

—¿Cómo están? —pregunto.

—Una pasada —creo que dice. La respuesta llega deformada por su negativa a dejar de engullir comida.

Ensarto un trozo de patata y cebolla con mi tenedor de plástico. Lo levanto, doy el primer bocado y permito que la comida descanse por un momento entre la lengua y el paladar. La blandura de la carne de la patata, la resistencia de su piel amarronada, la acidez del ajo algo chamuscado, la dulzura de la cebolla caramelizada. He probado este mismo plato un sinfín de veces desde que era pequeña y, aun así, nunca lo había apreciado tanto. Es como ambrosía. Lo único que le falta... Suelto el tenedor.

—Un segundo —digo, y salgo disparada hacia la tienda a oscuras. No puedo leer los carteles de los pasillos, pero avisto un expositor con masa para tortitas y entro por ahí. Al cabo de un momento, lo tengo: una jarrita de «auténtico jarabe de arce de Vermont». No echo jarabe de arce a las patatas fritas desde que era pequeña; mi padre siempre las preparaba así, pero de adulta decidí eliminar esa dulzura añadida.

Cuando vuelvo a la mesa, Brennan se ha terminado sus patatas y mira de reojo las que quedan en la sartén.

—Adelante —le digo mientras abro la tapa del jarabe. Un chorrito de nada, es lo único que quiero. Un hilo minúsculo sobre mi porción, quizá una cucharadita en total.

Dejo la jarra en la mesa y remuevo las patatas con el tenedor. El siguiente bocado que doy es puro confort, una composición de todos los momentos positivos de mi infancia. Mis padres son un remanso de amor, mi vida consiste en juguetes, sol y arce. Es la sensación de un recuerdo, más que la memoria en sí. Sé que mi infancia nunca fue tan idílica, pero por un instante me permito sentir que lo fue.

Brennan se está sirviendo otra ración. Estiro el brazo y echo un poco de jarabe de arce también en su plato. Él me mira sorprendido; no sé si por verme compartir o por el jarabe en sí.

—Confía en mí —le digo, y luego pienso: chocolate caliente. Lo siguiente que quiero es un chocolate caliente.

Me levanto, echo un vistazo al potaje de lentejas y lo remuevo otra vez. La quinoa aún no se ha abierto. Regreso a los expositores y vuelvo con una caja de Swiss Miss, una tetera y otra botella de dos litros de agua. Retiro el envoltorio de la tetera, la lleno y la pongo al fuego. Me he olvidado de coger vasos, no obstante. Regreso a los pasillos.

¡Blam!

El violento sonido metálico procede de la parte delantera

del supermercado. Me doy la vuelta atribulada. No veo nada en la oscuridad borrosa que ocupan las cajas registradoras. Blam, otra vez, como un trueno, y me quedo paralizada. Brennan aparece a mi lado. Solo cuando oigo el sonido por tercera vez, consigo deducir su origen. Hay algo, o alguien, fuera, aporreando la persiana metálica.

18

El grupo de Zoo lleva ochocientos metros caminando río abajo, buscando el punto por el que su objetivo salió del agua.

—¿Creéis que nos hemos pasado de largo? —pregunta Ranchero.

—Es probable —responde Zoo—. Porque no sé para qué iba a quedarse en el agua tanto tiempo. Además, si se hubiera quedado, tendríamos que haber visto alguna señal más. ¿Verdad?

—¿Cuánto tiempo nos queda? —pregunta Camarera.

Zoo mira hacia el sol. Le han contado que puede calcularse la hora midiendo lo lejos que está el sol del horizonte, pero eso es todo lo que sabe. Lanza al aire una suposición:

—¿Una hora? —La respuesta correcta es: setenta y seis minutos. Les quedan setenta y seis minutos para encontrar a Timothy, y un poco más de tres kilómetros por recorrer.

Deciden volver sobre sus pasos. Al acercarse desde otro ángulo, Ranchero lo ve: una rama partida con una mancha roja, que Timothy ha usado para alzarse hasta la orilla, ligeramente elevada, y meterse otra vez en el bosque. Zoo y Camarera están en la ribera opuesta del arroyo. Se acercan a Ranchero haciendo equilibrios sobre las rocas. Él ayuda a Zoo a dar los últimos saltos y luego le tiende la mano a Camarera, que no consigue agarrarse, resbala y mete el pie izquierdo hasta el tobillo en el agua.

—¡Maldita sea! —exclama. Al cabo de un momento vuelve a pisar tierra firme y sacude el pie mojado. Se sienta en una roca y se desata el zapato.

—¿Qué haces? —pregunta Zoo.

—Así no puedo caminar. —Camarera se quita el zapato y el calcetín de algodón empapado, que está amarillento y tiene un cerco marrón. Agita los dedos; su esmalte de uñas verde resplandece al sol. Escurre el calcetín—. ¿Tenemos tiempo de esperar a que se seque? —pregunta. Zoo y Ranchero cruzan una mirada—. Supongo que no. —Camarera hace una mueca al ponerse el calcetín mojado, seguido de la zapatilla deportiva. Se pone en pie y arruga aún más la frente—. Los pies mojados son lo peor.

—Es probable que falte poco —dice Zoo—. No tendrás que aguantarlo mucho tiempo. —Lo dice en un tono de consuelo, pero está ansiosa por seguir avanzando. Le cuesta más que antes sonreír a Camarera.

—Seguro que el grupo de Cooper ha encontrado a su tío hace horas —comenta Camarera mientras sigue a sus compañeros bosque adentro.

—Emery no ha dicho que el orden sea importante —señala Ranchero por encima del hombro—. Solo que lleguemos antes de la puesta de sol.

Zoo, más adelantada, les responde a los dos alzando la voz:

—Sí, creo que tenemos...

—¡Mierda! —grita Camarera.

Ranchero y Zoo se vuelven y se la encuentran saltando a la pata coja sobre su pie mojado y mascullando diversas palabrotas. El cámara que los acompaña capta desprecio en la cara de Zoo, pero el editor no incluirá ese plano.

—¿Qué ha pasado? —pregunta Zoo.

—Creo que me he roto el dedo gordo. —Camarera se sienta en el suelo con los ojos llorosos y mordiéndose con fuerza el labio superior. Agarra su pie seco y lo mece entre las manos.

—¿Con qué has tropezado? —Zoo ve ramitas y algunas piedras pequeñas, pero nada lo bastante duro o pesado para provocar el estridente dolor de Camarera.

—No lo sé, pero me ha dolido. —El cámara lo ha visto: una raíz que sobresale de la tierra pero está oculta bajo unas hojas—. Tengo los pies hechos una mierda.

Ranchero se arrodilla a su lado.

—Quítate el zapato, echaremos un vistazo.

A Camarera se le ha partido la uña del dedo gordo del pie, un tira de tres milímetros que sobresale hacia arriba. La herida sangra, pero puede mover el dedo sin problemas.

—No es para tanto —dice Ranchero—. Esto con una tirita se arregla.

Camarera está llorando en silencio pero sin disimulo. Busca a tientas su mochila y saca su botiquín. Ranchero le rodea el dedo con un trozo de gasa hasta que deja de sangrar y luego, con movimientos diestros, unta la uña con crema antibiótica y la envuelve con una tirita. Le relaja cuidar de Camarera, mimándola como haría con su hija.

Zoo observa sus atentos cuidados y los ojos húmedos de Camarera.

—Esos golpes en los dedos son un asco —comenta, por decir algo.

En cuanto el dedo está vendado y Camarera no hace ademán de ponerse el zapato, la ya menguada comprensión de Zoo se reduce a cero.

Camarera no siente solo el dolor del golpe en el dedo. Siente la frustración de sus músculos cansados, la necesidad desesperada que tiene su cuerpo de cafeína y azúcar, la humedad del pie izquierdo, que se diría que ha calado hasta el alma. Y ahora que ha empezado a llorar, parece incapaz de detenerse.

—Lo siento —solloza—. Solo necesito un minuto.

El público en general no entenderá por qué es Ranchero, y no

Zoo, quien la consuela. Que esta se mantuviera al margen aquella noche ante la hoguera era excusable, porque ya había otras dos mujeres cuidando de Camarera, pero ¿ahora? ¿No es Zoo la que tiene unos cromosomas que proclaman a gritos su necesidad inevitable de tranquilizar y consolar? ¿No es Zoo la que está biológicamente adaptada para amamantar a las crías? ¿Por qué no es ella quien sostiene la mano temblorosa de Camarera?

La explicación que encontrarán enseguida la mayoría de los espectadores es tan habitual como dar por sentado el instinto maternal: celos femeninos. Camarera es más joven, delgada y guapa, a fin de cuentas. Pero a Zoo no le importa que Camarera sea guapa, delgada o joven. Lo único que le molesta es que está retrasando a su equipo. Le irritaría igual que un hombre hiciese lo mismo.

Se suceden los minutos mientras Camarera se esfuerza por dejar de llorar. Lo intenta, se esfuerza de verdad, pero su cuerpo desafía a su voluntad y la paternal mano de Ranchero en la espalda solo empeora las cosas. Camarera preferiría que la ignorase para poder recobrar la compostura. Pasan trece minutos entre que Camarera se hace daño en el dedo y está lista para seguir avanzando. El editor presentará el retraso en menos de un minuto, pero intercalando imágenes del sol poniente para que parezca que ha estado allí sentada mucho más tiempo, como si hubiera llorado durante horas.

En adelante el rastro está claro; el trío no tarda en salir de entre los árboles a siete metros del punto por el que ha aparecido antes el grupo de Rastreador. El cielo se tiñe de carmesí. Un hombre blanco de pelo castaño que lleva una chaqueta roja de forro polar se encuentra de pie al borde del precipicio, con una mano pegada a la frente.

—Es él —dice Zoo—. Hemos llegado.

—¡Timothy! —grita Ranchero.

El hombre se vuelve hacia ellos. Ríos rojos le surcan la cara. Su cuerpo entero se estremece y luego cae hacia atrás, tropieza y se precipita por el borde del acantilado.

Camarera chilla y Ranchero corre hacia delante. Zoo se queda mirando pasmada. Ve la cuerda que sigue al hombre ladera abajo y observa cómo se tensa. Sabe que la escena está amañada, que el hombre no se ha caído. También sabe que su equipo acaba de perder. La mandíbula le tiembla de frustración.

Durante un largo instante, el único sonido es el de Camarera sorbiendo por la nariz, y el único movimiento, el de ella cuando se la limpia con la muñeca.

—¿Tenemos que... verificar que es él? —dice entonces Ranchero. Zoo y Camarera lo miran.

—Sí —responde Zoo.

Ranchero abre la marcha hacia abajo por un corto camino en zigzag. El actor que hacía de Timothy Hamm se ha ido hace mucho. En su lugar han dejado al pie del barranco un maniquí disfrazado, con las extremidades retorcidas en una parodia de la muerte. El muñeco va vestido como el actor y está rodeado de un charco de carmesí líquido. Está boca abajo y lleva una peluca que está partida por un lado y rezuma gelatina rosa. La piel de látex está adornada con macabras heridas, mientras que un hueso de escayola sobresale por un lateral de la rodilla.

Las lágrimas dulces de Camarera explotan en forma de pánico y berreo. Zoo alza la vista y piensa que, aunque el hombre hubiera caído de verdad, no hay suficiente altura para causar tanto daño. Ranchero se gira de espaldas a las dos, y al maniquí ensangrentado, y se agacha con las manos en las rodillas. Zoo lo observa mientras se quita el sombrero y recita:

—Señor, escucha nuestra...

Zoo tiene mala cara, el labio le tiembla ligeramente. Ninguno de sus compañeros de equipo está haciendo lo que corresponde, de modo que se acerca ella. Se arma de valor diciéndose que no parece real, que no es real.

—Solo es un maniquí —susurra, acercándose centímetro a centímetro.

Le tiembla todo el cuerpo cuando estira el brazo hacia el cadáver artificial. Busca primero en los bolsillos de la chaqueta de forro polar: vacíos. Después repara en el bulto cuadrado que tiene el muñeco en el bolsillo de atrás. Intenta mantenerse fuera del charco rojo, pero no llega. Acerca un poco el pie metiéndolo en el líquido encarnado. Desliza los dedos hasta el interior del bolsillo, agarra la cartera y luego se aparta con rapidez. Camarera sigue llorando. Zoo abre la cartera y ve un carnet de conducir: Timothy Hamm.

—¿Cómo has podido? —pregunta Camarera. Zoo tarda un momento en comprender que se dirige a ella.

—¿Perdona? —dice mientras se vuelve.

—¿Cómo has podido acercarte tanto? —repite Camarera. Su voz es una mezcla de miedo y asombro, pero también contiene algo más, al menos para el oído de Zoo. ¿Decepción? ¿Acusación?

—Esto ha sido culpa tuya —responde con una voz tensa y colérica aunque no muy alta—. Tú y tu golpe en el dedo, lloriqueando y perdiendo el tiempo como si fueras la única persona del mundo que se ha hecho daño alguna vez.

Camarera se queda estupefacta, al igual que Ranchero y el cámara. Los productores también se sorprenderán, y el editor, que tanto se esforzará por justificar esta escena. Pero hay al menos un espectador que no se asombrará tanto: el marido de Zoo. Él conoce su secreto lado competitivo, su impaciencia con la gente que hace teatro y pierde tiempo. También sabe que el miedo puede sacar lo peor que hay en ella.

Camarera solo sabe que la están atacando.

—Estás loca —le espeta a Zoo—. He parado un minuto o así, nada más. Esto no es culpa mía.

—¿Un minuto? —dice Zoo furiosa y sin levantar la voz—. Según tus cálculos, entonces ¿cuánto tiempo hemos estado en ese bosque, una hora? Si eso ha sido un minuto, abandono ahora mismo. Aunque la que debería abandonar eres tú; no tienes ninguna posibilidad de ganar, y a los que lo intentamos de verdad nos ahorrarías la molestia de cargar contigo, Barbie de los cojones.

Mira a Camarera a los ojos hasta hacerle desviar la vista, esperando una réplica que no llega, y luego da media vuelta y se va hacia el bosque hecha una furia. Camarera y Ranchero observan cómo se aleja, con los ojos como platos. El cámara sonríe. Está tan contento que se olvida del malestar que lleva todo el día royéndole la pared del estómago. Cuando Zoo regresa al cabo de unos instantes, tiene la esperanza de que vuelva a por más.

—Lo siento —dice Zoo—. No quería...

Camarera no la mira a los ojos.

Pero esa noche, mientras se emite el segundo episodio de *A oscuras* y los espectadores se quedan sin aliento o se ríen cuando Camarera derriba a Exorcista por un cazo de arroz, esta se sienta delante de un cámara y responde a Zoo a través de una confesión:

—Da mal rollo que alguien sea tan simpática todo el tiempo, toda sonrisas y favores, y luego estalle así. En realidad no me importa mucho lo que me dijo, me han llamado cosas mucho peores que «Barbie», pero no pienso confiar en ella otra vez. Randy está loco pero por lo menos va de cara. Con él ya sabes lo que hay. Prefiero vérmelas con eso que con una persona tan falsa.

Zoo tiene los ojos inyectados en sangre tras las gafas, y el cielo sobre ella indica que es noche cerrada.

—¿Qué puedo decir? —le pregunta al cámara—. Vosotros me habéis dejado tocada y me he desahogado con ella. Sí, creo de verdad que hemos perdido por su culpa, pero no tendría que haber... No ha estado bien. —Suspira y mira hacia las estrellas—. Ya llevamo... ¿qué, una semana y pico? Si esto es un indicio del cariz que va a tomar esto, yo... Bueno, estoy nerviosa. —Vuelve a mirar al cámara—. Pero ¿sabes qué? No es real. Sé que en teoría no tengo que decirlo y que lo eliminaréis al editar, pero ¿ese tío que se ha tirado por el barranco, y el maniquí del fondo? Todo forma parte del juego. Mientras lo tenga presente, aguantaré, por mucho que se tuerzan las cosas. Y si los espectadores descubren que a veces puedo ser una borde, pues bueno, eso también puedo aceptarlo.

Se pone en pie. El plano final del tercer episodio del programa será ella alejándose, volviendo a una hoguera que los espectadores no le habrán visto construir. Es la última confesión de Zoo.

19

—¿Quién es? —susurra Brennan.

—¿Y yo qué sé? —replico. Mi miedo condensado se ha convertido en ira. No tendría que haberme relajado, ya lo veía venir, y ahora ellos tienen otro vídeo, otro momento que nunca podré olvidar. Lo que es peor: no sé qué hacer ahora.

¿Qué quieren ellos que haga? Preguntar quién llama; ha sido una llamada, a fin de cuentas.

—¿Nos vamos? —pregunta Brennan.

—Mejor no —respondo—. Fuera está oscuro. Y no creo que hayan encontrado la ventana, porque entonces no estarían llamando a la persiana metálica. —Me maldigo en el instante mismo de pronunciar esas palabras; ¿qué mejor cita textual podía darles? Lo pondrán y acto seguido pasarán a la imagen de alguien plantado bajo esa ventana, mirando hacia arriba.

—¿Cómo han sabido que estamos aquí, Mae?

—No lo sé, tampoco hemos sido muy discretos. Y a lo mejor ha salido algo de humo. —No, se lo han dicho. Estaban en una furgoneta jugando al pinacle mientras se ponía el sol, esperando su momento.

—¿Qué hacemos? —pregunta Brennan. No hace más que preguntar.

—Vamos a recoger nuestras cosas —le digo, porque se supone que tengo que seguirles el juego, ¿no?—. Sin hacer ruido. Esperaremos hasta que se cansen, pero estaremos listos para movernos.

Asiente y volvemos juntos donde está el fuego y nuestras mochilas. Estoy metiendo patatas y cebollas en la mía cuando suena otra vez el golpe metálico. Esta vez me parece oír también una voz. Miro de nuevo hacia la parte delantera de la tienda. Una vez más, no distingo nada. Sin ni siquiera cuenta darme, me veo avanzando hacia las cajas registradoras.

Un susurro urgente a mis espaldas:

—¡Mae!

—Chiss —le digo—. Quiero oír lo que dicen.

Es curioso, sigo usando la tercera persona del plural, tanto al hablar como en mi cabeza. Parece indudable que hay más de una persona fuera. Quizá por lo potente e intrusivo que es el sonido.

Avanzo con sigilo hasta la parte delantera del supermercado y paso por el oscuro hueco entre dos cajas. Cuando llego a la zona de llenar las bolsas, suena otro golpe. Noto cómo la persiana metálica vibra con el impacto. Una voz, masculina y apagada. La única palabra que distingo con claridad es «abrid». Sean quienes sean, quieren entrar.

A lo mejor me equivoco; a lo mejor no son varios, sino uno solo. Alguien a quien conozco. Cooper en otro momento de «Basta». Julio, que busca compañía después de pasar una eternidad a solas. El chico asiático, curtido por la experiencia.

Blam.

—¡Abrid! —Esta vez las palabras me llegan con claridad, y reconozco la voz. Es la voz de tenor de un comediante, cargado de bravuconería. Randy. No doy crédito. Necesita incordiar a los demás como el aire que respira; ¿cómo ha sobrevivido al Desafío en Solitario?

—¡Sé que estáis dentro! —Blam—. ¡Dejadnos entrar! —Blam; blam.

—Lo siento, Randy —susurro. Ojalá hubiera una mirilla

para ver qué aspecto tiene después de estas últimas semanas. Me lo imagino sujetando una antorcha, cuyas llamas iluminan su pelo revuelto y se reflejan en su collar hortera. Es probable que a estas alturas ya vaya vestido con colas de ardilla de la cabeza a los pies.

Un momento.

Ha dicho «dejadnos». Yo tenía razón; son más de uno. Randy no está solo.

Una segunda voz desde fuera, más tranquila y grave:

—Así no conseguirás nada.

También conozco esa voz. Emery dijo que cuando acabase el Desafío en Solitario lo sabríamos, y así es: ha terminado. «Tú puedes», las últimas palabras de Cooper dirigidas a mí, mudas, pero yo las oí, y pensé que en efecto podía. Pero no puedo y ahora tendré la oportunidad de decirle «Gracias» y «Estoy casada». Porque no sé qué sintió él, si es que sintió algo, pero sé lo que me provocó a mí. Tendría que habérselo dicho. En cuanto sucedió, tendría que habérselo dicho; en lugar de eso, yo... Pero no pretendía pensarlo y estaba confundida; me pareció ver a la persona en quien podría haberme convertido, pero no, él es diferente, somos diferentes, porque yo nunca escogí por mí misma, no hasta que llegué aquí, y este es el mayor error de mi vida. No quiero ser Cooper, quiero ser yo, ser el «nosotros» que dejé atrás, el «nosotros» que escogí. Y puedo, y lo seré, porque el Desafío en Solitario ha terminado.

Me lanzo sobre las puertas automáticas. Tiro y empujo, y luego aporreo el cristal.

Brennan está a mi lado.

—Mae, ¿qué haces?

—Tenemos que dejarlos entrar. —Pero las puertas no se abren. No se me ocurre cómo abrirlas—. Ayúdame —digo.

—Mae, no, es...

Entonces, desde fuera:

—¿Hola? ¿Quién hay dentro?

Brennan vuelve la cabeza hacia las puertas como un resorte.

—¡Cooper, soy yo! —grito—. No consigo abrir las puertas.

Un instante de silencio.

—Hay una salida de emergencia en el otro lado.

—¡Vale! —Corro a lo largo de los escaparates, buscándola. Intento sacar la lente, pero me tiembla la mano y corriendo no logro sujetarla.

Brennan me agarra del brazo.

—¡Mae! ¡Para!

—Son mis amigos —le explico sacándomelo de encima.

—¿De qué estás hablando?

Su incredulidad me obliga a parar.

—Bueno, Cooper es mi amigo. Randy... es... pero si ha aguantado hasta ahora y Cooper está colaborando con él, tiene que...

—Espera —susurra Brennan. Me acompaña hasta la salida de emergencia, que supongo que él veía en todo momento. Estoy tan acelerada que me aletea el aliento, los párpados; me siento como si pudiera echarme a volar.

—¿Hola? —grita él.

—¡Estamos aquí! —dice Randy.

—¿Quiénes sois? —pregunta Brennan.

—Amigos —responde Randy.

Estiro el brazo hacia la puerta.

—¿Cómo os llamáis? —pregunta Brennan a voces.

La voz que identifico como Randy responde:

—Yo soy Cooper.

Caigo desde una altura inimaginable.

Me hundo, me marchito. El miedo me invade, me llena desde los dedos de los pies hasta el cuero cabelludo y tira de mí hacia abajo. No es la presencia de estos dos desconocidos lo que me asusta, es haber creído que los conocía. Que mi percepción pueda haberse disociado tanto de la realidad.

Brennan se vuelve hacia mí con una marcada expresión de victoria. Por primera vez se siente superior a mí... y con todo el derecho.

El miedo me abandona, en tromba, y quedo vacía, drenada y fría.

Ya no puedo seguir con esto.

Preocuparme. Explicar. Fingir.

Vuelvo junto al fuego y me siento.

—¡Mae! —A Brennan se le salen los ojos de las órbitas por la inquietud. Fuera, los hombres chillan, o a lo mejor solo es uno.

—¿Qué? —pregunto. Remuevo las lentejas—. Si van a entrar, entrarán. Si no, no. No está en nuestras manos.

Brennan se mueve de un lado a otro.

—Recogeré.

Al cabo de unos minutos, los hombres dejan de meter ruido. El burbujeo del potaje es el sonido más alto y, luego, la cremallera de la mochila de Brennan cuando termina.

Comemos. Las patatas fritas, el potaje... no saben a nada. Brennan parece inquieto. Pregunta otra vez si nos vamos. No respondo. Como los hombres de fuera, pronto deja de intentarlo. No nos acabamos el potaje.

—Desayuno —digo cuando tapo la olla y la retiro del fuego menguante. Pienso en la primera risa de Cooper, como un regalo. Lo especial que me sentí mientras él se alejaba con el cubo en la mano.

—¿De verdad crees que es seguro dormir aquí? —pregunta Brennan.

Me encojo de hombros. Me tumbo en la hamaca cubierta de toallas. Los trapos que tengo debajo forman bultos y me molestan. Me levanto y los tiro todos al suelo. Vuelvo a tumbarme. De nuestro fuego solo quedan brasas.

—¿Mae?

Cierro los párpados con fuerza. Qué cansada estoy.

—Por la mañana cojamos un coche. Podemos hacer el resto del camino por carretera.

—No —digo.

—¿Por qué no?

—Ya sabes por qué.

—Oh —dice Brennan.

—Duérmete —le ordeno.

Abro los ojos. Las ascuas son un vago borrón naranja.

Ad tenebras dedi. Podría decirlo. Debería. Cambio de postura en la tumbona para ponerme de cara al techo, a la cámara que debe de haber ahí arriba, observándome. Si pronunciara las palabras, ¿se encendería la luz? ¿Se abrirían las puertas deslizantes de la entrada? ¿Entraría Emery con paso firme para darme una palmadita en la espalda y decirme que había hecho un esfuerzo muy noble, pero que había llegado el momento de entregar el raído pañuelo azul que llevo atado a la botella e irme a casa? ¿Me esperaría fuera un coche?

¿O no pasaría nada en absoluto?

La idea escuece. No puedo rendirme. No puedo fallar. Por exhausta y frustrada que me sienta, tengo que seguir adelante. No me he dejado otra opción.

Me vuelvo hacia el fuego agonizante. Lo contemplo hasta que se me caen los párpados. Por uno de los pasillos corretean ratones. Sus suaves pasitos me ayudan a conciliar el sueño.

Me despierta una mano en el hombro, no sé cuándo. Más tarde. Todavía está oscuro. No veo señales del fuego.

—Mae. —Un susurro en el oído—. Creo que han entrado.

—¿Quiénes? —pregunto.

—He oído algo en la parte de atrás. Escucha.

Al principio no oigo nada, solo la respiración de Brennan en la oreja. Y entonces capto el chirrido de una puerta que se abre. En el momento preciso.

—Coge las mochilas —digo resignada.

Nos dirigimos hacia la parte delantera del supermercado y bordeamos las cajas registradoras hasta llegar a la entrada de la frutería. Nos desplazamos con sigilo de un expositor a otro, rumbo a la parte trasera. Brennan respira demasiado fuerte a mi espalda.

—¿Dónde están? —La voz ha sonado a la vuelta de la esquina. Es el falso Randy.

—¿Hola? —dice otra, más alta.

A juzgar por la cercanía de las voces, los hombres deben de estar justo al otro lado de las puertas batientes. Nosotros estamos apenas siete metros a su izquierda, con la espalda contra el expositor de los aliños de ensalada. Esta es la recta final, me digo. La recta final de un juego que ha durado demasiado.

Oigo sus pasos y un roce de telas. Los pasos avanzan en nuestra dirección. Estiro el brazo para impedirle a Brennan que se mueva. Con el antebrazo contra su pecho, siento su respiración agitada.

Los dos hombres nos pasan por delante, caminando despacio hacia la pared exterior del supermercado. Durante unos breves segundos no nos separa más que el aire, y luego se interpone un estante de bolsas de nueces y pacanas. Pronto, los hombres llegan al punto donde encontré las patatas. Guiándome por sus leves pasos, deduzco que caminan hacia la parte delantera de la tienda, desde donde probablemente planean emprender una búsqueda pasillo por pasillo. Le indico por señas a Brennan que me siga y doblamos la esquina poco a poco en dirección a las puertas batientes.

Crac. Justo bajo mi pie. No sé qué he pisado, pero ha hecho mucho ruido. Brennan y yo nos quedamos paralizados. Los pasos que sonaban al otro lado de la tienda se detienen y de pronto arrancan a martillear en nuestra dirección.

El miedo y la huida, instintos más fuertes que la razón.

—¡Vamos! —grito empujando a Brennan a través de las puertas.

Corremos hasta la oficina por la que entramos y cierro a nuestra espalda de un portazo. Temblando, a tientas, no encuentro el pestillo. Brennan arrastra el escritorio para situarlo bajo la ventana.

Una fuerza repentina al otro lado de la puerta me impulsa hacia atrás. Siento un subidón de adrenalina y contraataco con otro empujón, que encaja la puerta en su marco. Luego se me añade Brennan, para ayudar.

—¡El pestillo! —digo.

Él lo encuentra y lo cierra con un movimiento seco.

—¿Aguantará? —pregunta. Los dos hacemos fuerza contra la puerta aporreada.

—No lo sé. —Miro hacia la ventana. No creo que nos resulte posible trepar y salir antes de que la derriben.

Cesan los golpes contra la puerta. Ni Brennan ni yo nos movemos.

—Solo queremos hablar —dice el falso Randy.

—¡Sí, seguro! —replica Brennan a gritos.

—Para —le digo.

Mirando por la ventana, veo que el cielo empieza a iluminarse. Se acerca el amanecer. No sé qué hacen estos aquí; solo sé que son algo que hay que superar. No creo que pretendan hacernos daño, pero podrían robarnos los víveres, atarnos o encerrarnos en la cámara frigorífica. Podrían retrasarnos de mil maneras distintas, y no pienso tolerar ninguna.

—Mirad —digo en voz alta—. No tenemos nada que queráis. Este sitio está lleno de comida. Dejadnos en paz y todos contentos.

—Hay comida en todas partes —replica el falso Randy.

—Entonces ¿qué queréis? —pregunta Brennan.

—Como digo, hablar. Mi hermano y yo estamos solos desde que todo se fue a la mierda. Vivimos en esta calle.

—¿Qué hacemos? —me susurra Brennan.

Lo único que se me ocurre es conseguir que el hombre del otro lado de la puerta siga hablando y salir de aquí. Escudriño la oficina gris y borrosa.

La silla del escritorio. En las películas, siempre encajan bajo el picaporte de la puerta una silla que entretiene al malo lo suficiente para que el protagonista escape. Miro a Brennan con un dedo levantado, para pedirle silencio y que espere.

—¿De dónde sois? —pregunta el falso Randy—. ¿De por aquí?

Con todo el sigilo posible, me aparto de la puerta. La silla del escritorio está tirada en el suelo, a un metro o menos. Conteniendo la respiración, la levanto. Araña el suelo, pero el falso Randy sigue hablando y su voz enmascara el sonido.

—¿Cuántos sois? —pregunta—. ¿Sois familia, como nosotros?

Llevo el respaldo de la silla hasta la puerta y luego lo subo hasta encajarlo bajo el picaporte. No tengo ni idea de si aguantará.

—¿Estuvisteis enfermos? Mi hermano lo estuvo, pero mejoró. Yo no lo pillé, fuera lo que fuese. Intentaron evacuarnos con los demás, pero no quisimos saber nada de eso. Este es nuestro hogar, ¿comprendéis? Seguro que lo comprendéis, al fin y al cabo vosotros también seguís aquí. No quedamos muchos.

Señalo la ventana con la barbilla y Brennan se aparta de la puerta. Le indico por señas que salga él primero y se sube al escritorio metálico. El falso Randy continúa hablando.

—Antes había una especie de banda calle abajo, tres tarados. A uno lo conocía, y todo el tiempo intentaba convencernos de que nos uniésemos a ellos. Pero no quisimos. Estaban como cabras: siempre hablando de intrusos. Este grupo, y mi hermano y yo, creo que somos los únicos que quedamos en todo el condado.

Brennan ya está de pie, con las manos en el marco de la ventana. Se alza y sale por el hueco con los pies por delante. Lo veo desaparecer.

—Ahora ya no están; no sé si han muerto o se han mudado —prosigue el falso Randy—. Desde entonces, hemos...

Golpes, estrépito, el ruido de una refriega al otro lado de la ventana. La voz de Brennan que chilla apagada:

—¡Mae!

Después un grito más grave:

—¡Cliff!

Hijo de puta, pienso. Por eso el falso Randy hablaba por los codos, para que su socio pudiera acercarse por fuera sin hacer ruido.

La puerta que tengo detrás se abre con un golpetazo y la inútil silla patina hasta la pared. Entra el falso Randy. Es un hombre blanco, corpulento y barbudo. Estoy atrapada entre él y la mesa; el tipo de fuera grita en su forcejeo con Brennan.

—¡Aquí solo hay una! —vocea el falso Randy: Cliff. Da un paso hacia mí. Lo tengo cerca y me saca más o menos treinta centímetros de altura. Distingo su cara: rechoncha y anodina. La barba es entre rubia y pelirroja.

Fuera se hace el silencio.

—¿Harry? —dice Cliff.

—Estoy bien —responde su compañero—. Solo era un crío.

Es a Brennan a quien han silenciado.

Cliff estira la mano y me toca el brazo.

—No te preocupes —dice—. Ahora podemos cuidarte nosotros.

Me enfurece su arrogancia, la indolencia de quienquiera que escribió su guion. Pero ¿qué puedo hacer? Este tío es el doble de grande que yo y me cierra el paso a la puerta, y además su supuesto hermano está justo al otro lado de la ventana.

Digo lo que exige el guion.

—No necesito que nadie cuide de mí.

—No pasa nada —dice Cliff, y me pone la mano en el hombro. Golpear a un hombre de este tamaño en el brazo solo servirá para cabrearlo, y conozco las reglas: No puedo pegarle en ninguno de los puntos clave—. Tenemos un sitio seguro —añade. Su aliento apesta tanto como un maniquí.

A la mierda las reglas.

Lanzo un gancho directo a su mandíbula. Empleo toda mi fuerza en el golpe, años de clases de cardio-kickboxing. Mi tronco gira con el movimiento, levanto del suelo el talón y le hundo los nudillos en la cara. El puño me estalla mientras el hombre retrocede dando tumbos, aturdido.

No le doy ocasión a contraatacar. Le paso corriendo por delante, salgo al pasillo, atravieso las puertas batientes y tomo el primer pasillo que encuentro. Tropiezo y caigo de bruces, me levanto a toda prisa y oigo que Cliff maldice y arranca a perseguirme. Las puertas batientes se cierran a su espalda.

Corro hacia la salida de emergencia. Oigo al hombre detrás de mí, pero llegaré antes. Cargo contra la barra de apertura con el hombro y salgo con el mismo impulso. Estoy libre, estoy fuera, estoy...

El segundo hombre se encuentra delante de mí, sonriendo a la luz del amanecer. Es blanco, más bajo que Cliff, más alto que yo. Y lleva un machete en la mano.

Arremete contra mí, con el machete al costado. Lo esquivo echándome hacia atrás, vuelvo a caer y aterrizo de lado encima de la mochila. Al instante tengo encima a Cliff, que me pone en pie de un tirón; mi cabeza sufre una sacudida tan brusca que se me pinzan los nervios ópticos.

Me invade una energía colérica. Lucho; pateo, araño, muerdo. Quiero matar a este hombre. Oigo chillidos y entiendo vagamente que es mi voz; luego Cliff retrocede. Noto un sabor a sangre, suya o mía, no lo sé, una llovizna cobriza en la boca. Me palpita de dolor la mano derecha y no puedo abrir el puño.

Cliff está encorvado, sangrando por la nariz. No me hace falta ver para saber que hay odio en sus ojos. El falso Cooper observa, balanceando el machete con desenfado.

—Harry, pedazo de cabrón —le dice Cliff—. ¿Qué haces ahí plantado?

—Está loca —responde Harry—. No pienso acercarme a ella.

No veo manchas rojas en la hoja, pero eso no significa que no las haya. Tengo que encontrar a Brennan, tengo que asegurarme de que está bien. Está a la vuelta de la esquina, en alguna parte. Cliff y Harry se interponen entre nosotros.

—¿Qué le has hecho? —pregunto para ganar tiempo.

—El chaval está bien —contesta Harry. El machete sigue balanceándose.

Cliff se pone derecho y se lleva una mano a la nariz sangrante. Veo que también le sangra la mano. Las connotaciones del regusto metálico que noto en la boca hacen que se me revuelva el estómago. Estoy descalificada; seguro. No solo he pegado a este hombre, sino que lo he mordido. Con fuerza suficiente para que sangre.

Cliff da un paso hacia mí.

—Mira —dice—. Ya lo entiendo. Lo has pasado muy mal. Todos lo hemos pasado mal.

¿Por qué no le paran? ¿Y a mí?

Lo vigilo agazapada mientras da otro paso. Ahora veo que buena parte de la sangre que tengo en la boca procede de un corte en la parte interior de mi labio, que me duele y se está inflamando.

He roto una regla y no ha cambiado nada.

Tal vez estén haciendo una excepción. ¿Una circunstancia especial, como cuando Heather pegó a Randy y nunca llegaron las consecuencias? La habían provocado y la perdonaron. A mí también me están perdonando. Porque los conflictos quedan bien en la tele y eso es cuanto les importa.

Los conflictos... y lo inesperado.

—Vale —digo—. Iré con vosotros.

Cliff se detiene y mira a Harry. Está claro que no se tragan mi súbita docilidad. Hacen bien, pero necesito que me crean.

—Me parece que me he roto la mano —explico, y me permito sentir el dolor. Permito que aflore toda mi frustración. Cuando empiezo a temblar, pienso en mi marido. En la necesidad que tengo de volver a casa, en lo lejos que he llegado y en todo lo que he visto y he hecho. Pienso en la cabaña azul, en el mensaje que me dejaron allí. Recurro a una de las herramientas más sencillas que tengo a mi disposición: las lágrimas. Siento que resbalan por mi cara; noto su sabor.

Cliff se relaja de inmediato y me tiende las manos en son de paz.

—Quiero ver a mi amigo —digo.

—Por aquí —indica Harry dirigiéndose hacia la esquina

del edificio, hacia la ventana rota. El machete se balancea tranquilamente a su costado.

Cliff me coge del brazo. Veo el corte que tiene en la cara, junto a la comisura de la boca, la piel que ya se le está hinchando, la sangre que le recorre la palma y la muñeca. Me mantiene cerca de él, pero sin mucha fuerza, como si yo no fuera una amenaza. Estoy acostumbrada a que me desdeñen y consideren inofensiva, pero eso es porque por lo general no le hago daño a nadie. ¿Supone que mis golpes han sido una especie de último estertor de furia femenina, ya disipada? ¿Es eso lo que necesito que crea?

Puede servir.

Me limpio la cara con la manga mientras doblamos la esquina del edificio.

Brennan está tendido en el pavimento, boca arriba. Por encima de su hombro asoma la mochila con estampado de cebra. No veo sangre, pero entre la sudadera roja y la piel oscura, mi miopía fácilmente podría borrar una herida. Me quito de encima a Cliff, me arrodillo, pongo una mano en el pecho de Brennan, siento que sigue bien, que aún respira. Claro, no podía ser de otra manera. Solo está fingiendo. Ya me conozco esta escena: abrirá los ojos en el momento más dramático. Lo único que tengo que hacer es crear ese momento.

Atisbo un destello naranja y plateado bajo la ventana.

Harry mueve la pierna de Brennan con el pie.

—No paraba —dice—. No sabía qué otra cosa hacer.

—No pienso ir a ninguna parte sin él —aseguro.

Cliff asiente mirando a Harry, que guarda el machete en una lazada del cinturón y se carga a Brennan al hombro.

—El cabrón pesa mucho para estar tan flaco —dice Harry.

Me aparto de un salto de Cliff y agarro la tubería oxidada que hay debajo de la ventana. Antes de que ninguno de los dos hombres tenga tiempo de reaccionar, le machaco a Harry la rodilla izquierda. Me daba miedo que la tubería se doblase como si fuera de gomaespuma, pero el impacto es contundente y me estremece los brazos y los hombros. Harry grita y se desploma, soltando a Brennan, que contra todo pronóstico no hace nada para amortiguar su caída. Cae como un fardo.

—Mierda —digo.

Harry saca el machete de la lazada y yo se lo arrebato con un golpe de tubería que lo manda volando por los aires. La hoja tintinea al cruzar el pavimento. Me parece oír que Brennan gime, pero no estoy segura, y entonces Cliff se abalanza sobre mí. Salto para apartarme... demasiado tarde. Me agarra por la cintura y tira de mí hacia abajo. Se me escapa la tubería a la vez que mi barbilla golpea el suelo; me castañetean los dientes, veo chiribitas. Aturdida, siento que me voltean para colocarme boca arriba, con el bulto de la mochila bajo la espalda. Todo me da vueltas, pero veo a Cliff encima de mí, malcarado. Tengo inmovilizados los brazos y las piernas. Me aprieta con el antebrazo el pecho y la garganta, para impedir que me incorpore.

Podría haber huido, antes. Sin Brennan. Debería haberlo hecho. ¿Por qué no lo he hecho?

Cliff masculla amenazas sin sentido. Va a hacerme esto y lo otro. Dolores y humillaciones incontables. Sus labios se mueven con fascinante lentitud entre los pelos rubios ensangrentados de su barba. Todo lo demás ha pasado deprisa, pero este momento se eterniza. Me doy cuenta de que me matará. Todo el mundo tiene un límite, y yo he rebasado el de este hombre. Lo veo en sus ojos, demasiado cercanos. Castaños con un toque ámbar. Ámbar, un color y un nombre que marqué con un círculo en un libro hace una vida, bromeando sobre disfrazar a una hija para Halloween. Quiero luchar, pero los músculos no responden. Como si estuviera entre el sueño y la vigilia, soy consciente de lo que me rodea, veo, entiendo, pero no puedo moverme. A lo mejor la caída me ha dejado paralítica. Quizá lo mejor para mí sea que esto acabe, aquí y ahora.

Desplazo la línea de visión. No quiero que este desconocido enfadado sea lo último que vea. Miro hacia los escuálidos árboles que hay detrás del contenedor donde encontré la tubería al principio. La miopía me pone fácil fingir que la vista es bella. Parpadeo, con una caída de párpados tan lenta y pesada que es lo único que siento. Y entonces formulo un deseo. Deseo que el productor aparezca corriendo entre esos árboles raquíticos, esprintando hacia nosotros. O Cooper, Emery, Ualabí o incluso uno de los trabajadores becarios. Cualquiera, siempre que sea real y le grite a Cliff que pare. Ese es mi deseo, y como todos los deseos que vale la pena formular, sé que es imposible.

Esto no forma parte del programa.

Nada de esto forma parte del programa.

Hace mucho tiempo que nada forma parte del programa.

Algo cede en mi interior, una laxitud casi agradable; ya no tengo que explicarlo todo. He peleado. He peleado, me he esforzado, lo he intentado... y he fracasado. Encuentro consuelo en eso, en haber hecho todo lo posible; en fracasar sin tener la culpa.

Por lo menos no he abandonado.

Un borboteo, un gruñido. Contra mi voluntad, mis ojos apuntan a Cliff. Dos abismos castaños que me miran con fijeza. Lo siento encima de mí, pero el peso ha cambiado; la gravedad es la única fuerza en juego. Cliff mueve la boca, boquea. Y entonces se desploma y me golpea la frente con la barbilla. Su barba ensangrentada me cubre los ojos. A lo mejor debería gritar, pero lo único que siento es confusión. No entiendo por qué está muerto él y no yo.

Un truco, pienso. El programa, todo forma parte del...

La distancia y el dolor que hay en los ojos castaños de Cliff nunca podrían ser falsos.

Pero tengo las gafas rotas y...

Lo has visto.

Cierro los ojos. Siento su barba áspera contra los párpados, lo siento a él aplastándome. Veo que Brennan cae al suelo, inerte. Siento la vara que golpea la rodilla de Harry, el crujido. Un torno me aprieta el corazón y la garganta cuando de golpe entiendo la situación, y cierro los ojos con más fuerza todavía porque es lo único que puedo hacer, pero eso no basta, nada basta, lo sé.

Estoy viva y el mundo es exactamente lo que parece.

No puedo respirar. No quiero respirar. Tengo que respirar.

¿Desde cuándo? ¿Cuándo cambió todo?

Por encima de mí, Brennan gruñe intentando quitarme de encima a Cliff. Pronuncia el que cree que es mi nombre. La barbilla del muerto se desliza por mi cara y aterriza con un golpe en el pavimento.

Un maniquí, pienso desesperada, pero estoy atrapada bajo algo mucho más pesado que el hombre que tengo sobre el pecho.

—¡Mae! —oigo—. Mae, ¿estás bien?

El peñasco era de gomaespuma.

La sangre era artificial.

La cabaña era azul.

¿Lo era?

La cabaña era azul, lo era. Tanto azul... Globos, mantas y papel de regalo. La luz era azul, todo era azul.

Los ojos me hacen chiribitas. Veo luz roja alrededor de mis párpados.

Las cortinas eran rojas.

Sobre la mesa había un jarrón naranja; metí dentro la yesca.

No puedo cerrar los ojos lo bastante fuerte. Veo pintura marrón, molduras rojas.

Yo lo maté.

Un bebé que tosía y lloraba atrapado en los brazos de su madre muerta. Una casa que no era tan azul como quiero recordarla. Lo vi y sucumbí al pánico. Hui corriendo. Lo abandoné a su suerte.

—Mae. —Una voz lejana justo en mi oído.

No lo sabía. ¿Cómo iba a saberlo?

—Mae, ¿estás bien?

Una eternidad sin fin. Unas mejillas rosa moteadas, ojos legañosos, una membrana en el cráneo que palpita ligeramente. No eran interferencias lo que oí en el llanto, sino necesidad. Dejé caer la manta y me dije que todo era mentira, pero la única mentira era la mía. Yo lo sabía.

—¡Mae!

Abro los ojos. Brennan tiene la cara a unos centímetros de la mía y siento su mano en mi hombro. Miro detrás de él y veo el machete, que sobresale de la zona lumbar de Cliff. Tengo frío en la espalda. Estoy tumbada en un charco de sangre del muerto, que se enfría cada vez más.

—Yo lo maté —digo. Mi voz es un sollozo, pero no siento lágrimas. Siento la sangre fría en la espalda, la boca seca, el dolor de mi frente. El calor y la presión de la mano de Brennan. Lo miro a la cara. La tiene delgada, pero no larga. Sus mejillas quieren ser redondas. Ni siquiera asoma todavía una barba incipiente. No es la cara de un adolescente, sino la de un niño; es un niño. Un niño que me ha salvado la vida clavándole en la espalda a un adulto un cuchillo de treinta centímetros.

—¿Puedes moverte? —pregunta.

¿Cómo no vi lo joven que era?

—¡Mae! ¿Puedes moverte?

Siento náuseas y una pena inmensa, y mis músculos entumecidos se resisten, pero descubro que puedo controlarlos. Asiento. Brennan me ayuda a levantarme. Tengo la ropa pegajosa, empapada en sangre. La huelo, muerte reciente.

Oigo un grito suave, un gemido lastimero, y es entonces cuando reparo en que los dedos de Cliff se convulsionan. El hombre con el machete clavado en la columna no está muerto. Me llega a la nariz un tufillo a mierda. Lo que huelo no es la muerte, sino el morir.

Brennan tiene la mano sobre mi brazo. Está temblando; los dos temblamos, creo.

El sonido de un roce a nuestra espalda. Me vuelvo con movimientos inseguros, llevando conmigo a Brennan.

Harry repta hacia nosotros arrastrando la pierna que le he destrozado. Siento hundirse el cráneo de un coyote y casi me caigo, pero el niño está ahí y me mantengo en pie.

—Tenemos que irnos de aquí, Mae —susurra Brennan.

La voz de Harry es un bramido sordo de amenaza y dolor, y a nuestros pies los gemidos de Cliff se vuelven más fuertes; mueve la cabeza, que rueda de un lado a otro. Es un perro salvaje, lisiado por una trampa que no iba destinada a él. Es un coyote y yo sigo golpeando.

Harry grita. Oigo el llanto por su hermano. Avanza hacia nosotros palmo a palmo, un borrón pulsante e irregular.

—Mae. —Brennan me pasa un brazo por la cintura, y se lo permito porque me siento tremendamente inestable.

—¡Parad! —berrea Harry. Nos detenemos al oír esa palabra que antes significaba algo, lo significaba todo. Me gustaría que Harry se levantase con una cabriola, que cogiera la mano de Cliff y lo ayudara a ponerse en pie, que los dos nos hicieran una reverencia y dijesen: «Os lo habéis creído».

Cuánto me gustaría.

Pero ninguno de los dos hermanos puede levantarse y Harry no parece saber qué decir; a lo mejor no pensaba que fuésemos a esperar. Tan solo nos mira y en mi cabeza siguen agolpándose justificaciones relacionadas con el concurso, aunque sé que son falsas y el llanto de un bebé resuena a través de mi cráneo.

Harry sigue observándonos —o tal vez mire a su hermano, no le distingo los ojos— y oigo la respiración de Cliff, jadeante, mientras su cuerpo se agarra con uñas y dientes a cada segundo de existencia, a pesar del dolor, a pesar del fin inevitable. Aferrado a una vida inútil, como tiene por costumbre el cuerpo humano.

Escuchando sus estertores, comprendo, y la comprensión me hiere como una puñalada en el corazón.

Mi marido.

Si *a*, entonces *b*.

El resultado de este acertijo lógico es ineludible.

Harry se ha erguido sobre la rodilla sana. Se agarra a un carrito de la compra y se levanta a pulso. Su ascensión tiene algo de teatral, con la luz del nuevo día asomando por detrás de él, y necesito que lo sea. El cielo brilla tanto...; busco un dron. Entonces la comprensión se reafirma, veloz y aplastante, y Brennan me tira del brazo con urgencia, mientras da un paso. Lo único que acierto a pensar es que tal vez me equivoque de nuevo, porque quiero estar equivocada, y me confundo a mí misma y no sé en qué recuerdos confiar. Busco algo concreto y mis pensamientos van a dar en una olla de potaje de lentejas. Eso que cociné, sé que lo cociné, está ahí dentro, y por un momento la existencia de esa olla medio llena es el único elemento de mi memoria reciente que me consta que es cierto.

Siento el absurdo deseo de ofrecer lentejas a Harry y a Cliff, como si compartiendo ese único elemento cierto con ellos pudiera retroceder en el tiempo y transportarme a casa; estaría allí con mi marido, que estaría vivo, y yo sería la de antes, y el último mes sería menos que un sueño, menos que un pensamiento; nunca habría sucedido. Pero entonces Cliff empieza a gritar y hay líquido en ese grito; sangre o bilis, que gorgotea por debajo. Harry da un paso hacia nosotros y cae al suelo junto a su hermano. Con la garganta paralizada, no tengo nada que ofrecer, y Brennan está al mando. Damos la espalda a los hermanos destrozados y cojeamos hacia la carretera, en la única dirección en la que sé ir.

<u>*A oscuras*: Fin de la primera semana. ¿Reacciones?</u>

¿Por qué le hicieron coger la cartera? Eso es retorcido. Reconozco que empezó un poco lento, pero es oficial: ¡No... puedo... dejar... de... mirarlo!

enviado hace 29 días por LongLiveCaptainTightPants

301 comentarios

mejores comentarios

ordenado por: **viejo**

[-] HeftyTurtle hace 29 días

Hay cosas interesantes, eso lo reconozco. Me gustaría que prestasen un poco más de atención a la profesora de ciencias la semana que viene. Creo que es la tapada.

> [-] HandsomeDannyBoy hace 29 días
>
> Estoy de acuerdo. Apuesto a que queda entre los tres primeros. El predicador ahuyentará a los demás.

[-] MachOneMama hace 29 días

¿Cómo les permiten matar tanto? Me sorprende que los defensores de los animales no hayan asaltado los estudios.

> [-] BaldingCamel hace 29 días
>
> Seguro que tienen todos los permisos necesarios.
>
> [-] Coriolis Affect hace 29 días
>
> A lo mejor los tienen. Tampoco nos lo enseñan todo. Le he mandado un mensaje al amigo que tengo en el rodaje, pero no para de responder «Cláusula de confidencialidad». Excusas.

[-] Coriander 522 hace 29 días

No estuvo mal para pasar una noche de viernes con un principio de resfriado. No creo que vaya a hacer malabarismos para seguir viéndolo cuando me recupere.

...

20

Exorcista, Biología, Ingeniero y Banquero van llegando al campamento mucho después de que haya oscurecido, arrastrándose de cansancio. Han fracasado de tal manera en el último Desafío que han tenido que recogerlos en furgoneta y llevarlos con los demás. Eliminarán el viaje en vehículo del montaje final, pero no su fracaso. Si el cuarto episodio de *A oscuras* se fuese a emitir alguna vez, habría comenzado con un plano del ficticio Eli Schuster cojeando por el bosque, con un pañuelo ensangrentado atado a la frente. Un recordatorio, que acabaría en misterio.

Todos los demás concursantes están reunidos alrededor de una hoguera.

—Me pregunto qué le pasó —dice Biología.

Zoo echa un palo a las llamas.

—El nuestro se ha caído por un barranco —explica.

Biología la mira fijamente.

—¿En serio? —pregunta.

La réplica de Zoo está clara: una mirada que dice no, en serio no, recuerda dónde estamos. Una mirada que ni puede mostrarse ni se mostrará, aunque hace que el editor la adore más todavía. La adora a pesar del agotamiento que lo invade mientras mira.

Exorcista está atándose una cola de ardilla a la muñeca.

—Lo encontraremos —dice. Sujeta una punta de la cola con los dientes y aprieta el nudo. Hablando con pelo en la boca, añade—: Si no en este mundo, en el siguiente.

—Cállate —le espeta Camarera, pero no le pone muchas ganas.

Exorcista también está cansado y finge que no la ha oído.

Rastreador se ha sentado solo, una figura en sombras lejos del fuego. Cuando Camarera empieza a quejarse de su dolor de pie, Zoo se levanta y se acerca a él. Se sienta a su lado y sus rodillas se tocan.

—¿Estás bien? —le pregunta.

Rastreador pone una mano encima de su micrófono antes de responder.

—No.

Esa noche los concursantes duermen hacinados en un refugio destartalado que han improvisado en el último momento. Por la mañana, se reúnen delante del presentador, recelosos.

El presentador los saluda junto al poste de las eliminaciones y entonces se saca del bolsillo un pañuelo amarillo fosforescente y lo clava junto al rosa de Animador. Lo más sorprendente del acto en esta ocasión es el recordatorio de que solo ha pasado una noche desde que Nena Carpintera abandonara. Banquero piensa en el bello y resistente refugio de su último campamento y luego echa un vistazo al feo amontonamiento de ramas caídas bajo el que han dormido esta noche.

—Ayer —dice el presentador— fue un día duro para todos nosotros.

«¿Todos nosotros?», pregunta Zoo con la boca, sin emitir sonido.

—¿Tú qué sabes? —susurra Camarera.

—Pero, como sabéis —prosigue el presentador—, fue demasiado para una de vuestras compañeras, que abandonó antes incluso de acometer vuestro Desafío más reciente. —Empieza a caminar de un lado a otro delante de ellos, sosteniendo la mochila de Nena Carpintera—. Hoy solo tengo un objeto que repartir. —Saca de la bolsa una botella de agua llena.

Si hubiera llegado a ver estas imágenes, el editor habría insertado en ese momento a Nena Carpintera alejándose en el asiento trasero de un coche con las ventanas tintadas.

—Solo hay otra mujer que, en mi opinión, tiene posibilidades de ganar algo —dice—. O sea que supongo que le daré el agua a ella. Las chicas al poder y tal.

El presentador entrega la botella a Zoo.

—Gracias —dice esta, no especialmente sorprendida. Pensaba que tenía más o menos un cincuenta por ciento de posibilidades de heredar la botella, y el otro cincuenta por ciento se lo llevaba Ingeniero, que había hecho unas cuentas parecidas, aunque concedía a Zoo cierta ventaja; lo veía como un sesenta a cuarenta.

El presentador regresa a su posición centrada.

—Hoy promete ser un día más exigente si cabe que ayer.

Un cámara lo interrumpe con una tos sonora y rasposa. Todos lo miran. Está a la izquierda del grupo; es el mismo hombre que los interrumpió ayer. Zoo ha bautizado en silencio y en secreto a todos los cámaras, y este en su cabeza se llama Tropezón.

—Lo siento —dice Tropezón—. Perdón. —Su voz suena débil. Vuelve a toser, doblándose por la cintura; no puede parar.

El productor se le acerca y hablan un rato discretamente entre sonoras toses. El presentador guarda las distancias, a todas luces asqueado. Al cabo de un momento, el cámara se aleja con el productor, quien le indica al presentador que continúe.

—Menos mal que tienen de sobra —le dice Ingeniero a Zoo, señalando hacia la media docena de cámaras más que revolotean alrededor de ellos. En la nomenclatura interna de Zoo: Maratoniano, Flaco, Ualabí, Fontanero, Caracabra y Aliento Cafetero, que olió solo una vez pero fue suficiente. Una mínima parte del equipo completo.

El presentador carraspea para que lo miren.

—Hoy promete ser un día más exigente si cabe que ayer —repite—. Acompañadme.

Mientras caminan, Fuerza Aérea comenta a Médico Negro:

—No nos han dado ninguna recompensa por encontrar al tío de ayer.

—Tienes razón —dice su amigo—. Qué raro.

Zoo los oye y piensa: Vuestra recompensa fue no tener que sacar una cartera de un bolsillo empapado de sangre; no tener que presenciar cómo saltaba el excursionista. Rastreador camina a su lado, pensando en lo inmensamente inapropiado que sería recibir un premio por una farsa.

El grupo llega al pequeño claro que remata el barranco del día anterior, donde el Experto espera en el centro de diez marcadores de posición codificados por colores, vestido con la misma camisa de franela que llevaba en su primera aparición. Saluda a los concursantes con un hosco asentimiento de cabeza. El presentador se adelanta para situarse junto a él y dice:

—Hasta ahora habéis tenido a vuestra disposición medios modernos para encender los fuegos. Ahora, si queréis una hoguera, tendréis que aprender a prenderla como se hacía antes de las cerillas, antes de los encendedores —esto último lo añade mirando a Zoo—. Tendréis que usar un arco de rodamiento.

—Yo estoy aquí para enseñaros la técnica —explica el Experto—. Acercaos y observad con atención.

Se arrodilla y coge las piezas de su instrumento: un arco curvo de madera encordado con tendón de ciervo, una fina base de madera, una vara de madera más dura del grosor de un pulgar, una roca de un palmo de tamaño y un manojo de yesca hecho de hierba y filamentos de corteza interna, secados y entrelazados. En cuestión de segundos tiene la vara enganchada a la cuerda del arco y apretada contra la base, que sujeta al suelo con el pie. La roca ahuecada ha desaparecido en la palma de su mano, que descansa sobre la vara vertical. Con esa mano bien firme, el Experto empieza a mover el arco de forma horizontal respecto al suelo. El deslizamiento mueve la cuerda, y la vara comienza a rotar. El Experto mueve el arco a mayor velocidad. Se eleva una fina voluta de humo. Para los legos: magia. Camarera suelta un gritito. Hasta Rastreador está impresionado; ni él mismo lo hubiera hecho mejor.

El Experto retira el torno de la base y revela una muesca chamuscada y cubierta de un polvillo negro y blando. Hace una incisión en forma de cuña en el agujero chamuscado con el cuchillo.

—Nuestro objetivo es crear un ascua —explica.

Coloca un trozo de corteza debajo de la base, vuelve a montar el aparato y desliza el arco de nuevo. El humo se acumula en una pequeña nube y él sigue frotando. El humo se espesa. El Experto aparta la vara y revela una minúscula ascua resplandeciente, que deja caer sobre el manojo de yesca inclinando la base. Después coge la yesca con las manos y sopla en el centro. Una chispa de luz cálida crece hasta convertirse en un parpadeo anaranjado. Un aliento más, y brotan las llamas.

El Experto orienta el fuego lejos de su cara.

—Ya conocéis el resto —dice. Deja caer la yesca y apaga el fuego a pisotones—. Buena suerte.

El presentador da un paso al frente.

—El primero que encienda su manojo de yesca gana —anuncia—. ¡Adelante!

Los concursantes se dirigen hacia sus respectivas posiciones... salvo Exorcista, que prescinde de su kit verde lima y echa a correr hacia el rojo de Rastreador. Agarra la base de madera con la marca carmesí y la tira por el barranco.

—Ahora los demás...

Fuerza Aérea le coge el brazo y se lo retuerce detrás de la espalda. Exorcista lanza un gritito.

—¿Qué coño haces? —pregunta Fuerza Aérea.

—Solo igualo las cosas, amigo —dice Exorcista, retorciéndose para aliviar la presión.

Rastreador camina hasta el borde del barranco y mira hacia

abajo. Lamenta no haber corrido a su puesto. No pensaba que tuviera que correr para ganar este Desafío.

Médico Negro toca a Fuerza Aérea en el brazo.

—Venga, tranquilo —dice.

Fuerza Aérea se tensa, pero luego se relaja.

—Perdón —dice, y suelta a Exorcista.

Este le pega un puñetazo en la barriga.

Fuerza Aérea retrocede, más sorprendido que dolorido.

—¡No ha sido en la cara! —exclama Exorcista—. ¡No ha sido en los genitales! —Mete la mano en el bolsillo, saca una cola de ardilla y se la lanza a Fuerza Aérea. La cola revolotea por el aire y aterriza cerca de sus pies—. ¡Veamos tu posición fetal defensiva! —grita, para acto seguido lanzarle otra cola de ardilla, que en esta ocasión alcanza a Fuerza Aérea en la rodilla. El militar mira a Exorcista anonadado.

Médico Negro se sitúa entre ellos.

—Vale, vale, vale —dice. Una cola de ardilla le abofetea el pecho.

Rastreador está alejándose del grupo; arreglará esto por su cuenta.

Exorcista se quita la mochila. Agachado, saca otro puñado de colas de ardilla.

Médico Negro mira al presentador en busca de ayuda.

—Estoy seguro de que podéis solucionarlo solos —dice este.

Una cola pasa silbando junto a la oreja de Médico Negro.

—¿Por qué no le quitas su cacharro de madera y listos? —le pregunta Biología a Rastreador desde su puesto naranja.

Rastreador ha cogido una rama seca. Saca su cuchillo.

—¡Va a tallarse uno nuevo! —grita Exorcista arrojando una cola hacia Rastreador; el lanzamiento se queda unos siete metros corto.

—¿No oléis a humo? —pregunta Fuerza Aérea.

Todos los implicados en el conflicto se vuelven y se encuentran con Ingeniero, que está moviendo el arco; una gruesa columna de humo se eleva de su base a rayas granates y marrones. Ingeniero tiene un talento natural para esto y lleva mucha ventaja al resto de los concursantes que han decidido centrarse en el Desafío en vez de en el drama de Exorcista. Zoo ni siquiera ha conseguido que gire su vara azul celeste, que no para de salírsele de la cuerda del arco. Camarera está intentando que su torno se sostenga derecho sin enrollarle la cuerda. Biología no consigue que el suyo gire. Banquero mueve el arco pero, en vez de humo, su instrumento produce un chirrido estridente.

Exorcista sale disparado hacia su kit verde lima y Fuerza Aérea se vuelve hacia el suyo, azul marino. Médico Negro da un paso hacia su puesto amarillo mostaza; su bota topa contra una pequeña roca en el peor ángulo posible. Cae y aterriza cargando todo su peso sobre la mano derecha. Oye el ruido característico de un ligamento que se desgarra. Se pone de rodillas sujetándose la muñeca pegada al cuerpo. Ya se aprecia hinchazón en el punto donde la sangre se acumula furiosa presionando la piel.

Fuerza Aérea corre a su lado.

—¿Doc? ¿Estás bien? —pregunta.

—¿Necesitas asistencia médica? —inquiere el presentador.

—Estoy bien —le asegura Médico Negro a su amigo, pero mira al presentador a los ojos y asiente—. Tendría que verme alguien, por favor.

Un becario se lo lleva. Fuerza Aérea observa cómo se desvanece entre los árboles y luego, a regañadientes, vuelve a su puesto. Sabe que ha perdido demasiado tiempo para tener alguna oportunidad de ganar este Desafío.

Ingeniero termina de perfilar su muesca y vuelve a enhebrar la vara en el arco. La nueva base de Rastreador está casi terminada, pero es demasiado tarde; para cuando empieza a mover el arco, Ingeniero tiene su ascua. Se produce un momento de tensión cuando Ingeniero vuelca la brasa en su manojo de yesca y sopla, pero el material prende y el presentador exclama:

—¡Tenemos un ganador!

Ingeniero deposita con cuidado su yesca llameante en el suelo de tierra. Sonríe, tímido pero orgulloso.

—¿Tengo que apagarlo? —pregunta.

Rastreador suelta su instrumento y con paso decidido se acerca a Exorcista, que está sentado con las piernas cruzadas, con el torno en una mano y el arco en la otra.

—Oye, que... —empieza a decir.

Rastreador lo agarra por la chaqueta y lo pone en pie a pulso. La vara y el arco de Exorcista caen al suelo con estrépito.

—Te crees que das miedo —dice Rastreador, con la cara a unos centímetros de la suya y con los ojos tan entrecerrados como abiertos los tiene Exorcista. Habla con voz fría, serena—. Pero te equivocas. Una jugadita más como esta y me encargaré de que envidies a todas esas ardillas cuyas pieles profanas. ¿Entendido?

—Hostia puta —susurra Camarera con una expresión que oscila entre el pasmo y el recochineo, mientras Exorcista asiente sin parar.

Todo el mundo está mirando. El presentador da un paso adelante, dubitativo; Rastreador se ha mostrado hasta ahora tan imperturbable que no esperaba que se produjese una auténtica confrontación. Tampoco Exorcista, ni siquiera en el momento en que se le venía encima. La única que entiende que aquí la clave no es Exorcista es Zoo. Quiere coger a Rastreador del brazo, llevárselo de allí y decirle que no pasa nada, que solo es un juego. Recordarle por qué está allí. Pero teme lo que parecerá si da un paso al frente, lo que podría significar, de modo que se queda donde está.

Rastreador suelta a Exorcista, sin abandonar su pose rígida ni dejar de mirarlo a los ojos, hasta que el pelirrojo cede y camina hacia atrás dando un traspié. Mientras Exorcista empieza a balbucir una discreta disculpa, Rastreador da media vuelta y regresa a su puesto caminando. Un silencio sobrecogedor se adueña del claro.

La yesca de Ingeniero se ha consumido a sus pies. El presentador intenta recobrar el control dándole una palmada en la espalda.

—¡Es el momento de entregarte el premio!

Los concursantes se van acercando uno a uno. Exorcista llega el último y se sitúa en el extremo opuesto a Rastreador.

Entretanto, lejos de las miradas, Médico Negro le dice al técnico de emergencias:

—He notado el tirón. —Y cruzan una significativa mirada. A continuación Médico Negro mira a cámara, mientras dice con apenas un deje de amargura—: *Ad tenebras dedi*.

El presentador habla con Ingeniero.

—En primer lugar, podrás escoger a otra persona para que comparta tu ventaja.

Ingeniero nombra a Zoo, sin demora ni vacilación. Ella da un paso adelante para unirse a él.

El presentador saca del macuto dos bolsas de plástico llenas de pasta seca.

Zoo ha decidido fingir que no ha pasado nada fuera de lo normal, representar el papel que le han asignado. Acepta el paquete de doscientos cincuenta gramos de macarrones y sonríe hasta que le duele.

—¡Pasta! —exclama, esforzándose al máximo por compensar su salida de tono de anoche—. Gracias. —A Ingeniero le complace la reacción de Zoo, tanto como su propia bolsa de macarrones.

—Y ahora cada uno de vosotros puede robar un objeto de cualquier otro concursante. —añade el presentador. Camarera emite un grito ahogado. Biología hace una mueca. A Fuerza Aérea le da igual; sigue pensando en Médico Negro—. Pero antes debéis saber que la siguiente etapa de este concurso es un Desafío en Solitario a largo plazo. A partir de esta noche, cada uno de vosotros irá por su cuenta.

Ya era hora, piensa Zoo. Rastreador mira el suelo pensando lo mismo. Casi todos rezongan. Ingeniero escoge el primero y roba la manta térmica de Rastreador.

—Lo siento, tío —dice. Ingeniero es friolero; tiene frío incluso en ese momento, a pesar del aire cálido de la tarde.

—Ahora tú puedes quedarte cualquier cosa menos la manta —le explica el presentador a Zoo.

Ella está pensando en su pasta y en cómo cocinarla. Sus botellas de agua son de plástico y se derretirán si las pone al fuego. Igual se estropean aunque intente cocinar con piedras calientes.

—Me quedaré una de esas tazas de metal —le dice a Camarera. No lo lamenta ni pide disculpas. Camarera tiene dos, a fin de cuentas.

Un becario sale corriendo del bosque, cargado con una mochila y con el poste que lleva clavados los pañuelos rosa y amarillo. Lo planta cerca del presentador y luego le susurra algo al oído.

—¿Qué ha pasado? —pregunta Fuerza Aérea, que mira rápidamente hacia el bosque—. ¿Dónde está Doc?

—El buen doctor nos ha dejado —dice el presentador. Es lo único que sabe, pero lo dice como si estuviera ocultando algo, y a Fuerza Aérea le dan ganas de pegarle un puñetazo en la cara. El presentador saca el pañuelo amarillo mostaza de Médico Negro y lo clava en el poste.

—¿Qué ha pasado? —exige saber Fuerza Aérea una vez más.

El presentador no hace caso de la pregunta y se aparta para consultar al productor. Cuando vuelve, habla como si no se hubiera ido.

—Dadas las circunstancias de vuestro próximo Desafío, repartiremos sus posesiones ahora. —Saca de la mochila dos botellas de agua y las gotas potabilizadoras—. Dudo que nadie se sorprenda al enterarse de quién es el destinatario de esto—. Entrega las gotas y una botella a Fuerza Aérea—. Y esto. —Le pasa la otra botella a Banquero, que ha sido amable cuando Médico Negro se ha hecho daño en la mano—. Pero sí tenemos una sorpresa. —Con un movimiento teatral, saca la arrugada bolsa negra de basura que Médico Negro recibió de Animador—. Esto es para... —Pasea la mirada por los concursantes y de repente gira la cabeza hacia Zoo—. Para ti.

—Anda —dice Zoo. Había mantenido algunas conversaciones intrascendentes con Médico Negro, pero nada memorable. Este regalo, por modesto que sea, es un misterio para ella.

Camarera observa ceñuda. Si este episodio se editara, si llegara a emitirse, ahora vendría una transición: primero su cara amoscada y luego la de Médico Negro.

—Espero que gane Ethan —dice. Está sentado en un tocón, con el brazo en cabestrillo—. Dadle las gotas y una botella. Elliot puede quedarse la otra. —Cierra los ojos un momento; está claro que le duele—. ¿La bolsa? Que se la quede esa mujer, la rubia de los ojos verdes que le echa tantas ganas. Su motivación para estar aquí es la correcta.

Dicho esto, un técnico de emergencias lo ayuda a levantarse y a avanzar por el camino. Al cabo de un momento, el cámara da media vuelta y el enfermero suelta el brazo de Médico Negro.

El presentador entrega a cada concursante un mapa de orientación.

—Con esto llegaréis cada uno a vuestro hogar para esta noche. Recibiréis nuevas instrucciones por la mañana. Durante el transcurso de este Desafío en Solitario se pondrán más víveres a disposición de cada uno de vosotros, pero no siempre serán obvios. Así pues, estad atentos y recordad vuestro color... o pasaréis hambre.

—¿Cuánto durará este Desafío? —pregunta Ranchero.

—Cuando acabe lo sabréis.

—¿Qué se supone que vamos a comer? —dice Camarera. Casi no le queda arroz. Mira de reojo a Fuerza Aérea, con expresión acusadora.

—Como he dicho, estad atentos... o pasaréis hambre. —Al presentador le gusta esa frase. Esta noche dormirá en un hotel, y mientras se prepare para acostarse la repetirá para sí mismo con diversas entonaciones y ademanes—. Buena suerte —dice, y da unos pasos, los justos para salir del plano.

Rastreador orienta su mapa y su brújula y se vuelve hacia el grupo. Cruza una mirada con Zoo y moviendo los labios le indica: «Tú puedes»; luego parte rumbo al primer punto de referencia indicado en su mapa: un pequeño lago situado más o menos a un kilómetro y medio al norte. Le trae sin cuidado la pérdida de su manta térmica; no la ha usado ni una vez.

Mientras Ingeniero y Zoo recogen su nuevo material, Ranchero, Fuerza Aérea, Biología y Banquero toman sus respectivos caminos. Camarera mira su mapa y se muerde el labio, pero de forma inconsciente. Está aterrorizada. Exorcista lo ve. Aún está un poco aturullado y por primera vez se dirige a ella con amabilidad.

—Te irá bien —le dice.

—Ya lo sé —responde ella con brusquedad.

Exorcista se enciende otra vez.

—O a lo mejor no. A lo mejor te mueres de hambre o te caes por un agujero. Tampoco se perdería mucho. —Le dedica una última mirada desdeñosa y luego retrocede por el sendero que lleva al punto donde el grupo ha pasado la noche.

Ingeniero hace un alto junto a Camarera antes de seguir a Exorcista por el camino.

—Buena suerte —dice.

Camarera corresponde a su franca sonrisa y luego respira hondo.

—Puedes hacerlo —se dice a sí misma.

Zoo la ve partir y luego, siguiendo su propio mapa, se adentra en el bosque hacia el este.

Uno tras otro, los concursantes van llegando a su lugar de acampada, unos ralos enclaves de campo o bosque con los componentes de un arco de rodamiento del color de cada concursante como única señal, y se acomodan con diverso grado de confort. Zoo deja a un lado el arco, saca el encendedor y cena pasta a secas.

—Es agradable estar sola —dice.

Ingeniero consigue crear otra ascua con el arco y también

cena caliente, aunque cocina en un agujero en el suelo forrado de hojas.

—Mientras funcione, me va bien —dice. Se pasa la manta térmica por los hombros, pero aun así no tarda en ponerse a temblar.

Camarera construye un refugio bajo y ahuyenta el miedo centrándose en las náuseas que siente en el estómago, por lo demás vacío.

—Me muero de hambre —se lamenta, aunque sabe que no es verdad.

Exorcista extrae unas larvas de un tronco medio podrido y las engulle haciendo aspavientos. Biología piensa en su pareja, que estará en casa, y masca un poco de menta que ha encontrado cerca de su campamento. Ranchero se quita las botas y hace rodar una espuela mientras estira los dedos de los pies. Banquero se pasa una mano por el pelo sudado y luego construye una pequeña fogata.

—Solo me quedan nueve cerillas —comenta.

Dos de los campamentos individuales son diferentes. Fuerza Aérea encuentra una tienda de campaña azul oscura al llegar a su destino y Rastreador una roja. Ninguno de los dos comprende que ese es su premio por haber rescatado a su excursionista perdido el día anterior. Suponen que los demás también han recibido una tienda. Rastreador se mete dentro sin hacer comentarios, se tumba en el suelo con los brazos y las piernas extendidos y cierra los ojos. Fuerza Aérea se detiene un momento delante de la aleta de la tienda de campaña, rabiando en silencio. Quiere volver a por Médico Negro. Pero esto no es una zona de guerra; ni siquiera son unas maniobras, y dejar a otros atrás es esencial en cualquier carrera.

—¿Por qué no hacemos...? —empieza a preguntar su cámara.

—No —lo ataja Fuerza Aérea con un gruñido.

A unos centenares de metros, un becario desmonta una tienda de campaña color mostaza.

21

Está vivo. Tiene que estarlo. Yo estoy viva y Brennan, también. Los hermanos cuyos gritos siguen nuestros pasos sobrevivieron. Tiene que haber otros. Mi marido podría contarse entre ellos. Podría...

—¿Mae? —susurra Brennan. Avanzamos cojeando por la calle, demasiado deprisa pero no lo suficiente—. Tenía que hacerlo. ¿Verdad?

Veo los ya familiares riachuelos que le surcan las mejillas. Pienso en el machete, sobresaliendo.

—Tenías que hacerlo —respondo también en un susurro.

Pero yo no: no tenía que haberme presentado; no tenía que haberme marchado. Ni lo uno ni lo otro era necesario.

—¿Cuántos años tienes? —le pregunto a Brennan. Me palpita la barbilla; me duele hablar, pensar, respirar, ser.

—Trece —responde.

El mundo se tambalea, y entonces lo abrazo y lo único que puedo decir es «Lo siento», y se lo digo a él y a mi marido, y al niño que dejé morir en la cabaña marcada de azul. Había azul, sé que lo había. No era todo azul, pero algo había. Lo había.

Mejillas rosas. Brazos moteados.

—¿Todo lo que me has contado sobre la enfermedad es cierto? —pregunto.

Brennan asiente en mis brazos y sorbe por la nariz. Me roza con el pelo la herida abierta que palpita en mi barbilla.

Cierro los ojos y pienso en mi marido, que ha pasado por esto él solo. Preocupado, desinformado, y luego tal vez un cosquilleo en la garganta o un borboteo en el estómago. El letargo como el plomo que va asfixiándote. «Lo siento», digo otra vez, en silencio pero de todo corazón. Siento haber dado a entender que mi vida contigo no era suficiente. Siento no haber estado preparada. Siento haber partido. Aunque... Aunque fuera a pasar todo eso, por lo menos habríamos estado juntos.

Si las historias que me ha estado contando Brennan son ciertas, las posibilidades de que un individuo en concreto haya sobrevivido a esto, sea lo que sea, son infinitesimales. Que tanto mi marido como yo hayamos salido inmunes es tan improbable desde el punto de vista estadístico como para tacharlo de imposible. Sé lo que me espera en casa, pero aun así aquí estoy suplicando: «Por favor» y «Quizá». El quizá más pequeño de la historia, porque sé que si no voy, dudaré mientras siga existiendo en esta horripilante Tierra asolada.

Un pensamiento que no me quito de la cabeza: un anuncio de un producto de limpieza que muestra una imagen del antes y el después: mata el 99,99 por ciento de las bacterias. Las pocas rezagadas que aparecen en el «después» solo están ahí por exigencias legales: somos Brennan y yo. Residuos. A juzgar por lo que me contó, fue cuestión de unos días que muriesen todos los ocupantes de la iglesia menos él. Por lo menos cien personas, dijo. Si extrapolamos la cifra, salen millones. ¿Cuándo empezó, justo cuando partimos para el Desafío en Solitario? En algún momento entre eso y cuando encontré la cabaña al cabo de cuatro o cinco días. Muy poco margen.

Recuerdo al cámara que se fue después de que perdiéramos el Desafío del excursionista extraviado, demasiado enfermo para trabajar, y de repente entiendo por qué Ualabí no se presentó aquella mañana del Desafío en Solitario. Y yo que me sentí aliviada, que di gracias.

Al que se fue lo llamaba Tropezón. Yo le puse ese nombre. Siento una oleada de asco hacia mí misma.

¿Sobrevivió alguno de ellos? ¿Cooper? ¿Heather o Julio? ¿Randy, Ethan, Sofia, Elliot? ¿El joven ingeniero, ese tan buen chico cuyo nombre no recuerdo? Necesito recordar cómo se llamaba, pero no hay manera.

Brennan tiembla en mis brazos y me sacude una dolorosa sorpresa: lo tenía por un cámara. Pensaba...

—Lamento lo de tu madre —digo.

Siento que la piel pegajosa de la barbilla me escuece y se desgarra cuando el niño se aparta.

—¿Por qué actuabas como si no fuese real? —pregunta.

Trece años. Quiero decirle la verdad. Quiero contárselo todo: el programa, la cabaña y el amor que abandoné a cambio de una aventura, pero duele demasiado. Tampoco quiero mentir más.

—¿Te extraña? —respondo.

Se ríe sorbiendo los mocos y pienso: Qué niño tan especial.

Pronto estamos caminando una vez más, frenados por nuestros respectivos dolores y lesiones. Tengo la mano derecha hinchada, inservible. No puedo mover la muñeca ni los dedos. Me preocupa que Brennan sufra una conmoción cerebral, pero parece estable y no le veo nada raro en las pupilas, de modo que creo que está bien. A menos que haya indicios que no veo, indicios que no sé buscar.

—¿Has matado a alguien alguna vez, Mae? —me pregunta al cabo de un rato.

No sé cómo responder porque creo que la respuesta es sí aunque no fue adrede y no quiero mentir más, pero no puedo contárselo todo. Aun así, necesita una respuesta porque tiene trece años y acaba de acuchillar a un hombre. Un hombre que iba a matarme y probablemente a él también, no obstante. Pienso en el coyote rabioso. Todavía recuerdo haber visto engranajes, pero también recuerdo ver carne, como si existieran dos versiones de aquel día, ambas verídicas. Y por un segundo pienso: Bueno, por qué no; a lo mejor me equivoco y aquello sí que formaba parte del programa todavía. Tal vez la parte real no llegó hasta más tarde. Pero la idea es amarga y suena forzada, y sé que me estoy agarrando a un clavo ardiendo.

Brennan espera una respuesta, mirándome con sus ojos de cachorrillo.

—En sentido estricto, no —le digo—. Pero hubo alguien a quien creo que podría haber ayudado y no lo hice. —Tengo un nudo en la garganta; la última palabra casi no sale.

—¿Por qué no? —pregunta.

En mi recuerdo el maniquí de la madre tiene unos ojos verdes que me suena haber visto a través de los espejos y no sé si eso es real, si los tenía abiertos o cerrados.

No era un maniquí.

—No lo sé —grazno, pero eso no está bien—. Era un bebé —digo—, y pensé... —Pero no pensé; sucumbí al pánico y salí corriendo, y ¿cómo voy a explicar algo que no estoy segura de recordar?—. Estaba confundida —pruebo—. Cometí un error. —Aunque eso no lo excusa, no excusa nada.

—Yo no me arrepiento —dice Brennan—. Me siento como si tuviera que hacerlo, pero no es así. Iba a matarte.

El dolor en la base de la garganta, donde Cliff me apretaba con el brazo. Un cardenal que siento pero no veo. ¿Por qué me atacó? Si este es el mundo, ¿por qué iba a ser la agresión el primer instinto al encontrar a otra persona? ¿Por qué iba a...?

Su mano en mi hombro. Recuerdo su mano, su aliento, pero eso es todo: un hedor.

El primer golpe... ¿lo di yo?

—¿Mae?

¿Se estaba defendiendo... de mí?

Me tocó, aunque no me pegó. No recuerdo sus palabras. Intento cerrar el puño; un calambrazo de dolor, pero los dedos no se mueven. Los remordimientos de Brennan resulta que también son culpa mía. Pero él no sabía, ni puede saber... que yo he sido la causante. Que no hubiera tenido por qué hacerlo.

—No tienes de qué arrepentirte —le aseguro.

Pero yo me arrepiento; me arrepiento de todo.

La sangre de los hermanos, gratuita. Sus gritos a nuestra espalda, gratuitos. Tanta muerte, gratuita. Una observación gratuita. No hay causa ni explicación. Lo único que hay es lo que hay. Sistemas que chocan, que exterminan la existencia dejándome a mí, un desafortunado caso aparte. Los mundos se extinguen y yo soy su testigo.

—Gracias por salvarme la vida —le digo a Brennan.

No me siento agradecida por ello, pero me la ha salvado; no debería, pero lo ha hecho. Él también se ha quedado atrás, y por lo menos no tiene por qué estar solo, por lo menos puedo quitarle esta carga de los hombros... la carga que yo he causado.

Lo siento.

Al cabo de poco cruzamos el puente, atravesamos un carril de telepago y nos colamos en una caseta de peaje histórica para pasar la noche. Sé que habrá sueños, de modo que no duermo, y sacudo a Brennan de vez en cuando para despabilarlo porque en teoría eso es lo que hay que hacer. Parece más molesto que agradecido, y me lo tomo como una buena señal.

Después de despertarle por cuarta vez, salgo afuera sin hacer ruido y me siento apoyada en la pared de la caseta junto a la puerta. Llena de sangre seca, la ropa me pesa; la carga me clava a la tierra.

—Te echo de menos —susurro.

Nuestros hijos habrían nacido con los ojos azules, pero ¿ese color se habría convertido en verde o marrón, o nos habría sorprendido a ambos permaneciendo azul? ¿El pelo moreno, castaño, rubio, o quizá incluso esa tonalidad caoba tan bonita que luce tu madre en las fotos de cuando erais pequeños? Imposible saberlo. Lanza los dados, ten un hijo. Cruza los dedos y confía en los genes. ¿Y si...? Quién sabe. Las preguntas se vuelven afirmaciones en este mundo nuevo y cobarde. Nuestros hijos nunca serán. Sin embargo, esa pérdida no es nada, comparada con perderte a ti.

La puerta que tengo al lado se abre con un chirrido. Alzo la vista y siento el escozor de mis ojos, la presión de mi pecho. Me siento estremecer. La manifestación física de la certeza.

Brennan se sienta y se apoya en mí sin mediar palabra. Noto que él también tiembla.

Pasa la noche. Los dos días siguientes transcurren sin incidencias, dolorosamente lentos. Observo a Brennan con atención e intento identificar cantos de pájaro mientras caminamos; cualquier cosa con tal de no pensar en mi marido, porque cada vez que lo hago me da la impresión de que voy a derrumbarme. Pero lo que oigo en el cielo es su imitación del ganso canadiense y, cuando un trino revela que un vago movimiento por delante de nosotros corresponde a una bandada de herrerillos, lo único que veo es a mi marido cuando rellena el comedero del patio de atrás y se le cae el alpiste. En mis sueños siempre estoy caminando, y sola. Despierta, Brennan está a mi lado y la desolación que nos rodea ya no parece tan especial, ni siquiera cuando entramos en calles que conozco. Dejo la lente en el bolsillo. No quiero ver lo que ha sido de mi hogar.

Estamos a menos de cinco kilómetros de mi casa cuando se pone el sol. Qué entumecida estoy. Me duele todo. Mi mano no ha mejorado nada. Brennan rompe la ventana de una casa pequeña y me ayuda a entrar. Susurro una disculpa mientras cruzo el umbral. Puede que el propietario sea un desconocido y haya muerto, pero era mi vecino o vecina.

Entre el dolor físico y lo cerca que estoy de casa, no puedo dormir. Me estiro en una alfombra y contemplo el borrón gris azulado al que mi visión ha reducido el techo. Brennan ronca toda la noche. Pensaba que sus terrores nocturnos quizá volverían después del supermercado, pero por lo visto está bien. O al menos mejor de lo que me esperaba. Mejor que yo, aunque tal vez solo me lo parezca porque únicamente oigo mis propios pensamientos y vivo mis propios sueños. Sostengo a nuestro bebé de ojos azules, protegiéndolo frente a una estampida de gente, y luego una espada que no veo quién empuña me atraviesa por detrás y nos ensarta a los dos.

Por la mañana apenas puedo levantarme, y mis músculos tardan alrededor de una hora de camino en desentumecerse. Para entonces, estamos cerca. Pasamos por delante de la que era mi cafetería favorita y de una tienda de curiosidades que abría a horarios impredecibles. Una vecina anciana me contó la sorpresa que se llevó una vez al ver la tienda abierta el día de Navidad. Encontró un juego de té idéntico a uno que recordaba que tenía su madre pero se había perdido en un incendio. «Cinco dólares —me explicó—. Un milagro navideño.» Su madre nunca le había dejado usar la vajilla, y poseerla ahora le hacía tan feliz que era casi insoportable, me dijo. Le pregunté si la usaba a diario para compensar el tiempo perdido, y me miró como si fuese el diablo. «No la uso», me dijo.

Al pasar observo el escaparate con los ojos entrecerrados. Hay un polvoriento surtido de viejos libros de cocina y vajilla *vintage*: una licuadora, un cucharero con margaritas pintadas del que asoma una solitaria espátula de plástico, una olla azul de hierro.

Media hora más tarde, llego a mi calle. La basura removida por el viento araña el asfalto. Me detengo. Brennan da unos cuantos pasos más antes de darse cuenta.

—¿Mae? —pregunta volviéndose.

La cuarta entrada para coches por la izquierda: mi buzón.

Está allí, está allí de verdad. Pero no veo la casa. Me la tapa un monstruoso edificio estilo Tudor. Dentro hay un juego de té que no se usa.

Cuando avanzamos por la calle, siento que los nervios me constriñen, resistiéndose a cada paso. Superamos la casa estilo Tudor y aparece la mía sobre su pequeño jardín en pendiente. Revestimiento amarillo pálido, puerta de entrada enmarcada por un par de tupidos arbustos. Un canalón que estaba flojo cuando partí ahora cuelga a sus anchas desde el tejado. El césped está largo, amarillento y salpicado de flores blancas de trébol.

—¿Dónde estamos? —pregunta Brennan.

Tiemblo a medida que subo por los escalones de piedra. Miro a través de las ventanas del salón, pero dentro está oscuro y no veo más allá del cristal. Junto al camino hay un periódico envuelto en plástico. La hierba ha crecido a su alrededor como si fuera una roca. Paso por encima del diario, caminando atenta a cualquier ruido, pero dentro no oigo nada. Solo mi respiración, mis pasos y la sangre que me martillea en las sienes. Brennan detrás de mí, y la brisa otoñal que mece la hierba alta. Las campanillas de un móvil lejano, tal vez.

El sol se refleja en el pomo de la puerta, y me quedo inmóvil durante un momento antes de reunir valor para envolverlo con la mano. El pomo está frío, como preveía, pero también cerrado. Siento un arrebato de cólera: después de todo lo que he pasado, esos tipos van a hacerme entrar por la fuerza en mi propia casa.

Pero no hay tipos que valgan; ya no.

Doy un paso atrás. Algo no encaja. Algo concreto. Echo un vistazo a mi alrededor y entonces lo veo: falta el felpudo. Mi apellido y el de mi marido, entrelazados en broma, han desaparecido.

Esta no es mi casa.

No puedo respirar, no puedo parar de intentar coger aire.

—¿Mae, qué pasa?

Cierro los ojos, me doblo por la cintura y apoyo las manos en las rodillas.

Esta es mi casa.

Esta es mi casa; lo es.

Vuelvo a mirar. Conozco esa pintura descascarillada del marco de la ventana. Conozco las cortinas a rayas apenas visibles al otro lado de la ventana de salón. Esta es mi casa. Falta el felpudo, pero eso es superficial. Una cuestión legal: esos tipos no querían que el apellido de mi marido saliera en el plano.

Si tan solo hubiera unos «tipos».

Acallo con la mano los ladridos preocupados de Brennan y

espero a que se estabilice mi respiración. Me niego a forzar mi puerta, de modo que bordeo la casa hacia la parte de atrás. Mi derrotado huerto dormita junto a un arriate desbordado, y allí lo veo, curvado sobre un banco: el felpudo de bienvenida. Una manguera desenrollada serpentea entre él y el grifo del lateral de la casa.

La mosquitera del porche trasero no está cerrada con pestillo. Al entrar paso por delante de una rana que medita; un dólar en la tienda de curiosidades. Oigo que Brennan me sigue. Centrada en nuestra mesa de cristal hay una vela de citronela.

Pruebo la puerta de atrás. También está cerrada, pero tiene ventanitas, nueve majestuosos rectángulos. Adelanto a Brennan y cojo la rana meditadora. Es pesada y maciza. La uso para destrozar el cristal más cercano al picaporte. Las esquirlas de cristal se me clavan en los dedos. Meto el brazo y abro la puerta desde dentro.

La puerta da a la cocina. Lo primero que me llama la atención al entrar es el olor a cerrado, a moho. Atravieso la cocina poco a poco, guiñando los ojos. Hay platos en el fregadero, unos cuencos y un vaso. Me parece que del vaso sale una pajita. Rebaso la nevera, en dirección al pasillo. Golpeo algo con el pie, suena un estrépito metálico y doy un brinco hacia atrás, sobresaltada.

Un cuenco para perros. Por un momento, no me cuadra su presencia, y entonces caigo en la cuenta de que mi marido debía de estar preparándose para mi regreso a casa. Una mascota en vez de un hijo. Una absurda solución de compromiso; no es de extrañar que nunca la reconociéramos como tal. Empujo el cuenco hasta la nevera con el pie y salgo al pasillo. Hay un aseo delante de mí, y el salón está allí mismo, al otro lado de un arco que se abre a la izquierda.

Mientras camino hacia el salón, mi mirada se posa en el *collage* enmarcado de nuestra boda, que cuelga al pie de las escaleras. Allí estamos, ocho imágenes congeladas distintas para vivir felices y comer perdices. Mi favorita es una en la que sale solo él, con el traje gris claro y la corbata verde musgo. Espera a que yo recorra el pasillo: un pasillo al aire libre, bordeado de amigos, árboles y flores, con una alfombra de tréboles. Está serio. Aquello no es ninguna broma. Pero la comisura de su boca esboza una sonrisa.

Corro hacia el arco. Aún podría haber una pancarta. Aún podría estar él, esperándome.

En nuestra primera cita de verdad, comparó mis ojos con una botella de agua Pellegrino. Una botella llena, matizó, porque centellean. Me reí y me burlé de él por cursi, mofándome de su sensiblería a la vez que la guardaba para mis adentros.

Aparece ante mí el salón. Él no está. No hay pancarta. Estoy sola en esta habitación vacía y a la vez llena de objetos. Pero hay señales de su presencia: unas cuantas carátulas de videojuegos en el suelo, junto al mueble de la tele, y su ordenador portátil cerrado sobre la mesa baja. Un montón de ropa limpia en el sofá, pendiente de doblar. Me siento en el sofá y reconozco unos calzoncillos rojos adornados con varios tipos de nudos. Una camiseta azul de una media maratón que corrimos juntos.

Junto al portátil hay varios mandos, uno de la PlayStation, y el libro de nombres de bebé que compramos antes de que me fuera. Cojo el libro. Tengo los nudillos ensangrentados y mis dedos dejan rastros brillantes a través del polvo de la cubierta. Hojeo las páginas con las esquinas dobladas. Noto un sabor amargo en la boca. Algunas marcas no me suenan. En una página está subrayado «Abigail». En otra, «Emmitt».

La primera vez que nos acostamos, rodé para ponerme de cara a él la mañana siguiente y me lo encontré mirándome con esos ojos color cacao oscuro. «Es un poco temprano para tomar chocolate pero, vale —dije—, daré un bocado.» Y pegué mi cara a la suya y le mordisqueé las pestañas. Noté que se tensaba y sentí una punzada de arrepentimiento: me había pasado, lo había echado todo a perder. Pero entonces él se echó a reír, un Big Bang de carcajadas, el principio de todo, nuestro principio.

En el pasillo, Brennan entra en mi campo visual. Está ojeando el *collage* de la boda. Me pregunto si me reconoce en las fotos, con el pelo rizado y toda maquillada, con mi vestido de novia sin tirantes, de color marfil y tachonado de cristales de Swarovski. Busco en el libro los masculinos con Be. «Brennan.» Es de origen irlandés, como pensaba, pero el significado es inesperado: «Pena —explica el libro—. Tristeza, lágrima».

Suelto una carcajada que me sale del alma, dolorosa.

Brennan me mira.

Cierro el libro y escudriño el salón deseando encontrar una Pista. Lo único que veo es nuestra vida, abandonada. Llevo el libro a los estantes de obra que recorren la pared del fondo y lo meto en un hueco entre *Cocinar para dos* y *1984*. Cuando nos mudamos, lo primero que sacamos de las cajas fueron los libros, sin orden ni concierto, prometiendo que instituiríamos un sistema en cuanto estuviésemos instalados. En menos de un mes vaciamos la última caja, pero para entonces ya nos habíamos acostumbrado a tener que jugar a «¿Dónde está Wally?» para localizar cualquier cosa que quisiéramos leer. Fingíamos que era un juego que habíamos decidido instaurar.

—Voy arriba —digo, y Brennan se hace a un lado.

El antepenúltimo escalón va a chirriar, pienso.

El antepenúltimo escalón chirría.

El pasillo de la segunda planta es largo y estrecho, con dos puertas a cada lado. A la derecha, un baño y a continuación nuestro dormitorio. A la izquierda, un cuarto de invitados y nuestro gimnasio casero, que teníamos previsto reconvertir en habitación del bebé. Pensábamos trasladar al sótano el equipo de gimnasia cuando llegase el momento. La cinta de correr, las esterillas de yoga, las pesas desparejadas que nunca levantábamos. El sótano es una covacha húmeda, pero lo íbamos a arreglar. Eso decíamos.

La puerta del baño está abierta; echo un vistazo dentro. Nuestra cortina de ducha de motivos antárticos está descorrida y arrugada a un lado de la bañera, pero sé distinguir cada uno de los pingüinos de dibujos animados. Fran aparece en mitad de un contoneo. Horatio y Elvis descansan en su iceberg en uno de los pliegues.

Enfrente del baño, la puerta del cuarto de invitados está cerrada. También lo está la del gimnasio, nuestra habitación del bebé que nunca se hará realidad.

Sin embargo, la puerta del dormitorio está abierta. Lo llevo viendo desde que he coronado las escaleras, y ahora que estoy a apenas un metro del marco, veo un trozo de habitación al otro lado. Nuestro ropero de dos cuerpos, la abertura del vestidor. No queda a la vista la cama ni el baño principal, que se esconden tras la pared a la derecha de la puerta.

Me siento aturdida y tensa.

No deberías estar aquí.

No tengo otro sitio adonde ir.

Siento que Brennan está detrás de mí, cerca. Apoyo la mano izquierda en la pared, extendiendo mis dedos impregnados de sangre sobre el espantoso papel amarillo con estampado de flores, otra cosa que pretendíamos cambiar pero nunca haremos. Ojalá me equivoque, pienso. Que esté ahí dentro, esperando, con un ramo de flores variadas en las manos. Siempre los compra variados, porque sabe que las azucenas son mis favoritas, pero se olvida de cómo son y odia preguntar. Siempre hay una azucena en los ramilletes surtidos, por lo menos en los buenos, de manera que el truco funciona. Pienso en lo dulce que olerá ese ramo. A menos que se haya animado a preguntar a la florista y solo haya comprado azucenas. Azucenas con un montón de polen naranja a lo largo de los estambres, preciosas a la vista pero horribles al olfato, esperando a mancharme los dedos.

A lo mejor eso es lo que vengo oliendo desde que he subido las escaleras. Polen de azucena. A lo mejor la habitación entera está llena de azucenas y lo que flota en el aire es el hedor de su polen podrido, que sale hasta el pasillo para darme la bienvenida.

—Azucenas —digo en voz alta—. Son azucenas.

Pero el polen de azucena no huele así.

—¿Mae? —pregunta Brennan.

—No puedo —digo. No puedo volver, no puedo seguir. No puedo quedarme aquí para siempre.

—Yo entraré —propone.

Extiendo la mano hinchada para detenerle, pero no se ha movido.

Necesito todas mis fuerzas para levantar el pie.

Reconozco nuestro edredón granate y dorado. La cama está deshecha, con las sábanas amontonadas en el lado opuesto. Mi lado. Una sombra oscura cerca de la cabeza.

Aumenta la presión detrás de mis ojos. Este es mi castigo. Por el barranco, por la cabaña. Por haberme ido.

No puedo mirar. No puedo verte así.

Un bebé. Nuestro bebé. Un niño pequeño con los ojos azul claro. Lo dejé llorando. Tenía que haberme dado cuenta. Esos dedos tan regordetes buscando, y yo lo dejé allí tirado y aquí estás tú, ausente, y ni siquiera sé desde hace cuánto porque estaba fuera jugando a otro juego.

Nos conocimos jugando al Wits and Wagers, y en la ronda final lo apostaste todo a mi respuesta: 1866. Me pasé de un año; lo perdiste todo y yo también. Tres años más tarde, tu padrino de boda presentó la anécdota de nuestra mutua derrota como la historia de nuestra mutua victoria en un brindis que nos hizo reír hasta llorar. Después nos preguntamos: ¿Qué otras bodas habrán hecho referencia a un magnicidio?

Mis ojos se desvían hacia la ventana. El sol me ciega. Tendría que estar lloviendo.

Siento que golpeo el suelo sin notar la caída, sin sentir que me ceden las rodillas.

Te has ido. Estás ahí mismo, pero te has ido.

Brennan me pasa por delante en dirección a la cama. No puedo mirarlo; no puedo dejar de mirarlo. Si parpadeo, la piel se me abrirá. Fijo la vista en la pata de la cama más cercana. Caoba, comprada por internet a un desconocido; regateamos y nos rebajaron cincuenta dólares por un arañazo que más tarde hicimos desaparecer a base de cera. Brennan estira el brazo hacia las sábanas, haciendo lo que yo no puedo hacer porque ya lo he hecho antes, he visto lo que hay debajo, y me arrodillo aquí deseando que mi corazón deje de latir, suplicándoselo: «Por favor». Un par de zapatillas marrones, número cuarenta y cuatro, a los pies de la cama. Regalo de cumpleaños, de mí para ti. El regalo práctico, no el divertido, porque prometimos que nos haríamos por lo menos uno de cada, siempre. Están tiradas, y te veo quitándotelas con los pies antes de meterte debajo de las mantas. En mi lado.

El granate y el oro se elevan en el borde de mi campo visual. Odio al crío por hacerlo. Él no debería verte así. Nadie debería verte así. No deberías existir así. Tengo las manos en el regazo, muertas; una hinchada y amoratada de forma obscena, la otra con la piel hecha trizas. No siento ninguna de las dos. Lo único que siento es el redoble interminable y abrumador de mi corazón, grotesco en su insistencia en seguir latiendo. El edredón, que no cae al suelo, sino que es colocado. Tú, ahora cubierto. Me pitan los oídos. El niño me mira. Mi frente golpea el suelo, el barniz medio pelado de lo que tomamos por madera noble.

Esto no es lo que quería. Esta no era mi intención.

Presión, las manos de Brennan en los hombros. El suelo retrocede; no me quedan fuerzas para resistirme. Está hablando: olas que baten, aún me pitan los oídos... y pienso: lo único que me queda eres tú. El odio como llama y el miedo de combustible. Se suponía que esto no acababa así, que nosotros no acabábamos así. La cara del niño ante la mía, implorando, suplicando, necesitado, voluntarioso. Inserta una frase: «No pasa nada». Una y otra vez: «No pasa nada». Una respuesta automática; no sabe lo que dice. Claro que pasa algo, algo ha fallado. Yo he fallado. Fallé al irme, fallé al tener miedo, fallé al mentir, al pensar que no podías hacer siquiera que fuera posible criar un niño. Lo siento, fallé, he fallado para siempre... pero he vuelto.

Puede que ahora no signifique nada, pero he vuelto.

He vuelto.

22

Las imágenes de la primera jornada completa del Desafío en Solitario se envían al estudio, pero el editor no llegará a verlas ni a posproducirlas a su gusto. Nunca ajustará la tonalidad de los árboles o la saturación de los ojos de Zoo. Los concursantes buscarán, caminarán y se rascarán las picaduras de mosquito en tiempo real, para siempre. Esa noche se emite el tercer episodio de *A oscuras*, la primera y única final semanal. Tiene mucha audiencia, pero pocos lo recordarán. Las imágenes del segundo día del Desafío Solitario ni siquiera se llegan a enviar. Aterriza un dron, que ya no despegará más.

El tercer día, Exorcista despierta y se encuentra a su cámara desplomado ante su refugio con un reguero de moco rojo saliéndole de la nariz. Usa la radio del caído para pedir socorro. La voz que responde suena aterrorizada, pero le asegura que hay ayuda en camino. Exorcista apoya la cabeza sudorosa y ensangrentada del cámara sobre su regazo durante horas, contándole anécdotas y echándole agua en la boca. La ayuda no llega, y el corazón del cámara marca su ritmo final. Exorcista intenta sacar el cuerpo del bosque, pero después de medio kilómetro agotador, se derrumba en el suelo, exhausto. Murmura una bendición final, cruza los brazos rígidos del difunto sobre su pecho y lo deja bajo un abedul. Pronto toma por hambre una combinación de sed profunda y náusea inducida por los patógenos, y decide cazar. Avanzando a trompicones por el bosque, el delirio se le echa encima como una neblina. Una rama se mece bajo el peso de una ardilla; él lanza su vara de zahorí afilada. El instrumento vuela veloz, golpea el tronco de un árbol diferente, rebota y cae en un manto de hojarasca. Exorcista lo busca hasta que se pone el sol. En la oscuridad empieza a sudar y al rato le viene una arcada. No puede parar de toser. Tiene demasiado calor. Se limpia los mocos y la manga se le mancha de rojo. Solloza; ve el ojo ensangrentado de su exmujer. Su monstruo interior no es nada comparado con esa posesión, tan rápida, tan dolorosa, tan absoluta. En un momento de semilucidez, se pregunta por qué ni se le ha pasado por la cabeza exorcizar la enfermedad del cámara. Y entonces el demonio le agarra los órganos con sus múltiples zarpas y le desgarra las entrañas.

Cuatro de los concursantes sí que reciben ayuda. Los cámaras, todavía sanos, de Fuerza Aérea, Biología, Ingeniero y Banquero llevan a los cuatro concursantes hasta el campamento de producción. Y cuando la tercera mañana del Desafío Solitario no aparece el cámara de Rastreador, este sigue el rastro que ha dejado la noche anterior y se lo encuentra aovillado en su saco de dormir, con fiebre. Rastreador lo ayuda a volver al campamento base. Esos cinco concursantes son evacuados y puestos en cuarentena junto con el resto del equipo de producción, encerrados en cubículos de plástico individuales. Allí, rodeados del ruido de los desconocidos que lloran y mueren, los vuelven a grabar.

El patógeno, que muta con rapidez y sigue sin identificar, golpea primero a Rastreador. Suda, solloza y sueña, pero no sangra ni muere. Lo salva una mezcla de genética y años de llevar al límite su sistema inmunitario. Llegará a viejo y contará su historia a pocos y nunca en público; siempre se preguntará si debería haberse esforzado más para encontrarla a ella.

Lo único que coge Banquero es un resfriado. Pasa sus días

de cuarentena alternando entre el miedo y el tedio. Cuando más tarde lo trasladan a un campamento de refugiados californiano, contará su historia a cualquiera que quiera escucharle.

En su segundo día de cuarentena, la sangre que rezuma de los ojos y la nariz de Fuerza Aérea mancha su rostro perfecto de guerrero. Siempre había pensado que si moría joven sería en un accidente aéreo glorioso. Su último aliento es el chillido de un halcón al que se le escapa una presa. Biología se va apagando con relativa tranquilidad, inconsciente durante el dolor, soñando con su pareja. Ingeniero se mantiene consciente hasta el final. Optimista incurable, el momento antes de morir pensará: Voy a ponerme bien.

Ranchero está entre los que se quedan atrás en la desbandada de la evacuación. Encuentra el campamento de producción, pero tarda días y para entonces no hay nadie salvo el Experto, que insistió en quedarse para buscar a los demás. Cuando Ranchero da con él, resulta reconocible más que nada por la camisa de franela. Las moscas se dan un banquete con la sangre que ha perdido y está secándose en el suelo. Ranchero sigue buscando a los demás y al cabo de una semana sucumbe, pero no a la enfermedad que se extiende a toda velocidad a su alrededor, pero de la que lo defienden sus genes, sino a los microbios de un agua estancada que bebe en mal momento. Cuando muera, lo hará delirando, deshidratado y cubierto de su propia inmundicia. Pero morirá sonriendo, viendo cómo sus tres hijos juegan en la distancia. Sus hijos y su hija nunca conocerán los detalles de la muerte de su padre. Crecerán deseando saber más, deseando que nunca hubiera ido al este. Ojalá se hubiera quedado en casa, dirán.

Camarera no tiene los genes adecuados para sobrevivir. La tercera mañana del Desafío en Solitario despierta con fiebre y un grito mudo en la garganta. No puede incorporarse. Su cámara está de pie por encima de ella, escuchando el frenético mensaje de la radio: «Traedlos. ¡Traedlos a todos!». Ve el hilillo rojo que sale de la fosa nasal izquierda de Camarera. Suelta la cámara y echa a correr. Camarera ve cómo se aleja. Su fiebre le dice que es un error. Con la mano agarrotada, coge el silbato que le dieron al principio del Desafío del oso y se lo lleva a los labios, pero no le queda aliento suficiente para hacerlo sonar. El cámara mentirá y dirá que no ha conseguido encontrarla. Morirá demasiado rápido y con demasiado dolor para sentir remordimientos.

Al despertar la tercera mañana en cuestión, Zoo solo se siente un poco agarrotada. Espera a su cámara, pero este no aparece. Sin que ella lo sepa, está tumbado entre las hojas caídas de finales del verano, a apenas un centenar de metros, llorando sin sentido y en vano por radio. En cuestión de minutos, él también morirá. En cuestión de horas, lo encontrarán los buitres de cabeza roja. En cuestión de días, los coyotes esparcirán sus restos.

Si Zoo buscase al cámara ahora, tal vez lo encontraría. Pero no busca, espera. Descansa y lava la ropa sin mucho éxito en un arroyo que cruzó anoche, antes de acampar y recibir su Pista más reciente. Mientras frota para arrancar el sudor de los calcetines, su cuerpo se prepara para una lucha que su cabeza no sabe que se avecina. La segunda mañana que pasa realmente sola, concluye que se espera de ella que siga avanzando, que siga su Pista: «Vas bien encaminada; es lo que buscas. Busca la señal después del siguiente arroyo». Los buitres vuelan en espiral y descienden sin que nadie los vea en el momento en que Zoo desmonta su refugio, se engancha a un lado una botella de agua y se echa al hombro la mochila.

—Bueno —dice hablando para la minúscula cámara instalada sobre el punto que antes ocupaba su refugio—. Supongo que será mejor que encuentre ese arroyo.

Se sacude el polvo del trasero de los pantalones y arranca a caminar, rumbo al este porque esa es la dirección en que la mandaron la última vez y la Pista dice que va por el buen camino. Al este, cruzando el lecho seco de un riachuelo donde un becario evacuado nunca dejará una caja. Al este, hacia un arroyo que atraviesa una alcantarilla, sobre la que pasa una carretera de la que brotan los caminos de entrada a varias casas como si fueran zarcillos de una sola raíz.

Al pie de uno de esos caminos de acceso se encuentra ahora una flamante madre, exhausta y algo mareada pero contenta, porque achaca su malestar a un nebuloso trastorno posparto. El recién nacido gorjea desde la mochila que su madre lleva al pecho mientras ella ata un trío de globos azules al buzón para preparar una fiesta que nunca celebrará, en una pequeña casa marrón con molduras rojas; una casa decorada con un toque de azul. Sin pasarse, con clase, opina la flamante madre.

Lo justo.

23

Todo ha cambiado; nada ha cambiado. Brennan y yo caminamos. Hacia dónde, no lo sé. No puedo comer, pero Brennan me pasa una botella de agua varias veces al día y bebo. Más allá de eso, camino mientras es de día y espero cuando es de noche, pensando en ti.

Ahora te veo durmiendo, tu pelo entrecano, tu frente libre de preocupaciones. Los párpados pálidos y venosos que ocultan unos ojos inquisitivos, tus ojos de cacao. Frío y vacío, yaces solo en la cama donde todas esas noches intentabas dormir y yo me ponía con la nariz a un centímetro de la tuya, mirando sin más, esperando a que sonrieras o abrieses los ojos. De vez en cuando complementaba la mirada pinchándote con el dedo, porque nunca me cansaba de escuchar lo mucho que me querías y aquella parecía una manera fácil de demostrarlo. A veces, a menudo, te quejabas, pero incluso entonces sonreías. Tú también te sentías afortunado.

Al menos podría haberte enterrado. Podría haberte quemado y transportar tus cenizas apoyadas en mi cadera. Podría haberte esparcido por el jardín.

Podría haber quemado la casa. Debería haberlo hecho.

Ni siquiera me llevé una foto. Ni siquiera cogí mi anillo. Apenas recuerdo mi marcha, y lo único que tengo de nosotros soy yo.

Ni siquiera fui capaz de mirar. No fui capaz de mirarte sin que fuera humano. No fui capaz de ver en lo que te habías convertido.

Lo siento.

—¿Mae?

Un desconocido. Lo único que queda.

—¿Estabas casada? —pregunta Brennan.

Esto lo hace una o dos veces al día; intenta hablar de mi hogar, como si el hecho de haberlo visto lo convirtiese en una experiencia compartida. Como si supiera algo. Sacudo la cabeza, un esfuerzo titánico. No puedo hablar de ti, no quiero.

Estamos sentados junto a una hoguera que Brennan ha tardado casi toda la tarde en encender. Calienta sopa o alubias, algo enlatado. Han pasado dos días desde que me sacó del dormitorio, me llevó al piso de abajo y me hizo salir por la puerta de atrás. Todavía no sé cómo me moví.

Brennan me mira de reojo y baja la vista otra vez.

—A mi hermano de pequeño le gustaban las cebras —dice. Lleva un tiempo contando un montón de historias sobre su hermano. Yo lo permito: ruido de fondo—. Yo era un bebé, o sea que no me acuerdo, pero mamá siempre lo contaba cuando había un cumpleaños y tal. Todo el mundo juega a vaqueros, marcianos y robots, pero Aiden está pintándole rayas a un caballo de juguete que ha encontrado en el parque.

Se toma un respiro para remover lo que sea que hay en la lata. El olor es atroz. Cualquier olor lo es. La resina, el pino, el humo y la muerte: intercambiables.

—Era la anécdota favorita de mi madre —prosigue—. Yo la odiaba. Hacía que pareciésemos pobres, como si no pudiera permitirse comprarle un juguete. No éramos pobres. Ricos tampoco, pero no éramos pobres. Mamá era procuradora. Aiden iba a estudiar Derecho. Mamá le dijo que los abogados siempre tienen pinta de estar cansados, o sea que a lo mejor le convenía más estudiar Medicina. Eso me pareció divertido. —Empieza a pelar la corteza del palo que usa para remover—. Yo no me puse enfermo, o sea que a lo mejor él tampoco —dice—. Pero mamá sí, o sea que... Y luego, en fin, están esos dos tíos que nos encontramos. Pueden haber pasado un montón de cosas, aunque no se pusiera enfermo, ya me entiendes, Pero... ¿y si sigue vivo en alguna parte?

Despierta un recuerdo dormido: yo enfermé. Después de la cabaña, enfermé. Pensé que era por el agua, pero no lo fue. Fue esto, sea esto lo que sea.

No me rendí porque no vino nadie; en mi delirio, sabía que no podía estar tan mal como me encontraba puesto que me dejaban sola. Resulta que no vino nadie porque estaban todos muertos, o muriendo, como yo, solo que yo no morí y los demás sí.

Tú sí.

Me tapo la cara con las manos para perder el mundo de vista, un mundo que sigue insistiendo en su existencia.

Cuando mi abuela murió, mi padre habló del cielo por primera vez que recuerde. Un mecanismo de defensa. Vi cómo aquella repentina profesión de fe lo ayudaba a disipar la pena. Yo tenía el colgante: un ópalo oblongo que resplandecía en mi palma y me recordaba la sabiduría de la abuela. No recuerdo por qué pensaba que mi abuela era sabia, qué me dijo. No la recuerdo en absoluto, ahora, aunque sí recuerdo el amor que sentía por ella.

—Lo odio —dice Brennan—. Odio no saber si Aiden está vivo o no.

Mi abuela no está en el cielo, y tú tampoco. La energía que circulaba por tu cerebro, lo que hacía que fueras tú, se ha disipado como la pena de mi padre. Las células que albergaban esa energía han muerto, y a medida que degeneren liberarán los átomos que formaban tu cuerpo, que bombeaban tu sangre, que eran tu sangre. Una vez leí que teniendo en cuenta cómo viajan los átomos a lo largo del tiempo, todas las personas vivas hoy en día probablemente contienen al menos uno que formó parte en su momento del cuerpo de Shakespeare. De este modo, nuestros antepasados son todos uno, y algún día, tus átomos serán los de todo el mundo. Con el tiempo, los átomos que juntos componen mi piel, mis huesos, mi médula, mi pelo, tripas y sangre, se mezclarán otra vez con los tuyos. Entonces seré como tú, inexistente y omnipresente.

No necesitamos el Cielo para que eso sea cierto. No necesitamos a Dios para volver a estar juntos.

Pero me gustaría. Me gustaría poder rezar, encontrar solaz. Me gustaría poder creer que sigues siendo tú, más que átomos, velando por mí desde arriba. Pero me he hartado de fingir, de mentiras y de optimismo infundado. Ahora lo único que queda es la verdad: ya no estás. Puedo verte en la cama, ausente. Cierro los ojos y te veo, ausente. Atravieso caminando la nube que me rodea y te veo, inerte, bien conservado: ausente. Veo tu cara tal y como la recuerdo, pero esa visión de ti existe solo en mi imaginación. He visto lo suficiente para saberlo. Gases, descomposición, hedor e hinchazón. En eso te has convertido y, aunque me asaltan imágenes fugaces, no soporto pensar en ti en este sentido. Me permitiré esa última mentira: estás allí, como una escultura bajo las mantas. En esa mentira, te miro hasta que sonríes, y entonces te doy un beso de buenas noches en la frente y me vuelvo para dejarte dormir.

...

[+] enviado hace 29 días por LongLiveCaptainTightPants

301 comentarios

mejores comentarios

ordenado por: **nuevo**

[-] CoriolisAffect hace 28 días

Mi amigo cámara ha muerto. Lo que sea que está pasando se lo ha llevado por delante. La gente del programa está jodida. Todos estamos jodidos.

...

24

Cuando visualizo la cabaña, las imágenes alternativas parecen igual de ciertas. La casa es azul; la casa es marrón. Hay globos por todas partes; hay un puñado y están repartidos. Pilas de cajas azules; tres paquetes pequeños. Quiero encontrar una solución intermedia, aunque solo sea para dejar de darle vueltas, pero la memoria no debería ser una componenda.

El bebé habría muerto de todas formas.

Eso es lo que me digo, pero no me ayuda y sé que no es verdad. No necesariamente. Podría haberlo salvado, tal vez.

Y entonces ¿qué, estaría tomando la curva de este paseo ajardinado con un bebé atado al pecho? Una criatura sin ningún parentesco conmigo. Eso no es supervivencia, es desinterés, y la única persona a la que he querido darle alguna vez la mejor parte de algo eras tú.

¿Qué hacía el felpudo ahí atrás? Nunca lo hemos lavado. ¿Por qué ibas a lavarlo tú?

¿Por qué me parece importante?

No me lo parece. Lo hago para distraerme. No quiero distraerme para no pensar en ti, pero es necesario; tengo la lengua seca y el estómago vacío. Tú me dirías que siguiera adelante y eso es lo que hago. Sí que lo hago. Camino, me muevo. Pero arrastro los pies; no puedo levantarlos, pensando en ti. Y veo que Brennan se esfuerza, y pienso... pienso que no puedo dejar que falle.

He vuelto, Miles. Estoy aquí pero tú no y debo seguir adelante, porque no quiero pero es lo único que mi cuerpo puede hacer. Lo siento. Lo siento y te echo de menos y tú no estás.

Me despido del asfalto con un parpadeo y alzo la vista hacia las hojas amarillas y marrones del otoño, con toques de un verde recalcitrante. Antes el otoño me parecía hermoso.

Te quería. Te has ido. Lo siento.

—*Ad tenebras dedi.*

Cuando fijo al frente mi visión borrosa, Brennan me está mirando, con los pulgares metidos debajo de las correas de su mochila con estampado de cebra.

—¿Mae?

Siento que mi cuerpo quiere llorar, que mis ojos están tensos. Pienso en su hermano, en su madre, en todo lo que ha perdido. Él habría salvado al bebé. Me salvó a mí, cuando lo único que le había dado yo había sido crueldad.

—¿Adónde vamos? —pregunto.

Me está mirando fijamente.

—No lo sé —responde al cabo de un momento.

Un tono cauto, porque mi voz aún tiene tonos y debo escoger uno teniendo en cuenta que es un niño. No ha de sonar acusador, sino meramente interesado.

—¿No tienes un plan?

—Solo sacarte de aquí. —Brennan cambia de posición la mochila—. ¿Dónde crees tú que deberíamos ir?

Deberíamos. Una decisión subjetiva que no estoy en condiciones de tomar. Pero conozco un sitio, un sitio que a Brennan a lo mejor le gusta.

—Está lejos —digo— y no es una granja, pero hay terreno y un pozo con bomba manual. Un pequeño invernadero y un par de docenas de arces azucareros. Había gallinas, igual queda alguna. —He renunciado a la esperanza, pero la lógica me dice que existe una posibilidad, una posibilidad legítima, porque si la resistencia tiene de verdad un componente genético, debo de haberlo sacado de alguna parte. De un lado u otro. Aunque podría ser recesivo, una conexión invisible y muda que no pudo salvar a mis padres y aun así me ha salvado a mí.

—¿Dónde está? —pregunta Brennan.

—Vermont.

—Vamos.

Nada más: «Vamos». Porque confía en mí. A pesar de todo lo que he hecho y no he hecho, confía en mí. Sigue intentando salvarme. Lo intenta, se esfuerza.

No puedo dejar que falle.

Cinco días. Vuelvo a comer, dos veces al día, aguantando mi cuchador con el puño inflado como una cachiporra, como una criatura cogería una cera. Todavía me duele la barbilla y todo me sabe a podrido. Mientras caminamos, me noto el pulso en la mano y en la muñeca inflamadas, y me pregunto si alguna vez sanaré.

Pasamos por delante de un centro comercial, creo. Cemento y desolación, restaurantes de una cadena comercial y tiendas de material de oficina. Logotipos omnipresentes que reconozco sin ver; eso no significará nada para la próxima generación, si la hay.

Qué desperdicio, este paisaje. Tienda tras tienda tras tienda; teléfonos que nunca se cargarán, juegos a los que nadie jugará, cajones que no se abrirán, gafas que nadie...

—Brennan, espera.

—¿Qué? —pregunta él, volviéndose hacia mí.

—¿Eso es una óptica?

El niño mira hacia el local que señalo al otro lado de la calle, busca y encuentra.

—Sí —responde, y ante el primer indicio de una respuesta afirmativa ya estoy cruzando la calle. No hace falta mirar a los dos lados.

—¿Crees que tendrán las gafas que necesitas ahí expuestas, sin más? —pregunta Brennan correteando detrás de mí.

—No, pero tendrán lentillas.

Rompe la puerta de cristal y entramos. Avanzo en línea recta hacia la parte de atrás, donde encuentro una pared con cajas de muestras. Repaso el surtido de arriba abajo y cojo todas las lentillas de mi graduación con un margen de un cuarto de dioptría. Diarias, de uso prolongado, lo que sea. Las meto en la mochila. Hay suficiente para al menos un año, creo. Mientras las guardo, noto un bulto en el bolsillo para teléfonos y saco la petaca para el micrófono del programa, descargada. Tiene el tamaño de una caja de cerillas y está inservible. La tiro al suelo y meto más lentillas en el bolsillo. Después me lavo las manos con jabón y agua mineral en el fregadero de la sala de optometría; tan fácil ha sido encontrar agua embotellada, que ahora puedo lavarme las manos con ella. Guardo las gotas potabilizadoras que cogí de la tienda, sin embargo, porque más vale prevenir. Casi consigo desdoblar los dedos de mi mano derecha. Puedo aguantar la botella con la fuerza suficiente para verter agua, aunque tengo que inclinar todo el brazo.

Pienso en cuando Tyler me regaló la bolsa de basura. Por qué a mí, nunca lo sabré. Y tal vez tampoco sepa nunca si está vivo o muerto, si alguno de ellos lo está. Si alguien debería haber sobrevivido, es el doctor, pero apuesto a que Heather es la única que sigue viva. Heather y yo, las más inútiles de la pandilla. Es probable que Cooper fuera el primero en sucumbir.

Dejo caer la botella vacía y me miro en el espejo de encima del fregadero. Me devuelve la mirada una cara vacía y ajada. Con una costra en la barbilla y la marca amarillenta de un antiguo cardenal en el cuello. Inútil, pero ahí está. Rasgo un pequeño envoltorio. Nunca me había puesto lentes de contacto con la mano izquierda. Incluso el movimiento de sacar la lentilla y colocármela en el índice resulta problemático, y luego se me queda enganchada en las pestañas. Al final se desprende, entra en contacto con mi ojo... y salta a la mejilla. Otro intento fallido, y luego otro más, hasta que la lente de contacto se desliza y se queda quieta en su sitio, aunque me escuece. En ponerme la segunda tardo solo un poquito menos, y luego va y se me dobla en el ojo. Casi me perforo la córnea intentando pescarla. Es como si hubiera vuelto al colegio y me peleara con mi primer par de lentillas, y al correr hacia el autobús me saltaran las lágrimas de mis ojos maltratados...

El autobús.

Aquellos eran niños de verdad.

Eran niños reales y yo pasé por delante, ciega.

¿Qué pisé?

A quién.

Tomo asiento en la chirriante silla para clientes y sepulto la cabeza en las manos. Me siento como si el resto de mi vida solo pudiera ser una disculpa continua, como si a cada paso que doy tuviese que suplicar perdón por el anterior.

Descanso hasta que puedo volver a intentarlo, hasta que puedo centrarme en algo tan mundano y concreto como ponerse una lentilla. Regreso junto al espejo. Plástico y córnea por fin conectan. Parpadeo para ayudar a que la lente se adapte y de repente todo está tan claro que me sobresalta.

Encuentro a Brennan en la tienda, probándose gafas de sol. Veo los agujeros que tiene en la sudadera roja, el puño raído de la manga izquierda, la maraña revuelta de su pelo, cada vez más largo, su postura no doblegada. Veo a alguien que no tendrá que vivir arrepintiéndose durante el resto de sus días. Coge unas gafas con las lentes enormes y la montura amarillo brillante; diría que son de mujer, pero quién sabe y qué más da. Veo el rosa que tiene debajo de las uñas y pienso en las de Cooper, cubiertas de sangre. Un calor en el pecho parecido a la ira y lo sé; lo notaría. Si fueran las manos de Brennan las que estuvieran manchadas de rojo, lo notaría. Se ajusta las gafas de sol sobre los ojos.

—Esas quedan bien —le digo esforzándome.

Se las sube a la cabeza.

—Gracias.

Salimos de la tienda y tomamos la carretera hacia el norte. La vacuidad, la desolación, la basura podrida y la quietud están por todas partes. Sin lugar a dudas es inmenso. La magnitud me apabulla. No sé si agradecer que se me rompieran las gafas o lamentarlo. Aunque, quién sabe, a lo mejor me hubiese aferrado a la mentira incluso viendo bien. El cerebro es un órgano terrorífico y maravilloso, y lo único que quiere es sobrevivir. Dudo que jamás sea capaz de comprender del todo estos días confusos y desconcertantes. Preferiría olvidarlos y punto.

Brennan y yo caminamos a pesar de los vehículos abandonados que nos rodean por todas partes. Caminamos porque el mundo es demasiado silencioso para los coches y sin mediar palabra hemos acordado andar, y por lo que sé soy la última habitante de la tierra que sabe conducir.

Cuando anochece tengo los ojos irritados y cansados, poco acostumbrados a estar constreñidos, poco acostumbrados a ver. Estas lentillas son de las diarias, desechables; las tiro al fuego y desaparecen.

—¿Es un gran cambio? —pregunta Brennan, que vuelve a estar borroso.

Asiento, cierro los ojos y me froto las sienes. El fuego crepita.

—Brennan —digo—. Lo siento. No sabía lo mal que estaba todo. No quiero hablar de... antes. Pero lo siento.

—¿Era porque no veías? —pregunta. Asiento otra vez. No es mentira—. ¿Tan mal tienes la vista?

Oigo un roce de ropa cuando aviva el fuego. Espero. Sé lo que viene ahora: una anécdota. Sobre su madre, tal vez, o más bien sobre su hermano. Aiden camina con nosotros desde hace unos días.

—No parecía tan mala —dice Brennan—. Pensaba que era como... Aiden llevaba gafas, pero solo las necesitaba para conducir. Solo se las ponía para eso. —Se calla. ¿Acaso Aiden se olvidó las gafas una vez y embistió por detrás a un agente de tráfico? A lo mejor se metió en contradirección por una calle de un solo sentido—. Mae —añade Brennan alzando un poco la voz—, en tu casa...

—No. —Un instinto. No puedo, no quiero. Me ha pillado desprevenida y me enfurezco.

—Pero...

—¡No! No quiero hablar de eso. —Incluso esto es decir demasiado. Tengo los párpados cerrados con fuerza, pero no pueden bloquear la memoria. Un mechón de pelo oscuro, una mano que cae. Siento que me bulle en la garganta la amenaza de dejarlo. La pronunciaré si hace falta, sea mentira o no.

Siento que me está mirando.

—Brennan. Te lo pido por favor.

Transcurre un interminable momento, y luego él dice:

—Vale.

A oscuras: Intento encontrar a mi mujer

¿Hola? Si alguien lee esto, mi mujer era concursante de A oscuras y llevo desde agosto intentando encontrarla. He probado con todos los contactos de emergencia que me dieron en producción pero he sido incapaz de localizar a nadie. Sé que aquí había alguien que conocía a un cámara, así que si puede ayudarme, si alguna persona puede ayudarme, por favor. Por favor.

[-] enviado ahora mismo por 501_Miles

0 comentarios

25

La tarde siguiente, mientras caminamos por la carretera, veo un paracaídas enredado en unos árboles a nuestra izquierda. Brennan se adelanta corriendo para echar un primer vistazo, y es la tercera vez hoy que se refiere a sí mismo como «el explorador». Veo que se detiene al llegar al nítido linde del bosque.

—¿Qué es? —pregunto desde lejos.

—¡Una caja! —grita—. ¡Grande!

Cuando llego yo, Brennan está dando vueltas alrededor de una caja de plástico enorme y vacía, asomándose al interior. Es tan alta como él.

—¿Qué crees que es? —pregunta.

—Una caja grande —respondo. Él se ríe, pero a mí no me sale. Quizá ya nunca más me salga.

—Pero ¿de dónde ha salido? —Sigue trazando círculos, como un cachorrillo investigando un olor.

La caja no está unida al paracaídas, que es gigantesco, mayor de lo que aparentaba desde la carretera, y cuelga sobre nosotros como un espléndido cielo verde. Las cuerdas se han partido, o alguien las ha cortado. No escudriñes, procura tener visión de conjunto. Sin embargo, ese rastro es el más obvio que he visto nunca.

—La lanzaron desde un avión —digo recordando una estela en el cielo, un sonido en la noche.

—Está vacía —anuncia Brennan. Lo veo nervioso; emocionado, creo—. Eso significa que alguien la vació, ¿no? Que hay más gente por aquí cerca.

Doy un paso adelante para tocar la caja de plástico. Fresca, lisa, inorgánica. Imagino un reactor enorme cargado hasta arriba de cajas como esta en vez de pasajeros, llegando a casa vacío.

—Además, por aquí hay alguien lo bastante organizado para montar un Plan Marshall —digo.

—¿Qué es un Plan Marshall? —pregunta Brennan, que se agacha para meter la cabeza en la caja y examinar el techo.

Es duro, muy duro. La conversación. ¿Era esto lo que sentía Cooper al principio, cuando hablaba conmigo?

—¿No llegasteis a la Segunda Guerra Mundial en la escuela? —pregunto.

—Los nazis —contesta. Su voz produce un leve eco—. La Segunda Guerra Mundial fueron los nazis.

—*Touché*. —Se me escapa, y me gustaría retirarlo. Más que «Te quiero», decíamos *touché*. Una broma seguida de un beso—. Da lo mismo —digo—. Ni siquiera creo que la referencia funcione. —Porque el Plan Marshall no fue lo mismo que el puente aéreo durante el bloqueo de Berlín, ¿verdad? Se trataba de transporte aéreo, no de suministro desde el aire, y aunque siempre he dado por sentado que lanzaban los víveres en paracaídas, a lo mejor los aviones aterrizaban.

¿Queda gente suficiente para que importen los nombres propios de la historia?

La caja parece indicar que sí. No estoy segura de qué me hace sentir eso, el hecho de que haya gente suficiente pero mis seres queridos no se cuenten entre ellos. Es otro reajuste, y no sé cuánta capacidad de cambio me queda.

Brennan saca la cabeza de la caja.

—¿Intentamos encontrarles? —pregunta.

Capto un movimiento con el rabillo del ojo y lo veo; los

veo: un trío de extraños plantados entre los árboles, observándonos. Un anciano negro con el pelo blanco brillante, una mujer blanca tirando a joven y otro hombre, tampoco muy mayor, que por su aspecto podría ser latino, aunque a lo mejor solo es que tiene el pelo moreno y la piel bronceada.

—¿Mae? —insiste Brennan.

—No creo que haga falta —respondo.

—¿Por qué no? —Sale de un brinco de la caja—. ¿No quieres...? —Se fija en mi mirada y sigue la dirección que le indico con la barbilla—. Ah.

—¿Nombre? —pregunta el anciano.

Un anciano diferente. Este es blanco y lleva barba, y esta granja ha sido propiedad de su familia desde hace generaciones. O eso dice el folclore local. Ha pasado poco más de un mes desde la plaga —así la llaman: «la plaga»— y este santuario recóndito del oeste de Massachusetts ya tiene folclore.

Es la primera pregunta que nos hace, pero ya ha tomado varias notas en su gran libro encuadernado en cuero. Raza y sexo, supongo. Impresiones generales. La energía y actividad de Brennan, mi cara larga.

—Brennan Michaels —dice el niño. Está sentado en su silla, demasiado recto. Su pierna derecha impulsa una máquina de coser invisible.

—¿Inmune o recuperado? —pregunta el hombre.

—¿Qué?

—¿Fuiste inmune a la plaga o la contrajiste y te recuperaste?

—Ah. Inmune.

El viejo toma nota.

—¿Alguna habilidad que debamos conocer? ¿Tareas para las que estás especialmente preparado?

—Yo, esto...

—Tiene trece años —intervengo.

348

El barbudo se vuelve hacia mí con las cejas alzadas. No me cae bien.

—¿Qué me dices de ti, qué habilidades tienes?

—No muero —digo—, a diferencia de todos los demás.

Las cejas descienden.

—Aquí viven trescientas catorce personas que pueden decir lo mismo. ¿Alguna habilidad real?

Ya me cae un poco menos mal.

—¡Sabe hacer hogueras! —estalla Brennan—. Y refugios con ramas y cosas. Y es muy buena...

Lo acallo con una miradita. Casi no hemos visto nada de la granja cuando hemos entrado con nuestra escolta, pero es enorme, está habitada y cuenta con múltiples estructuras. Había tractores en marcha, ruido. Aquí la vida va más allá de los refugios de ramas y hojas.

—No soy médico ni ingeniera —explico—. Soy incapaz de seguir el rastro de un ciervo y no sé cómo construir un tejado, pero haré lo que haga falta. Enseñadme, o aprenderé por mi cuenta. En cualquier caso, el trabajo se hará.

El hombre toma unas cuantas notas más.

—Bueno, perezosa no pareces —comenta—. Mientras estéis dispuestos a contribuir, nos vendréis bien. ¿Y tú qué eres, inmune o recuperada?

—Recuperada, creo.

—¿Cómo te llamas?

—Mae —digo. A lo mejor debería haber dudado o haber dado el otro nombre, pero Mae es la versión de mí que ha llegado hasta aquí.

—¿Mae qué más?

Esta vez sí que dudo, y a continuación doy la única respuesta que siento cierta:

—Woods. —Bosques.

<u>A *oscuras*:</u> Intento encontrar a mi mujer

...

[+] enviado hace 1 día por 501_Miles
18 comentarios

mejores comentarios
ordenar por: **popularidad**

[-] LongLiveCaptainTightPants hace 1 día
Un amigo de un amigo conoció al banquero del programa en un campamento a las afueras de Fresno. Lo evacuaron junto con unos cuantos de los demás. Dice que al principio pensó que todo estaba en el guion, que tardó un poco en darse cuenta de que era una emergencia real. Lo localizaré, a ver si consigo información de contacto.

    [-] 501_Miles hace 1 día
    Gracias. Es la primera pista que me ha llegado; gracias.

        [-]LongLiveCaptainTightPants hace 4 horas
        Lo tengo. Te mando un privado.

[-] Trina_ABC hace 1 hora
501_Miles: trabajo para una filial de la cadena ABC cerca de San Francisco. Nos ha llegado que estás buscando a tu mujer y nos encantaría hablar contigo. Si estás dispuesto a compartir tu historia, por favor mándame un privado. A lo mejor puedo ayudar.

...

26

—Este sitio está bastante bien, ¿verdad, Mae? —dice Brennan. Está sentado en su camastro, delante del mío, atándose los zapatos. Estamos en un granero que ha sido reconvertido en dormitorio y alberga a dos docenas de personas. Esta esquina es nuestra. Fue un detalle por su parte, darnos una esquina.

—Podría ser peor —respondo. Estoy mejorando en la técnica de ponerme las lentillas con la mano izquierda, pero sigue siendo difícil, sobre todo sin espejo.

—Lo de Vermont... —dice Brennan.

—Estamos mejor aquí.

Alza la vista esperanzado.

—¿Crees que debemos quedarnos?

Aparto la mano del ojo y parpadeo con rapidez. Escuece un segundo, pero la lentilla se adapta enseguida.

—Sí, creo que deberíamos quedarnos. —Porque su futuro es más importante que mi pasado.

Llevamos cuatro días aquí. Es difícil estar rodeada de gente después de pasar tanto tiempo a solas, o casi. Pero es menos dramático de lo que me esperaba. Todo el mundo tiene un papel y parece cumplirlo con las mínimas quejas.

—La mayoría de nosotros lo pasamos mal para llegar aquí

—me contó el médico cuando fui a que me examinara la mano—. Sabemos lo feo que podría ponerse esto, si lo permitiéramos. O sea que no lo permitimos.

Más folclore: hubo un intento de violación, al principio. Dejaron que la agredida escogiera el castigo y optó por perdonar. Dijo algo en el sentido de que ya había dolor suficiente en el mundo para añadir uno más. No está claro quién fue en concreto esa mujer, pues nadie da nunca su nombre al contar la anécdota, pero si este es realmente un mundo nuevo, alguien acabará por dedicarle una estatua en breve. O una iglesia. Pronto a su recuerdo, y con el tiempo se implorará perdón a su mito por pecados que escapan a toda cuenta o medida.

No queda nadie para perdonarme a mí.

Le pregunté a la doctora por mi período; me explicó que aquí casi todas las mujeres han tenido alguna falta. Es el estrés físico, como yo pensaba. Me hizo ponerme de pie sobre una de esas básculas altas que chirrían, de esas que miden también la altura. Cuarenta y siete kilos; casi trece por debajo de lo que considero mi peso. La doctora me dijo que mi cuerpo debería volver pronto a la normalidad, ahora que estoy a salvo. Usó esas palabras: «normalidad», «a salvo». Creo que por eso le hablé del coyote. Se quedó mirándome. Resulta que sé yo más de la rabia que ella. Si sigo en pie dentro de un mes, estaré fuera de peligro.

No se lo he dicho a Brennan. Imagino que es mejor no mencionar la rabia hasta el momento, si llega, en que desarrolle un miedo irracional al agua. Se ha hecho amigo de unos cuantos chicos de su edad, pero como si tuviera un resorte, vuelve conmigo todas las comidas, todas las mañanas, todos los «plenos» y todas las noches. Se lo agradezco.

—Mae —dice Brennan en el momento en que paso al ojo derecho—. Cuando estábamos en tu casa...

Un mundo distinto, una vida distinta, una yo distinta.

—Ya te lo dije, Brennan, no quiero hablar del tema.

—Pero ahora es diferente.

—No —insisto con firmeza. Parpadeo para ajustar la segunda lentilla.

—Pero, Mae...

Parece sentirse culpable, tal vez un poco asustado. Me pregunto si robó algo. «Rescató», en la jerga de nuestra nueva realidad.

—Si es algo por lo que necesitas ser perdonado, ya lo estás —digo. Todavía se le ve incomodísimo. Necesito hacerle una concesión—. En vez de hablar de eso, cuéntame qué había en la habitación del motel. —Lo cierto es que todavía no he sido capaz de encajar eso, y debo hacerlo para poder olvidarlo.

—Ah. —Ya se ha atado las deportivas. Arrastra la punta del pie derecho por el suelo de tierra cubierto de heno dibujando un óvalo—. Fue una tontería. La habitación estaba llena de aparatos electrónicos. Televisores y portátiles, consolas Xbox, trastos así.

—¿No había cuerpos?

—No. —Un segundo óvalo, gemelo ligeramente rotado del primero, formando una equis muy delgada—. Pero todo estaba cubierto de polvo, como si no hubiera pasado nadie por allí en mucho tiempo.

—O sea que quienquiera que lo puso allí probablemente ha muerto —digo.

—Probablemente —coincide él. Un tercer óvalo. Su pie es un lento espirógrafo.

Paseo la mirada por el granero. Hay un puñado de personas que se preparan para la jornada. Desde que llegamos he oído quizá una docena de explicaciones diferentes sobre la plaga, pero la opinión mayoritaria parece inclinarse por que tuvo algo que ver con la fracturación hidráulica. O bien el proceso liberó un patógeno prehistórico, o bien actuó como medio de dispersión de una toxina de manufactura humana. Una de las defensoras más fervientes de la teoría del patógeno desenterrado es una anciana india que en estos momentos se encuentra junto a la puerta del granero. Nos saluda sonriendo y coge de la mano a la pequeña niña blanca de cuatro o cinco años a la que nunca he visto a más de tres metros de su lado. La idea de que la fracturación hidráulica esté detrás de esto no tiene ningún sentido, y creo que la mujer lo sabe. Solo necesita algo en lo que creer; como todos ellos.

—Tal vez quienquiera que metió esas cosas en el motel esté aquí —le digo a Brennan.

—¡Mae!

La expresión de sus ojos duele.

—Por qué no, Brennan. O el día menos pensado podrían aparecer unos hombres como aquellos dos del supermercado. —A lo mejor Cliff y Harry estarían aquí, de no ser por mí. Quizás ellos también tendrían una labor que cumplir—. Este sitio está bien —digo—, pero solo porque alguien haya llegado hasta aquí, no significa que sea buena persona. O sea que no te confíes. —Se mueve, incómodo—. Brennan, prométemelo.

—Porque no puedo hacerlo, no puedo perderlo a él también.

—Te lo prometo, Mae.

—Gracias —le digo—. Tengo que irme, me toca desayuno.

—No te quejes —replica—. Yo tengo que cortar leña toda la mañana.

Lo dice con una voz tan tristona que se me escapa una sonrisilla, impresionada ante su resistencia, por el hecho de que cortar leña le resulte una carga.

—Es mejor que hacer huevos revueltos para trescientos desconocidos —le explico—. Me pondré a trabajar fuera contigo en cuanto se me cure la mano.

—Mae, ¿cuánto tiempo crees que pasaremos aquí?

—No lo sé —respondo—. Podría ser otro día, podría ser para siempre.

<u>*A oscuras:* Intento encontrar a mi mujer</u>

...

[+] enviado hace 5 días por 501_Miles

109 comentarios

mejores comentarios

ordenar por: **relevancia**

[-] LongLiveCaptainTightPants hace 3 días

¿Elliot te ayudó?

> [-] 501_Miles hace 34 minutos
>
> Me dijo que no la evacuaron con él. Que a algunos los dejaron atrás. La dejaron atrás. Eso es todo lo que sabe.
>
> > [-] Velcro_Is_the_Worst hace 29 minutos
> >
> > ¿Sabes cuántos cuerpos hay pudriéndose al este del Mississippi ahora mismo? Millones. Tu mujer es uno de ellos. Más muerta que Carracuca. Acéptalo y pasa página.
> >
> > [-] LongLiveCaptainTightPants hace 28 minutos
> >
> > No le hagas caso, Miles. Hay gente que sobrevivió. Se ha establecido contacto de radio con focos de supervivientes y se está hablando de enviar equipos de rescate en cuanto sea seguro. En cuanto puedan.
> >
> > [-] 501_Miles Ahora mismo
> >
> > Lo sé. Gracias. Si alguien pudo sobrevivir, es mi Sam.

27

Un enjambre de caras llena la cámara. Más tranquilas de lo esperado, más limpias de lo esperado, más delgadas que antes. La mayoría sonríe y muchos lloran mientras su aliento nubla el aire. Uno tras otro, aceptan folletos y botellas de agua de hombres y mujeres equipados con chalecos naranjas. Las nucas suben y bajan mientras el hielo cruje bajo botas, zapatos y algún que otro par de alpargatas. Por fuerte que fuese la comunidad que estaba formándose aquí, casi todos quieren que los rescaten.

A cuatro mil ochocientos kilómetros de distancia, un hombre observa la escena en un viejo televisor de pantalla plana. Es afortunado, porque solo comparte la habitación con otras dos personas, también oriundas de la Costa Este, aunque no las conocía de antes. El hombre lleva una barba de cuatro meses que solía ser más negra que gris. Se sostiene la barbilla con la palma de la mano y se mordisquea la uña del pulgar mientras escudriña las caras lejanas. En su iPhone, que está en el camastro a su lado, parpadea una alarma a la que no responderá. La cobertura no se restauró a escala local hasta hace dos meses, pero no había ningún mensaje; de ella no. Su madre dejó uno desde el fijo allá en agosto; no tenía buena voz y nadie ha respondido a los intentos del hombre de devolverle la llamada. Es el tercer campamento en el que ve entrar a los equipos de salvamento. Ninguno ha sido fácil, pero este es el más difícil hasta el momento. Es el agrupamiento más grande que se conoce, con más de trescientas personas. Su mejor oportunidad.

Aparece en el plano una presentadora de noticias, micrófono en mano. Va bien vestida, elegante, y un maquillaje ideal para la alta definición realza su rostro simétrico. No es la que ha estado ayudando al hombre a buscar; esta no sabe nada de él. Viendo su sonrisa coqueta, nadie diría que una misteriosa infección miasmática, cuyo origen las autoridades apenas empiezan ahora a rastrear, ha reducido hace poco en un tercio la población de su país y la del mundo a casi la mitad. Un subtítulo en la parte inferior de la pantalla reza: RESCATE DE REFUGIADOS DEL ESTE DE ESTADOS UNIDOS.

El subtítulo miente. El refugiado es el hombre que busca la cara de su mujer en la pantalla. Lo es desde el instante en que subió a un autobús que lo condenó a la cuarentena en vez de coger el último tren a casa. Sus compañeros de piso son refugiados, como lo son millares más como ellos: los desplazados que esperan el momento de volver a su hogar. Los ocupantes del campamento no son refugiados; son supervivientes. Cada uno tiene una historia que contar sobre cómo llegó hasta esa próspera comunidad de las colinas de Massachusetts. El árabe bajito que acaba de aceptar una botella de agua era taxista en Washington, D. C. Se puso enfermo; su mujer y sus hijos, también. Él fue el único que se recuperó; despertó en su apartamento, deshidratado y rodeado por su difunta familia. Su voluntad de vivir fue más fuerte que su pena, por poco. La anciana india de la esquina derecha de la pantalla perdió a su hija y a su nieto días antes de salvarle la vida a la pequeña niña blanca que ahora lleva sobre los hombros; la sacó de la sillita de su coche cuando el agua entraba en tromba por la ventanilla del Mini Cooper que su delirante padre acababa de empotrar en un río. El niño negro de la sudadera roja aguantó la cabeza de su madre mientras la vida de esta se extinguía sobre el banco de una iglesia. Solo, arrancó a caminar hacia el sur, hasta que se encontró a una testaruda desconocida y giró hacia el este, pues su soledad no le permitía separarse de ella. La historia de la testaruda desconocida es la más extraña de todas, plagada de engaños externos e internos. Incluso tiene una historia el propietario legal del terreno que toda esta gente ha empezado a considerar su hogar, aunque él no haya tenido que viajar para estar allí. La suya es una historia de abrir puertas, de alguien que decide dar tras perder mucho.

A su debido tiempo, muchas de estas historias se celebrarán, pero de momento todavía se están contando las pérdidas. Por ahora, la mera supervivencia de estas personas es noticia suficiente. Lo único que la presentadora quiere saber es: «¿Cómo se siente?».

—¡Abrumada!

—¡Agotado!

—¡Es una bendición!

Nada con sustancia, nada inesperado. Solo lágrimas y lugares comunes. El hombre que mira no oye nada. Ve que un labrador color chocolate atraviesa el plano y siente un pinchazo en el corazón. No sabe qué fue del galgo que adoptó una semana antes de que el mundo que conocía se derrumbara. En teoría el perro era una sorpresa para su mujer. Moteado y cariñoso, tal como ella quería, y el nombre le habría encantado: Pimienta Recién Molida. Dejaba que el perro durmiera en su cama, incluso la noche en que rebuscó en la basura y vomitó una plasta espumosa al dar el primer paso de su paseo nocturno.

La presentadora avista al niño negro de la sudadera roja. Su testaruda desconocida, una mujer blanca que lleva un forro polar verde manchado y un gorro azul, camina con él, con una mano apoyada ligeramente en su espalda. El chico parece encantado y abrumado, pero la expresión de la mujer es dura como una piedra. A la presentadora le chifla el contraste, la conexión. Da las gracias por su tiempo a una viuda llorosa y se lanza hacia la pareja.

El hombre abre los ojos y endereza los hombros. Cree que la esperanza y la imaginación le están jugando una mala pasada. Después de tanto tiempo, de tanto no saber nada, no está seguro. Está escuálida y el pelo que asoma por debajo del gorro es claro y corto, pero...

—¿Cómo os sentís? —pregunta la presentadora.

Rodeado de tanto jaleo, el niño no encuentra palabras. La presentadora le sonríe con dulzura tomándolo por tímido, se vuelve hacia la mujer inexpresiva y repite la pregunta.

La certeza provoca al hombre un estremecimiento. Se pone en pie con un grito, creyendo, sabiendo. Busca a su alrededor a alguien a quien contárselo pero está solo. Lleva meses buscando, temiendo; ahora se ríe y golpea el aire con los puños.

La cámara da una sacudida hacia un lado; la mujer inexpresiva intenta pasar de largo.

—¿Señorita? —insiste la presentadora acercándose.

La mujer la mira, y luego mira al objetivo. No puede ver los ojos que la observan con tanta alegría. Ya no imagina que esos ojos existan, que lo que no permitió al niño que le contara, lo que el niño no sabía que ella no había podido ver, era lo siguiente: el cuerpo de la cama no era humano. La mujer observa la multitud, los empujones, los salvadores, el agua embotellada y los chalecos naranjas. No se siente bendecida. Se acabó. Ahora empieza otra cosa. Ella aguantará. El cámara se acerca un poco más y la presentadora inclina el micrófono hacia la cara de la mujer. Pero ella no tiene nada que confesar y esos obstáculos, esos aparatos que le roban el aliento, la imagen, son objetos que han dejado de ser reales. Su dura mirada verde se desliza por encima del objetivo hasta el hombre que hay detrás.

—Aparta esa cámara de mi cara —le dice—. Ahora.

Agradecimientos

Tengo un montón de gracias que repartir, y mi primer manojo es para el hombre más inteligente que conozco, que por suerte es también lo bastante tontorrón para haberse atado legalmente a mí de por vida. Andrew, gracias por darme una segunda oportunidad en nuestra primera cita, por tu apoyo afectuoso y sensato mientras escribía esta novela, y por todo lo que ha habido entre medio y lo que está por venir, sobre todo las risas.

A continuación, una ráfaga de agradecimientos familiares: gracias a mi padre por entender el impulso creativo y apoyar mi decisión de seguir un camino tan incierto. Gracias a mi madre por mi poco convencional educación, que sé que ha tenido un gran peso en convertirme en quien soy actualmente. Gracias a Jon por responder a mis preguntas sobre la Fuerza Aérea y por ser un hermano mayor tan estupendo en general. Gracias a Yvette por su amabilidad y su dulce comprensión a lo largo de los años. Gracias a Helen por capear mi ambivalencia adolescente y por su amistad.

Un saludo a mis compañeros de residencia de la novena planta: Purva, Katie, Xining, Shelly, Lynn, Emily y Aditi. Vuestro apoyo y camaradería a lo largo de estos años, tantos y a veces tan largos, han significado muchísimo para mí, y vuestras demostraciones de alegría desinteresada cuando las cosas por fin empezaron a funcionar son la definición misma de la amistad. Un agradecimiento especial al doctor He por responder a mis preguntas médicas relacionadas con la escritura con tanta celeridad y detenimiento; a Lynn por las fotos; y a los Galipeau por ofrecer cenas, bebidas y muy buena compañía mientras el mundo cambiaba bajo mis pies.

Alex y Libby: gracias por vuestros comentarios y vuestra amistad, y por no dejar que los años o los kilómetros se interpusieran entre nuestro pequeño grupo de escritura. No solo me impulsáis a ser mejor, sino que me inspiráis para serlo. Espero haberos ayudado en vuestro trabajo al menos la mitad de lo que vosotros me habéis ayudado a mí.

Para el increíble personal de BOSS: gracias por una aventura de las que se dan una sola vez en la vida. En serio, con una he tenido suficiente. Gracias en especial a Cat, Jess y Heath; no puedo imaginar unos guías mejores para esas intensas y extraordinarias dos semanas. Gracias también al personal (y a los residentes) del Zoo de Prospect Park, por ofrecerme un santuario e inspiración en pleno bullicio antes de mi huida al Pacífico Noroeste.

Gracias a Shelley Jackson por ese empujoncito adicional hacia lo extraño. Gracias a Lee Martin por los nombres, aunque al final simplifiqué la mayoría de ellos de todas formas. Gracias a Julia Glass por su amabilidad en un aeropuerto cuando me hallaba abrumada.

Gracias a la Fundación Catto Shaw por ofrecerme un espacio tranquilo para dar los últimos retoques. Gracias a la buena gente de Aspen Words por ofrecerme una comunidad, y por Lucy.

Lucy Carson. Llamarla la agente ideal es quedarse corto, porque nunca soñé que tendría el privilegio de trabajar con alguien tan apasionada como ella. Lucy, tú me diste esperanza y me diste confianza. Saber que me apoyas significa mucho para mí. Gracias. Gracias también a Nichole LeFebvre, por ocuparse de los detalles con tanta habilidad y amabilidad.

Gracias a Jessica Leeke por la que fue, muy posiblemente, la mañana más emocionante y surrealista de mi vida, y por su entusiasmo continuo desde entonces.

Gracias a Gine Centrello y todo el personal de Ballantine que ha participado en el alumbramiento de este libro, incluidos: Libby McGuire, Kim Hovey, Jennifer Hershey, Susan Corcoran, Quinne Rogers, Kelly Chian, Betsy Wilson y, por supuesto y de una manera especial, Mark Tavani. Mark, este libro no podría haberse convertido en lo que es sin tus perspicaces preguntas, tus pertinentes sugerencias y tu bondadoso apoyo. No puedo agradecértelo bastante, literalmente.

Por último, gracias a Andrew, que me pidió que lo mencionase el primero y el último. Es posible que lo dijera en broma, pero se lo merece.

El papel utilizado para la impresión de este libro
ha sido fabricado a partir de madera
procedente de bosques y plantaciones
gestionados con los más altos estándares ambientales,
garantizando una explotación de los recursos
sostenible con el medio ambiente
y beneficiosa para las personas.
Por este motivo, Greenpeace acredita que
este libro cumple los requisitos ambientales y sociales
necesarios para ser considerado
un libro «amigo de los bosques».
El proyecto «Libros amigos de los bosques» promueve
la conservación y el uso sostenible de los bosques,
en especial de los Bosques Primarios,
los últimos bosques vírgenes del planeta.

Papel certificado por el Forest Stewardship Council®